U0866499

The Power of Dark

黑暗的 次方

艾石——著

中国工人出版社

谨以此书感谢

我的父亲石天方先生和我的母亲丁林萍女士

总序　悬疑推理的长征路

紫金陈

国内很多出版公司都做过类型小说的丛书选题，但这次由豆瓣阅读发起的方舟文库悬疑推理系列还是让我很意外。为何？在我个人的印象中，读者很挑剔，尤其针对类型小说，包括玄幻、科幻、悬疑推理在内，都是一批难兄难弟，无论写成什么样，总有人说:“嗯，故事还不错哟，但比起日本、欧美的还是差点意思。”作为作者，我只能从审美上去藐视:“我去，他根本不懂欣赏嘛。”私底下又会逐条翻阅所有的书评，对差评嗤之以鼻，对好评者马上引为知音。所以，在类型小说总是被读者厚此薄彼的情况下，豆瓣阅读的方舟文库小说集，真可谓是悬疑推理小说路边跌倒无人扶时的一根拐杖啊。

市场上普遍将悬疑推理作品分成两类，一类是悬疑，另一类是推理。区分方式很简单，怪力乱神、精神分裂、做梦、臆想等元素引发的故事统称悬疑，有刑侦犯罪、警察侦探的称推理。当然，推理里面还分本格派、社会派等各小门派，门派之间芥蒂很深，各个读者群都很有优越感，互相看不起。

我早期写过市场上认为的那种悬疑，后来写过本格推理，再后来转向社会派，现在写的东西既不像悬疑，也不像推理。我个人以为，类型小说没必要有所谓的门户之见，我对类型小说质量优秀的定义只有两个字——好看。甭管它写的是科幻、悬疑还是推理，故事好看不就够了嘛。好看之余，若能再让读者有一些思考，有一些感悟，有一些感同身受，这便是成功的故事。对于创作者来说，更不要有思想负担，非得认定了自己写的是某一类，就束缚了很多创意想法，作为过来人，这样的创作误区我有过，所以可别走我的冤枉路了。

十几二十年前，作品要想获得大众读者的认可，很多时候得靠运气，因为传播渠道很有限，酒香也会被埋没；后来随着互联网的普及，只要故事好，你总能收获高点击量，作品从而能被更多人看到；再后来互联网上的创作渠道被几家文学大平台垄断，那个时期对于新人作者而言是段艰难的日子，好故事不一定会被推荐，渠道话语权远重要于作品内容本身。如今的环境多好，互联网已经普及，文学平台上也是百家争鸣。豆瓣阅读作为后起之秀这几年也做得有声有色，平台对内容的重视、对作者的尊重达到了一个空前的高度。我非常希望这样的氛围能够持续下去，类型小说需要更多的新鲜血液，需要更多的竞争，才能开辟更多的读者群，创造更多的价值。这次方舟文库悬疑推理系列的出版，对于新人创作者是一种莫大的激励。

这次的方舟文库悬疑推理作品集中，我看到了一些作者，他们的创作思路很自由很活泼，风格各异，有侧重故事本身设计的，有侧重结构技巧的，有侧重故事背后的人文关怀的。慢三的《暖气》是国内难得一见的社会派悬疑佳作，几乎具备了畅销小说应有的一切元素。郭沛文的《冷雨》和《鹌鹑》，技巧娴熟、文笔不俗，通过外国悬疑推理元素本土化的操作，构建了颇具特色的故事背景和人物形象，让我一个没去过长沙的人也能感受得到这座城市的独特性。我虽然比他们早创作几年，但从他们身上也学到了一些东西，看到了比我这根“老油条”更多的灵气。

悬疑推理从大众娱乐层面看，是个极其重要、群众最喜闻乐见的题材。你看剧看电影，悬疑推理题材谈不上占了半壁江山，但半壁的半壁还是有的。不过从阅读层面上，我们做悬疑推理小说还是任重而道远，从某种意义上，我们还是相对小众的。

为何大众的认知和接受程度会出现这种偏差？很大程度上是因为我们创作作品的质量普遍良莠不齐。模仿、跟风，是大家对悬疑推理作品的刻板印象。大多数时候，创作是从模仿开始，而一味地模仿则会走入歧途。

方舟文库在作品的选择上，有一点我特别认同：故事的本土化。

中国有中国的悬疑和推理，我们的本土化归根结底便是接地气，接近生活认知的常识。在方舟文库悬疑推理书目的选择上，我看到了很多反映生活，反映中国社会现实的内容，这些故事也在豆瓣阅读上获得了很多的关注和好口碑。一味地猎奇，制造空中楼阁的故事，在实际的读者检验中已经落了下风。

创作者对于故事，总是抱着虔诚和热爱，我由衷地希望豆瓣阅读的平台能够发掘更多的作者，提供更多的好故事，也祝愿方舟文库悬疑推理作品集能够发挥更大的价值。

目录

第一部

黑暗的平方

-

PART 1

DEATH SQUARED

楔子

秋天的锡安市雾蒙蒙的，仿佛被墨汁晕染的云层压得很低，淅淅沥沥的小雨随风飘摇，浸湿了路上行人的衣衫。天色渐暗，人们都行色匆匆，唯独一个撑着黑伞的中年男子步伐缓慢沉重，在狭窄的新元路上与迎面而来的行人频频撞伞。

当某次三连撞之后，他被挤撞进了路边的一家面馆，一个全息投影的迎宾小姐立刻出现在门口，露出招牌微笑："欢迎光临龙记面馆。"中年男子魂不守舍，被突如其来的声音吓了一跳，他立刻说不好意思，然后踉跄地跨出面馆大门。在他重新走上湿漉漉的街道时，他无意中看到了投射在街对面五楼窗户上的霓虹色字幕：

吴忌侦探事务所

中年男子呆呆地凝望着这七个字，停下了脚步。

吴忌醒来的时候已经是下午四点半，又睡了一个懒觉。

起床后的第一件事是煮一杯双份意式浓缩咖啡，然后给泰山倒满一盆它最喜欢吃的美乐滋牌小型犬狗粮。泰山是一只纯种的黑色法国斗牛犬，是三年前吴忌的父亲送给吴忌的礼物——祝贺他的事务所开张。当泰山扭动着屁股，朝狗粮快速奔来时，吴忌对着泰山说了一声："早，泰山。"

泰山津津有味地吃起早餐，咖啡机滤出香浓的咖啡，待到最后一滴咖啡落入杯中，吴忌端起咖啡杯，再拿了两片饼干，走到他的办公桌前坐下，也吃起他的早餐。

又是一个雨天。吴忌看着挂满雨珠的玻璃窗，不禁皱了皱眉。因为从统计数据上看，下雨天侦探事务所的生意总会特别冷清。

就在吴忌吃完第二块饼干、喝完最后一口咖啡时，门铃响了。吴忌愣了一下，轻触办公桌的边缘，办公桌的中央立刻投射出一块长方形的屏幕，显示的正是门口的景象。只见一个中年男子站在门口，四十岁左右，穿着一身皱巴巴的棕褐色西服，头发乱糟糟的。此刻他的脸色很显疲惫，两道稀疏的眉毛连同厚厚的双眼皮耷拉着，法令纹很深。

看来是生意上门了，在这种闷湿的雨天，真稀奇。吴忌起身去开门。

门被打开的一刹那，中年男子退缩了一小步。"这里是吴忌侦探事务所吗？"中年男子将信将疑，"我看到窗户外面有投影，写着五楼五五五室是吴忌侦探事务所。"

吴忌点点头，说了句"进来吧"就自顾自转身往屋内走去。中年男子迟疑片刻，将雨伞放在门口一个榉木衣帽架下，衣帽架顶上孤零零地挂着一顶黑色的帽子——帽子中间印有一个白色的反战标志。

"请坐。"吴忌指了指办公桌前的一把椅子，中年男子没有立即入座，而是像所有第一次走进这间侦探事务所的客人一样，驻足环顾起这个一点都不像侦探事务所的房间。一套灰色布艺组合沙发贴着墙放在左边，沙发前放着一张流线型透明玻璃茶几。右边是开放式小厨房，厨具等物一应俱全。正对门口的是一张黑色长方形书桌，桌面下朝向门口这边安装了一块木制的长挡板，所以就算桌底下藏了一个人，从门口方向看去也看不到。办公桌后面是一排玻璃窗，“吴忌侦探事务所”这几个字还在那闪烁。办公桌两旁分别放了两个书架，上面摆满了一些标题很奇怪的书。

“这里更像普通住宅。”

吴忌已经坐回了他舒适的真皮莫斯里靠椅。“嗯，办公居住两用。”

中年男子点了点头，然后“啊”的一声往后跳了一大步，因为他发现一团黑不溜秋的东西从脚下蹿过。

“它是泰山，不咬人。”

中年男子再次点点头，喉咙里发出不明意义的咕哝声。

“泰山，过来，你吓到客人了。”泰山似乎听懂了主人的话，立刻扭头，但他没有去主人那，而是爬上沙发，蜷缩起身体，慵懒地躺下，然后眼珠子一会儿望向窗外，一会儿瞅向中年男子。

经过刚刚那一吓，中年男子放松了不少，他身上原本紧张的气息消失了，他缓缓地走到吴忌的办公桌前坐下。

“怎么称呼？”吴忌问。

“陆宁昊。”中年男子回答。

“陆先生，你好！”

两人相视无言三秒后，“你呢？”陆宁昊问。

“我？我叫吴忌。”

“哦，你就是那个吴忌啊。”陆宁昊将吴忌再仔细打量了一遍：一字眉，眉心宽阔，眼睛精巧，鼻子也挺俊俏，下巴棱角分明，就是嘴唇似乎薄了一点，哦，右眼下边还有一颗痣。总的来说，他长得还挺帅的，陆宁昊在心中琢磨。“这里只有你一个侦探？”

“嗯，就我一个。一人一狗，养不起第二个侦探了。”吴忌笑了笑。

陆宁昊也笑了笑，带着自嘲的意味。“看来我来错地方了。”

“那就要看你为什么而来。”

“恐怕凭你一个人解决不了我的问题。”陆宁昊的笑容消失，回到进门前的阴郁状态。

“要不你先说说你的委托？我先听听？反正听听又不要钱。”

陆宁昊迟疑片刻。“那就跟你说说吧。”

陆宁昊调整了一下坐姿，舔了舔干裂的嘴唇。吴忌从抽屉里拿出一瓶矿泉水，递给客人。陆宁昊打开瓶盖，咕咚咕咚地喝了三大口，叹了一口气。

“我儿子失踪了。”陆宁昊又喝了三大口，“他叫陆羽禾，今年九岁，上小学二年级，他成绩很好，很聪明，很听话，很……”

“陆先生，我想他一定是世界上最好的孩子，然后呢？”吴忌打断了陆宁昊的话，以免他无休止地使用各种形容词来描述暂时无关紧要的事情。

陆宁昊有些抱歉地点点头。“大概半年前，三月份的时候，确切地说是三月七号，我像往常一样开车送他去学校。学校离我们家不远，大概开车二十分钟就到了。他下车后就自己走进校门上学去了。我看着他走进去，还和他招手了。儿子也向我招手，那个画面至今我都忘不了。”

说到这，陆宁昊深陷的眼窝里噙满了泪水，吴忌大概猜出了接下来即将要发生的事。

“那天过得很平常，和以往的任何一天都没有什么不同。因为我和我老婆下班时间都比较迟，所以羽禾一般都会在学校四点放学后，继续待在教室里做作业，一直到晚上七点，我老婆先下班去接他，而我通常要加班……”

“还未请教，你的职业是……”吴忌再次打断。

“我是一家虚拟网络游戏公司的程序员。”陆宁昊抿了抿嘴继续说，“从那天之后，我儿子就失踪了。那天也是一个下雨天，也飘着这种小雨，我老婆特意给他买了一件新的黄色小雨衣，她说这种雨天，撑伞不顶用。”

吴忌看了一眼门口的雨伞，再看了一眼全身被雨点沾湿的陆宁昊，点点头。

“羽禾就是穿着新买的黄色小雨衣失踪的，而学校竟然没有一个人看到我儿子是什么时候离开学校的！老师放学后就早早走了，其他小朋友又都自顾自看书的看书，玩游戏的玩游戏，更可恶的是学校门口的监控因为常年暴露在外，没有及时维护，那天下午从放学后四点一直到晚上七点都处在故障中！保安竟然花了三个小时维修一个摄像头！事发后，学校第一时间把那个保安辞退了，把我儿子的班主任调离了锡安，然后把剩下的责任全都推给了家长！说是我们没有及时接孩子回家！还说很有可能是我们把孩子接走之后才走失的，是我们没有照看好孩子却把责任推给学校！”陆宁昊越说越激动。

“陆先生，要不再喝口水？”吴忌的这句话及时降了温，陆宁昊回到了进屋时的温和状态。

陆宁昊喝了口水后继续：“我那天实在太生气了，那个校长又太势利了，他看我们家是普通老百姓，无权无势，就咄咄逼人，反咬我一口，于是我没忍住，跟他发生了肢体冲突，结果我被抓进派出所蹲了几天。”

“你报警了吧？”

“那当然，那天晚上我就立刻报警了，警察倒是立刻受理了，我一开始还以为要等二十四小时，后来我才知道儿童失踪案没有这种时间限制。不过，他们虽然受理了，但我觉得警方并没有很重视我儿子的失踪案，他们让我填了份资料，录了份口供，在我家收集了一些我儿子的头发，说是采集 DNA 用之后，就让我在家等消息。然后一等就是半年，我儿子失踪后，我每天都会去一趟派出所询问调查情况，除了我被抓那几天是我老婆帮我去问，但每次我得到的回应都是还在调查中，没有消息。吴侦探……”

“叫我吴忌吧，吴侦探听起来别扭。”吴忌自开这家侦探所以来，几乎对每个委托人都说过这句话。

“吴忌，我已经等了半年了，我在网上查过，失踪人员的最佳调查时间是在事发后的四十八个小时之内，如果四十八个小时之后还没找到，很可能就会……”

“变成悬案。”吴忌说出了陆宁昊不敢或是不愿说的话。

“是的，我不能再坐以待毙了，当我在楼下无意中看到侦探事务所的招牌的时候，我就想要不试试另外的法子。可我没想到，这里只有你一个侦探……”陆宁昊看了一眼吴忌，“抱歉，我的话可能会伤到你，但我真的有点心灰意懒。警方这么多人都找不到一个孩子，凭你一个人，估计希望更加渺茫。”

“说句实话，你的这个委托确实有点难度，特别是失踪人员已经失踪了半年之久……有句话我怕你听了会不舒服……”

“请说。”

“据我所知，现在的警方对于失踪案超过一个星期就会减少追查人手，超过一个月几乎就默认为悬案，所以很有可能在四月七号之后，派出所内已经无人过问你儿子的失踪案了。”

“什么！”果不出所料，陆宁昊大为震惊，眼窝中打转的泪水随之夺眶而出，吴忌从抽屉里拿出一包纸巾，递给陆宁昊。

“陆先生，我知道你很伤心很愤怒，但如果你去派出所喊冤，估计没人会帮忙。”吴忌停了一下，“你是去哪个派出所报的案？”

陆宁昊哽咽地回答：“坛中区李家桥派出所，因为我儿子在坛中区的秋潭小学上学，那一带属于李家桥派出所管。”

“秋潭小学，那不是重点小学吗？”

“对，是重点小学！哼！重点小学的校长最势利，他怕我儿子的失踪会影响学校的声誉，所以一直不承认学校的失误！”陆宁昊说这话的时候咬牙切齿。

“可以理解。”吴忌思索片刻，“那你家住在坛中区和北港区的交界？”

“对，吴侦……吴忌，你怎么知道我家在哪？”

“因为你说你家离学校只要二十分钟车程，秋潭小学在坛中区靠北的地方，又说自己家是普通人家，听你口音，不像本地人。在离秋潭小学二十分钟车程内的范围里，租金或房价都很高，相对便宜的就是坛中区和北港区交界那一带，所以我猜测你家或许在那儿。我记得那有一个小区叫新丰小区。”

“对，我就住在那，前年为了给小孩上重点小学，特意在那儿买的。但没想到是这种重点小学！”陆宁昊说起儿子的学校就怒不可遏。

“那你怎么会走到北港区的新元路来呢？”吴忌的手指往窗外一挥，窗外这条马路就是新元路，“我猜你中午又去李家桥派出所了吧？”

“对，我今天又去派出所了，结果又是没有消息。但我很不想回家，因为我一回家，看到我老婆那张充满期待的脸，我就受不了。她快疯了，上个月，我带她去看了医生，医生说她的精神情况很糟糕，再这么下去，她可能就要去精神病院了……所以我就随便选了一条往北的路，我大概走了很久吧，我不记得了，现在几点了？”

“五点零八分。”吴忌看了一眼桌上长方形的简易黑色电子闹钟，这是他偌大的一张办公桌上唯一的东西。

“哦，那我走了三个多小时了。我被人撞进了对面的那家面馆，出面馆的时候发现了你的事务所。”

“这就解释得通了。那么陆先生，”吴忌的手指下意识地点了点桌子，“你打算委托我找你儿子吗？”

陆宁昊仿佛是从长眠中醒来一般，茫然地盯着吴忌，“你能帮我找到我儿子？”

“我不能保证，但我会尽力试试。”

“吴忌，尽力试试没用，警察也说‘尽力试试’，可他们最后还是没有找到。”

“但我会真的尽力试试，如果你愿意相信我的话。”

“吴忌，”陆宁昊欲言又止，“你说……”

吴忌等待着。

“你说……”陆宁昊咽了一口口水，声音仿佛来自一个气若游丝的重症病人，“我儿子还活着吗？”

困

吴忌曾经是一名人民警察，跟随父亲的脚步踏上了这条路，如今父亲已经是锡安市公安局局长，但他却在三年前辞去了警察职务。

那年他二十九岁，经历了人生中一次重大的挫败。在一次任务中，因为一个失误，导致绑匪与人质同归于尽。他没能救下绑匪手中年仅十三岁的小女孩宋茵。他亲眼看着疯狂的绑匪突然爆炸，炸死了他自己，也炸死了人质。虽然事后所有人都说那并不算什么失误，但吴忌却不能原谅自己。绑匪当时的心理状态非常不稳定，大声嚷嚷着不许靠近他，但吴忌为了救下人质，决定冒一次险。他让同伴转移绑匪的注意力，自己孤身一人绕到绑匪身后，准备伺机而动。但绑匪发现了他，导致人质营救失败了。后来技术队的人在满地碎肉中检测出了一种微量的人工合成酶，这种酶会在人体神经系统高度紧张的状况下急剧变化，当达到一定含量时，会引发生化爆炸。所以绑匪本身就是一个不定时的生化炸弹，而吴忌不幸变成了引爆这个人肉炸弹的导火线。

之后的半年里，吴忌被诊断有重度神经焦虑症，他每晚都会梦到那个爆炸的画面，让他一度睡不好觉。白天他又精神恍惚，萎靡不振。最后他发现他再也做不了警察，于是离开了警队。

可吴忌除了会查案，就没有其他技能了。好在三十年前，也就是二〇四九年，中国正式通过了侦探行业的相关法律规定，侦探不再是灰色职业，而成了正当职业。于是在父亲的建议下，他转行做起了侦探。

就在吴忌给事务所选址时，他无意间在路上撞到了王泽易，一个自称是国学大师郭佩荣的弟子的算命先生。王泽易拉着他免费给他算了一卦，告诉他三十岁后他的幸运数字是五，去五越多的地方，运势会越好。结果他鬼使神差地听进了王泽易的话，且还找到了一个带有七个五的房子——新元路五五五号五楼五五五室——并搬了进去。也不知道是心理作用还是怎么的，搬进新家的当天，他睡了一个好觉，之后的几天里，也没有再梦到那个爆炸的画面。渐渐地，他的精神状态恢复了正常。

见王大师还有两下子，吴忌就时不时去王大师那算一卦，再到后来，变成他每接到一个委托，都会去王大师那算一卦。其实吴忌不是一个迷信的人，而王大师也不是每次都准，但他就是莫名其妙地习惯了。习惯，就像月亮绕地球，地球绕太阳旋转一样，是很难改的。

待到陆宁昊离开后，吴忌从衣柜翻出一件黑色的防水防风外套穿上，再戴上衣帽架上的那顶黑色的帽子，确切地说是高尔夫球帽，也出门了。虽然吴忌没有接到陆宁昊的委托——陆宁昊听完吴忌最后的回答“活着的可能性很小，即使活着也可能生不如死”后便转身走了，但吴忌还是想去王大师那算一卦。

王大师的易经占卜店开在北港区的德寿路六九〇号，离吴忌的事务所很近，走十五分钟就到。店门口的地上常年投射着一个八卦形状的圆盘。这项古老而又生命力顽强的行当时至今日依然有其市场。只要人的内心深处有焦虑，有不安，有渴望预知未来的贪婪，这个行当就会生生不息。不能幸免的吴忌也中招了。谁叫那会儿的吴忌意志力正出现裂缝呢？

吴忌一走进王大师的店，虚拟的服务员全息投影随即出现：“欢迎光临王泽易占卜店，请问我能为您做什么？”吴忌略过虚拟服务员径直走进里屋，掀开珠帘，一位满头银发的长者端坐在翠绿的竹林间，颇有遗世独立的道家风范。

吴忌咳嗽了一声。“王大师。”

长者睁开眼。但当他看到客人是吴忌的时候，他的满头银发立即恢复成了黑色，身旁的竹林也瞬时消失了，变成了一间普通的办公室。“是吴忌啊，又来算卦吗？”

“王大师，你又把全息投影关了，为什么总是对我差别对待？”

“哎呀，吴忌啊，你是老顾客了，就不要见外了，这套全息投影很费电，能省一点是一点。”王泽易说着，已经拿出他的一套算卦装备。装备很简单，就三枚仿古铜钱，但在全息投影下，它的样子更酷炫。在算卦的时候，还配有一些音效。

“要算什么？”

“老样子，运势。”说罢，吴忌已经盘腿坐在茶几前，摘下他头上的帽子放在茶几上，闭目沉思起来。王泽易称之为默念阶段，是摇卦前的必备阶段，把你自己求助的问题在心里描述一遍。

一分钟后，吴忌睁开眼，王泽易将三枚铜钱轻轻一掷，铜钱落在茶几上，得到一爻，重复六次，得到六爻，排成卦象，即得到六十四卦之一。

“泽水困，第四十七卦，困卦。”

“怎么解？”吴忌问。

“困：亨，贞，大人吉，无咎。有言不信。”王泽易脱口而出卦爻辞注解，手指下意识地端摸起下巴，“水在泽下，万物不生。君子穷困，小人滥盈。诸事不如意，所谓龙游浅水遭虾戏啊。”

“所以？”

“这是河中无水之象。如果你最近接了什么委托，我劝你辞掉，否则困在其中，三年无法出来。”

“这么严重？”吴忌有些狐疑。

“我什么时候骗过你？”王大师反问一句。

“那倒没有。”吴忌回以一个微妙的浅笑。

这时，茶几左上角的圆形扬声器发出“滴”的一声，王泽易立刻眉开眼笑。“有客人上门了。吴忌，那就这样，没别的事，我就不送了。账单月底会寄给你。”话音刚落，王泽易已经打开了华丽的全息投影，恢复了他满头银发的长者模样。

吴忌嘟囔了一句“财迷”，拿起帽子戴上，站起身走出去，与一个客人擦肩而过。

外面的雨有变大的趋势，空气混浊，路灯昏暗，吴忌压了压帽檐，迈入雨帘，朝事务所快步走去。

次日，吴忌又睡到了下午，不过今日雨总算停了。照例吃完简易的早餐之后，吴忌打了一个电话。

“于晨，下午好。”

“嘿，吴队，你终于想起来联系我了，这半年来你都没找我。”于晨是吴忌以前刑侦支队的同事，非常崇拜吴忌，以前跟着吴忌跑腿时还只是个小警员，现在已经升到副队长的位置了。

“已经有半年了？”吴忌回忆了一下最近一次找于晨的时间，那是三月份的时候，因接了一个调查财务失窃案的委托，他找于晨要了点相关资料。几乎每个私家侦探都有一个固定的警察朋友，这个朋友不能太聪明也不能太傻，介于两者之间最为适宜。吴忌在过去众多的同僚中挑了于晨。这么说好像有点诋毁于晨的智商，但这是客观事实，好在他正直又勤快，是典型的脚下警察——靠双腿跑出线索。

“对呀，都过去半年了。”于晨发出爽朗的笑声，“怎么样，最近忙吗？”

“还行。”吴忌咳嗽了一下，结束了简短的客套，然后直奔主题，“有个事想找你帮忙。”

“我就知道，说吧。”于晨似乎早有预感。

“你认识坛中区李家桥派出所的人吗？”

于晨想了想。“认识，老李，李汉玉就在里面，怎么……最近接到的委托要那边的人帮忙？”

“我想让老李帮我调一份失踪案的案卷，失踪的是一名九岁的男孩，叫陆羽禾，我想问……”

还没等吴忌说完，于晨就用三个冰冷的字眼打断了他的话。

“他死了。”

委托

通常一宗持续很久的失踪案百分之九十到最后不是变成拐卖案就是变成凶杀案，吴忌查案这么多年当然知道这一点。不过知道是一回事，接受就是另一回事。得知陆羽禾的死讯，他心中为之一颤。

“怎么死的？”

“谋杀。”于晨回答，“今天早上在景安山发现的尸体，是一对爬山的情侣发现的，那女的直接吓晕了，可能现在还躺在医院。

一起发现的除了陆羽禾，还有其他三个男孩的尸体。不过这些都是机密消息，还不能对外公布，所以……”

“我是侦探，不是记者。死了多久？”

于晨在电话那头停顿片刻后继续说：“陆羽禾吗？”

“对。”

“根据尸体的腐烂程度，初步估计在五个月左右。更精确的死亡时间要等技术队的报告出来。”

吴忌在心中推算时间，九月十七日往前推五个月，陆羽禾的死亡时间大约在四月十七日前后，也就是陆宁昊报案一个月以后。

“其他三个男孩呢？他们死了多久？”

于晨在平板电脑上划了几页，回答道：“分别是三个月，一个月，以及三天。”

吴忌做了一个深呼吸。“所以……很有可能陆羽禾是第一个受害者。”

“大概吧。”从于晨的声音中，吴忌听出一股沧桑，“吴队，这些男孩死得很惨。”

“怎么说？”

“全部被肢解了。我们在景安山上东一处，西一处，陆陆续续挖到被肢解的尸体，最后才拼完整。除此之外，我们推测他们生前很可能都遭受过性侵。”

寂静。

“吴队，你还在听吗？”

“在，我在，”吴忌从刹那的出神状态恢复，“整个景安山都搜遍了吗？确定只有四具尸体？”

“在搜第二遍了，目前只找到四具尸体。现在这个男童连环杀人案被局里定性为一级命案，上头很重视，限我们五天内破案。这个浑蛋，掘地三尺我也要把他给挖出来！”于晨正准备开骂却突然停了下来，几秒后，他说，“吴队，我得挂电话了，杨队叫弟兄们集合了。”

“好，你先忙。”吴忌挂了电话之后在书桌前踱起步，然后坐到他的莫斯里靠椅上。但他的屁股还没坐热门铃就响了，“谁啊？”他烦躁地挠了挠头，打开门口的监控，结果在监控里看到了正在按门铃的陆宁昊。

陆宁昊坐下许久后，开口的第一句话是“我想委托你找我儿子”，这是他昨天思考了一整个晚上后的决定。

吴忌打转行做侦探起，从来没有接过这么困难又这么容易的委托，他进退两难。

陆宁昊见吴忌没有回答，于是进一步询问：“吴忌，你不愿意接受我的委托吗？”

吴忌摇摇头：“不是不愿意，而是……”

“而是什么？”

生活就是这么残忍，你最爱的人突然离世，你无法面对，但终究要面对。

“找到了。”

陆宁昊迷茫地愣了半天，然后回应：“什么？”

“陆先生，你的儿子找到了。但是……”

陆宁昊的眼睛快要从眼眶中蹦出来：“吴忌，你刚刚说我儿子找到了？”

“对，找到了，但是……很抱歉，他已经死了。我刚从我的一个警察朋友那得到消息，今天早上在景安山发现了你儿子的……尸体。”

听到噩耗的陆宁昊将脸沉沉地埋入双手中，泣不成声。这是吴忌第二次看到一个父亲在他面前崩溃，第一次是在三年前。有那么一瞬间，吴忌将宋茵的父亲和陆羽禾的父亲看重了，他以为自己又回到了三年前心力交瘁的时候。

大概过了五分钟，陆宁昊从悲痛中缓过来，发出沙哑的声音：“吴忌，我要委托你一件事。”

“请说。”

“帮我找到杀我儿子的凶手。”

“陆先生，现在警方已经立案调查，你儿子的这起凶杀案被定性为一级命案，这意味着会受到高度重视，所以我想警方会帮你找出凶手，你不必再额外聘用我。”

“不，吴忌。”陆宁昊抹了一把脸，他显得更苍老了，“我再也不会相信警察了！我儿子失踪了半年，最后我连他死了都是从你口中知道的！这样的警察你让我怎么相信？”

这番话仿佛一把钝锈的匕首，硬生生在吴忌的心窝里剜了一刀。他决定不告诉陆宁昊他曾经也做过警察。他还决定不管陆宁昊怎么恳求，他都不接受委托，因为他不想再“困”在里面。

不答应他，不答应他，不答应他。吴忌在心里默念三遍，然而开口却是："好吧，我接受你的委托。"

"谢谢你，吴忌！只要你帮我找出凶手，不管多少钱，我都愿意付！"

吴忌点点头，从抽屉拿出一张纸，上面列明了各种委托的费用，以及哪些活不接。

大部分客人都会被用粗体字标注的"三不接"先吸引，它们分别是：夫妻关系相关类不接，商业情报收集类不接，借钱讨债逼债类不接。

陆宁昊看完这三不接，再瞄了一眼吴忌。

吴忌对他咧了咧嘴："怕麻烦。"

"所以……"陆宁昊在价目表上找到凶杀案一栏，"两千元？"

"每天，不含打点费。"

"打点费是？"

"就是买卖消息的小费，你向人套点消息，总得塞点钱。"

陆宁昊点点头："我懂我懂。两千元一天就两千元一天。"

"还有一件事要说在前头。"

"请说。"

"不管最后有没有找到凶手，我都不会退钱。时限是十五天，如果十五天之后我还没找到凶手，你可以不用再向我付钱，但我还是会继续完成你的委托。付出劳动获得报酬，天经地义，希望你能明白。不过……通常不需要十五天。"

陆宁昊琢磨了一会儿，答应了。

“好，那么委托就算成立了。”吴忌从抽屉里拿出一份事先拟好的格式合同和一支笔，“这是委托合同，麻烦填一下。”

签完合同，送走陆宁昊，吴忌后知后觉地发现他没有听从王大师的劝告，他想着之前算出的“困卦”坐到了沙发上。泰山摇着尾巴走到他身边，跳上沙发，依偎着他，安心地微眯起眼睛。吴忌一手捋着泰山背上的毛，另一只手拨了一个号码。

“爸。”

“吴忌。”

“今天早上你们是不是在景安山发现了四具男孩的尸体？”

手机那头沉默了一会儿，“是不是于晨告诉你的？”

“不是。”好像对父亲撒谎是吴忌的一种本能。

“那是谁告诉你的？”

“这个你就不要问了。”

“这个案子局里高度重视，你想干什么？”

“我想参与调查。”

手机那头再次沉默了一会儿，然后回道：“也好。”

相关性

时隔三年，吴忌再次回到刑侦支队，他原本以为自己会有回家的感觉。

“天啊！吴队！”熟悉的声音在吴忌身后响起，吴忌不用回头都知道那是谁。一个活力四射的精瘦男子从后头蹿上来，一把勾住了吴忌的脖子。他正是于晨，一对招风耳令他帅气中带点可爱。“你怎么会来这？”

“我来协助调查一件案子。”

“协助调查？”于晨立刻心领神会。需要吴忌出马的一定是大案，眼下还有什么案子比景安山男童案还大呢？“太好了！你可是破案王啊，你就应该回这来，这里才是你的天下！”破案王是吴忌还是警察的时候同僚送他的称号，不知为何，现在他觉得这个称号有点傻。

两人正说着，迎面走来一个梳着油头，穿着笔挺黑色风衣的高个男子，他身材挺拔，看得出每天出入健身房；一对高眉弓骨使他的双眼看上去有些迷离，石头般的方下巴又增加了几分力量感，一副警界精英的神气模样。曾几何时，吴忌也这么风光过，不过现在的吴忌已不再重视警容警貌，常年梳一个偏分头，不上油，出门一顶高尔夫球帽遮头，衣着也不怎么上心，舒服自在就好。

“这不是吴忌嘛！”高个男子笑容可掬地朝吴忌走来，不过在吴忌看来，这个笑容很假，皮笑肉不笑，就像机器生产出来的标准元件一样，没有丝毫生气。此人就是杨杰，曾经也在吴忌手下当差，但与吴忌的办案风格不同，所以与吴忌的关系一直很微妙。后来吴忌辞去警察职务后，他便顶替吴忌做了刑侦支队的队长。据说他升职的第一天就来了一次队内洗牌，把吴忌之前在队里定下的规矩全部撤销，换上了他自己的一套，美其名曰“新官新气象”。

吴忌也朝杨杰公式化地笑了笑。

“我是不是应该叫你吴侦探？当了侦探果然跟我们不一样了。”杨杰上下打量了一番吴忌，那眼神仿佛在看杂耍，“都快认不出你了。”

吴忌也从头到脚看了一番杨杰。“你也变了不少呀。”

“外面不好混吧？我看许多阿猫阿狗都跑去当侦探，还混出了人样。但你怎么能跟他们混在一起呢？”

“那也比跟猪一样的队友共事强吧。”

杨杰一个跨步上前，压低嗓音，凑近道：“吴忌你嘴巴放干净点！这里已经不是三年前的刑侦支队。”

吴忌嘴角微微一扬，非但不后退，还上前一步，凑到杨杰跟前，轻描淡写地说道：“杨杰，”他直呼其名，“如果你想继续和我叙旧，我奉陪到底，但是最好改天，今天不行。今天我来这里的目的，我想吴局应该跟你说了吧？”他直接搬出了父亲公安局局长的名头。

杨杰听到吴忌口中的“吴局”，气焰立刻降了不少，他朝吴忌发出一个不屑一顾的哼声，然后转头面向于晨：“婆婆妈妈，就差你了。快点！兄弟们已经等得不耐烦了。”说罢，杨杰自顾自地朝会议室走去。于晨捋了一把头发，灰头土脸地跟了上去。

宽敞的会议室里，调查本案的所有刑侦人员都已到齐。当吴忌走进会议室的时候，全场哗然。中间的椭圆形会议桌前还有两个真皮椅空着，那是留给杨杰和于晨的。于晨见状，立刻把自己的位置让给吴忌。“吴队，来，你坐这。”

杨杰听到刺耳的“吴队”两个字，瞥了一眼于晨，向他投去一个颇有警告意味的眼神。吴忌见状，把于晨摁进真皮椅内，自己走到会议室墙边，拿了一把塑料凳子，贴着墙坐下，然后静待会议开始。

这番行为杨杰看在眼里，心里稍微舒坦了些。

杨杰入座后，用手指关节敲了敲会议桌，这是会议即将开始的暗示，于是所有人都把注意力转回杨杰身上。“搜查队，说一下目前的情况。”

一个穿着哔叽西服的中年男人站起身，大脸盘，扁鼻子，左脸颊靠近耳朵根有一颗黑痣，他是搜查队负责人常明磊。“从昨天早上六点十七分接到报案起，我们搜查队对景安山进行了全山排查。到今天凌晨两点左右，我们总共进行了三次排查，共发现四具尸体，九处埋尸现场。”常明磊一边汇报，一边将埋尸现场在会议桌前的投影屏上一一展示，“报案人是一对情侣，他们首先发现的是这一处埋尸点，在山腰附近，发现的时候这只手裸露在地表外面，我们猜测是前天夜里的大雨把泥土冲刷开来导致的。所有肢解的尸体被分装在黑色的塑料袋里，塑料袋很普通，在任何一家超市都能买到。”

“尸体全部找到了吗？都能拼凑起来？”负责外联事宜的孙美琪询问，但敲击平板电脑上虚拟键盘的手没有停下。

“全部找到了，都能拼凑起来。”常明磊的部下孔翔森粗声粗气地回答。虽然孔翔森的声音略显沙哑，但他其实很年轻，模样也很俊朗，还多次代表警队去拍过警容宣传片。

“很好，辛苦了。”杨杰向常明磊等人投去赞许的目光，“技术队，说一下验尸报告。”

“我们拼凑出四具尸体后，第一时间在失踪儿童数据库里比对了相貌和DNA，结果发现这四具尸体均为在册的失踪男童，因此身份得以确认。具体验尸部分，崔勇，你汇报一下。”说话的是技术队负责人苏岚。她常年留着一头干练的短发，因为混有四分之一的南美血统，她的肤色呈现出健康的小麦色，灵动的猫眼和高挺的鼻子下面有一双完美的樱桃色嘴唇。她是警队公认的女神，也是许多单身男同事心中的暗恋对象，但，仅限于暗恋。

不管讲话的人是谁，吴忌的目光一直在投影屏上，直到苏岚的声音响起，他的某根神经被撩拨了一下。他本能地朝声源望了一眼，结果竟与苏岚的眼神对上了，他立刻低下头，帽檐阻隔了两人重逢的视线。

这时在座唯一一位留长发扎辫子的男士——法医崔勇开始汇报，吴忌立刻将注意力重新放回案子。“四具男童的尸体都被肢解，生殖器和肛门遭到高浓度硫酸严重腐蚀，所以我猜测男童生前或许遭到性侵，凶手为了销毁留在男童生殖器上或肛门内的精液，才对这些器官进行了破坏。”

投影屏上显示出第一具男童尸体，左侧是拼凑完整之后的尸体全貌，右侧是男童生前的照片，照片下面写着“陆羽禾，九岁”。这是吴忌第一次看到陆羽禾的长相，是一个非常可爱的小男孩。

照片中的他戴着一顶小草帽，站在沙滩上，穿着一件小花衬衫，蓝色的卡其布短裤，两只手上各捧着一只椰子，笑得合不拢嘴。

“陆羽禾，九岁，”崔勇扶了一下眼镜，“死亡时间为四月十七日左右。”

投影屏上出现第二具男童尸体。

“王家佳，十一岁，死亡时间为六月二十六日左右。”

然后是第三具、第四具。

“李晓康，十岁，死亡时间估计在八月十三日。最后一个叫潘嘉城，十四岁，死亡时间是九月十三日晚上十点。他们的死因都是窒息而亡，脖子上有明显勒痕，双手手腕和双脚脚腕处有瘀青，生前可能遭到细皮带之类的物件绑缚。尸身上残留类似消毒水的化学药剂，可能是凶手在埋尸前清理过尸体，所以在尸体上未发现凶手的指纹、毛发或衣物纤维。”

崔勇说完，看向苏岚。苏岚点点头，接着说：“现在我大致介绍一下四位死者的背景。”

“陆羽禾，家住坛中区，在秋潭小学上二年级。父亲叫陆宁昊，三十九岁，是傲游虚拟网络游戏公司的程序员。母亲叫赵萱，三十七岁，是金蝶软件公司的会计。今年三月七日，陆宁昊曾去坛中区李家桥派出所报案，说儿子失踪了。”苏岚说到这，咳嗽了一下，“当地派出所说曾派出过几个警力搜查，但没有结果。”

“王家佳，家住西锦区，在西锦区松园小学上二年级。父亲叫王远，四十岁，是威海生物技术公司的一名销售。母亲叫徐惠惠，家庭妇女。五月二十七日，徐惠惠去西锦区第二分局报案说儿子从前一晚起失踪，当地分局同样回复说，曾派出过人员调查，但没有结果。”

“李晓康，家住南烟区，该区实验小学三年级学生，父母离异，都不在锡安，跟奶奶住。奶奶叫李水琴，无业，每个月李晓康的父亲李一浩会寄生活费给她。七月二十二日，李水琴去当地派出所报案说孙子失踪。但事实上，李水琴说从七月十九日起，李晓康就没有回家，她一开始还以为孙子借宿在了同学家，所以没有及时报案。”

“最后一名受害者潘嘉城住在东林区最富有的别墅小区玫瑰园，是东林区新世纪国际小学四年级的学生，父亲是潘氏药业的董事长潘和明，母亲是潘氏药业的财务总监柳亦双，家境十分富裕。八月二十九日凌晨，潘和明打电话报案称儿子失踪，受理该失踪案的是东林区三桓派出所。”

听完苏岚的受害人背景简介，于晨感叹道：“四个受害者遍布锡安市各个区，现在除了北港区还算太平，其他四个区都有男童被杀，凶手的狩猎范围也太广了吧？该死的恋童癖变态！”

这种邪恶的癖好引发的杀戮让吴忌觉得恶心。变态杀手、连环凶杀案、恋童癖……从古至今，一直都在不断发生。不管世界进步了多少，时代发展到了什么阶段，人类却从来没有真正改变过，每个人心中都有心魔，每个人心中都有杀戮之心。

杨杰没有理会于晨的抱怨，看向苏岚：“受害者之间有什么共同点吗？除了年龄相似以外。”

“这四个受害者家庭状况不同，生活范围也完全不一样，我们把四个受害者的名字输入超级搜索引擎，进行关联度对比，发现他们之间的相关性呈‘明显弱相关性’，这意味着……”

“这意味着这很有可能是一起随机性杀人事件，”杨杰接过苏岚的话茬，“也叫无选择性杀人。”

此话一出，所有人都沉默了。

“好了，各位。”杨杰拍了拍手，以吸引所有人的注意力，“上面发话要我们在五天内破案，所以接下来，你们所有人都给我打起精神来，不准请假。小孔，你给那四个派出所打个电话，说明情况，让他们去通知受害者家属。美琪，你整理一下案情，剔除关键字，今晚之前对媒体大致交代一下，正一下视听，现在外面传得越来越离谱了。老常，你把四个失踪案案卷调回……”

在杨杰分派任务的时候，吴忌的思绪早已不在会议室，他的脑中不停地闪现受害者的死状和死亡现场的图片。有个问题一直在不停地刺激他——这真的是随机性杀人事件吗？

将他从沉思中拉回到会议室的是于晨的一句话。于晨在杨杰结束任务分派即将解散前，及时插了一句：“杨队，你不介绍一下吴……忌吗？”

杨杰的视线在于晨和吴忌之间游离，冷漠地说道：“吴忌我想大家都认识，他这次是来协助调查的，只是协助而已。因为他喜欢单干，所以不会参与我们的任何外勤任务。”

说到这，杨杰顿了顿，然后突然提高音量：“还愣着干什么！都给我把屁股抬起来干活去！于晨留下。”

话音刚落，大家赶忙起身，一齐拥向会议室大门，除了于晨。人群中，苏岚向吴忌投去意味深长的一瞥，但吴忌没有看到。

待到会议室只剩下杨杰、吴忌和于晨三人后，杨杰手指敲着桌面，缓缓地说："吴忌，我刚刚那么说，你不会怪我吧。"

吴忌知道杨杰在装模作样。"我为什么要怪你？你说的没错，我确实只是来协助调查的，并且我确实喜欢单干。"

"但……我怕不理解我的人会说我故意孤立你，所以我把于晨派给你，你觉得怎么样？"

于晨听罢，惊讶地望向杨杰。

杨杰露出一个顽劣的微笑。"你不愿意？不愿意就算了。"

"不不，杨队，我愿意，非常愿意。"于晨立刻回应。

"吴忌，你觉得怎么样？"杨杰第二次问吴忌，眉毛高高地翘起。

吴忌脱下帽子，凌厉的目光迎上杨杰的注视："求之不得。"

欲望

景安山坐落在锡安市最东边的郊区，属于东林区。山势较高，山顶常年云雾缭绕，如轻纱笼罩，但坡度适中，很适合徒步爬山锻炼身体。遇上节假日，还有许多年轻人来景安山露营。不过如今景安山的五个上山通道已经全部被警方用黄线封锁。

于晨向一名在通道口把关的警察亮了亮自己的证件，便带着吴忌绕过了黄线。

"这条就是报案的那对情侣走的路。"于晨指了指脚下泥泞的山道。

这条山道吴忌很熟悉，小的时候父亲经常带他来这爬山，有一次他走得太快摔了一跤，就是在这条道上摔的。

“吴队，你说这个变态为什么要肢解那些尸体呢？是他有这个癖好呢还是……”

“便于搬运和埋尸。”吴忌环顾四周，除了几棵松树还在秋风中挺拔耸立着，其他的树木和野草都处于青黄交替的状态。山上的温度明显比山下低，凛冽的寒风夹杂着几声来自远方的鸟鸣吹过，吴忌不禁打了个哆嗦。“我猜他的体能有限，无法一次性搬动一个十岁左右男孩的尸体，所以他要分两次搬运，而到了十四岁的潘嘉城，他甚至要分三次抛尸。他应该是在晚上进行的埋尸，所以他可能记不住前一次的埋尸点，每次都再挖一个新的坑。但也有可能是他怕下山搬运第二趟的时候被人发现上一个裸露在外面的坑，虽然这种概率很小，但他还是很小心谨慎，宁可再挖第二个坑也要先把上一个坑填平。所以四具尸体，有九处埋尸地点。当然，也不排除他有肢解尸体的癖好。”

于晨用手摩擦了一番受凉的双臂。“四具尸体，九处埋尸点，原来还有这么多可能性。”

“三年了，你都升做副队长了，我以为你会有点长进，没想到还是大老粗一个。”

“别提这个副队长了，”于晨挠挠头，“我自己都不知道怎么坐上去的。可能杨杰觉得像我这种大老粗做副队长不会威胁到他吧。”

“你没长进是事实，但也别妄自菲薄。”

“吴队，你走了之后，就没有人带我了……我真怀念以前跟着你出任务的时候，特别带劲，天天跟打了鸡血似的！”于晨停下脚步，“吴队你回来吧，兄弟们都很想你，你的病应该也已经好了吧？”

吴忌从于晨身边走过，没有停留，继续往山上走。“于晨，别说这些废话了，我不会回去的。”

“那么苏岚呢？”

吴忌的脚步迟疑了一下。“她怎么了？”

“我听说杨杰在追她。”于晨追上吴忌，“你难道一点都不在乎？你们以前可是情侣，不，你连求婚戒指都买好了，却因为那起绑架案，你们……”

“于晨，过去的事不要再提了。”吴忌一口打断。

但于晨的脾气很倔。“我知道苏岚心里一直有你，但你这样让她无止境地等下去，她的心终究会变的。”

“我没有让她等，三年前我就跟她分手了，我说得很清楚。于晨，如果你还想跟着我一起查案，就不要再提过去的事。否则你走吧，我一个人查案也习惯了。”

于晨原本还想说什么，但听到“你走吧”三个字，便把话吞回了肚子里。两人又徒步走了十分钟，山路开始陡峭起来。

“那里就是第一个被发现的埋尸点。”于晨指了指山道的左边，“埋的是潘嘉城的部分尸体。据那对情侣说，那个男的走到一半，突然尿急，所以就跑进那边的草丛撒尿，结果看到了露出土外的手指。”

吴忌朝埋尸点走去，同时从口袋里拿出一只白色的塑胶手套熟练地戴在右手上。他在搜查队挖的坑旁蹲下，用工具丈量了一下坑的深度，大约一米；又抓起一把泥土搓了搓，松软有黏性，挖掘不吃力；再查看了一番周围的地面，山腰的小平地，站立不困难，挖掘工作比较容易展开。察看完毕后，吴忌说：“带我去其他八个埋尸点吧。”

待到所有埋尸点全部走完后已是中午时分。于晨提议先去吃点东西填填肚子，吴忌同意了。景安山附近比较偏僻，可选择的餐馆比较少，最后他们选了其中一家面馆，点了两碗牛肉面。

“有什么发现吗？”于晨嘣了一大口面，边嚼边问。

“九个埋尸点，从深度上看，陆羽禾的两个坑最深，都超过两米；然后是王家佳的，在两米左右；再次是李晓康的，超出一米，两米不到；最后是潘嘉城的，已经变成了一米五左右，最后一个被发现的坑甚至一米都不到。可见凶手第一次作案最为谨慎，他怕被人发现，所以挖得很深，第二次也比较谨慎，但后来就开始放松警惕。”

吴忌吃了一小块牛肉，继续说：“从他选择的埋尸点位置也能看出这个趋势，陆羽禾的两个埋尸点在山腰最深的腹地，旁边的杂草都能没过我们的腰部，很难被发现；王家佳的埋尸点在陆羽禾附近，也很隐蔽；到了李晓康，周围的杂草只长到了我们膝盖的位置；最后潘嘉城的，第一个和第二个坑还算比较隐蔽，但第三个坑距离主山道只有二十米远，可见他最后一次埋尸偷懒了。”

“所以他是越来越不把我们警察当回事是吧，这个混蛋！”于晨大骂一声，然后又嘣了一口面。吴忌没有接话。

“吴队，我知道一些变态杀手作案后都会回到案发现场，你说这个混蛋会不会也回去过景安山？”

“当然。”吴忌吃完口中的面，“他当然要回去。他每次埋尸都会选择晚上无人的时候，但晚上埋尸有个缺点，视线不清晰，所以他很有可能第二天白天再去一次，确保没有留下任何线索。”

“有道理。这么说起来，这个变态杀手的反侦查能力很强呀！”

吴忌点点头：“他心思很缜密，从用消毒液清理尸体，到用硫酸腐蚀器官，再到埋尸点的选择上，除了最后一次，他都很谨慎。除此之外，他的犯案频率在不断上升，他似乎欲望越来越旺盛，但同时又越来越喜新厌旧。”

“怎么说？”

吴忌将手机放在桌上，然后切换到键盘与投影模式，手机屏幕立刻转变为小键盘，同时投射出一块长方形显示屏。他选了制表功能，然后输入了两列日期，第一列是受害人的失踪日，第二列是受害人的死亡日。接着他又逐一输入四个数字，41，31，22，16，再点了一下，便转化成了柱状图。

“这是四个被害人从失踪日到死亡日之间的间隔天数，也很可能是他们经受性侵的持续时间。发现了吗？时间在缩短。有一种可能是凶手虐待的手段在升级，所以他们死得很快，另一种可能是凶手对男童越来越没有兴趣。”

“我希望是第二种可能性。”于晨压低嗓音回道。

“我也这么希望。”吴忌说着又输入第二组数据，39，26，15，同样被转化成了直观的柱状图，“这是前一个受害人死亡日到下一个受害人失踪日的间隔，也就是凶手寻找目标的时间。同样的，它们也在缩短，这说明凶手的变态欲望也越来越……”

于晨倒吸一口凉气，惊恐地望向吴忌：“所以你的意思是……”

“我想……凶手还会继续作案。”吴忌夹起一缕面条，用筷子缠绕，但这缕面条似乎长得没有尽头，将筷子越绕越肿，“因为他的欲望在膨胀，他停不下来。”

天生的取向

“接下来我们去哪？”于晨钻进他的黑色奥迪，坐上驾驶位，系好安全带，开启导航。

“北港区星河路五百号东海大厦。”

“收到。”于晨给自己的车设置了一个温柔的女声导航。

“目的地北港区星河路五百号东海大厦，全程一百三十三公里，大约需要一小时四十三分钟。”

声音落地，于晨发动车子，驶上了马路。

事实上车子开了两个多小时。于晨跟着吴忌乘坐电梯来到了东海大厦的十八楼，吴忌熟门熟路地走进一间公司，于晨看到公司门口的名牌上写着“睿灵心理咨询公司”。

“吴队，我们来心理咨询公司干什么？该不会你的精神病复发了吧？”

吴忌乜斜了一眼于晨。“你才有精神病。”

“这里是睿灵心理咨询公司，请问我有什么可以帮您？”只见一个穿着黑色西装套裙、长发披肩、举止端庄的女士含笑朝他们走来。不同于那些小店面门口的劣质虚拟服务员，这家公司门口的接待员质感做得很逼真。

“我叫吴忌，麻烦帮我找一下关瑶医生。”

“请稍等。”虚拟接待员走到前台，在一个虚拟电话上按了一个号码，三秒后，线路接通了。通话结束后，她朝吴忌点点头，同时她身后的玻璃门打开。“请跟我来。”

两人跟着接待员走过一个宽敞的大厅，大厅四周的墙角摆满了鲜花盆栽，中央放着五颜六色的软座无靠背沙发，呈蛇形弯曲摆放，他们绕过这些沙发，再经过三四个小房间，最后在一间金属门牌上刻着“伦敦”两字的房间门口停下。

“这里就是关医生的房间了，请问还有什么其他需要我帮忙的吗？”结束服务前的标准问题。

“没有了，谢谢。”吴忌道谢后，接待员就消失了。他正准备敲门，门却先开了，一阵清香扑鼻而来，是鸢尾花的香味。于晨不禁脱口而出“好香”，然后他看到一个头发微卷的中短发女子站在门内，全身灰色系，干练而不失亲切感。她下意识地将垂落的头发撩到耳后，弯起嘴角道："吴忌，今天怎么有空来看我？哦，还带了一个朋友？"

吴忌拍了拍于晨的背。"他叫于晨，我以前的同事。于晨，这位是关医生。于晨，于晨？"

于晨呆呆地望着关瑶，半天没回过神，在吴忌的连声呼唤下才反应过来，然后立刻握住关瑶的手。"关医生，你好，我叫于晨，以前跟着吴队，现在还跟着吴队。"

"吴队？吴忌，你又做回警察了？"关瑶灵动而又机警的杏仁眼在眼眶内闪烁着，同时迎了两人进来。

这是一间更像图书室的诊室，贴着左右墙面的是两个大书架，上面放满了书。在电子书大行其道的现如今依然有大批纸质书的拥趸。书架上大部分是心理学相关的书籍，偶有几本非专业类书籍也都是一些如济慈、拜伦、莎士比亚、司各特、吉卜林等英国名家的文学作品。房间正中央是一套黑色的环形真皮组合沙发、一张圆形玻璃小茶几以及一把黑色的真皮安乐椅。正对着门的是一张乳白色长方形书桌，书桌上放着一个小型的大本钟模型。书桌后面是同一系列的乳白色真皮靠椅。

"没有，我还是侦探，这小子叫我吴队叫习惯了。"吴忌走进诊室。

"请坐。"关瑶指了指沙发，"要喝点什么？咖啡还是茶？"

"不用麻烦了，给我们两瓶水吧。"吴忌回答。于是关瑶在门边上的柜子里拿了两瓶水，递给吴忌和于晨。于晨一接过水，就开瓶喝了两口，然后夸张地赞扬道：“关医生，你这水真好喝。”

吴忌斜眼道：“你一个平时不爱喝水的人，还能喝出水好不好喝？”

于晨立刻贴着吴忌的耳朵嘀咕了一声：“吴队，在美女医生面前给我留点面子。”

吴忌会心一笑。

“说吧，今天找我有什么事？”关瑶在吴忌的对面坐下。

“想向专家咨询点事。”吴忌拿出手机，“你介不介意我录音？”

“我说介意，你难道就不录了？”关瑶打趣道。

吴忌压了压帽檐。“如果你介意，那我只能偷偷录。”

“好了，不介意。”关瑶摆摆手，“说吧，想咨询点什么？”

吴忌调整了一下坐姿。“你对……恋童癖这种病症了解多少？”

“恋童癖”这三个字显然不是什么悦耳的词汇，关瑶下意识地双臂抱在胸前。“一种古老的性变态精神疾病，到目前为止还没找到公认的病变形成原理和根除方式。它是一种对儿童——通常为发育前或青春早期的男孩或女孩的病理性性偏好。它多见于男性，女性偶尔也有，但极为罕见。”

吴忌听得很认真。“一般患有这种精神病的人会有什么不同于常人的特征吗？”

关瑶倾了倾身体。“就像所有的精神病患者都有独特的表征，这类患者也会有个体差异。如果非要归纳出一些共性，大概有这么几方面：他很有可能社交能力不足，对成年异性有强烈的焦虑感，单身，性功能异常，有严重的强迫症。但这些都不绝对，比如在回归型患者身上就没有这些表征。”

“什么是回归型患者？”于晨见缝插针地问道。

“我们把恋童癖患者大致分成了三类。第一类叫固定型，这类患者对成年人不感兴趣，只喜欢与孩童交往，并且只有在与孩童交往时才觉得舒心。所以他们猎取的对象一般都是很熟悉的，比如朋友、亲戚的孩子。第二类叫回归型，这类患者表面上看起来与常人无异，能与他人建立良好的人际关系，有过正常的恋爱史，甚至已经结婚成家。但是，当家庭、学习、工作等方面出现压力或遇到重大精神刺激时，他会恢复不成熟的性表达方式。这类患者猎取的对象都是不熟悉的孩童，其行为带有冲动性。第三类叫攻击型。”

关瑶放下双臂，撑着沙发换了一个坐姿，接着说：“听名字就知道这类患者不是什么善男信女。这类患者由于某种原因，存在一种攻击心理，想借助于折磨孩童而发泄出来。他们往往用各种残忍和变态的手段来蹂躏孩童。这类患者与施虐狂很相似，他们追求的不是正常的性快感，而是通过不正常的性行为来发泄畸形的感情……”

还没等关瑶描述完，于晨已经迫不及待地推了推一旁的吴忌：“就是这种，攻击型，一定是这种类型的变态。”

吴忌没有理会于晨，向关瑶问道：“这三种类型绝对独立吗？有没有可能交叉？比如他既是回归型又是攻击型？”

关瑶点点头：“当然有这种可能。分类只不过是便于我们研究，在实际案例中，很多患者都会既是固定型又是攻击型，或者既是回归型又是攻击型，有些还介于固定型和回归型之间。”

于晨又打岔道：“关医生，那些网上传的什么萝莉控、正太控是不是也属于恋童癖啊？”

“不，如果仅仅是对幼年的小女孩或者小男孩有好感，并不构成精神疾病。他们与恋童癖患者之间有本质的区别，区别就在于‘病理性’。”关瑶说着，站起身，走到书架旁，然后在第三排靠门的位置取出一本书。她翻了几页之后，递给吴忌。

“这是最新版的《精神疾病诊断与统计手册》，你看一下这段话，这三条是恋童癖的诊断标准。”关瑶给吴忌指出了相应段落：

1. 对青春期前的孩子(一般是13岁以下)反复地强烈地表现出性的兴趣，如性幻想、性冲动或涉及性的行为，这种状态至少持续6个月；

2. 性幻想、性冲动或行为干扰了工作和生活的正常进行；

3. 被评估的人至少16岁，并且比针对的儿童至少大5岁。

“十三岁？”吴忌看完这段话，产生的第一个念头就是如果按这个诊断标准，那么十四岁的潘嘉城不应该在名单里面。

“十三岁怎么了？”关瑶问。

“哦，是这样，最近的景安山……”于晨才开了个头，就被吴忌制止了。

关瑶见状，嘴角弯起。“其实不说我也知道你们在查什么案子，再加上你们还特意跑来问我有关恋童癖的事。现在整个锡安，甚至全国都在关注这件案子。”

吴忌见状，也弯起嘴角。“即使如此，案子还没告破前也不能对外透露。”

“理解。刚刚你对这个十三岁好像有什么疑问？”

“我想问恋童癖患者一定会挑十三岁以下的儿童下手吗？”

“也不是绝对，你看上面写着‘一般’两个字，所以也会遇到特殊情况。十四、十五，甚至十六岁被施虐的孩子也有。”

“明白了。”吴忌边说边用手机将这段话拍了下来，然后把书还给关瑶，“谢谢。”

“还有什么想问的吗？”关瑶把书放回书架。

“最后一个问题，你一开始说目前公认的病变形成原理还没有，那没有公认的或尚待确定的原理有吗？”

“这么说吧，目前的一些研究成果归纳了部分原因：一种是心理因素，他们留恋儿童时光，不愿长大，久而久之引发精神病变；一种是社会因素，比如工作压力大，在成人的世界中沟通不畅，却发现儿童的世界单纯美好，时间一长，便对成人间的人际关系感到厌倦，而把兴趣转到了儿童身上；还有一种是家庭因素，家庭不和睦，夫妻感情不好，使之对成年人间的性生活失去兴趣，而把对象转向儿童；最后一种是性格缺陷，由于性格胆怯、懦弱，缺乏应付危机的能力，当遇到重大精神打击时，如妻子有了外遇，不能勇敢地面对现实，希望退回到童年，于是把心思转到小女孩身上。他会在心目中把小女孩幻化成两种形象：一是恋人，二是母亲。当然还有一些其他的可能诱因，比如由于智能发育迟滞、慢性酒精中毒、残废、年老或其他脑病，使得接触正常成年女性的机会很少，故将满足性欲的对象转向儿童。但是……”

关瑶停顿了一下，然后继续道：“所有这些原因都不是主要的。”

“什么意思？”吴忌和于晨异口同声地询问。

关瑶的声音突然变得很遥远很飘忽。“越来越多的证据和研究结果都指向同一个原因，即恋童是一种天生的‘取向’。”

暗流

从睿灵心理咨询公司出来时，外面已经天黑了。在回支队的路上，于晨从吴忌口中得知关瑶就是曾经帮助吴忌走出精神焦虑的心理咨询师，吴忌在从警队辞职到变成侦探之间的半年时间里，几乎天天都要去那间诊室。

“那你知道关医生有没有男朋友吗？”于晨一边开车一边问，继续在关瑶的话题上打转。

“这个我就不知道了。但我从没见她戴过婚戒，所以……”吴忌向于晨使了一个眼神，好像在说“小子，你还有希望”。

于晨见状，乐得合不拢嘴，但突然又莫名伤感起来。“但是……集智慧与美貌于一身的关医生怎么会看得上我呢？”

吴忌没有搭腔，他知道于晨现在已经深陷单恋时期典型的患得患失的泥潭中不可自拔了。

“再多跟我说一点关医生的事吧，比如她在做心理咨询师以前做过什么？她平时喜欢干什么？她喜欢吃什么……”

吴忌连忙打断：“于晨，我只知道她除了是个心理咨询师以外，还是一个药剂师，除此之外我就什么都不知道了。”

话音刚落，吴忌的手机响了，他看了一眼来电显示，立刻严肃起来。

“你好，陆先生。”

“吴忌，方便接电话吗？”陆宁昊的声音比昨天更加沙哑了。

“方便，你说。”

“今天正式接到了警方的通知，我儿子确实死了。”

“我知道。”

“还有，我刚从新闻上知道死的不止我儿子一个，还有其他三个小孩。吴忌，他们都是死在同一个浑蛋手里吗？”

“是的。”

吴忌听到手机那头传来沉重又克制的喘息声。

“吴忌，你一定要帮我找出这个浑蛋！狗杂种……”越来越多不堪入耳的脏话传入吴忌的耳朵，他将手机稍稍举远了一点。

待到陆宁昊的脏话词库量见底，吴忌再度拉近手机。“我会尽力的。”

“那你今天有什么收获吗？”

吴忌把今天他做的事和查到的线索快速向陆宁昊汇报了一

遍，陆宁昊听得很仔细。听完他问道："那接下来你打算怎么做？"

"我想这次连环杀人案的突破口应该在第一起以及到目前为止的最新一起案件上，也就是羽禾的案子以及小潘的案子。"在对外公布的警讯里，为了保护被害人隐私，一般都会用化名，同样的，为了保护潘嘉城的隐私，吴忌没有告诉陆宁昊这最后一个被害人的全名。

"为什么？"

"因为凶手第一次作案心里最慌，留下的破绽也就最多；而凶手最近一次作案，时效最新，留下的有效证据也最多。"

"原来如此，你看我一个什么都不懂的人还问这么多，你不会介意吧？"

"客气了。"

"那我不打扰你查案了……"

"对了，你太太还好吗？"

陆宁昊长叹一口气。"别提了，原本我想等找到凶手再告诉她羽禾的死讯，结果今天是她接到的警方通知电话。她一听到羽禾死了，差点没晕过去，刚刚哭得筋疲力尽。"

人生最不幸的三件事莫过于少年丧父母、中年丧配偶、老年丧独子。陆宁昊夫妇虽然还算不上老年，但丧子之痛锥心刺骨，任何人都无法承受。

吴忌在和陆宁昊的对话框内划出关瑶的名片。"我刚给你发了一张电子名片，抽个时间带你太太去找这位心理咨询师聊聊，她人很好，经验丰富，我想她能帮你太太渡过这一次的难关。”

陆宁昊哽咽了。“谢谢你，吴忌，谢谢你，谢谢你……”

挂断电话后，于晨惊讶道：“原来你协助我们破这起案子不是因为吴局啊！”

“因为吴局？什么意思？”

“就是吴局觉得事态严重，请外援来帮忙啊。换句话说，吴局对杨队的能力有所怀疑啊，我想队里所有人都是这么想的吧。”

经于晨这么一说，吴忌恍然大悟，连于晨都这么想，那杨杰这种小心眼的人就更不用说了，怪不得早上的火药味这么浓。一开始吴忌还以为杨杰只是想给他来一个下马威，让吴忌知道如今谁才是老大。但现在回想起来，或许还有更深的原因，而这个原因就是杨杰认为自己威胁到了他的地位，他甚至还会钻牛角尖地认为吴局想把自己重新拉回警队，并将他取而代之。想至此，吴忌忽然觉得可笑。

“吴队，要不要我跟他解释一下，这样他或许不会再故意针对你了。”于晨补充一句。

“不。”吴忌转向车窗外，“就让他误会好了。”

“小孔，你来一下。”杨杰把孔翔森叫进自己的办公室，然后关上门。

“杨队，有什么吩咐？”孔翔森在吴忌当队长的时候，还只是一个交警，但后来杨杰把他一手提拔进了刑侦支队，所以孔翔森对有知遇之恩的杨杰言听计从。

“你平时跟于晨关系还算可以吧？”杨杰坐回自己的靠背椅，手指在靠椅扶手上没有规律地敲击。

“还可以，小于跟所有人都聊得来。”孔翔森英俊的脸上露出服帖的笑容。

“嗯，那你这几天多跟他接触，然后从他那探探吴忌查案的动向。”杨杰轻描淡写地说，好像这件事就跟吃饭喝水一样平常。

孔翔森听完，笑容消失了，他没有理解这件“平常事”的意义何在。“杨队，你为什么不直接让吴忌来向你汇报呢？”

杨杰冷哼一声道：“你觉得可能吗？暂且不说他会不会来向我汇报，就算他真的来了，你觉得我能相信他说的话？他这次明面上是来协助调查，其实他就是想借此机会，破案立功，然后重返警队。如果他重新回警队，小孔，你可能得重新回去做个交警了。”

孔翔森如醍醐灌顶般狂点头。“我明白了，我明白了！所以你让于晨跟着吴忌，然后再让我去接近于晨探听消息。但是杨队，于晨是吴忌的迷弟，队里所有人都知道，你觉得于晨会告诉我那边的查案动向吗？”

杨杰举起一根手指在空气中上下摆动。“于晨的心眼没有吴忌深，你请他喝点酒，话就全部套出来了。懂了吗？”

孔翔森恍然大悟，再次不住点头。“懂了懂了，于晨心肠直，不会耍阴招，也藏不住秘密。杨队，还是你厉害！”孔翔森一脸景仰地望着杨杰，恨不得再给杨杰竖几个大拇指。

两人正说着，传来了敲门声。

“进来吧。”杨杰对着门应了一声。真是说曹操曹操就到，于晨笑呵呵地推门进来。“小孔也在呢？杨队，我找不到老常，我还以为他在你办公室呢。”

“老常和兄弟们去吃饭了。”杨杰回道，“你呢，吃过晚饭了？”

“还没呢，今天一整天就吃了一碗牛肉面。”于晨下意识地摸了摸饥饿的肚子。

杨杰朝孔翔森使了一个眼色，孔翔森会意，立刻道：“正好，我也没吃呢，我们一起吧，小于。”

“那我叫上吴忌一起吧。”在杨杰面前，于晨稍微收敛了一点，没有开口吴队闭口吴队。

“你们先去吧，我找吴忌还有事。”杨杰很自然地接话道。

于晨犹豫了一下。“那我跟他说一声。”

孔翔森走到门口，一把拉住于晨。“说什么呀，吴忌又不是小孩子，连吃饭都要你照顾，走，我们先走。”

“等等，”于晨一手攀住门框，“杨队，那老常把失踪案卷都调回来了吗？”

“调回来了。”杨杰顿了一下，立刻明白了于晨找常明磊的用意，“是吴忌让你找老常拿案卷的吧？”

于晨点点头。

杨杰嘴角一扬。“我知道了，这件事我会帮你处理的，你们去吃饭吧，我给他拿过去。”

“走走，磨磨蹭蹭的。”孔翔森又推搡了一把于晨。

“那你一定要给他拿过去啊，他在会议……”于晨的声音渐行渐远。

杨杰拿起桌上的平板电脑，在手上掂了掂，嘀咕了一句“那就会会吧”，走出了办公室。

吴忌独自坐在会议室，正在听下午在关瑶的诊室录下的录音。“咚咚”，吴忌暂停录音播放，抬起头，只见杨杰站在门口，在打开的会议室门上轻敲着以引起注意。

“案卷给你送过来了。”杨杰走进会议室，放下平板电脑，坐在吴忌正对面。

“于晨呢？”

“他和队里的兄弟吃饭去了。”

吴忌突然意识到自己也有点饿了。

“怎么样，今天忙了一整天，查到了什么线索？”杨杰试探道。

吴忌摇摇头。“毫无头绪，拼图上除了四个受害者，就没有其他了。”

杨杰知道吴忌的那套拼图理论。吴忌认为查案就像是玩拼图，凶手、被害人、证据、关键线索则是碎片，当这些碎片全部到齐且放到正确位置后，拼图完成，案子自然而然就破了。而碎片出现的顺序，按照逻辑，总是始于被害人，终于凶手。看似简单的理论，在吴忌那里玩得得心应手，但到了杨杰这就变了味，他怎么学都学不会。后来他悟出了其中的缘由，虽然他内心非常抗拒承认这个缘由，那就是吴忌有很强的刑侦能力和逻辑思维，而自己确实不如他。

“这是四起失踪案的案卷，或许你会从中发现一些碎片。”杨杰把平板电脑轻轻一推，推到了吴忌跟前。

“你都看过了？”吴忌点开电脑，在屏幕上画了一个圈再往上滑，电脑立刻切换到投影模式，他将四个文档逐一点开，分成四个屏，然后全部放大，以便于阅读。如此一来，坐在对面的杨杰就被这些投影屏幕挡住了。

杨杰咳嗽了一声，仿佛在示意吴忌他的存在。“看过了。”

“看出什么端倪了吗？”

沉默。

“没有。”杨杰回答这个词的时候，莫名觉得有些丢脸。“他们失踪前都没有遇到什么奇怪的人，也没有反常的表现。李晓康是周六去了同学家之后失踪，潘嘉城是去参加同学的生日会之后失踪，其他两个受害人都是在学校放学后失踪。从作案时间上看，凶手出没的时间很随机，不分节假日。”

吴忌的目光盯着案卷，心不在焉地接过杨杰的话继续说：“小学放学时间比一般上班族的下班时间早，一个正常上班的白领或公务员很难有这样充裕又自由的作案时间，所以凶手的职业可能是不定时工作者或自由职业者甚至无业。”

“也有可能是凶手为了掩盖他有固定职业这一特征而故意挑了几个工作日作案。”

“但这样的话，待到警方公布被害人的失踪和死亡日期后，他的某个聪明的同事或上司可能会发现他请假的日子刚好可以对上号，这就存在一定的风险，也得不偿失。所以我更倾向于凶手是不定时工作者或自由职业者甚至无业。当然,这也不是绝对的。”

“即便如此，你给出的范围也太广了。”

“我当然不可能让你按照这个标准去排查。”

“那还有更明确的排查方……”杨杰突然打住了，然后在心里狠狠骂了一个“他妈的”，因为他猛然发觉自己竟然又被吴忌牵着鼻子走，一切又像回到了三年前。

“更明确的排查方向要等我看了这些案卷之后。”

“那你看完这些案卷之后给我一份详细的报告。”

“什么报告？”吴忌快速反问，几乎是无缝衔接了杨杰的话。

杨杰哼笑一声。“什么报告？吴忌，你以前也做过警察……”

“你也会说以前，”吴忌快速打断，“还是说你希望我重新做回警察？重新回支队？重新当回……你的吴队？”

吴忌的话如同给了杨杰一记响亮的耳光。“报告不用写了！你到时候向我口述一下嫌疑人……”在这个尴尬的节骨眼上，杨杰被自己饥肠辘辘的肚子打断了。

“什么？杨杰，我只听到你前半句报告不用写，后半句是什么？你那肚子叫得太大声，我没听清。”

此刻的杨杰已羞得无地自容，只想快点离开会议室。“没听清就算了，我饿了，先去吃饭。”

“正好，我也饿了，你们叫了外卖吧？也给我一份？”

杨杰冷冷地发出一个似是而非的“哼”字，甩上门走出了会议室，却在门口遇到了迎面走来的苏岚。

在遇到苏岚之前，杨杰不知道原来女孩剪短发还能这么美。

苏岚的美带着一股英气，穿上西装，比男人还帅，穿上裙子，又立刻变回女孩的温文尔雅。

杨杰对这个简单不造作的美丽女孩动了心。可苏岚从一开始心里就只有吴忌。

“杨队，你怎么没跟他们去吃饭？”苏岚驻足道。

“哦，我现在就去，你呢？吃过了吗？”

“嗯。”苏岚朝会议室内瞄了一眼，“怎么，里面还有人在忙吗？”

“嗯，吴忌在里面，看案卷。”杨杰回得很轻巧，但他却特别留意苏岚的反应。果然，当吴忌这个名字从他嘴巴里出来的时候，苏岚的眼神闪烁了一下。“你要进去看看吗？”杨杰又试探了一声。

苏岚迟疑片刻，挤出一抹微笑：“不了，我还有事要忙，今天我把过去相关的虐童案件都调了出来，想看看能不能借鉴一些过去破案的经验。”然后她继续往前朝自己的办公室走去。

“辛苦了。”杨杰体贴地回应了这么一句后，朝反方向走开，但当他转过转角之后，停下了脚步，然后倚靠在墙边，静静等候着什么。五秒钟之后，他听到了微弱的脚步声，接着是门被打开的声音，杨杰朝会议室门口偷瞄了一眼，然后他看到一个熟悉的短发女孩的背影。

“这么快……放桌上吧。”吴忌听到开门声，如此说道。

“什么？”声音问得很轻。

“外卖放桌上就好了。”原来吴忌以为是杨杰让人送的外卖到了。

“什么外卖？”

这第二声出来的时候，吴忌辨别出了声音的主人，这个声音他怎么可能忘呢？于是他将所有屏幕缩小，望向门口，抬眼的刹那，对上的是灼灼的目光，他立刻低下头，然后他听到——

“你很怕我吗？”

“没有。”吴忌嘴上这么说，但还是不敢与苏岚对视。

“那你一看到我就躲是怎么回事？”苏岚走到了吴忌对面。

“我没有躲啊。”

“那你用帽檐挡开我是什么意思？我站在你对面，你当我不存在吗？”

“没有啊，你别误会，是帽子自己往下掉了。”吴忌用手顶了顶帽檐，“你知道高尔夫球帽的帽檐比一般的棒球帽要长。”

“这种理由你骗骗于晨还可以。”苏岚理直气壮地说道，“你知道你现在的做法就好像在回避一个花痴吗？你当我是什么啊？”苏岚继续进攻，“你以为你还是当年那个破案王，是警队的骄傲，是警队的荣耀吗？你早就不是了。别以为我对你还有那种心思，我早就不喜欢你了！所以，收起你的自以为是，收起你的谜之自信。”

这是吴忌怎么都没有想到的，他原本以为苏岚会提起三年前的事，提起他决绝地说分手的事，提起他头也不回地离开警队的事，但苏岚却当头棒喝，连珠炮地把他臭骂了一番，给他泼了一盆冷水。这反而让吴忌感到一身轻松了。

他笑着看向苏岚——眼神相对的时候，两人都轻松了不少，讨好地回应道："苏队，我哪敢啊！您骂得对，是我自以为是了，您消消气。"

"我才懒得生气。"苏岚挪开椅子坐下，用下巴努了努案卷，"看出什么了吗？"

吴忌沉思片刻，然后说："你说这个世界上真的有迷魂药吗？"

. . . .

"最近怎么没见你上线？"

"我跟妈妈去摩洛哥玩了几天。"

"摩洛哥？摩洛哥在哪？"

"在非洲，你去过非洲吗？"

"哇！非洲啊，那里是不是有很多沙漠？"

"嗯，还很热呢，还有好多大象，非洲象，很大的。"

"好羡慕你！我还没有出过国呢。"

"下次我再去非洲，我让我妈妈带上你一起。"

"真的吗？太好了！"

笑脸符号。

"对了，你看新闻了吗？锡安市里出现了一个连环杀人犯。"

"什么连环杀人犯？我刚从摩洛哥回来，不知道啊。"

"他专门杀小男孩，像我们这样的。"

"啊！好恐怖啊！他为什么要杀我们？"

"我不知道，我爸说他是变态，是个神经病。"

对方回复的速度放慢了。“太恐怖了，我好怕！”

“你别怕，我爸是警察，再过不久，就能把他抓到了！”

对方回复的速度再次放慢。“你爸是警察？”

“对啊，我长大了以后也要当警察，我要像他一样抓坏蛋。”

“好厉害！那你爸叫什么名字？”

“常明磊。”

共性

告别警察成为侦探的第一年，吴忌一走进酒吧，总会有几个人匆匆离开，进入酒吧的时间越晚，离开的人也越多。到了第二年，这种情况已经很少发生。再到现在，几乎没有再发生过。

锡安市大大小小的酒吧对吴忌来说如数家珍，要去哪套什么样的消息，他轻车熟路。但如果抛开工作的因素，选一家放松用的酒吧，他一定会选择好友林霄开的——凯利琼斯酒吧（Kelly Jones Bar）。凯利 · 琼斯，其实是林霄最喜欢的摇滚乐队 Stereophonics[1]——一支一百年前的英国威尔士乐队——主唱的名字。从吴忌认识林霄开始，林霄就说要成为一个摇滚乐队的主唱，成为像凯利 · 琼斯那样的男人，每天唱摇滚，到世界去巡演。二十年后，林霄变成了一个酒吧老板。这是一个中等规模的酒吧，天

1 Stereophonics：立体音箱乐队。

花板如毛坯房一般，没有做任何修饰，任砖块裸露在外。墙壁上画满了各种涂鸦，均出自林霄之手，从科学家到文学家再到艺术家，从世界首富到美国总统，各行各业的出名人士的画像都能在上面找到，当然凯利·琼斯也位列其中。

“你的吉布森。”吴忌走到吧台，屁股还没坐热，林霄已经送上了吴忌的专款鸡尾酒，吴忌把酒杯挪到跟前，朝林霄举了举。

“正想到你，你就来了。”林霄给自己倒了一杯威士忌，抓着酒杯坐到吴忌身旁。

“路过而已。”吴忌喝了一口吉布森。

“那个景安山连环命案你一定关注了吧？今天下午被报道出来以后，网上都炸了！”林霄边说边朝走进店的熟客点头招手。

吴忌看着吧台的机器人调酒师汉斯——上半身是人形，下半身是一根柱子外加一个独轮——精准地在调制一杯新加坡司令，“嗯，我在里面。”

“什么叫你在里面？你又回刑侦支队了？”林霄从汉斯手上接过新加坡司令，给坐在不远处的客人亲自拿过去。吴忌瞄了一眼那个客人，相貌平平，戴着一副没有镜片的黑框眼镜，约莫二十五六岁，看上去似乎斯斯文文，但裤腿与鞋子之间露出的一小段银色机械腿暴露了他不羁的内心。在外科手术与人造生化假肢如此发达的当下，残疾人这个词汇已经变成生僻词了，但依然有部分人不用价格实惠却能以假乱真的人造生化假肢，而选择昂贵的合金制机械假肢，原因不外乎要么他是一个机械迷，要么他特立独行，或者两者兼而有之。

“他是谁？”吴忌问走回吧台的林霄。

“大概一个礼拜前第一次来我这吧，今天是第四次了。”林霄喝了一口威士忌，“现在的年轻人是不是越来越有个性？那条机械腿花了他五十万元，是钛合金的，德国定制，就连上面的机械脚趾头也是根据他的右脚脚趾完美复制的，牛不牛？”

吴忌应景地点点头：“嗯，有个性。”

“唉，别岔开话题，你到底是怎么回事？你做福尔摩斯做得好好的，怎么又回去做警察了？”

“我没有回去做警察，我只是受人委托，协助调查这个案子罢了。”

“哦，只是协助调查。”林霄又喝了一口威士忌，“连环杀人，啧啧，怎么又出现这种事，我记得你刚开事务所那会儿不是才发生过一桩吗？哦，那是两三年前的事了，时间过得真快。”

“嗯，这种事好像每隔一段时间就会出现一次。我记忆库里锡安最早的一次连环凶杀案大概是在五十年前，你我还没出生那会儿，凶手在一个月时间里连续杀了三名女性，后来在他企图杀害第四人的时候，被害人逃走了，他才被抓到。”

“哦，是吗？这我倒不知道。”林霄很喜欢听吴忌讲这些故事，从小就喜欢听。“那他为什么要杀那些女人？用你们的话讲叫动机，对吧？”

“凶手自称这三个女人看不起他，对他进行言语攻击。”

“什么！就为这么点破事，他至于要杀人吗？”

吴忌耸了耸肩。“有时候动机这种东西就是那么无关紧要。”

林霄甩了甩手。

“不过你猜他把那三具尸体藏哪了？”吴忌停顿了一下，“我可以给你一个提示，在他家里。”说罢吴忌神秘一笑。

“家里的话……”林霄眯起眼睛，仿佛在回想自己家的样子，“厨房里好像太小了，三具尸体放不下，客厅里太招摇了，卫生间？好像也太小了，只能是卧室吧，不会那么老套在床底下吧？”

吴忌晃晃手指。“接近了，但不在床底下，在床里面。”

“什么叫在床里面？”

“水床，他睡的是水床。”吴忌话音刚落，林霄不禁做出一个反胃的动作：“真是太恶心了，塞在水床里面……那他晚上还睡上面？”

“睡，他还说睡得很香。”

林霄摇摇头。“变态，果然是一个变态。”

“你知道文明社会盛产什么吗？”吴忌的吉布森已经喝完，汉斯准备为吴忌做第二杯，吴忌朝汉斯摇摇手。

“什么？”

“变态。”吴忌起身，“越是文明的社会，变态越多，因为文明本身就是一个压抑人类本性的东西。压抑得久了，就需要发泄的出口。”

“照你这个说法，那我们是不是应该倒退回野蛮的时代？”

“不，当然不能回去。”吴忌将空玻璃杯挪向汉斯。

“那我们应该怎么做？”

吴忌微微一笑。“未完待续，下次我再告诉你。走了。”

“这么快。”

“再不回家，泰山要生气了。”

“钱还没付呢！”林霄没有抬屁股，装模作样地对离去的吴忌喊道。

“欠着，下次来再给。”吴忌头也没回地朝林霄挥了挥扬起的手臂。

“靠，又赊账！”

苏岚到家的时候已经是凌晨一点，她疲惫地冲了个澡之后就上床了。但她辗转反侧，怎么都睡不着，因为晚上会议室里吴忌的那番话在她脑子里反复出现。

“你说这个世界上真的有迷魂药吗？”

“迷魂药？吴忌，你在说什么？”

“在这四起失踪案中，有一个奇怪的地方不知道你发现没有。陆羽禾放学后原本应该待在学校等家长来接，但他没有；王家佳放学后，一般是和同学们一起坐公交车回家，但那天他自己一个人先走了；李晓康失踪那天先在同学家玩了一个上午，吃了中饭后才独自离开；到了最后一个潘嘉城，他那天去同学家参加生日派对，原本应该在同学家等家里的司机来接他回家，但最后却自己一个人先走了。你发现了吗？他们都是……”

“反常地独自离去。”

“对，且是自愿独自离去，并没有人强迫他们。就好像被下了什么迷魂药，乖乖地主动走进凶手的陷阱。所以凶手不是随机挑选目标下手的，他事先早已跟目标建立了某种联系，他是有预谋地接近目标，然后获取信任，最后再诱使目标自动送上门。”

苏岚恍然大悟。“所以这根本不是一起随机性连环杀人案。”

“而且我也绝对不相信这四个受害人之间毫无关联，他们之间一定有什么共性，只要找到这个共性，我们离凶手就更近了一步……”

叮咚——

极具穿透力的门铃声将苏岚从回忆中唤醒，她迷迷糊糊地睁开眼，瞥了一眼床头柜上的简易黑色电子闹钟，一点二十七分，这么晚了，会是谁呢？

叮咚——

门铃第二次响起，苏岚走出卧室，穿过客厅，来到门口，趴在猫眼上往外望，一个女孩。大半夜的一个陌生女孩怎么会来按自己家的门铃？

出于警察的职业本能，苏岚随手拿起门口篮子里的棒球棒；棒球棒灵活地在苏岚手腕上转了一圈后被藏到了身后。苏岚打开门，仅留了半张脸的缝隙往外看。“哪位？”

门口的女孩穿着一条红色的长裙，外罩了一件黑色的棒球衣，长相可爱又甜美，特别是脖子上戴着的带有一把钥匙模样吊坠的黑色颈圈非常吸引眼球。她朝苏岚笑了笑：“请问徐老师在吗？”

“徐老师？”苏岚反问一句，随即她立刻明白了。她可能是找错地方了。但是大半夜的……不过现在的年轻人都是夜猫子。“小姑娘，这里是八号楼二三〇五室，你确定没敲错门？”

女孩愣了一下，突然像是犯了什么大错一般连连道歉：“对不起，对不起，我走错地方了，我以为这是六号楼。对不起，对不起！”

说完，她面红耳赤地转身离开，朝电梯口跑去了。

虚惊一场。

苏岚关上门，把棒球棒放回篮子里，然后回去睡觉。但是经过刚才这么一闹，她更加睡不着了。精神恍惚之际，她还隐约听到有人在叫她的名字。夜深人静，孤独降临之际，她总会想起吴忌，如果吴忌在身边就好了，有吴忌在就好了。

百分之九十

“这么早打扰了。”吴忌一边走进陆宁昊的家，一边说道。他到达陆宁昊家的时候是早上六点三十七分，陆宁昊刚醒来，牙都没来得及刷。他的太太则还在熟睡中，另外家里还有他的母亲，老年人倒是习惯性地早起了。

“没事没事，吴忌，你先坐一会儿，我去刷个牙，洗把脸。”陆宁昊抑制不住地打了个哈欠，“妈，给客人倒杯水。”

“不用客气，陆先生，你先去洗脸吧，我在客厅等你。”吴忌虽这么说，但陆宁昊的母亲已经端着一杯热水从厨房走出来了，吴忌立刻上前接过。“谢谢。”

“你就是吴忌？”老人眯起眼睛，笑呵呵的，看上去很慈祥，让吴忌不禁想起自己的奶奶。

“是，您认识我？”

“当然，小昊跟我说了，你在帮我们查杀死我孙子小禾苗的凶手。”老人在说到“凶手”两个字的时候音量不自觉地提高了。

吴忌点点头。

“坐，坐吧。”老人指了指沙发。

“谢谢。”吴忌环视了一番陆宁昊的家，客厅不大，连着阳台，有两个卧室，一个厨房和一个卫生间，是典型的两室小户型。房子面积虽然不大，但布置得很温馨，客厅里放了许多小盆景，阳台的窗边也是鲜花装饰。喜欢养花草的人都喜爱大自然，这也是热爱生活的一种表现。

“婆婆，跟我讲讲你的小禾苗吧。”吴忌喝了一口水说道。

“小禾苗啊很乖很听话的！是我的大宝贝！他可聪明啦，九个月不到就会叫奶奶啦。”老人说起自己的小孙子，立马眉开眼笑，但同时眼中也含着泪，“他不像别人家的孩子总是哭个不停，小禾苗很少哭闹的，特别贴心。他啊最喜欢吃我做的茄汁大虾了，每次都会吃得满嘴的油，还吮手指头，然后冲着我笑，说奶奶我还要。他还说他长大了要当宇航员，飞到太空去，你看，这些都是小禾苗喜欢的玩具。”老人说着，从茶几下面端出一筐飞船小模型。吴忌拿出几个看了看，又放回去。

“对了，我去给你拿个东西……”老人也没说是什么东西，就自顾自地离开了。这时，陆宁昊已经稍微整理了一下自己，搓着手回到客厅了。

“我妈就这样，想到什么就是什么，你别在意。”

“老人家都这样。”吴忌调整了一下坐姿，面向陆宁旲，“这么早来是想在你上班前，向你打听一些事情，你要几点出门？”吴忌看了一下手机，现在时间是六点五十分。

陆宁旲也看了一下自己的手机。“今天早上有个早会，所以我大概七点半左右要出门。”

“差不多还有半个小时，时间很充裕。”吴忌说罢，按下手机的录音键，“你不介意我录音吧？我没有记笔记的习惯。”

“不介意。”陆宁旲回答，这时老人已经拿着一个电子相册模样的东西回来了，但她看到自己的儿子和吴忌正聊着，就默默地坐到了一边。

“还未请教陆先生是哪里人？是什么时候来锡安的？”

“我是淮庆人，我老婆是邵圳人，我们大概三年前来锡安发展。”

“除了你母亲，还有其他亲戚一起过来吗？”

“没有了，我和我老婆的亲戚都在老家周边一带工作定居，你知道锡安的物价贵房子贵，什么都贵，工作节奏又快，生活压力大啊。现在的年轻人都不喜欢吃苦，哪像我们这代人会拼搏啊。”

几乎所有人都觉得上一代是迂腐不化的老顽固，自己这一代是最苦命最拼命的一代，下一代是即将垮掉的一代。

“那你和你太太的朋友呢？有从老家来的吗？”

“朋友啊，有几个，但都不太联系了，反而是在锡安这边交的朋友倒还常联系。”

吴忌点点头。“在你们的这些朋友中，有没有未婚的年纪在二十岁到四十岁之间的男性？”

“未婚的……我这边在这个年龄段的未婚男青年有几个，但不多。我太太那边的话，未婚女青年倒有很多，未婚男青年就……基本没有。”

“你太太还在睡吧？那就说说你这边的，有几个说几个。”

陆宁昊开始从记忆中翻出符合标准的名字：“郭强，二十九岁，我们公司的程序员，跟我关系比较好，他人很聪明，未婚，但好像有女朋友；然后是……周捷康，三十一岁，买车的时候认识的，我们都喜欢足球，所以经常约着一起打球，他还是黄金单身汉，这家伙长得很帅，又有点小钱，所以很挑；还有一个……董怀超，大概三十岁吧……哎哟，你看我这记性，我忘了他具体多大，但绝对在这个区间里面，他是我们的一个电脑供应商，他上个月还问我有没有女朋友介绍他认识，所以应该还是未婚吧。其他的……都结婚了，你看我都快四十岁的人了，很难和小青年交朋友了，跟我差不多年纪的，大部分又都成家有孩子了。”

“这三个人都见过羽禾吗？”

“除了董怀超没见过，其他两个都见过。”

“连照片都没让他看过？”

陆宁昊摇摇头。“反正我没主动给他看过，我们平时聊天都是聊业务，很少聊家常。其实我跟他交情也不是那么深。”

“那这个周捷康是做什么的？”吴忌继续问。

“他是做平面设计的，有一个自己的小公司，算是一个小老板。”

“你有他的电子名片吗？可以发我一张吗？”

“可以，当然可以。”陆宁昊说着已经操作起来。

“我记得你说过你们公司的程序员天天加班，很忙。”

“对。”

“那郭强……我直接问吧，三月七号，羽禾失踪那天，郭强有请假或提前离开公司吗？”

“没有，那天他和我一起在做一款新游戏的编程，我走了他还没走呢。”

吴忌点点头。“同事这一块，除了郭强还有其他见过羽禾的未婚男同事吗？”

“我们公司说大不大，说小不小，全部加起来大概也有一百号人，我知道的符合你说的这些条件的，除了郭强，还有财务部的许明翰、行政部的……”

“暂且不需要全公司，”吴忌打断道，“销售职务的有吗？工作时间比较自由的那种岗位上的人。”

“那就是业务部的同事……我想想哪些是未婚的……应该有三个吧。谢笑勇、唐频……还有赵淑民，都是三十岁出头。”

“这三个人的电子名片有的话也发我吧。”

“除了小谢的有，其他两个我还真没存。”陆宁昊打了一个喷嚏。

“那也没关系，发我一下他们俩的名字吧。”

“可以可以。”陆宁昊又赶紧照做，没有任何耽搁。

“最后一个问题，除了你太太和母亲，你还向谁提过羽禾的死讯？”

陆宁昊回想了一会儿，摇摇头。“没有了，我想我老婆也没有时间跟别人提，她连她父母都没告诉，她不知道怎么开口，唉……”

这时吴忌看了看手机，时间是七点一刻左右。“陆先生，我问完了。”

“行行，那我就先去忙了，妈，你帮我招待一下吴忌啊。”陆宁昊说着，匆匆回房去了。

吴忌看向陆宁昊的母亲。“婆婆，你是不是要给我看小禾苗的照片？”

老人像是又睡了一觉，迷迷糊糊地再度醒过来，后知后觉地意识到手上还拿着相册，于是走到吴忌身边坐下。“对对，照片。”

相册翻开，投射出一片长方形的屏幕，老人点了一下屏幕里标记了“小禾苗”的图片档，陆羽禾的照片立刻跳了出来，栩栩如生地展现在眼前，碰一下照片，还可以看到总共三秒的动态图像。

“我想看看他近期的照片可以吗？”

“可以，可以。”老人按了一下相册下面的声控按钮，然后对着相册说：“我要查看二〇七九年的小禾苗照片。”

指令一出，电子照片唰唰自动翻了起来，一直到二〇七九年新年时期拍的全家福才停下。

然后吴忌开始通过触屏手动翻页，他时不时会问照片中的人是谁，老人便一一给予解答。从二〇七九年新年到陆羽禾失踪的这三个月里，相册中总共有五十四张陆羽禾的照片，老人说他们家有关小禾苗的照片都会第一时间远程储存进这本相册，所以吴忌没有再问陆宁昊夫妇额外要照片。

而在这五十四张照片里，有三十九张是新年和春节期间拍摄的，比如在老家拍了许多大合照，以及和亲戚朋友家的小孩子一起玩耍的照片，再比如在公司年会上，小禾苗还随爸爸一起上台领了年度优秀员工奖，其余的则是一些单独的萌照或与同学嬉戏的合照。

“我能去小禾苗的卧室参观一下吗？很快的，一分钟就可以。”吴忌一边问一边已经抬起屁股。老人微微点头，朝自己与孙子合住的卧室走去。

这是一个十二三平方米的小卧室，墙壁上挂着一些显然是出自儿童之手的画作，两张单人床分别靠着左右两边的墙壁。左边的单人床上铺了印有许多小动物图案的淡黄色床单，被套和枕套也是一套的，右边的单人床上则使用了单一素色的三件套，看来左边的是小孙子睡的，右边的是这位朴素的奶奶睡的。两张单人床共用一个床头柜，一盏琥珀色灯光的台灯孤单单地亮着。门边是一张书桌和一个小型书架，书架上面放了许多儿童书籍，书桌上也是零零散散的儿童书和玩具。

吴忌随手翻了一本儿童读物，拿起书桌上的一个飞船小模型端详了一会儿，然后，他从口袋里掏出一个长方形的银色名片盒，从里面抽出一张簇新的名片递给老人。“婆婆，如果你想起什么关于小禾苗做过的奇怪的事，欢迎你随时打给我，这是我的名片，上面有我的电话号码。”

老人“哦”了一声接过名片。吴忌突然觉得这个行为其实多此一举，让一个老人回想半年前的事可能有点强人所难。

当吴忌从卧室里出来的时候，陆宁昊已经换了一身衣服回到客厅，他正在收拾公文包。

吴忌向老人和陆宁昊点点头。“那我就先走了，有其他问题我再电话联络你。”

陆宁昊停下收拾公文包的手，上前几步，握住吴忌的手。“吴忌，我儿子的事就拜托你了。”

“应该的。”话音刚落，吴忌的手机来电了。于是吴忌一边接起电话一边与陆宁昊招手并离开。

“吴队，我按你家门铃怎么不开门啊！”电话那头是于晨以及隔着门、隔着手机都能听到的泰山的叫声。

“我不在家，怎么给你开门。”吴忌走进了电梯里。

“你不在家？我还千里迢迢来接你，你却不在家。”于晨显然很惊讶，“那你在哪？”

“我在新丰小区，坛中区的新丰小区，你现在过来接我吧，我没开车。”

“新丰小区？你跑那去干什么？”

“我来找陆宁昊问点事。”

“找陆宁昊这么大的事，你为什么不等我一起？”于晨也走进了电梯。

“他讨厌警察。”

“吴队，你这属于人身攻击。”

“我说的是实话，不然他干吗花钱请我帮他查案子。”吴忌听到于晨开车门的声音。“你开车的这会儿工夫帮我查一下……”吴忌话说到一半，突然停下了，“还是不用了，我自己问她吧，你专心开车。”

说罢，吴忌挂了电话，转头打给苏岚。

“早啊，吴忌。”电话那头传来熟悉的声音。

“早，苏岚，请帮我查一下金蝶软件公司的人事架构，筛选出里面二十岁到四十岁的未婚男性，然后连同这两个人，告诉我他们的目前住址和电话，我发给你了。”吴忌同步发送了唐频和赵淑民的名字给苏岚，“越快越好，谢谢。”

“你一大早打电话给我就是为了让我帮你查人？”

吴忌摸了摸鼻子。“嗯。”

苏岚沉默片刻，回了一句“五分钟后给你”便挂了电话。

五分钟后，吴忌接到了苏岚的回电：“金蝶软件公司今年年初刚成立，公司规模很小，只有十五个人，大部分是女性，男性只有三个，且都是已婚有孩子的。”

“倒是帮我缩小调查范围了，那唐……”

“发给你了。”说罢苏岚再次单方面挂了电话。

吴忌边嘀咕“脾气还是这么大”边查看起苏岚发过来的信息。

十分钟后，于晨的车到达。

“接下来我们做什么？”于晨一副摩拳擦掌的样子。

“去浪费时间。”吴忌系好安全带。

于晨像是被当头棒喝，积极性立刻减半。

吴忌对着导航说了一个地址后，对于晨说 :“查案百分之九十都是在……”

“浪费时间。”于晨有气无力地接过话。

浪费时间

果然很帅！

吴忌见到周捷康的第一眼，觉得他有点像现在的当红男明星夏涵，特别是那双桃花眼，简直跟夏涵的一模一样，眼角微微上翘，无风含泪。不笑还好，一笑起来，眼神中有意无意会流露出一丝魅惑，女人若是见了，十有八九会被迷住。他平时应该很注重保养，从外表上完全看不出已经三十一岁，跟个二十岁出头的年轻小伙子差不多。

周捷康一进会客室，就伸手朝吴忌走去，吴忌往旁边挪了一步，指了一下身边的于晨。“这位是于警官。”说话的同时，吴忌上下打量了一番周捷康的穿着，黑色的西装烫得笔挺，领口露出的白色衬衫立领非常干净，没有一点泛黄的迹象，领带是蓝色条纹的，露出的衬衫袖口还有袖扣装饰，很别致，一双棕黄色的布洛克雕花皮鞋非常显眼，鞋面一尘不染，擦得锃亮。但更加引人注目的却是那双棉袜，真是一双色彩鲜艳的袜子。

周捷康及时会意，身体转了一个角度，从吴忌转向于晨。“于警官，你好，我是周捷康。请坐，我们坐下谈，要喝点什么？”

“不用麻烦了，我们来问几个问题就走。”于晨亮了一下证件后入座，吴忌挨着于晨坐下。

“不知两位……”周捷康看了一眼未做自我介绍的吴忌，“警官到我公司要问我点什么呢？我还是第一次遇到警察亲自上门问话的。我这是正当生意，没有偷税漏税，也没有贪污受贿，用人也都是严格按照劳动法规定……”

于晨摆摆手，示意周捷康不用继续往下说。“周先生，你误会了，我们不是经济稽查队，我们是刑侦队的，刑事侦查队。”

“刑事侦查队？”周捷康一脸震惊。

事后于晨说周捷康的反应过度，很可疑，但吴忌却说反应不过度才有问题，一般人听到刑事侦查队都会紧张，可能是好奇心作祟，也可能是怀揣某种恐惧心理。

“对，有几个问题想询问一下周先生，你如实回答即可。”吴忌朝周捷康笑了笑。

“好，你们随便问。”周捷康捋了一把头发，“我一定配合警方调查，只是……发生了什么命案能告诉我吗？我这有点莫名其妙啊。”

“陆宁昊，你认识吧？”吴忌没有理会周捷康，抛出自己的问题。这是吴忌讯问时的首要原则，永远占据主导。

“认识，我们是球友，周末经常一起踢足球。”

“他的儿子，陆羽禾，你认识吗？”吴忌的声音不含温度。

“认识，他有时候会带儿子一起出来踢球，他在场上踢的时候，他儿子就坐在旁边看我们踢。他儿子挺乖的，好像几个月前失踪了，所以最近都不见他出来踢球。”周捷康恍然大悟，“你们是为了寻找他儿子才来我这儿的？”新闻上播报的男童连环杀人案使用的是化名，周捷康看来不知道陆羽禾已死。

“你不知道他儿子已经……”不知情的于晨说到一半，吴忌打断了他的话：“你最后一次见他儿子是什么时候，还记得吗？”

周捷康皱起眉头，深思了一会儿。“有点时间了，好像是过年后，大概是今年二月份的时候，具体哪一天，我要查一查我的日历了。”说着，他掏出手机开始翻查。

看来他有在手机日历上记事的习惯，吴忌猜测。

“二月十八号，周六。”周捷康说着，把手机上的日历展示给吴忌看。

吴忌瞄了一眼，只见二月十八日那天日历上写着“踢球”两个字。吴忌仔细观察着周捷康的一举一动，他不是临时添加的。“那三月七号呢？那天你都做了什么？”

周捷康一边喃喃着“三月七号”一边翻起日历。“三月七号是周二，我那天……”

他停顿了五秒之久，然后继续说：“那天是我们公司月度例会，所以我早早就到公司了，然后一个下午都在公司开会，一直到晚上八九点才下班。下班后，我就回家了。”

“我能看看你的日历吗？”吴忌问。

“当然可以。”周捷康大方地展示给吴忌看。只见上面用英文标注了“monthly meeting”（月度例会）以及两个英文字母“KB”。

吴忌看完也停顿了一下，然后会心一笑站起身。“谢谢，打扰了，周先生，我们问完了。”

“这就结束了？”周捷康有些惊讶，同样惊讶的还有于晨：“吴队，结束了？”

“我们先告辞了。”吴忌已经朝会客室门口走去，于晨立刻跟上。

走出周捷康的公司大门后，于晨迫不及待地追问：“吴队，他很可疑，刚刚问他三月七号去干吗了，他看着自己的日历都犹豫了。他说他下班后回家了，我觉得一定不是，这种不在场证明根本无效。”

“他当然没有回家。”

“什么？所以你也怀疑他？”

“因为他去了国王酒吧。”吴忌钻进电梯，于晨也闪了进去。

“那个 KB 就代表 King's Bar（国王酒吧），你知道国王酒吧每周二都有免费的玛格丽特续杯活动吗？”

于晨摇摇头。

“那你知道国王酒吧其实是一家同性恋酒吧吗？”

于晨再次摇头。

“那你知道周捷康其实是同性恋吗？”

于晨这回没有摇头，而是突然领悟般地发出“哦”的拖长音，然后又蹙眉问：“但是吴队，你会不会太武断了？如果那个 KB 不是代表国王酒吧呢？我想这两个字母可以代表很多意思吧？”

“还有穿着。”吴忌给了于晨一个眼神，走出电梯。

于晨立刻回忆周捷康的穿着。“那双鞋？那对花袜子？”

“那对袖扣。”

“袖扣？”

“对，那其实是女款袖扣，是柯瑞尼公司在去年推出的。有人告诉我，如果男性也用这种袖扣，他十有八九是同性恋，因为这在他们那个圈子很受欢迎。”

两人这时已经走到地下停车库，于晨的奥迪车前。

于晨按了一下车钥匙。“吴队，你知道得也太多了吧！”

吴忌滑进副驾驶座。“多去各个酒吧，问问酒吧老板最近有什么流行的，都有什么新的客人，这些东西你马上就知道了。但为了谨慎起见，你还是拿着周捷康的照片去国王酒吧证实一下比较好。”

于晨点点头。“没问题，等一下……这么说起来，吴队你还经常跑去同性恋酒吧？”

吴忌已经系好安全带。“不能去吗？”

“不是，吴队，我是想……你该不会……”于晨欲言又止，吴忌一口打断：“神经病。开车。”

车子驶出停车场后，于晨问吴忌去哪儿，吴忌说他还不知道，然后他就拨通了一个电话。在电话里吴忌自称是调查陆宁昊儿子失踪案的警察，想要询问一些情况，问对方现在在哪，是否方便见面。对方起先对吴忌的身份有所怀疑，但当吴忌对答如流地回答出对方的所有问题后，对方给了一个见面的地址。电话挂断后，吴忌把地址告知了导航。

“今天很顺利，以往一般都会直接挂我电话。”吴忌说。

“以往你也自称是警察？”

“不，自称侦探。今天有你在，我才说是警察。”

“那就怪不得了。”于晨按照导航指示开上了高速，“但是，吴队，今天我们走访的这些人你是怎么筛选出来的？”

“早上陆宁昊告诉我的。他们都是陆宁昊的朋友或者同事，年龄在二十岁到四十岁之间的未婚男士，也都见过陆宁昊的儿子。还记得关医生的话吗？固定型的患者通常会从朋友亲戚中挑选儿童下手。我先筛选了可能性最大的一批——自由时间比较充裕的人，比如刚刚我打电话的就是陆宁昊业务部的同事谢笑勇，之后我们还要拜访唐频、赵淑民。如果这些人都不是，那要再扩大排查范围。”

“原来如此，所以你觉得这次的凶手是固定型。”

“应该是固定型加攻击型的概率比较大。如果是回归型，他有家庭，那么藏匿被虐的儿童就不会那么容易了。就算不是，排查方向也不会错。因为像这种连环凶杀案，凶手的第一个目标通常也会从身边的人里面挑选，第一次作案，他们会比较保守。”吴忌顿了顿，“杨杰那边的调查方向你清楚吗？”

于晨随着车流驶上高架。“我听说他在重点调查潘嘉城那边的线索，据说潘和明每天晚上都打他电话，逼他逼得很紧。”

吴忌点点头。“跟我想的一样。”

“吴队，要我帮你打听一下那边的调查进度吗？可能会有一些线索对你有用哦。昨天孔翔森硬拉着我吃晚饭，向我套话，他还真当我傻，我随便给糊弄过去了。”

“不需要。”吴忌一口回绝，“潘嘉城那边的线索我自己会去找。但如果孔翔森再来找你套话，你就如实相告。”

“为什么？那不是便宜他了？”

“于晨，现在是在查案，人命关天的事，不是玩谁先破案的游戏。何况如果我也搞他那一套，藏着线索不合作，那我跟他有什么区别？”

于晨撇了撇嘴，咕哝道：“那如果真被他先抓到凶手，你无所谓？”

“无所谓。”吴忌回答得很干脆。

这时，于晨的电话响了，“说曹操曹操到，小孔来电。”说着于晨接起电话，并打开免提。

“于晨，在哪呢？早上的集会没见到你和那位啊。”

于晨看了一眼吴忌，回道：“我们去拜访了陆宁昊。”

“哦，是吗，那问出什么了吗？”

“当然，我们现在就去排查嫌疑人。”

“哟，这么快嫌疑人都有了啊！说来听听。”

于晨听到这，按下静音键，询问吴忌：“怎么办？要是被他们捷足先登……”

“我刚刚不是说了吗？现在不是玩谁先破案的游戏，你照实说。”

于晨不情不愿地把吴忌之前的推论复述了一遍，还告诉孔翔森他们具体的排查方向。

孔翔森听完后说："这样吧，我们分工合作，你们继续去查那几个人，陆宁昊的男同事就让我们去查。"

于晨再次看了一眼吴忌，吴忌点点头，于是于晨沮丧地回应了一个"好"字。

这时车子已下高架，过了两个红绿灯后，抵达了目的地。

他们来到一家咖啡馆。吴忌站在门口，环视了一圈里面的客人，在三个独坐的男人中间，挑选了一个年龄和目标相仿的走过去打招呼。

"请问，你是谢笑勇吗？"

对方身高不高，一米七左右，戴眼镜，穿着一件绿色上衣和蓝色牛仔裤，鞋子是运动鞋。

"是，我就是。"他站起身，露出标准的待客微笑。

"你好，这位是于晨于警官。"吴忌说罢，于晨亮出自己的证件，谢笑勇看到证件，连连点头："于警官，你好，请坐，我给您二位点杯咖啡吧？"

"不用了，我们随便问几个问题就走。"吴忌把问过周捷康的几个问题向谢笑勇又提问了一遍。谢笑勇的回答总结起来就是，他是在年会上认识的陆宁昊的儿子，那以后再也没见过。而三月七日那天他一直都在外地出差。

之后，吴忌和于晨又逐一拜访了唐频和赵淑民。两人都是在公司年会见到陆宁昊的儿子的。而在三月七日那天，唐频也出差了，赵淑民则在拜访客户，晚上还和客户一起吃饭唱歌了，于晨把他吃饭和唱歌的地点问到了手。

然后两人马不停蹄地跑了国王酒吧及赵淑民和客户吃饭唱歌的地方，去核实这些人的说法。最后证明他们说的都是事实，没有撒谎。

待到一切结束，已经是晚上九点半左右。于晨把吴忌送到事务所楼下，临别之际，于晨打了个电话给孔翔森，询问他那边的排查情况，结果得到的答复跟吴忌于晨今天的结果一样——嫌疑人都有明确的不在场证明。

“所以我们都白忙活了一场。”于晨泄气地说道。

吴忌拍了拍于晨的背。“查案就是这样，百分之九十都是在……”

“浪费时间。你说第二遍了。”于晨接过话。

“嗯，因为明天可能还要继续浪费时间。”

“明天我们在哪碰头？”于晨吸取了今天的教训。

“在支队吧。”

“行。”

于晨走后，吴忌去龙记面馆买了一份虾仁汤面再上楼回家。

进门的第一件事就是和泰山先温存一下，摸摸它动来动去的小脑袋，再摸摸它四脚朝天露出的肚皮。驯狗师说如果一只狗露出它的肚皮让你抚摩，说明这只狗对你很信任，因为它把它最致命和最脆弱的部位展示给你了。吴忌突然觉得狗就跟小孩差不多，只要跟你混熟了，就会信任你，就会露出肚皮。

哗啦啦——

吴忌给泰山倒了满满一盆狗粮，泰山立刻狼吞虎咽地吃起来，吴忌看着它吃得津津有味的样子，不禁也觉得饿了。他一边吃起虾仁面，一边把手机的录音打开，播放今早他与陆宁昊的对话。

一种侦探的直觉让他总觉得少了点什么。吴忌相信所谓的直觉，或者叫第六感，它是在长年累月的经验积累之上产生的，它有时候很重要，会为破案带来关键性线索。

在反复听了三遍之后，吴忌的虾仁面已经吃完。他拿出纸巾擦了擦嘴，按下停止播放键，然后起身走到厨房，打开小酒柜，取出一瓶还剩二分之一的苏格兰高地威士忌大摩。自从五年前吴忌喝到过大摩，他就爱上了那香浓醇正的麦芽威士忌的口感，林霄投其所好，每次去苏格兰玩，都会帮他带一瓶。吴忌手上这瓶就是林霄两个月前给他的。

吴忌从冰柜里取出三个冰块，放进威士忌中，微微晃了一下，冰块极为享受地在酒中漂浮碰撞，发出清脆的砰砰声。吴忌抿了一小口，露出心满意足的表情，然后他走到书架前，从第二排最左侧取出一本书，书名叫《九十九种意外死法（上)》，作者是一个不出名的推理小说家冬石。

吴忌忘了这本书是怎么跑到他的书架上的，但他觉得内容还算有趣，里面收纳了作者的九个短篇推理小说，每个故事都写了一种看似意外实属谋杀的死法，但没有凑齐九十九种，不过作者在后记里说明将会在下部中写全后面的九十种意外死法。

吴忌时不时会拿出来翻一下，在重复阅读中获得了一些感触。世道好像一直如此，有人为了钱杀人，有人为了情爱杀人，更有人只是为了一杯吉布森、一个名字、一件雨衣杀人，杀人的理由千奇百怪，杀人的手法也层出不穷。吴忌不禁想起某本推理小说中的话，“只要罪恶之源不枯竭，创造罪恶的想象力也会源源不断地涌现”。

看了一会儿后，吴忌合上书开始打电话。

继续浪费时间

自从昨天警方对外公布此次景安山连环杀童案的部分案情，各区的分局、派出所就不停地接到孩子失踪的报案。孩子的年龄从五岁到十八岁都有，有男孩，也有女孩。往往过了五六个小时，家长们又不好意思地回电撤销报案，因为孩子自己又回来了。这样的闹剧估计还会继续下去，直到凶手被找到。这导致杨杰和他的专案小组可忙坏了，他们不想放过任何一个可能的机会，也不能让悲剧再次发生，所以对每个报案都进行了仔细分析，结果绝大多数都是假失踪，对破案没有任何帮助。通宵达旦之后，整组人已经筋疲力尽。

这一个个都怎么了？吴忌一早到达支队，看到会议室一片狼藉，杨杰等人满脸倦容，不禁觉得奇怪。紧随吴忌脚步抵达的于晨看到这番景象也觉得惊讶。

常明磊把情况告知后，俩人立刻明白。“那你们怎么不通知我们一起啊？”于晨脱口而出，而答案已经展示在杨杰一脸郁闷的表情上。

不想分享线索，所以作茧自缚。

吴忌拍了拍于晨的背。“你杨队是怕我们辛苦，所以把苦活累活都自己扛了。好了，现在轮到我们接力了，走吧。”

“去哪？”杨杰与于晨异口同声。于晨还补了一句：“你这大背包是怎么回事？”原来吴忌今早来警队的时候还背了一个黑色的大背包。

“到时候你就知道了。”吴忌朝于晨微妙一笑，然后对杨杰说，“玫瑰园，潘嘉城的家。”

杨杰听到这个地址，立刻站起身。“吴忌，你去找潘总干什么？”

“谁说我要去找他了？我去找柳亦双。”

“你找潘太太做什么？”

“问一些问题。”

杨杰烦躁而又疲惫地捋了一把头发。“吴忌，潘太太这几天心情都很差，你有什么问题可以问我。”

“恐怕你回答不了我的问题。”吴忌说罢，压了压帽檐，“于晨，我们走。”

一出会议室，吴忌就听到后面传来杨杰的叫嚣声，他没去理会，侧身对于晨说：“今天晚点你找孔翔森要一下昨天他们排查嫌疑人的口供，我想再确认一遍每个人的不在场证明。”

“吴队，你不相信孔翔森？”

“我是不相信杨杰。”

驶入玫瑰园，一辆辆豪车像是车展一样停在别墅的地上车库或二三层的阳台上。这是一个豪华别墅小区，共有九十九栋外形如木桩的后现代三层式别墅，每层都有可升降的阳台，有人把阳台布置成花园，有人把阳台当作车库放车。别墅与别墅之间有一片小树林相隔，既可保持私密性，又可营造大自然氛围。据说从天上俯瞰这个小区，九十九栋别墅的分布就像一朵绽放的玫瑰，小区的进出口则在“玫瑰”的茎部，仅有一个。这是锡安首富恒宸地产的董事长方亿恒的得意作品，不过方亿恒本人不住这里，他住在南烟区的郊外庄园。

于晨的车停在了第十六栋别墅的大门口，只见这栋别墅的二楼阳台上停着三辆豪车，一辆是车身全部由碳纤维组成的个人定制版阿斯顿·马丁，一辆是黑色的顶配级新款宾利飞驰 F1，相比之下，最后一辆蓝色的旧款法拉利反而逊色了。

于晨下车后，看了一眼自己的黑色奥迪不禁汗颜，感叹一声：“贫富差距太大啦！”

吴忌没有理会于晨的感叹，也没有因为眼前豪气冲天的景象而心情起伏，他不知道从什么时候开始对这些外在的物质麻木了。他倒是希望自己对这些还有点追求，这样的话，他或许会再度回到从前，热爱生活，热爱工作，想结婚生子。但现在的他，只想和泰山为伴，做一个侦探，独来独往，得过且过。关瑶说他的潜意识里自己给自己设了一个监狱，他在坐牢，且是无期徒刑，罪名是误杀。

别墅没有门铃，铁门又没法敲，于晨有些尴尬，正准备放开嗓子喊“有人吗”的时候，铁门右上角的监控摄像头似乎移动了一下，然后是一个虚拟的迎宾小姐出现在门口。

“请问你们是于晨警官和吴忌侦探吗？”

于晨点点头。“是，是我们，她怎么知道我们？”后半句于晨是对着吴忌说的。

“我们进小区的时候，门卫估计已经告知他们来访者了。”

“请进。”话音刚落，铁门自动打开，迎宾小姐消失。

两人走过铁门与别墅之间的草坪，抵达别墅一楼的门口。几乎同时，门开了，迎接他们的是一个中年妇女，自称是这家人的保姆阿姨。两人跟着保姆走了进去。

室内装饰与家具之奢华与阳台上那三辆豪车匹配。一楼很高，连接二楼的是一段螺旋状的阶梯，阶梯右侧有一个室内游泳池，大约有五十米长，被透明玻璃墙阻隔。那种玻璃墙吴忌见过，也可以设置成单面镜。游泳池左侧是餐厅，放置着一张红木制椭圆形长桌和六把同一系列的椅子，外形有点偏巴洛克风，餐桌上放着一个与餐桌风格不太搭的青花瓷花瓶，里面插了十几株已绽放的百合。餐厅再往里是客厅，地面铺设了米色的羊毛地毯，黑色的真皮沙发围成了半个圈，占据了大厅的主要位置，一块外形如巨大的鹅卵石的茶几稳稳躺在沙发的怀抱中，茶几上摆放着一些摆件和水果盆。正对着游泳池的大厅墙面上挂了一个逼真的巨大鹿头。看到这个鹿头，吴忌不禁想起大摩威士忌瓶身外的鹿头标识，那表情也是一样的沉稳庄严，于是他对这家主人的好感度立刻上升，他甚至想着或许他也应该在自己的事务所挂一个这样的鹿头,但这个念头来得快去得也快。鹿头的两侧分别挂了两幅画，一幅画着日出，一幅画着日落，印象派画风，但吴忌不认识署名上的画家。

这时，旋转楼梯上缓缓走下两个女人，一个非常年轻，花容月貌；另一个年长，但风韵犹存，两人看上去有点像母女，脸色都很憔悴。年轻的那位穿着一件红白条纹针织长衫，仅能盖住臀部，露着大腿，拖着米色的毛绒拖鞋，略施粉黛；年长的那位穿着宽松的淡蓝色亚麻短衫和长裤，也拖着一双米色的毛绒拖鞋，淡描蛾眉，两人相互搀扶着走到大厅。

“昨天不是来过了吗？今天又来……”年轻女子低语一声，径自朝沙发走去，年长女人态度稍微好一点，对吴忌和于晨说了一句：“里面坐吧。”

看着一尘不染的羊绒地毯，于晨不知道是否该脱鞋。幸好保姆及时拿出两双鞋套，递给于晨他们。

两人套上灰色的鞋套之后，才走到沙发旁坐下。

吴忌和于晨感觉他们此次拜访不是很受欢迎。于是吴忌开门见山。“不好意思，打扰二位，我长话短说。潘太太是否可以描述一下潘嘉城的性格？”吴忌面向年轻女子，也就是他口中的潘太太柳亦双问道。

柳亦双愣了一下，她没有理解吴忌问这个问题的意图，又或者她觉得吴忌不应该问这么无关紧要的问题。

“我儿子的性格？你们大老远跑来这里，把我从睡梦中叫醒，就是为了问我儿子的性格？”

吴忌看了一下手机的时间，现在是上午十一点。“哦，不好意思，我不知道这个时间点你还在睡觉。”

“我刚刚说的话重点不在这里！”柳亦双微蹙眉头，一双美丽的杏仁眼此刻有些黯淡，“前几天杨杰带人来的时候，怎么没见过你们两个，你是……”

“吴忌，我是一名侦探。”

“于晨，我是一名警察。”于晨亮出自己的警员证件，这个动作像是条件反射。

柳亦双没有看于晨的证件，却一直盯着吴忌。“侦探？这么大的案子让一个侦探参与会不会太儿戏了？”

“潘太太，这位不是普通的侦探，他三年前……”于晨正要解释，吴忌却摆手示意他不要再往下讲。

“潘太太，如果没有命案，我不介意和你斗嘴斗上一整天。但是你看，现在我受人之托，正在马不停蹄地调查命案，冒着打扰你美梦的风险跑来找你问线索。我们能不能暂且放下身份嫌隙，把注意力集中到这件案子上，我想你和你母亲应该都非常想抓到杀了你儿子的凶手。”

吴忌说完这番话，客厅里一阵寂静，片刻之后，柳亦双对保姆说：“给我一杯拿铁，也给两位客人倒杯咖啡，吴侦探，你喝咖啡吗？”

“叫我吴忌就行，麻烦一杯意式咖啡。”紧跟着吴忌，于晨要了一杯美式咖啡。

“你刚刚想问我什么来着？我儿子的性格？”柳亦双向沙发上一靠，身体明显放松了许多，“我们家城城很要强，跟明哥很像。”吴忌猜测明哥应该就是指潘和明。

柳亦双嘴角微微一扬。“他才十四岁，却很有生意头脑，明哥说他是天生的企业家。城城跟其他同龄孩子不一样，他很有自己的想法，而且那些想法都很成熟，所以他喜欢和年纪比他大的孩子做朋友，他完全就是一个小大人。我曾劝他多跟同龄孩子来往，可没想到……”

柳亦双说到这，眼眶逐渐湿润，与此同时，保姆已经端来三杯咖啡。柳亦双接着说：“那天城城非常不想去参加同学的生日会，但我坚持要他去，为此我们还吵了一架，最后他拗不过我，只好去了，但我没想到他这一去就再也没有回来……是我的错，如果不是我硬要他去参加那个什么生日会，他就不会出事！都是我的错……”

柳亦双越说越激动，泪水簌簌往下掉，柳母立刻安慰起来。

“潘太太，这跟你没关系，就算没有你，凶手也会想其他办法拐走你的儿子，因为你的儿子早就在他的猎杀名单里了。”吴忌说罢，一口喝完了一小杯浓缩意式咖啡。

“吴忌，你说的是真的吗？”

吴忌点点头，欠身道：“潘太太，我要问的话已经问完了，如果我想起什么还想向你请教，是否可以电话联系？”

柳亦双有些惊讶。“你过来就只是为了问我儿子的性格？”

“是，我昨天晚上分别给其他几个被害人的父母打了电话，询问这个问题，他们都很配合，唯独你的手机总是在忙线。我总共给你打了三次。”

柳亦双像是想起了什么：“抱歉，我一般不接陌生电话。”

“可以理解，所以我今天登门拜访了。”

于晨凑到吴忌耳边小声呢喃了一句“你怎么知道被害人家属的电话”？

吴忌回答：“案卷上都写着。”

于晨忙不迭地喝了几口美式咖啡，然后跟着吴忌走出了别墅。临别之际，吴忌突然转身问道：“潘太太，你儿子的体重大概多少？照片上，他的个子比一般十四岁的孩子高出很多。”

柳亦双愣了一下，然后回答：“城城个子确实很高，不像十四岁，他五十四公斤左右。”

吴忌在手机备忘录上记下了数字。

“吴忌，”柳亦双走到吴忌身边，“你问的这些，都是在浪费时间。”

吴忌露出一个不以为然的笑容。“这是必经阶段。”

看着吴忌的背影渐渐消失在大门口，柳亦双侧身对母亲说：“妈，如果城城失踪的时候，我们不是找警察，而是找了他，你说城城会活下来吗？”

于晨启动引擎，驶离潘和明的别墅。“吴队，我还是没明白为什么你要跑来问被害人的性格。”

“因为我想找到他们性格上的共同点。但讽刺的是，这四个孩子的性格完全不一样，一个乖巧，一个任性，一个叛逆，最后这个潘嘉城则完全是个好胜的小大人。”吴忌说着摇起了头，此时他们正驶出玫瑰园，迎面一辆熠熠生辉的银色兰博基尼朝他们开来。吴忌与车主打了一个照面，对方梳着一个大背头，长相英俊，硬朗的脸部轮廓，犀利的丹凤眼，吴忌莫名觉得眼熟，但想不起来在哪见过。

“我靠，我不吃不喝几十年才能买得起这种豪车啊！”于晨的注意力则全在车身上。

兰博基尼擦身而过，吴忌再次望了一眼司机，记忆仍然一片模糊。

DEATH SQUARED

“这应该是离上山口最近的停车场了。”于晨开着车在景安山附近兜了几圈后把车停在山脚下的一处草坪，旁边三三两两地停了几辆旧车，周围没有监控。

吴忌提着背包走下车，环视一圈。突然，他坏笑着望向于晨：“刚刚午餐吃饱了吗？”从玫瑰园出来之后，吴忌拉着于晨先去吃了一顿午饭。

于晨对这种微笑很熟悉，每次吴忌朝他露出这种微笑总没有什么好事。“吴队，我肚子有点痛，先去上个厕所。”

“肚子痛？我看看，怎么会肚子痛呢？”吴忌大步走来，一手勾住于晨的脖子，于晨忙不迭地躲闪，但吴忌的另一只手已经按在于晨的肚子上。

“别按别按，再按要吐了。吴队，你赢了，要我干什么？”

吴忌从背包里拿出一把折叠铲子，掰直，然后把空背包和铲子递给于晨。“在那边挖十八公斤的泥，装进背包里，然后扛着这些泥走到潘嘉城的第一个埋尸点，挖一个和凶手挖过的一样深的坑，把这些泥倒进去，填上坑。下来后再重复两次刚刚的动作。听明白了吗？”

于晨听完，脸色立刻不好了。

“看你脸色应该是听明白了，快，开始吧，现在是下午两点，我们就当作凌晨两点。”吴忌说罢，往于晨背上推了一把。

于晨一边挖泥，一边叨叨。“吴队，其实我的内心是拒绝的，这样做有什么意义吗？如果你不给我一个让我信服的理由，我随时会罢工。还有吴队，我不知道十八公斤的泥有多少，你看要不我们先去买个秤再回来？”

“于晨，这种生活常识你得多积累。放心，我知道。理由回到车里再告诉你。罢工这种事说过就等于做过了，来，别废话了，快点挖。”

十分钟后，于晨挖好、装好了泥。背包压背的那一刹那，他大喊了一声“沉”，然后在吴忌的陪同下朝潘嘉城的第一个埋尸点走去。这一趟还算快，加上挖坑埋泥的时间，总共花了大概一个小时。但到了第二趟，这个过程就多出了二十分钟。待到第三袋泥装好背包后，于晨的体力已经有些透支，此时正好是下午五点左右。

“吴队，我快不行了，这山路不好走，你看天也快黑了，要不我们先去吃个晚饭再回来？”

“还剩多少力气？”吴忌捏了捏于晨松软的肱二头肌。

“别捏别捏，就剩最后一点力气了，搬第三趟有点勉强啊，如果中间你让我休息一下，我还能应付，可你把我当机器一样运转，也不让停一下，谁受得了啊。”于晨一肚子怨言。

吴忌拍了拍于晨的肩膀：“好吧，今天就放过你了，走，我们回队里。”

于晨听罢，立刻扔掉铲子背包，跳进了驾驶座。吴忌一边骂着臭小子一边把背包里的泥抖掉，然后折好铲子，放进背包，最后上车。

“好了，给我一个让我信服的理由吧。”于晨因为觉得累，所以开启了自动驾驶模式。

“还记得之前我说潘嘉城的第三个埋尸点凶手处理得很敷衍吗？”

“记得，因为凶手越来越胆大包天，还看不起我们警察嘛，这个混蛋。”

“不，我不这么认为，我觉得凶手是个十分谨慎的人，他不是那种存在侥幸心理的人。”

于晨思索片刻，没有领会吴忌的意思：“所以你想表达什么呢？”

“结合今天的实验，你的体能顶多搬两趟，第三趟基本没力气了，而凶手还要留着力气应付其他可能出现的突发状况。所以这第三次埋尸很可能不是凶手本人所为。”

于晨听罢，一脸震惊。“吴队，你的意思是凶手有帮凶？”

吴忌摇摇头。“恋童癖不是其他精神病，我认为很难找到帮凶，这种病症太难以启齿。”

于晨点头。“也没人会愿意帮一个恋童癖患者做这种事。那到底是怎么回事？”

“这其中的原因就复杂了，可能性很多。第一种可能性，凶手用了什么我们不知道的手法处理了第三次抛尸，由于线索有限，我们暂且查不到。第二种可能性，凶手根本有两个。你不觉得潘嘉城相对其他几个孩子年龄太大，体重也偏重了吗？或许潘嘉城的案子得单独立案，他不属于本次的连环凶杀案，也就是有两个恋童癖患者，但很凑巧地都在景安山抛尸。第三种可能性……”吴忌话没说完就睡着了。

于晨被吊起的胃口立刻胃酸涌过，难受不已。“喂！吴队，明明干活的人是我，你好意思在我面前休息吗？吴队，吴队？唉……”

回到支队的时候，吴忌和于晨正好撞见杨杰和常明磊在过道上对话，杨杰一脸怒气地甩下一句“别再让我看到第二次”之后转身离去。

“怎么了，老常？”于晨上前询问。

常明磊显然心情不好：“还不是因为这个变态凶手！我老婆今天要加班，我妈又回老家了，小瑜没人接。我老婆不放心小瑜一个人待在学校，让我去接小瑜。你们知道我家住得远，如果我把小瑜接回家再回队，这一来一去太费时间了，所以……所以我就把小瑜接到了队里，想着到时候让我老婆来支队把孩子接回家。结果被杨队看到了……我也是糊涂，这里是什么地方啊！怎么能让一个孩子随便进来呢！我太糊涂了！”

于晨安慰道：“嫂子的心情我们也理解，最近发生太多男童失踪案，接到这里总比让小瑜一个人待在学校安全。”

吴忌点点头。“老常，小瑜呢？我好久没见他了，是不是长个了？”

常明磊听完两人的话，心情好转了一些。“那是，你上次见他都是三年前的事了。他在转角口的那个小会议室里。他还经常提起你呢，你可是他心中的大英雄。”

吴忌抿嘴一笑，“是吗……那我去看看小瑜。”

吴忌推门进去的时候，常景瑜正沉浸在一款虚拟网络游戏中，从平板电脑延伸出的两根数据线连接着他所戴的 VR 眼镜。吴忌见状，识趣地准备离去。这时，常景瑜摘下了眼镜，他一看到吴忌，就大喊：“吴叔叔。”

“在玩游戏呢？”吴忌摸了摸常景瑜的头，着实感觉到了常景瑜的成长。

“嗯，刚刚通了一关。”常景瑜边说边点了一下平板电脑的屏幕，进入游戏界面，输入了一串网络字符。

看到这串对吴忌来说是乱码的字符，吴忌觉得好奇。“你刚刚写的是什么意思？”

常景瑜咯咯笑了起来。“意思是我过关了，你们加把劲。吴叔叔，你不玩虚拟网络游戏吗？”

“小的时候玩过，现在不玩了，跟你们有代沟啊，这些字符我都看不懂。”吴忌摇摇头。

“吴叔叔小的时候玩什么游戏？”

“我们那个时候最火的游戏叫星球殖民，因为那个时候正好是钱学森号星际飞船前往半人马座的时候。”

常景瑜的眼睛里突然闪出光芒：“哦，我知道那个！那个游戏我也玩过！”

“是吗，这个游戏现在还有？”这回轮到吴忌惊讶了，在如今这个信息与网络高速发展的时代，竟然有一款游戏能持续二十年不死，也算是奇迹了。

“我特别想飞到外太空去玩，坐上钱学森号去半人马座！超酷的！”常景瑜因为说得太快，舌头开始打结。

吴忌听得笑了，他那个时代几乎所有男孩长大了都想做宇航员，所以他看到常景瑜的反应非常理解。“我想再过十年，坐飞船环游太空就会跟现在坐飞机去纽约一样便利。小瑜，那你们现在最火的游戏是什么？”

“这个！”常景瑜指了指平板电脑的游戏界面，“Death

Squared！死亡方块！超好玩，超酷！我最喜欢密室关卡，出口每隔五到十分钟换一次，很难，我同学都是花钱买道具过关的，但我是凭自己的能力过关的，厉害吧！”

吴忌再次摸了摸常景瑜的头。“厉害厉害！”

“不过也不全是我自己的功劳，这个游戏需要相互配合，因为敌人太多，你一个人没法闯关，所以你得找到一些游戏高手跟你一起闯关……”

常景瑜的话说到一半，吴忌就打断了。“这不是一个单人游戏？”

“不是，至少两个人。”

“你同学里有不玩这个游戏的吗？”

常景瑜想了一会儿，回答：“好像没有，大家都在玩。但我们玩的是儿童版，这个游戏还有一个更难的版本，是成人版的，因为我还没有成年，所以我没法注册成人版的，但我听说成人版的更好玩。”

吴忌点点头，现在的虚拟网络游戏监管很严，都是实名制，常景瑜还未满十八岁，当然不能玩成人版本。突然，吴忌的目光被电脑屏幕最底下的一行小字紧紧吸引了，只见上面写着“傲游虚拟网络游戏公司出品”。

吴忌转头冲出了小会议室，差点与推门而入的于晨撞个满怀。

“吴队，你要的不在场证明口供我要来了。诶？你这是要飞去哪？”

“小黑屋。”

小黑屋

小黑屋是吴忌对技术研究中心的一个戏谑叫法，后来在队里传开之后，大家都跟着这么叫起来。虽然研究中心的外号中有个“小”字，但事实上它很大。不过在成立之初，大概五六十年前，它确实还只是由几个实验室组成的小研究中心，但随着科技越来越发达，相关的实验室逐年增加。而作为技术队的负责人苏岚百分之九十的时间都耗在小黑屋里。

吴忌和于晨依次走过生物物证实验室、弹道分析实验室、解剖室后，在超级搜索引擎室驻足。于晨把脸凑向门口的虹膜认证仪，“嘀”的一声之后，吴忌推门进去。左边是一张非常宽大的长方形桌子，配了两把椅子，右边是一块可移动的白板，配有几支马克笔和几个小磁块。屋子不大，但可以轻松容纳三四个人。

一切都和三年前一样。吴忌走到桌子前，在边缘处找到开机按钮，轻触，桌子上方立刻出现虚拟键盘和全息投影屏，尺寸比一般的普通电脑要大出一倍。

“吴队，你想搜什么？”

“《死亡方块》。”

“死亡方块是什么？”

“一款虚拟网络游戏。”

于晨在登录界面中输入自己的警员号和名字，核实通过后，界面转到导览页。吴忌轻触“相关性搜索”条目，投影屏中跳出两个输入框。

吴忌首先输入了两个主题：陆羽禾、死亡方块。

超级引擎立刻搜索计算，结果显示：高相关性（9/10），紧随这个结果的是许多相关链接，记录了陆羽禾和《死亡方块》之间的交集点，比如陆羽禾首次注册这个游戏的时间以及 IP 地址，陆羽禾的父亲陆宁昊与该游戏所属公司的雇员关系等。

吴忌轻触加号，添加了一个主题：王家佳。结果再次显示为“高相关性（9/10）”。吴忌继续添加第四个主题：李晓康。结果依然是“高相关性（9/10）”。然后他再添加第五个主题：潘嘉城。结果相关性瞬间变为“中低（4/10）”。而当他关闭前面三个被害者主题，仅留下死亡方块和潘嘉城后，相关性一下子减为“极低（0/10）”。

“什么意思？”于晨不明白吴忌这一系列举动。

吴忌神情严肃。“《死亡方块》是目前市面上很火的一款游戏，几乎所有小孩都在玩，但唯独潘嘉城没有玩。”

“所以呢？”于晨还是不懂，“这说明什么？”

吴忌没有回答，继续调整相关性主题，去掉“死亡方块”，将主题变成四个受害者，结果数据显示为“低相关性（2/10）”。这是苏岚一开始给出的结果。然后吴忌把潘嘉城删除，相关性又立刻变成了“中高（8/10）”，接着再加入第四个主题：常景瑜，得出的结果还是“中高（8/10）”，而紧随这个结果的全是四个小孩和《死亡方块》相关的互动交集点。

“发现了吗？当初苏岚在寻找四个被害者的相关性时，因为潘嘉城不玩《死亡方块》的缘故，导致四个被害者的相关性减弱。但其实除了潘嘉城以外的人都喜欢玩这款游戏。或许潘嘉城也在玩这款游戏，只不过他用的不是自己的名字。”

吴忌说着已经返回初始导览页，并点进了搜索引擎界面。在这个界面吴忌查到了潘和明家的 IP 地址，然后他返回相关性搜索界面，重新输入最初的五个主题，但把潘嘉城的名字换成了他家的 IP 地址，结果相关性立刻升至“高相关性（8/10）”。

“果然！但潘嘉城为什么不用自己的名字注册？”于晨惊讶地盯着这个结果。

“如果我没猜错的话，以他的性格，他要玩的是成人版《死亡方块》。”

吴忌拨了一个电话。

“潘太太吗？对，是我，感谢你保存了我的号码。我想问你和你母亲以及潘先生玩一款叫《死亡方块》的游戏吗？……那你们家的那位保姆呢？……好的，我知道了，谢谢。”

“你给那个柳亦双打电话？”于晨见吴忌挂了电话后问道。

吴忌将手机塞回口袋：“对，她和她母亲以及潘和明还有那个保姆都不玩这款游戏，所以用他们家 IP 频繁玩这个游戏的只可能是潘嘉城了。”

“吴队，你说了这么多《死亡方块》，它到底是个什么游戏？”

“让我们一起来看看。”吴忌再次在搜索引擎中输入“死亡方块”，结果跳出许多介绍。就在这时，苏岚走了进来。

“吴忌，于晨，你们也在这？”

“苏岚，你来得正好，我们发现了四个被害者高相关性的连接点。”于晨一脸欣喜。苏岚听到“高相关性”四个字立刻凑了上来：“怎么会呢？我前几天搜过，他们之间呈低相关性啊！”

“有，共同点就是这个。”吴忌说罢，点了其中一条《死亡方块》的介绍。简单来说，《死亡方块》是由傲游虚拟网络游戏公司耗时三年推出的一款虚拟网络多人游戏，玩家可以选择不同种类的关卡进行冒险闯关。游戏在去年正式公测，立刻引发热潮。但由于游戏中涉及过多暴力与血腥画面，被多名家长联名举报。傲游公司面对这一压力，立刻做出调整，将游戏进行分级，同时推出未成年版，此举不仅使傲游公司夺回了虚拟网络游戏行业的霸主地位，也赢得了好口碑。

“所以四个被害者的共同点就是他们都玩《死亡方块》？”苏岚一脸狐疑，“但我当时搜的时候只搜到陆、王、李三个孩子在玩，且我知道很多小孩子都在玩这款游戏，所以这不算什么共性吧？就像所有人都要吃饭一样，他们也都要吃饭，但吃饭不可能是凶手盯上你的原因。”

“你说的很对，这或许并不是凶手盯上他们的原因，但你知道吗？第一个死者陆羽禾的父亲就在开发这款游戏的公司工作，是不是太巧合了？再回到这个共性本身。你当时搜的时候之所以没有搜到潘嘉城，是因为他为了玩成人版的《死亡方块》，用了别人的名字和信息注册。”吴忌将介绍页面往下滑，“又或者他是从哪里买了一个成人账户，总之……”

“等一下。”苏岚打断了吴忌的话，她的双眼紧盯着全息投影上的某处。

“怎么了？”吴忌顺着苏岚的视线望去，看到了一个名字。

“陈光然。”苏岚指着傲游公司的创始人兼董事长，“这个名字我好像在前几天翻出来的旧档案中看到过……”她立刻点开案宗查询。

搜索结果触目惊心。陈光然竟是十九年前一桩儿童性侵案的受害者。

当陈光然十一岁时的照片出现在吴忌面前时，那双充满怨念的丹凤眼令吴忌的记忆大门瞬间打开。他立刻去搜索“陈光然”三个字。

只见一个手拿“青年企业家”奖牌，梳着大背头，样貌英俊，西装革履的青年才俊映入三人眼帘，他，正是上午在玫瑰园入口与于晨的车擦肩而过的银色兰博基尼的车主，也是陆羽禾参加父亲公司的年会时被拍下的照片中，坐在台下第一排注视着陆羽禾的那个人。

· · · · · · ·

男童的哭声越响，男人的身体越兴奋，他嘴里不停地念叨着淫秽的字眼，直到他达到暂时的满足才停下。这时，男童朝他露出一个笑容。

男人突然变得很暴躁。

“假的！假的！假的！这些虚拟玩偶都是假的！”

大喊大叫之时，男人已经摘掉了VR眼镜，目光呆滞地倒在了地板上……

隐身人

“搜查令？”

杨杰听完吴忌的分析后，对吴忌提出的申请搜查陈光然家的搜查令一事不以为然。

“你手上没有任何直接证据，这样贸然去搜查，万一什么都查不到呢？你当初说凶手心思缜密，试问这样的人怎么会在家里留下证据呢？陈光然不是普通人，是青年企业家，是个有头有脸的人，也算有点社会地位，如果最后证明他不是凶手，媒体会怎么说我们？吴忌，你虽然已不是警察，但也要为我们警察考虑啊。”

“我就是在为你考虑，我知道上头给你的破案期限是五天，现在已经是第四天，再过两个小时，就到第五天了，在这个节骨眼上，你不能再坐以待毙，应该采取稍微激进一点的办法。陈光然是到目前为止最符合罪犯侧写的嫌疑人。连环杀手都有中度甚至重度强迫症，他们很有可能留下了受害者的什么物件作为纪念，就算心思再缜密，也抵挡不住这一变态的嗜好，所以唯一可能留下证据的地方应该就在凶手家中。”

杨杰伸手示意吴忌打住。“好，我们不说证据，我们谈谈作案动机。试问一个小时候被性侵过的人长大后怎么会丧心病狂到性侵别人再杀人灭口？”

“天生的取向。”吴忌近乎绝望地说出了这五个字。

“什么？”杨杰没有听明白。

“你知道恋童，对儿童和青少年会产生性冲动，其实是一种天生的取向吗？它根本不可控，也跟这个人小时候是否遭受过性侵无关。”

杨杰一时间无言以对。

一旁的苏岚也颇为认同地点点头：“我之前查了很多资料，也翻了许多旧案。恋童确实是一种天生的取向，且发觉自己有这种取向的人大多都是在成年之后，从二十五岁到四十五岁不等，有个别人甚至是在六十岁之后才意识到自己有这样的性取向。这些虽然还没有得到百分之百的证实，但已经成为一种共识。”

杨杰摸着下巴望向吴忌。“这个动机勉强通过，那么作案手法呢？你说四个被害人的共性是他们都玩陈光然公司的《死亡方块》游戏。但我知道玩这个游戏的儿童有好几百万，他为什么偏偏挑这四个？”

吴忌离开倚靠的墙壁，踱了几步。“我暂且能解释的只有第一个被害者陆羽禾。通常凶手第一次作案会找身边的亲戚或朋友下手，陆羽禾的父亲陆宁昊在陈光然的公司工作，且在年初的年会上，陆羽禾与陈光然见过面，那时可能还有过交流，所以陆羽禾被陈光然锁定为第一个目标。至于后面三个的选择，很可能存在随机性。”

杨杰似乎抓到了什么漏洞，嘴角欲扬。“照你这么说，更接近凶手目标的应该是潘嘉城吧？因为潘和明的家就在陈光然家隔壁，两家只隔了一片小树林，陈光然见到潘嘉城的次数更多，也比见到陆羽禾更早，可是他却把潘嘉城定为第四个下手的目标，不是很奇怪吗？”

“因为潘嘉城不玩未成年版本的《死亡方块》，他用其他成年人的账号登录游戏，所以陈光然一开始不知道。但之后陈光然通过了什么途径得知潘嘉城也在玩，于是就把他定为其中一个目标。”

“太牵强了！”杨杰的手指在办公桌上有规律地敲响，“吴忌，这是我最不能理解的地方，为什么得知潘嘉城玩《死亡方块》后，陈光然会突然对他有了兴趣呢？你别告诉我这也是天生的取向。”说完，杨杰发出一声嗤笑。

吴忌也回以一个嗤笑，“因为《死亡方块》就是他用来和那些被害者交流的工具。用手机或即时通信软件都会留下证据，男孩说不定也会跟家长提起他们交了一个什么样的新朋友，这些都是隐患。但游戏世界不一样，在游戏里面认识的人多，家长对这些人也不会特别在意，同时，通过游戏里的即时聊天窗口进行沟通也非常便捷，他甚至可以不留下自己真实的 IP 就能与孩子交流，获取信任，最后引导孩子出来和他见面。所以通过《死亡方块》，他就变成了一个隐形人。”

杨杰脸上的得意消失了。“那为什么一定要选择《死亡方块》？游戏这么多，他为什么选择一款跟自己有联系的游戏呢？如果换作你我，我们不是应该找一款跟自己一点关系都没有的游戏更隐蔽吗？”

“因为他作为这款游戏的开发商，可以更方便快捷地获取用户信息，这对他挑选目标有利。”

杨杰扭头问苏岚。“用户信息不是隐私吗？这么容易拿到？”

苏岚歪了一下头。“对于一个黑客来说，网上没有隐私。”

杨杰嘬了一下嘴唇。“苏岚，你有没有进入他们的账户去调查过？他们是否都跟同一个网友有过交流？”

苏岚摇摇头。“我确实第一时间登入了他们四个人的账户，一来他们交流过的网友中没有一个 IP 地址是重复的，不过现在代理 IP 那么多，这说明不了什么问题；二来失踪那日以及前一日他们也没有在网上留下任何要与人见面的对话。我猜测他们或许是在玩游戏的过程中直接通过虚拟游戏人物实时对话完成的见面约定。但还有一个可能性……那就是凶手很可能本身就是黑客，他在完成绑架后黑入了四名受害者的账户，抹除了所有相关的记录。而陈光然就是个高级黑客。”

一番唇枪舌剑之后，杨杰在自己的办公室里来回踱起步，大概三圈后，他停下脚步。“我还是难以相信一个被性侵过的人长大后会去性侵其他人……”杨杰摇摇头，“所以现阶段我认为应该先带嫌疑人回来问话，至少先问问他有没有不在场证明。”

“说到这个不在场证明，”吴忌拿过于晨手上的平板电脑放在办公桌上，“为什么在昨天传讯陆宁昊男同事的名单里面没有陈光然？明明陈光然的年龄、婚姻状况、工作自由度都符合嫌疑人标准。”

杨杰拿起平板电脑打开快速看了一眼，然后让于晨去叫孔翔森。孔翔森一进门，杨杰就用吴忌质问过他的话原样质问了孔翔森。

孔翔森听罢，唯唯诺诺地回答："杨队，我是按照于晨的话去传人的啊，他说锁定的嫌疑人目标是陆宁昊的未婚男同事，二十岁到四十岁之间，同事一般不包括老板吧？"

"愚蠢！"杨杰破口大骂，"你是猪脑吗？这种时候竟然抠字眼？"

"对不起对不起……"孔翔森连连道歉，但杨杰的责难却没有停。

吴忌忽然明白了昨晚听陆宁昊与他的那段录音时产生的不和谐感。提到同事，一般人的惯性思维就是和他共事的职员，所以陆宁昊下意识地过滤了自己的老板，尽管这个老板各方面都符合嫌疑人标准。而吴忌虽然潜意识里觉察到了这一点，却没有传达至表意识。

"你骂完了吗？"吴忌打断杨杰的责骂。杨杰没好气地斜了一眼吴忌，闭了嘴。吴忌继续道："我们可以回到案子了吧？"

杨杰做了一个深呼吸，摸着下巴蹙眉道："我还是认为不妥，没有证据，没有证人，动机牵强，仅以你——的推理和猜疑为基础申请搜查令我办不到。"杨杰在说到"你"这个字的时候音量骤升，语音延长。

吴忌脱下帽子，捋了一把头发，再重新戴好。"你知道吗？杨杰，你刚刚所有的回答都在我的意料之中，不管我说什么，我知道你都会反对。”吴忌像长辈宽容晚辈般朝杨杰弯了弯嘴角，“什么没有证据、没有证人、动机牵强，你反对申请搜查令的原因根本不是这些！”吴忌上前一步，帽檐下犀利的眼神直视杨杰，“你反对的根本原因是我，因为是我提出的！是不是？杨！杰！”

所有人都沉默了。

片刻之后，吴忌看了一眼时间，快十一点了。“好吧，你先把他带回来问话吧，顺便通知他把家里的地板墙壁擦干净，床单被单洗干净，把留作纪念用的物证销毁。”

“你！”杨杰听罢，青筋暴起。

“我的建议已经带到，至于采不采纳是你的事。”吴忌压了压帽檐，避开所有人的目光，“我的工作已经完成，就先走了，泰山还在家等我。”

“我送你吧。”于晨紧跟一句。

杨杰立刻制止道：“于晨，从现在起，你归队了，他不需要你。”

“杨队！”于晨震惊地站住了。

“于晨，让我来送吧。”苏岚斜眼瞄了一眼杨杰之后跟着吴忌离开了杨杰的办公室。

车内放着舒缓的轻音乐，一路上，吴忌沉默寡言，茫然地望着车窗外的锡安夜景。

“你们以前也算是同僚，接下来还要继续合作，所以今天的话你一只耳朵进一只耳朵出就好。”“他压力太大了，他的话你别放在心上。”苏岚时不时说上几句安慰的话，但吴忌无动于衷。

这时吴忌的手机来了一条消息，是来自陆宁昊的询问："凶手找到了吗？"吴忌盯着这条消息，不知该怎么回复。

"怎么了？"苏岚瞟了一眼吴忌的手机。

"我的压力来源。"吴忌终于开口了。

"哦，是陆宁昊吧。"

"是于晨告诉你的？"

"于晨向杨杰解释你来协助办案的目的时我刚好也在场，他也是为了你好。"

多此一举。吴忌在心中嘀咕道。

苏岚正说着，音乐跳转到了下一首，熟悉的旋律响起。"还记得这首老歌吗？All Good Things[1]……"

吴忌接过苏岚的话："Come To An End[2]。"

车子抵达吴忌的事务所楼下，吴忌道了声感谢走下车。他看着苏岚的奔驰渐渐消失在街道尽头后，掉头朝反方向走去。他没有回家，他想去凯利琼斯酒吧喝一杯吉布森。

在从事务所到凯利琼斯酒吧的路上会经过另外两个酒吧，一个是高档奢华的圣堂酒吧（Sanctuary Bar），在喜爱泡吧的年轻人圈子里，他们更喜欢叫它避难所；另一个则是劣等的皇冠酒吧（Crown Bar），在皇冠酒吧买到真酒的概率跟你在路上踩到狗屎

1　一切美好的事。

2　终将结束。

差不多。

吴忌闷闷不乐地穿过新元路，然后左转进入长乐路。走了大约五分钟后，他看到了门面被装饰得金碧辉煌的圣堂酒吧。他朝门口瞥了一眼，一群打扮时髦的年轻人勾肩搭背地站在门口，排队等入场。

又走了不到三分钟，阵阵嘈杂的谈笑声伴随着劣质扬声器发出的狂躁音乐渐渐灌入吴忌耳朵，他知道皇冠酒吧就在前头了。吴忌从来没有想通过为什么这样一个卖假酒的酒吧还能经营下去，且每天客人络绎不绝。可能有人天生喜欢喝假酒吧，就像有人天生喜欢唱歌，有人天生喜欢画画，有人天生喜欢冒险，有人天生喜欢……男童。

社会的毒瘤

“一杯吉布森。”吴忌朝汉斯招招手，屁股已滑入吧台前的一个无靠背座位。林霄从不远处招呼完客人朝吴忌走来。

“来了啊，”林霄将两个空的酒杯递给汉斯，然后让汉斯再调两杯干马提尼给七号桌送过去。“现在案子进展怎么样？凶手有眉目了吗？”

“算是有点眉目了吧。”

“能透露一点吗？”

吴忌闻到了一股八卦的气息。“等案子结束了，我第一时间向你汇报可以吗，老板？”

林霄一脸嫌弃：“又是这种没有新意的回答。”

“对了，问个事。”

“我拒绝回答。”

吴忌没理会直接问：“你玩过《死亡方块》吗？”

“当然玩过。”林霄立刻回答。

“连你也玩过。那你觉得好玩吗？”吴忌从汉斯手中接过酒杯。

“还行吧，不过我还是喜欢我们以前玩的那款老游戏，星际殖民。”林霄努努嘴巴，“那多经典啊，就跟我在墙上画的这些人物一样经典。但现在他们和星际殖民一样都是老古董了。”

“林霄，你知道吗？人一旦开始不可抑制地怀念过去，那就说明他已经老了。”吴忌喝了一大口吉布森。

“吴忌，我发现你越来越刻薄了。”

“是吗？那你也越来越像怨妇了。”

说罢，两人同时笑了。

“来你这坐会儿果然心情好多了。”吴忌伸了一个懒腰，长舒一口气，环顾一圈酒吧，“唉，上次那个德国制造的机械腿今天没来啊。”

“德国制造的机械腿？哦，他昨天还来过。你倒对他印象挺深啊。”

“他叫什么名字，你知道吗？”

“真名不知道，但我听他们叫他 Max。说起 Max，你还欠我一个答案。”

“什么答案？”吴忌已经快速喝完酒，准备离开了。

“别急着走。上次临走时留下的问题还没回答呢，如果文明社会养出越来越多的变态，我们是不是应该倒退回野蛮时代？除此之外，还有一笔赊账。汉斯，结账，加上上一次的一杯吉布森。”

吴忌从脑子里提取那天的记忆。“哦，好像是有这么一回事。但是我没付钱吗？”

汉斯已经报出了账单和金额，林霄拿过吴忌放在吧台上的手机用吴忌的手指给手机解了锁，再点开支付码，最后把支付码在结账机器上扫了一下。汉斯朝林霄点了点头，林霄满意地把手机还给吴忌。“谢谢客人赏脸。”

“你这个流氓。”吴忌把手机揣回兜里，“其实我也不知道该怎么办。以前我觉得能抓一个变态是一个，现在我觉得变态多到抓不完。比如你去皇冠酒吧转一圈，就会发现有多少人在赌博，再比如你去鬼街转一圈，就会发现有好多人在上面拉皮条。他们好像病毒一样，是人类社会的毒瘤，但他们不也都是人吗？说到底还是人本身出了问题。你知道伊壁鸠鲁悖论吗？”

林霄摇摇头。

“如果是上帝想阻止恶而阻止不了，那么上帝就是无能的；如果是上帝能阻止恶而不愿阻止，那么上帝就是坏的；如果是上帝既不想阻止也阻止不了恶，那么上帝就是既无能又坏；如果是上帝既想阻止又能阻止恶，那为什么我们的世界充满了恶呢？”

林霄听完若有所思地点点头，突然他问：“吴忌，你什么时候开始信教了？”

吴忌笑着摇了摇头：“你还真是会抓重点。”

林霄呵呵一笑。

“今天好像讲了太多负面的东西，你就当没听过吧。”吴忌起身道，“时间差不多了，我先走了。”

待到吴忌的背影消失在门口，一个帅气的左耳戴着黑曜石耳钉的年轻人挪到吧台前。“给我来一杯那个人喝过的。”

“那个人？”林霄反问一句，看着眼前的这个年轻人，觉得很眼熟，但一时之间想不起来在哪见过。

“就是那个戴着鸭舌帽说伊壁鸠鲁悖论的人。”

一个女孩的哭声传来，吴忌循着哭声在黑暗的道路上走着。

哭声还在继续，吴忌的眼前渐渐出现光，然后是熟悉的场景。绑匪一手勒住女孩的脖子，一手用枪指着女孩的头。

“别过来！我叫你们一个都别过来！再过来我就一枪崩了她！”绑匪的身体在颤抖，他满头大汗，脸色苍白，眼神凶残却又流露着恐惧，干裂发紫的嘴唇不停地呢喃着什么。

看到这个画面，吴忌停下了脚步，突然他快步跑了起来，大喊：“不要过去，不要过去！”

但一切都没有变，吴忌看到另一个自己绕到绑匪身后试图接近，结果被绑匪发现，两人目光相对的刹那，绑匪的身体瞬时爆炸，同时爆炸的还有女孩……

肉屑漫天飞舞，夹杂着一股烤焦的气味。

一股想要呕吐的冲动涌上喉头，吴忌从噩梦中惊醒，冲进卫生间，抱住马桶狂吐不止。

吐完后，吴忌打开水龙头，漱了几次口。抬头望向镜子，他突然觉得自己从来没有从这块小小的镜子中出来过，他一直困在里面。身，心，都困在里面。这是一个真实的无期徒刑。

当吴忌再次睁开眼睛的时候已经是下午四点，窗外早就飘起了细细小雨。

他忍着剧烈的头痛坐起身，习惯性地去拿床头的手机。一开手机，一堆未接电话和消息轰炸而来。

吴忌匆匆瞄了几眼未接来电，大部分是于晨打来的，还有两通是苏岚，两通是陆宁昊。消息也来自这三个人。他神色紧张地点开其中一条，它来自于晨，内容仅七个字：

陈光然不是凶手。

测试

吴忌匆匆赶到警队时，杨杰正在跟大家开会。他瞄了一眼推门而入的吴忌，眼神冷漠，然后继续说："都听明白了吗？如果听明白了，就给我赶紧行动！别傻愣着！"

"是，是！"大伙儿立刻起身，走出会议室。

吴忌将于晨拉到墙边，"到底怎么回事？陈光然不是凶手怎么确认的？"

"是这样，昨天……"

"还是我来说吧。"杨杰站起身朝俩人走来，这时会议室里的人都走得差不多了，除了苏岚还坐着。

"我昨天认真考虑了你的分析，今天一早就去陈光然家把他带了回来。我想他还不至于在我们从敲门到他开门的这短短几分钟里，把家里彻底清理一遍，再把证物全部销毁。我们对他进行了审讯，他的回答不那么令人满意，不是在家就是在回家的路上之类，他说记不太清楚，也没有人可以为他作证。是不是越听越可疑？直到我们说出怀疑他就是景安山连环男童虐杀案的凶手，他立刻暴跳如雷。然后自己提出了一个洗脱嫌疑的方法。"杨杰说到这，停了下来。

"什么方法？"吴忌知道杨杰在卖关子。

"勃起测试。"

苏岚补充道："我们都很意外他会提出这个要求，但结果证明他没有撒谎。他通过了勃起测试。"苏岚抱起双臂，"至今没有一个恋童癖患者可以在这个测试上蒙混过关，我还提取了他的血液进行检测，结果证实他没有事先服用任何抗勃起药物或注射雌性激素。所以……"

杨杰接过话茬："陈光然不是凶手。"

半晌，吴忌不知道该如何应答。

“吴忌，这次真是我们错了。”于晨的声音细如蚊蝇。

“我要看审讯过程。”吴忌似乎没有听到于晨的话。

苏岚还想说什么，被吴忌打断：“给我看审讯过程。”

“你要浪费时间随便，但我们没工夫陪你玩。苏岚，你找个人带他去看录像，我和于晨先下去。于晨，还磨磨蹭蹭的干什么？”杨杰下巴朝门口一顶，于晨咬咬牙，低头走出了会议室。

吴忌独自坐在审讯室的观察室，反复查看陈光然的审讯过程。时间很短，只有二十六分钟，头十分钟里，陈光然表现得很轻松随意，也很配合，有问必答；之后的十分钟他似乎有些注意力不集中，回答有一句没一句的，用陈光然自己的话说：“我没法在一个事情上专注太久，如果没有什么东西刺激我的神经，我就会开始无聊，所以我喜欢玩虚拟网络游戏，它可以不断刺激我，让我专注起来。”最后的六分钟是陈光然听到自己被指控为虐童谋杀案的凶手后大发雷霆的时间。

吴忌特别留意了陈光然在听到四个被害者名字时的反应，除了潘嘉城，其他三个他都没有什么印象，表现得很冷漠，就像第一次听到似的。当杨杰特别指出陆羽禾是他公司员工陆宁昊的儿子时，陈光然也只是点点头，应付地“哦”了一声。记不住员工家属的名字是很正常的事，记住的话，反而有些奇怪了。如果是演戏，吴忌只能赞叹他的演技太好了。

最后的一分钟，吴忌重复播放了数十遍。那是整个审讯过程最大的反转，所有人都没想到陈光然为了证明自己的清白，竟然主动要求进行勃起测试。

吴忌没有看勃起测试的监控，只是电联了主持测试的李医生，确认李医生全程严格按照程序执行后他挂了电话。然后他又打给了关瑶，在关瑶那他又被告知没有恋童癖患者可以躲过这个测试，一个都没有。

难道真的是我错了？

吴忌陷入了思维的困境。所有原本畅通无阻的路都在勃起测试面前都瞬间变成了死胡同，所有原本已经可以拼凑出完整图案的碎片也都突然烧成了灰烬。

吴忌叹了一口气。他也知道不能因为陈光然能解决所有问题就把他硬塞进答案里。一票否决，没有争辩余地。

好吧，重新开始吧，只有重新开始了。

当碎片被全部重新打乱的时候，吴忌紧绷的神经突然跟着放松了下来。这一松懈，令他顿觉头疼难忍，仿佛有人在他脑子里不停地上发条，又像有人在鞭打他的脑神经，于是他使劲拍了拍太阳穴。就在这时，他的手机收到一条消息，他忍痛拿起手机，看到一条信息：

常景瑜失踪了！

雨

吴忌赶到常景瑜就读的怀中小学的时候是晚上九点左右，路上，他事先与于晨电话沟通了一番案情。此时夜幕早已降下，雨势渐大。吴忌把车停好，淋着雨跑到校门口的警卫处。值班的门卫有两个，都是中年大叔，一个因常年喝酒外加缺乏运动而大腹便便，另一个身材保持在尚不需要减肥阶段，个子挺高。高个门卫正在吃一碗拌醋的饺子，不过醋似乎放得有点多，吴忌闻到，不禁打了个喷嚏。

“你好，我叫吴忌，是一名侦探。”吴忌掏出他的侦探证件。

胖门卫将信将疑地看了一番，然后打开手机，似乎在证实吴忌的身份。

“是真的吗？”高个门卫放下手中的碗，抹了一把嘴巴，低头凑到胖门卫耳边嘀咕了一句。

胖门卫点点头：“是个侦探。”

“你该不会是来查常景瑜失踪案的吧？”高个门卫的两只圆眼睛警惕地望向吴忌。

吴忌嘴角舒展。“嗯，受人之托想打听点事。”

两个门卫对视一眼，胖门卫提了提下滑的裤腰带，鼓出的肚子连带晃了晃。“我们只不过是门卫，不太清楚。”

“那我能进学校看一看吗？”

高个门卫立刻回答：“那不行，现在除非是学生的家长，其他任何社会人士都不能进学校。”

“哦？”吴忌微微倾斜身子，靠在墙边，“这个规定是什么时候开始执行的？常景瑜失踪后还是失踪前？”

“三天前吧？就是那个连环杀人案被曝出来之后。对吧，老钱？”胖门卫望了一眼高个门卫老钱。老钱点点头：“应该是。”

“这么晚你们要值班到几点？挺辛苦的吧。”

老钱听到这话似乎被戳到了痛点。“本来我和黄涛只要值早班，四点学校放学后，我们就和老马换班，他值晚班。今天老马生病了，咱们两个就帮忙顶一下，结果竟然遇到这种事！”

胖门卫黄涛点点头，然后露出嫌弃的表情。“吴……侦探，我们只不过是门卫，不太清楚这个案子，学校也规定不相干的社会人士不能进学校。你还是走吧，你看，外面雨越下越大了。”

吴忌从口袋里掏出一包中华烟，推到两个门卫面前。“这么晚了，两位还这么辛苦地在值班，来抽根烟，其实我也没想干吗，就随便聊聊。来，抽根烟。”

两个门卫又对视了一眼，迟疑之下，吴忌已经抽出一根烟递上，老钱慢慢伸出手。“抽根烟应该……应该没事吧……”说着，接过了烟，从口袋里摸出一个打火机点燃。黄涛见状，也犹犹豫豫地拿了一根烟。

“其实吧，你真不需要给我们烟，我们真的不清楚，警察刚走，他们把监控也调走了。”老钱挠挠头说。

“你们和警察一起看了监控吧？”因为雨点打到了背部，吴忌往里靠了靠，“你们在监控里看到他出校门了吗？我是说常景瑜。”

“看了，我们一起看的。”黄涛凑上前，方才的嫌弃表情已经消失了，“他出校门了，他自己走出去的，没有被人强行绑走。”

“我猜也是，看你们这么严格尽职，一般社会人士应该很难混进去。”

老钱听罢,像是小学生受到了老师的表扬,别提多开心了。“要是常景瑜的妈妈也能像你这样想就好了！那个女人把我们两个臭骂了一顿。我们也知道她儿子失踪了，但这能怪我们吗？”

“她也是伤心过度，你们别放在心上啊。常景瑜离开学校是什么时候，你们还记得吗？”吴忌又问。

黄涛吐了一口烟。“监控上显示的时间是下午五点左右，那个时候雨下得有点大了，他穿了一件黄色的雨衣。”

“黄色的雨衣？”吴忌问。

“嗯，黄色的雨衣，还好他不是打伞，打伞的话，我们的监控还不一定拍得到脸，监控就在大门上面的两个墙角上。”老钱伸出头，指了指监控的位置。

吴忌点点头：“然后他去哪了？”

“这个我就不知道了，每天有这么多学生进进出出，我们哪能记得这些。”老钱摆摆手。

吴忌弯起嘴角。“老钱，你知道人的记忆有时候很奇怪，你不是忘记了，而是没有去提取。今天是个雨天，我知道像这样的天气心情难免会有些郁闷，下了一整天的雨，你们两位或许都懒得出去走动，就在警卫室待着，玩玩手机，上上网。时间就这么一分一秒过去，到了下午五点左右，可能你们的肚子有点饿了，也可能是累了，或者渴了，然后你们站起来，伸了个懒腰，喝了一口水，朝窗外随便望了望。这时，有个穿着黄色雨衣的学生走出了校门，他个子不高，一米四左右，孤零零地一个人，他可能站在校门口停留了一会儿，左顾右盼，然后他朝某个方向走去……”

说到这，吴忌看到老钱的神情发生了变化，他似乎在努力回忆。

“被你这么一说，我好像……有点印象。他好像站在那个怀中路路口停了一会儿……然后往东边走过去……然后……”

“老钱，不着急，你抽口烟，慢慢想。”吴忌循循引导，没有催促。

“哦，我记起来了！他跟着另一个人走了，那个人个子好像不高，他撑着一把……黑色的雨伞，还有他也穿了一件黄色的雨衣。老天哪！那个人该不会就是凶手吧！”老钱整张脸煞白。

“老钱，别慌，那人长什么样，你再想想。他就站在那，虽然天色有点黑，但还是能看清楚的，慢慢想……”

“长相……长相……这个我实在……实在想不起来了。抱歉啊，吴侦探。”老钱绞尽脑汁回忆，但吴忌知道这已经是他的极限了。

“老钱，谢谢，你已经帮了我大忙了！”

吴忌道谢之后离开了警卫室，小跑回自己的车里。他在脑子里梳理了一遍常景瑜失踪的时间线。

下午四点，怀中小学放学；下午五点，一个穿着黄色雨衣的人来接他；下午六点，常景瑜母亲来学校接他，没有接到，然后立刻返回家，发现他没有自己回家，于是打电话给老常，老常得知儿子失踪后，马上询问亲戚朋友以及常景瑜的同学，未果。他把情况反馈给队里，杨杰斟酌之后，派人跟老常去学校调查，一直到晚上八点半左右，常景瑜确认失踪……

吴忌正想着，于晨来电话了。

“吴队，你在哪？”

“在怀中小学门口。”

“我们刚从那回来。”

“我知道。”吴忌听到于晨那边声音有些嘈杂，似乎有人在吵架，“你那边怎么这么吵？”

“老常在和老婆吵架，连你那边都能听到？那我走远点，你稍等。”

“因为小瑜失踪的事？”

“除了这个还能有什么？老常老婆说如果老常早一点去接小瑜，小瑜就不会被拐走了。现在杨杰也很不好受，就是因为他昨天骂了老常，老常才没有及早去接小瑜。”手机那头的噪声减少了，“现在怎么样？听得清楚吗？”

“可以了。”

“你去怀中小学查到什么没有？我们看了好几遍监控录像，都没有找到线索。问了几个同学和老师，结果问了跟没问一样，其中一个同学说小瑜跟他说了句‘明天见’就一个人离开了，离开的时候好像还挺开心。”

“他很有可能被一个穿黄色雨衣的男人带走了。”

“黄色雨衣？”于晨似乎很惊讶，惊讶得有些过头。

“你或许不知道，陆羽禾失踪那天也是雨天，他穿了一件黄色雨衣，这次小瑜失踪也是雨天，他也穿了一件黄色雨衣。你查一查其他几个被害者失踪那天是否下雨，如果能打电话给他们家长，问问他们是否给孩子买过黄色雨衣就更好了。然后去怀中小学附近查一下，有没有人今天下午五点左右看到过两个穿着黄色雨衣的人，一大一小，于晨，于晨……”

电话那头没有回应。

“于晨，你在听我讲话吗？”

“在在，吴队，有个事现在回想起来有点吓人……”于晨的声音突然变得很低沉。

“怎么说？”

“今天早上我和杨杰去找陈光然的时候，我看到陈光然家的客厅门口的衣架上挂着一件黄色雨衣。”

牢笼

常景瑜睁开眼的时候，发现自己躺在一个陌生的玩具乐园中，墙上是色彩缤纷的涂鸦，头顶是全息投影的逼真夜空，淡黄色的柔光下，一列电动玩具火车正向他“呜呜”驶来，火车擦过他的肩膀，从耳畔轰隆隆驶过。

沿着火车行驶的路线望去，旁边随意躺着许多大小不一形态可爱的毛绒玩具、如今最火的动画片《火星猫阿杰》的主角阿杰的不同造型的系列玩具、可对话的泰迪熊点歌机、猜中谜语就能拿到长鼻怪肚子里零食的零食吐纳机、各种豪华品牌的迷你款玩具汽车和飞机模型……甚至还有一个制作精巧的飞船模型，外形如三枚子弹捆绑在一起，外壁用白色油漆喷着“钱学森号”四个粗体字。常景瑜在网上见过这艘飞船，眼前这个玩具的外形跟它一模一样，是等比例缩小制造的。于是他站起身，想去触摸，却发现自己还穿着黄色的小雨衣，手脚上被绑了细细的皮绳。一阵惊恐袭来，他怔怔地站在玩具乐园的中央，就像被探照灯照得动弹不得的小狗。

“乐园”的门打了，一道光从门缝透进来洒向地毯，一个身影走进来。

“雷，这里是什么地方？为什么我的手脚会被绑起来？小光呢？”常景瑜认得这个身影，他叫雷，是他在《死亡方块》上认识的好朋友小光的管家，也是今天和小光约定好的来接他的人。因为小光提前给他看过管家的照片，和眼前这个人的样貌一致，所以他相信了这个自称雷的人。

雷蹲下身子。“小瑜，你喜欢这里吗？昨天你说喜欢玩星际殖民游戏，还想乘坐钱学森号去半人马座，所以我特意给你买了这款飞船模型。你还想要什么？我都可以买给你。”

常景瑜看了看飞船模型，又看回雷。“谢谢，可是……欸，怎么会这样呢？小光说他来学校附近找我，我才出来的啊，为什么现在他又不见我呢？你不是说会带我去见小光吗？小光呢？”

雷摸了摸常景瑜的头。“小瑜，你很想见小光吗？”

“嗯。我们是好朋友，和他一起打游戏非常……”常景瑜的话突然停住了，因为他看到雷在朝他笑，而这个笑容不知为何让他觉得很恐怖。常景瑜忽而感到一阵眩晕，这种感觉似曾相识，好像不久前他刚刚经历过。他努力回想，突然全身僵硬了，因为他想起来了，雷接他的时候递给了他一瓶橙汁，他喝下那橙汁后立刻晕头转向。

“你、你不是雷！你是谁？”雷笑得更可怖了，常景瑜顿觉一阵寒气袭来，不禁打了一个哆嗦，“我想回家，我不想待在这……现在几点了？妈妈六点要来学校接我，我得赶快回学校去，不然她会担心的，我要回学校……”

“小瑜，你到底是想回家还是回学校？”雷打断常景瑜带着一丝哭腔的话语。

“回家，我想回家，我想回家……我想妈妈……”一滴眼泪落下，滴在雷的手上。

“小瑜，那你不想见小光了吗？你刚刚还说很想见小光，你说小光是你的好朋友，你现在要丢下你的朋友吗？”

常景瑜试图逃跑，但绑住双脚的皮绳连着墙上的铁扣子，他才走了三步就被拽住了。

“不！我要回家！我要回家！我要回家！”常景瑜歇斯底里

地叫起来，情绪彻底崩溃了。

“小瑜，听话，别叫好吗？”雷抓住常景瑜瘦小的肩膀。

“放开我！我要回家！我想妈妈！妈妈！妈妈！”越是制止，常景瑜喊得越大声，直到雷暴怒地吼了一句“闭嘴！”常景瑜瞬时被吓呆了。

这时，门铃响了，雷猛然转头望向外面，眼中射出一道阴冷至极的寒光。

吴忌站在陈光然家门口按了三下门铃，过了很长时间，才听到回应：“谁？”

吴忌抬头朝门口的监控摄像头挥了挥手。“你好，我叫吴忌，侦探。”

一阵沉默后，吴忌听到来自门铃下方的扩音器传出了声音：“你怎么进来的？”

“哦，我跟外面的门卫说我是来拜访你家隔壁潘和明家的，他们很快就放我进来了。”吴忌回答得很自然。

“不请自来，你真的是侦探吗？”

吴忌把侦探证件放到监控前。“你可以上网核实一下我的证件，真实有效，不掺假。”

许久，没有任何回音。

吴忌再次按了门铃。“你还在吗，陈光然先生？”

“你一个侦探跑来我家干什么？”隔着电子设备，吴忌都能感觉到陈光然的不耐烦，“是警察让你来的？我早上已经被警察烦过一次，他们没告诉你，我是无罪的吗？”

“哦，我的委托人不是警察。”吴忌对着监控露出一个笑脸，“其实我过来就想咨询一些关于潘嘉城的问题，因为你正好在潘和明家隔壁。问题不难，也不会占用你很多时间，既然你还没睡，能不能聊两句？”

“你的委托人是……潘和明？”

吴忌没有纠正他，继续保持微笑。“潘和明本来想亲自过来把我介绍给你认识，这样我拜访你就不会太突兀，但我跟他说不用了，这下雨天的，挺麻烦，不是吗？”

“咔嗒！”铁门打开了。

吴忌推门走入，穿过草坪，来到别墅门口，还未等他敲门，门已经开了，开门的是陈光然本人。

吴忌迈入大厅的时候，环顾了一下周围。室内的布局与潘和明家几乎一样，从左到右，分别是客厅、餐厅、室内游泳池，餐厅后面的旋转楼梯直通二楼。所有家具都很新，新得像是刚添置的。墙纸、地毯是清一色的炭灰色，和家具的冷色调很相配。客厅正中央挂着一幅画，是草间弥生的一幅色彩鲜艳的波普圆点绘画作品。画面正中央是一个女人的头，蓝底白色圆点组成的粗线条相互缠绕成女人的脸和脖子，白底红色圆点组成的粗线条在她头上蜷曲成女人的头发，背景是其他各色圆点，辅以抽象画一般的蝴蝶和花朵，而女人的脸上则是一双白色的眼睛和红色的嘴唇，没有鼻子和耳朵。抽象、诡异、妖娆、魅惑，非常具有草间弥生的个人风格，但又显得格格不入，吴忌总觉得这幅画不应该放在这样一个近乎是性冷淡装潢风格的家中。

这时，吴忌被一个矮矮胖胖的清洁机器人吸引了，只见它拿着一双白色拖鞋朝他滚来，机器人的脚被两个轮子代替了，拖鞋是酒店那种一次性拖鞋。

吴忌掸了掸身上的雨滴，准备换鞋，但被陈光然制止了。“不用换了，你直接进来吧。”

于是吴忌跟着陈光然走到客厅，在淡蓝色的布艺沙发上坐下。

“问吧。”陈光然拢了拢他的棕色开襟毛衫，打了一个哈欠。

“你家离潘和明家这么近，平时应该会经常看到潘嘉城吧？你觉得潘嘉城是个什么样的孩子？”

“这你应该问潘和明吧？他比我更了解。”

“我已经问过了，但你知道，家长眼中的孩子和别人眼中的孩子总有些差别。每个家长总觉得自己的孩子是全天下最好的。”

陈光然笑了，“这倒是。”他调整了一下坐姿，“潘嘉城跟别的小孩不太一样，你不能当他是小孩，知道吗？”陈光然朝吴忌抛去一个意义不明的眼神，“他很聪明，听潘和明说潘嘉城早在去年就开始参与潘氏企业的公司管理了。小小年纪，胆子很大，脑子也转得很快，我跟他接触过……几回，他还向我提了一些关于我的公司的管理意见，你说他厉不厉害？”

“是吗？”吴忌扯了一下有些潮湿的裤子，陈光然见状，使唤清洁机器人拿了一条干毛巾给吴忌擦身子，吴忌说了声谢谢后接过毛巾。“有个事不知你知不知道，潘嘉城也在玩你们公司的《死亡方块》，他有向你讨教游戏攻略什么的吗？”

陈光然摸了摸下巴。“你不了解他，他才不会向我讨教经验，他很倔，玩游戏的时候不喜欢别人帮忙。但是，你怎么知道他也在玩《死亡方块》？潘和明告诉你的？”

吴忌点点头。

“不可能，”陈光然眼神突然变得很犀利，“潘嘉城不可能告诉他爸妈。”

“为什么？”

“因为他玩的是成人版，如果潘和明知道了，他早就会禁止他儿子……”陈光然突然停住了，露出一个狡黠的微笑，“有两下子啊，吴侦探，你是在套我话啊！”

吴忌也露出一个人畜无害的微笑。“那请解释一下吧，你怎么知道他在玩成人版的《死亡方块》？就连他父母都不知道的事，你却知道。”

陈光然甩了甩手。“算了，顶多说我不道德，我就告诉你好了。给他成人版《死亡方块》游戏账号的人就是我，不过不是我主动给他的，是他自己跑来问我要的。”

一块拼图碎片被放到了正确的位置。

吴忌把毛巾递还给清洁机器人。“那你知道陆羽禾、王家佳、李晓康也在玩《死亡方块》吗？”

“注意你的措辞，吴侦探。”陈光然的态度明显改变了，“应该是全国百分之九十五的孩子都在玩《死亡方块》，而你说的这几个人刚好也是孩子。”

“语言的艺术。”吴忌微微颔首赞赏道，“我想今天上午警察已经跟你说了这几个孩子正好也是本次连环虐童谋杀案的四个被害人，对这个案子你有什么看法吗？”

“为什么要问我的看法？我的看法很重要吗？”陈光然嗤之以鼻。

“因为你曾经，也是类似的……受害人，不是吗？”吴忌在说这句话的时候，非常小心，可以说是一字一句慢慢吐出，然后他看到陈光然的脸色从不屑一顾慢慢转变成压抑克制。

“吴侦探，我看你不是来问几个问题这么简单，你是专门跑来羞辱我的。”陈光然的眼神暗示着他体内的愤怒正在缓缓涌出。

“看来十九年前的事对你造成的伤害依然很深。陈先生，我想你是最能体会这些孩子心情的人，对吧？”

“你到底想说什么！”

“我想说的是当一个人变成了自己最痛恨的那种人时，会发生什么？”吴忌站起身，在茶几前来回踱步，“在来玫瑰园的路上，我尝试着去理解这种心情。我把自己想象成一个弱小的孩子，想象着在我十岁的时候，遭到非人的待遇，我被人日复一日地虐待，我很痛，我的身体很痛，我的心也很痛；我想逃，但逃不出去，最后抽打、谩骂、侮辱把我变成了一个哑巴聋子、一个没有灵魂的玩偶、一个没有生命的机器。直到有一天，这个虐待我的变态被抓了，我获救了，我的身体不用再遭受煎熬，但是我的心却永远走不出那片黑暗。”

吴忌说到这，停下了脚步，此时他已经绕到沙发后面，站在那幅草间弥生的画前，“但这一切远没有结束。”

黑暗的平方

深夜，伴随着大风和雷电，雨越下越大，街上只有常明磊和他的搜查队还在走动。从于晨那得知凶手也穿了一件黄色雨衣之后，他们心急如焚地在怀中小学一带挨家挨户询问。

“今天下午五点左右，你有没有见过两个穿黄色雨衣的人？一个大人一个小孩。”

但得到的答案不是“没有”就是“不知道”“不清楚”，在无数次挫败之后，常明磊近乎崩溃，在马路上大声呼唤起儿子的名字。结果这番景象不知被谁拍下来，放到了网上，网民看了之后争相转发，许多人自告奋勇加入了寻找常景瑜的队伍中。

不过这些吴忌还不知道，此刻他还在陈光然家中，站在那幅波普艺术画前。

“更可怕的事发生了。”他继续说，“有一天，我突然发现，我竟然对一个九岁的小男孩有了……”

吴忌突然转向面如死灰的陈光然，嘴巴机械地一张一合，吐出三个字：“性冲动”。

“我想这是世界上最残忍的刑罚。”吴忌顿时变得极其疲惫，他一手撑住墙，“为什么上帝对我如此残忍？我小的时候被囚禁在黑暗的牢笼，长大了，我竟变成了那个牢笼。我想过自杀自残等方式，但是我心中的恶魔却依然猖獗，于是我开始讨厌我自己，憎恨我自己……白天过去，夜晚来临，仇恨渐渐生根发芽，腐蚀我的心，盘踞我的大脑……最后，我裂变出了另一个我。”

刹那间，陈光然的身体仿佛瞬间蒸发掉了所有水分，缩成了一具枯尸。

“忘了告诉你，我以前也做过警察。”吴忌回到沙发前，身心俱疲地坐下。

“在我做警察的那会儿，遇到过一个案子。”吴忌咽了一下口水，“一个男人有一天醒来，发现身边睡着另一个男人，确切地说是一具男尸。他立刻报警，我们也立刻展开调查。最后你猜，是谁杀了那个人？”

陈光然没有反应，他深陷的眼窝中，瞳孔直愣愣地盯着空气中的一点。

“就是那个报警的男人。确切地说是他的另一个同性恋人格，他根本不知道自己原来是人格分裂症患者，他有两个人格，主人格是同性恋，副人格是异性恋。”

吴忌抬起沉重的眼皮望向陈光然：“像这样特殊的案子，在过去的几百年间也发生过，最著名的是一九八七年美国宾夕法尼亚州发生的一起多重人格谋杀案，凶手分裂出了十一种人格，杀害了至少七个人，而他的十一种人格不仅全部参与了谋杀，还相互包庇，最后他被判处了死刑，那时的宾夕法尼亚州还没有废除死刑。”

这时，吴忌的目光转向了门口衣架上的黄色雨衣，它的表面还残留了一些雨水痕迹，吴忌再次起身，走向衣架。“听声音雨越下越大了，我没有带伞，你能把这件黄色雨衣借我吗？”吴忌说罢，正要转头，但在转头的刹那，他的余光瞥见一个身影突然朝他扑来，躲闪不及，吴忌的后脑被硬物狠狠砸中。顷刻间眼前一片漆黑，帽子掉落，吴忌昏倒在地。

在网络传播下，常明磊终于获得了一条线索，一个学生家长告诉他下午五点自己去接孩子的时候，在常青路路边看到两个穿着黄色雨衣的人上了一辆出租车，但脸没有看清，所以不能确定小孩是不是常景瑜，另外出租车的所属公司和车牌他也记不得了。

循着这条线索，苏岚和她的技术队立刻求助交警支队，交警调出常青路前后两个十字路路口的交通监控，把四点半到五点半这一个小时内经过的出租车全部列出，逐一询问司机那段时间内是否载过两个穿着黄色雨衣的乘客。

在拨打了将近三十通电话后，终于有一个司机回应说接到过。他说当时那个大人是抱着小孩上车的，小孩好像是睡着了，他也没有多问。到达的目的地是锡安江附近的寰宇购物中心，下车的时候，大人已经把雨衣脱掉了，还戴上了一顶鸭舌帽，看不清长相。

于晨和孔翔森立刻带队前往寰宇中心，夜间值班经理得知事态紧急，连忙打电话给保安主管，此时已经是凌晨两点。保安主管从睡梦中被叫醒，匆匆赶到寰宇中心，按警方的要求调出各个入口的监控。于晨在东南门入口的监控中找到了那辆出租车，然后他看到一个背着包戴着鸭舌帽的男人抱着一个小孩从车上下来，画面中的小孩正是常景瑜。

只见九宫格监控画面上，男人抱着常景瑜走进了寰宇中心，穿过大厅，径直朝电梯走去，然后从电梯直达地下车库，最后他走向一辆私家车，于晨认得那辆车，是曾经让他羡慕不已叹为观止的那辆车，那正是陈光然的银色兰博基尼。

拼图完成

吴忌是被一盆冷水浇醒的，他醒来的时候身体被粗绳绑在一把椅子上，双手双脚也被细皮绳反绑住。首先进入视线的是嘴巴被黑色粗胶带贴住的常景瑜，他的双手双脚也被细皮绳绑住了，人半瘫半坐地靠在墙角闷声哭泣。接着吴忌才看到常景瑜身旁的陈光然，但因为视力还有些模糊，吴忌像是在水里观察摇摆不定的水草一般，看到陈光然的模样就像融化成一摊的雪人。

为什么我会觉得他像雪人，而不是……泥人？

吴忌这才发现陈光然居然已经白了头。

“我是一个孤儿。八岁那年，院长告诉我，有人选中了我，要把我领走，我知道之后很开心，想着我终于可以有家了，可以有爸爸，可以有妈妈……我的人生将完全改变，我真的太开心了，那或许是我这辈子最开心的时刻。”陈光然的嘴角划过一丝微笑，但笑容转瞬即逝，“然后我的噩梦就开始了。”

陈光然像个小老头一样低垂着头，语气冷淡，仿佛他现在说的跟自己半点关系都没有。“其实他是个恋童癖患者，他领养我只不过是为了满足他的欲望。从八岁开始我便成了他发泄的工具，一直到我十一岁。我记得那是一个夏天，在像现在这么大的房间里，门开了，但走进来的不是他，而是一个陌生人，这种情形从来没有发生过，从来没有别人进过那个房间。然后我被告知我自由了，我再也不用住在那个牢笼里了。但我已经死了。”

吴忌听到最后一句话的时候，不知道为什么很痛心。

陈光然继续冷漠地述说 ：“很长一段时间里，我得了严重的抑郁症，但我没有自杀倾向，呵呵，一个已经死了的人怎么自杀呢？直到青少年收容所里的一个医生教我玩虚拟网络游戏，我突然发现原来除了现实世界以外，还有一个虚拟的游戏世界。当我在游戏世界用另一个身份升级打怪变成英雄之后，我完全沉沦了，抑郁症也慢慢被治好了。十年后，我有了自己的傲游公司，开发各种虚拟网络游戏，然后去帮助更多的像我一样曾经得过抑郁症的孩子，这是我创立傲游的初衷。所有的一切都开始慢慢走向正轨，我以为我或许可以死而复生，可以摆脱过去的阴影，可以重新开始，但是我又错了……”

“就在去年秋天，二十九岁的我第一次出去约会，却突然发现我对女人一点欲望都没有，甚至她脱光了衣服站在我面前，我也无动于衷。我感到很害怕，我想着我会不会得了什么勃起功能障碍。就在我‘探索’的时候，无意中视频突然跳转到了一个九宫格的画面，每一格里放着不一样的黄片类型，有男男同性恋、女女同性恋……直到我看到最后一格里的画面，一个男人和一个男童，我感到下面有了反应。”

说到这，陈光然突然做了一个呕吐的表情。“我当时就吐了，吐了很久很久……那个晚上我又做噩梦了，我梦到我小的时候被侵犯的画面，但更可怕的还在后面，第二天早上醒来的时候，我发现我勃起了。”

“然后有一天，雷出现了。他安慰我说不要害怕，不要伤心，他会保护我，而我只需要顺着自己的本心活着就可以了，他还给我布置了这么一个充满童趣的房间。”陈光然说到这，露出了难得的微笑，“我很喜欢这里，你喜欢吗，小瑜？”

常景瑜此时已停下哭泣，红肿的双眼怔怔地望着陈光然。

“又过了不久，雷带回来第一个小男孩，他叫陆羽禾。雷真的很懂我，我在年会的时候跟陆羽禾说过一会儿话，这个小男孩非常开朗，我真的很喜欢他，为了接近他，我就在《死亡方块》的游戏世界里跟他一起组队打游戏，在游戏里面我的名字叫光，很快我们就成了好朋友。或许雷注意到了我对他的喜爱，于是就把他带了回来。我还记得他出现在我面前的时候，穿着一件黄色的小雨衣，就像小瑜身上这件，真的非常可爱！所以后来我对穿着黄色小雨衣的小男孩就有了特别的感觉。然后是小佳和小康，他们也都是我在游戏上认识的，小佳一开始还不太愿意跟我做朋友，后来我们打游戏越来越默契，他才开始喜欢我。很巧的是，他们也都有一件黄色小雨衣，然后我就开始幻想他们穿上雨衣的样子，一定都非常可爱。于是雷又帮我安排了。”

所以他们的共性不是《死亡方块》，而是黄色雨衣。没想到因为一件雨衣而杀人真的存在，吴忌在心中感叹。

“但不幸的是，他们都太脆弱了，他们在这个房间里一个比一个死得快，我也想过不要那么用力，但我忍不住……我真的忍不住，我一旦开始就停不下来，我控制不住我自己，我真的控制不住……”

“喂！”吴忌突然打断了陈光然喋喋不休的自白，“我真的很口渴，你能给我一点酒吗？威士忌、金酒、白兰地，都行，实在没有，啤酒也行。”

陈光然猛地愣住了，三秒后，他突然转身走出房间。

吴忌趁着这个空当，边跟常景瑜说些安慰的话，边环顾这个儿童乐园般的“囚室”，突然王泽易的那句“龙游浅水遭虾戏”浮现在脑子里，原来困卦是这么理解的。

“不过……我属虎的，不属龙。”吴忌自言自语道。

一会儿之后，陈光然拿着一个玻璃杯走进来，里面是兑了水的加冰威士忌，然后他走到吴忌跟前，给吴忌灌了几口，又往自己嘴里送了几口。

“是黑麦威士忌，味道不错。谢谢你，雷。”吴忌说道。

陈光然似乎有些惊讶：“你竟然能分得出我们两个？”

“一种感觉，你们两个之间不太一样，就像……你家的客厅。”

“什么意思？”

“雷是全灰的墙，全灰的地毯，全蓝的沙发，全黑的餐桌，而光是草间弥生的那幅色彩斑斓的画。我注意到下面的家具都是崭新的，很有可能是光分裂出你这个人格之后，被你换掉的。但是你保留了他喜欢的画。你和光的性格完全相反，他很天马行空，想象力丰富，喜欢玩游戏，喜欢五颜六色酷炫的东西，像个没有长大的孩子；但你很克制，很成熟，心思缜密，注重逻辑，还有一点强迫症，或许，你还是一个无性人，为了……保护他，你最好是一个无性人，所以任何勃起测试在你身上都无效。”吴忌说到这，扭了扭身体，“这个坐姿真不舒服。”

陈光然嘴角扬了扬。“你的观察力不错，吴侦探。”

“叫我吴忌吧。”

“这个时候你还这么随意，不怕我杀了你？”陈光然说到“杀”这个字眼的时候眼神狰狞。

但吴忌面不改色，他直视陈光然，带着笑意。“怕是一种主观感觉，对未知的不可控的事往消极方向预判。所以只要我往反方向预想就不会产生这种主观感觉。比如我猜想你或许不会杀我，又或者你杀我前被警察逮住了。”吴忌停顿了一下，“如果我没猜错的话，警察已经在来你家的路上了。”

“警察？你在唬我吧。”陈光然冷哼一声，“不过我敬你是条硬汉，下手的时候会利索一点。”

“信不信由你。雷，如果你没有帮他绑架小孩、处理尸体，或许你还可以帮他拿到一个无期徒刑，但是现在这个情形是不可能了。”

“你怎么知道是我处理的尸体？”

“那么精细的工作，光粗枝大叶的散漫性格做不了。我想……他跟这些小孩一起玩游戏的账号和 IP 也是你帮他搞的，目的是让警方查不到这里，查不到和陈光然相关的一切。”

"这一点你想错了,是光自己做的,他的黑客技术比我强多了。在这一方面，他很仔细，他跟孩子的聊天记录在我把孩子带回来的第一天就全部被抹除了，没留一点痕迹。"

"隐身人。"吴忌嘀咕一声，又一个拼图碎片被放到了正确的位置，现在还剩最后一个碎片——

"为什么第四个是潘嘉城？"吴忌问道，"你知道潘嘉城的体重太重，你无法一晚之内搬运三次尸体去埋尸。我找了一个比你还健壮的人去景安山试过，中间不休息，在三个小时内埋尸，他只能做到两次，到了第三次他已经筋疲力尽，所以如果换作是你，更加做不到，你也不可能把所有力气花光，你还得剩一点开车回家和应付突发状况。又或者你分了两个夜晚埋尸？但这样的风险就增加了一倍，划不来，你还不如一开始就找十三岁以下的。"

"雨衣,黄色雨衣。那天,潘嘉城来找我要成人版《死亡方块》账号的时候，他穿了一件黄色雨衣。我看到他的那个瞬间，光也看到了，光立刻对他动心了。我知道如果不满足光，他会不停地出来捣乱。"

"原来如此……也拜他所赐，不然相关性搜索可以马上锁定《死亡方块》这个连接点。"吴忌舔了舔嘴唇，雷又给吴忌喝了几口酒，然后他把酒杯放在了靠门的柜子上。

吴忌继续道："我曾经看到过一个病例，虽然两个人格共用一个身体，但当人格转换的时候，身体也会有所变化。一个胆小怯懦的主人格可能只能搬得动一百斤的东西，但自以为是大力士的副人格却可以搬得动两百斤的东西。这是个很不可思议的病例，好像意识真的能改变身体结构似的。我初次听到时，还不相信，觉得是假的。但现在我相信了，因为你通过了勃起测试。所以……最后一个疑问。潘嘉城的第三次埋尸，其实是光执行的，因为当时的你已经太累了，但对于光来说，他还什么都没搬过，身体轻松着呢，是吗？”

“你说的没错，原本我是想分两夜处理尸体，但正如你所说，风险会增加，我不喜欢这样，所以我想挑战一下自己的极限，就把三袋尸体都带上了，但是当我埋了两趟之后，实在太累了，因为在卫生间分尸的时候已经消耗了我比之前还要多的体力。所以我就倒在车里休息了一会儿，但没想到我竟然睡着了！可当我醒来的时候，那第三袋尸体不翼而飞了！就在我惊恐万分的时候，我看到了光给我留的纸条，原来是他帮我去处理了。还好有他的帮忙，不然真不知道会发生什么……”

拼图完成。

“你知道吗？”吴忌不知道该笑还是不该笑，“如果不是光的这次埋尸埋得太浅太靠近山道主路，你们两个所做的一切可能都还不会被人发现，而我也不会五花大绑地出现在你面前。这一切都是因为光，五天前一大早那对爬山的情侣发现的尸体正是光埋下的那一袋。”

陈光然听罢，一动不动地站在原地，震惊地盯着地下的一块黑色污渍出了神。

而此时的别墅外面，一支武装警察部队已经悄悄破解了铁门密码……

上帝的工作

“嘭！”

突如其来的响声吓得陈光然打了个哆嗦，他呆立两秒后嘟囔着“什么声音”走了出去，吴忌从声音的来源辨识出自己可能在二楼。

“怎么会有警察！”陈光然再度闪回屋子的时候，脸色惨白，目露凶光，手上多了一把明晃晃的大马士革刀，乌兹钢锭锻造的刀身约六七英寸长，在泛黄的灯光照耀下，刀身上一圈圈不规则的圆环花纹仿佛水波一般往外泛起涟漪。

“陈光然，别做徒劳的挣扎了，投降吧。”吴忌劝说了一句，但他并没有理会吴忌的话，而是转身将屋子反锁住。

“我还没有全输，没有输，没有输……我还有机会……只要……只要……”陈光然豆大的汗珠顺着两颊滚下，他显然很慌乱，手足无措，“为什么会变成这样？雷明明帮我安排好了，一切都在雷的控制中，雷明明帮我安排好了……”说着说着，陈光然不禁哭了起来，像个无助的小孩一样。刹那间，吴忌突然感觉自己站在一条幽暗狭窄的巷子中，一片朦胧之中，他看到一个小男孩牵着一个男人的手，缓缓走进一处有去无回的黑暗深渊。

“咚咚咚！”这时，门外传来急促的敲门声。陈光然停下呜咽，怔怔地望向那扇门。几乎同时，敲门声也停止了。

一秒的沉寂后，门开始震动，振幅越来越大，直到“嘭”的一声巨响，门被撞裂了。紧接着，无数红点扫射进来，最后全部落到陈光然的身上。

一个熟悉的声音响起："不许动。"是杨杰。紧随其后冲进来的是常明磊。

当常明磊揭去儿子嘴上的胶带时，常景瑜大喊了一声"爸爸"便倒在了父亲的怀中哇哇痛哭起来，而常明磊布满血丝的双眼在看到儿子的那一刹那也忍不住泪水横流。

正当所有人都一齐拥进屋子的时候，陈光然突然喊了一句："都别过来！"脚步声顿时停了下来，除了常景瑜的哽咽，屋子里突然变得寂静无比。

"陈光然，把刀放下吧，你全输了。"吴忌的声音里透着疲惫。但是陈光然手中的大马士革刀却反而扬起，几乎同一时间，所有人手上的枪都打开了保险栓。

吴忌突然警觉地意识到了什么，大喊道："等一下！"然而一道明亮的反光闪过，刀刃沿着陈光然的脖颈迅疾划过，紧接着脖颈处出现一条细细的红线，红线不断变粗，最后鲜红色的血液如决堤一般涌出。

然后吴忌听到陈光然喃喃道："吴忌，你……会……原谅……我……吗？"

吴忌看了一眼此刻被常明磊捂住双眼的常景瑜，再看了一眼处在死亡边缘的陈光然，他闭上眼决绝地说道："原谅……是上帝的工作。"

尾声

“我打你手机你为什么老是不接！”苏岚一边为吴忌松绑一边埋怨。

“你看我这个样子怎么接你电话，我连手机去哪儿了都不知道。”吴忌站起身，突然感到后脑勺一阵灼烧感。苏岚伸手一摸，摸到了一把黏湿的液体，她顿时慌了神，好不容易忍住的泪水此刻泛了上来：“这是怎么回事，吴忌，这是怎么回事？”

吴忌含笑道：“没事，贴个创可贴就好了。”

苏岚听罢，破涕为笑：“你是三岁小孩吗？快跟我回去让崔勇包扎一下。”

“苏岚，都三年过去了，你还把崔勇当应急医生使唤啊？他是个法医，你要尊重一个法医的工作。”吴忌立刻为崔勇打抱不平。

两人一边斗嘴一边下了楼，一旁看到这一幕的杨杰神情严肃地抿了抿嘴，却也没说什么。

最后当吴忌上警车的时候，杨杰走到他身旁，嘀咕了一句：“你赢了。”

“输赢有那么重要吗？”

“当然……重要。”杨杰不服输地微微扬起头，“下次我一定会赢你。”

“如果还有下次的话。”吴忌浅笑一声。“对了，记得给我报销医药费。”

“你知道吗？昨天晚上我回到家后注册玩了一下《死亡方块》。”吴忌坐在自己的车上，但开车的却是于晨，他的头已经由崔勇简单地处理包扎了一下。

“是吗？好玩吗？”于晨问。

“这个游戏果然一个人玩不了，它至少得两个人，因为它的出口隔几分钟就会变，敌人又多，你一个人应付不过来。不过它再复杂，再难，出口再变化多端，最后你还是能闯过去。它虽然一开始会让你感到迷茫、感到烦躁，甚至感到绝望，但最后你还是能出去，因为你的内心希望被救赎。”

“吴队，我听不懂你在说什么？一个游戏而已，你至于分析得这么复杂吗？”

吴忌淡淡一笑。“你说的对，是我多想了。”

“不过，吴队，你是从什么时候开始怀疑他有双重人格的？”从陈光然家去往支队的路上，吴忌已经把一切都跟于晨讲了。

“从我走进他家的那一刹那，我就有这种念头。不过在此之前我就把凶手有双重人格列入了考量范围。还记得我带你去景安山挖土的时候提到的几种可能性吗？这就是第三种。”

于晨点点头。“吴队，那你说他有忏悔之心吗？毕竟他也曾经是受害者。”

“忏悔之心啊……”吴忌没有再往下说，脑中却突然出现一个画面：他仿佛看到陈光然背着一袋尸体——潘嘉城最后一袋尸体——爬上景安山，在沿着之前走过的路走了几步后，陈光然停了下来，他孤单单地站在黑黢黢的半山腰停留了片刻。突然他又往回走了几步，然后开始挖坑，放入尸体，再埋上；当埋得差不多之后，他弯下腰，拨开一些土，撕开塑料袋的口子，将里面的一只手拉出来，再在上面盖了一层土，做完这一切之后，他才离去……

突然，一阵熟悉的铃声响起，吴忌从半醒半睡之间惊醒，“原来你的手机在车上。”于晨说着，从驾驶座下面的座位缝里拿出吴忌的手机。吴忌接过手机一看，方才的电话是于晨打的，为的就是帮他找手机。

“手机找到了，但我的帽子……”吴忌摸了摸带伤的头。

“你的宝贝帽子我捡了，你回头看一下后座。”

吴忌回头一看，黑色的高尔夫球帽静静地坐在后座上，他伸手抓过，“果然还没干。”说着，已经戴回头上。

“没干你还戴？你头上还有伤呢。”

吴忌没有回应。

“吴队，其实有个问题憋在我心里很久了。好像是从你当侦探开始，出门必戴这顶帽子，这是为什么？”

为什么？因为它将我和世界隔离了，它就像手铐，时刻提醒着自己还在服刑。

“没什么特别的原因，”吴忌莞尔一笑，“戴习惯罢了。”

这时，车已抵达目的地。于晨停好车之后，把车钥匙扔给吴忌。“吴队，那我走了啊。”

“你怎么回去？”

“打车。”于晨朝吴忌扬起手挥了挥，笑着离开了。

吴忌拖着沉重的脚步走进电梯，同时翻看了一下手机，结果看到一个凌晨两点来的未接电话，来电人是陆宁昊。于是他看了一眼现在的时间，早上七点整，他拨了回去。

“喂，吴忌！你总算回电了！”电话那头传来陆宁昊的声音。

“陆先生，凶手找到了。”

电话那头突然沉默了，吴忌从电梯里走出来，掏出钥匙，开了门，这时电话那头传来颤颤巍巍的声音：“凶手是谁？”

“陈光然。”陆宁昊再次沉默了，但吴忌继续说着，“确认无误，他第五次作案的时候被我逮了个正着，不过在警察找上门的时候，他畏罪自杀了。一切都结束了，陆先生，一切都结束了。”

话语落地之时，吴忌听到陆宁昊放声大哭起来，他没有挂机，只是把手机放在茶几上，给泰山倒了一盆狗粮，然后他倒在沙发上睡着了。

吴忌再醒来的时候是当日下午四点左右，窗外淅淅沥沥地还在下着小雨，看着布满雨滴的窗户吴忌皱了一下眉。给泰山又倒了一盆狗粮后，吴忌坐到沙发上翻起了手机，然后他看到了于晨的留言：搜查队在陈光然的卧室衣柜里发现了十一件黄色小雨衣，四件挂着，已使用，其他七件还未拆包装。经技术队搜证，在四件雨衣上发现了那四个男孩的DNA。

“十一件……黄色小雨衣啊……”吴忌一边嘀咕一边起身朝浴室走去，脑海中迅速掠过一些不断变换的影像。

陈光然从死去的陆羽禾身上脱下雨衣，挂在了自己的卧室衣柜里，然后他来到商场，买了十件同样的黄色小雨衣。每当有新的男孩被他盯上，他就拿出一件雨衣给那个男孩，然后他心满意足地盯着男孩道："我们来玩一个游戏吧。"

洗完澡后吴忌发现外面雨停了。于是他换好衣服，走回客厅，给泰山套上狗链，再揣上几只装狗屎用的塑料袋，最后从衣帽架顶上取下黑色高尔夫球帽戴上。

"走，泰山，我们去凯利琼斯酒吧。"

第二部
黑暗的立方

-

PART 2
DARK SABBATH

一见如故

“谢谢你给我介绍了桩生意。”吴忌对着手机说，眼睛透过玻璃窗往下望，他看着她从事务所大楼步入新元路，在龙记面馆门口驻足了几秒，然后继续沿着新元路往西走了。

“你是怎么认识她的？”吴忌继续问，电话那头是林霄。

“哦，就昨天晚上她来我酒吧玩，一个人坐在吧台边上，我看她孤孤单单的，就和她随便聊聊，结果就聊到了她的烦心事。我想有烦心事找吴忌啊，所以我就把你介绍给了她。我跟她还算挺投缘的，我们不仅都姓林，她和我一样也喜欢 Stereophonics，就是因为她有不俗的音乐品位，才没有走进皇冠酒吧，而是选择了我的酒吧。明智的选择。”

“有烦心事找吴忌这种话我可没说过。”吴忌抓住了重点。

“是吗？那我是从哪听来的？不过这口号不错啊，就像‘想喝真酒来凯利琼斯酒吧’，我们都是做生意的，做生意就应该有个类似的广告语啊什么的，这样客人才会记住我们，对不对？”

“想喝真酒来凯利琼斯酒吧，这么烂的口号你怎么想出来的？”这时，她的身影已经消失在吴忌的视线里了。

“烂吗？我觉得简单粗暴接地气，不仅让别人知道我们卖的是真酒，也让别人知道旁边的皇冠酒吧卖假酒，提高了自己的士气的同时，顺便踩了一下其他杂牌酒吧。我觉得很好啊。”

“嗯，你是老板，你喜欢就好。”

挂了电话之后，吴忌坐回了他的莫里斯靠椅，顺手拿起桌上的合同，上面甲方委托人一栏写着三个秀气的字：林茹颂，乙方一栏则是机打的公司名：吴忌侦探事务所。

她是一个小时前来找吴忌的。

“这里是吴忌侦探事务所吗？”吴忌开门的时候，她问道。她长得不高，一米六左右，扎着一个丸子头，瓜子脸，眼睛很大，是一双有神的杏仁眼，小巧的鼻子很可爱，嘴唇薄薄的，抹了一点润唇膏，大概是因为接了长长卷卷的假睫毛的缘故，她看起来像个洋娃娃。时值初春，天气还有些凉，但她似乎不怕冷，只穿了一条印有树叶图案的无袖墨绿色连衣裙。

“进来吧。”吴忌说。

当她看到泰山的时候，她抑制不住兴奋，跑过去抓起了还没有反应过来的泰山，“你养狗，还是一条黑色的斗牛犬，好可爱！它叫什么名字？”

“泰山。”说罢吴忌朝泰山抛了一个眼神，仿佛在说：“好好招呼客人。”

泰山向吴忌眨了一下圆溜溜的眼睛，从喉咙里发出不明意义的咕哝声。

“泰山，它这么小，但名字却这么宏伟，哈哈，好可爱！”这是她第二次说可爱。

“请坐。”吴忌指了指办公桌前的椅子，自己也已坐下。

她抱着泰山缓缓坐下，“你介意我这样抱着它吗？”她说话的时候还在不停地捋着泰山的毛，泰山别提多享受了，在她怀里一动不动，任她抚摸。

“只要它不介意就行。”吴忌露出一个微笑。

“还没做自我介绍，你好，我叫林茹颂。”

“林小姐你好。”

林茹颂停顿了一下，然后问：“那……你呢？”

“我？”

“是啊，你叫什么？”

“吴忌。”

她也不禁笑了。“还好我刚刚没有当着你的面说你们老板的名字真奇怪，吴忌吴忌，无所忌……”声音戛然而止，笑容也消失了，“不，不好意思……我没有其他意思，奇怪——不算是贬义词吧。”

“那要看它用在哪个语境，汉字博大精深……不过我的名字是有点……随意了，但我自己挺喜欢。”

“你真逗。”她又咯咯笑起来，“不过……我看到你有种……一见如故的感觉。”

一见如故啊。

这个词似乎勾起了吴忌某种回忆。“一见如故，王泽易也这么说过，他帮我算名字时赐了我一句话……”

“王泽易是谁？”

“一个算命先生。”

“你信算命先生的话？”她似乎很惊讶。

“说不上信吧，就觉得很有趣。”

“我以为侦探是注重……推理啊、线索啊什么的，没想到你们也会玩一些玄乎的东西。”她的睫毛一眨一眨，像闪烁的霓虹灯。

“你说的没错，我们是注重推理和逻辑，但有的时候很奇怪，有些事就好像冥冥之中注定的，它突然就出现在了你面前。就好比你今天突然来找我，而在此之前你很可能根本不知道这个世界上有我的存在，所以这一部分玄乎的东西我就交给‘专业人士’来帮我解决，比如偶尔算个命。”

林茹颂若有所思地点点头。“好像很有道理的样子。但我之前就知道你了，是有人向我推荐的。”

“哦？是谁？”

“他叫……林霄，一个酒吧的老板，他说你是他的好朋友，叫我来找你，还说你一定能帮我解决我的烦心事。”

“是林霄啊。”吴忌从抽屉里拿出两瓶小瓶装的水，递给林茹颂一瓶，自己打开一瓶，“那你说说看吧，你的烦心事，我洗耳恭听。”说完，他喝了一口水。

“我想让你帮我找一个人。”林茹颂拿起水瓶，打开，咕噜咕噜喝了两口。

“什么样的人？”

“我的姐姐林茹雅，确切地说是二姐，我还有个大姐，叫……”

“林茹风？”

“你认识我大姐？”

吴忌摇摇头。“当然不认识，但你们三姐妹的名字在一起刚好串成《诗经》的三个乐调，风、雅、颂。”

“对，是这样，名字是我妈取的，她是个小学语文老师。”

“很有诗意的名字。”

“不过她在三年前就去世了，我爸娶了第二个老婆，之后我爸就跟他的第二个老婆移民去了加拿大，留下我们三个人在中国自生自灭，不过他走前给了我们十万块，但钱很快就花完了。”

这个身世有点可怜，但世界上可怜的人太多了，吴忌来不及一一同情，于是他说：“我们说回你二姐吧。”

“好，”她情绪调节得很快，有点没心没肺的样子，又或者她故意隐藏了自己的悲伤，不是所有女人都喜欢拿自己的悲惨命运来博取同情的，“二姐是二月一号来的锡安，哦，忘了说了，我不是锡安人，我是嘉昌人。你去过嘉昌吗？”

“嘉昌，很美的地方，但没去过。”吴忌迎合地说了一句。

“美是美，但工作不好找，也没有锡安繁华，所以大姐去年八月份的时候一个人来锡安了，她说她想在锡安打拼出自己的一片天地。她是学影视表演的，但学校不是很出名，所以她被……埋没了，但这里娱乐公司多，她想在这里打拼一下。”

吴忌在脑子里的当红明星这一块记忆区搜寻了一下林茹风这个名字，结果跟他猜的一样，她大姐应该还在出名的路上。

她继续往下说：“一开始大姐还会跟我们联系，打个电话啊，发个消息啊什么的，但是到去年九月份后，具体时间应该是……九月十八号吧……她就再也没有音讯了，电话号码也停用了。这样过了几天后，二姐不放心，就出来找她。二姐到锡安的第一件事就是去派出所报案，警察让她回家等消息，但她没有回家，而是找了一个旅馆住下，然后天天去问警察找到了吗，但警察总是告诉她同样的答案，让她回家等消息。就这样她在锡安待了一个礼拜，没有任何进展，钱也花光了，于是她又回了嘉昌。在嘉昌，她也每天打电话去派出所问消息，警察被问烦了，还跟我二姐说，叫她不要催。唉，其实我也能理解警察，换作是我天天被问，我也会心烦的。”

“之后呢？”

“之后我们就一直在嘉昌等消息。过完年，二姐又坐不住了，于是她决定再来一次锡安，就在今年二月份的时候。”

“二月一号。”

“什么？”

“你刚刚说了你二姐二月一号来的锡安。”

“对，我一开始说了，我还说了日期吗？哦，好吧，这回她说她要找私家侦探调查一下大姐的行踪。然后一个礼拜之后，她也没有音讯了……”

委托

锡安什么时候变成吃人的地方了？吴忌纳闷了半天。

“我最后一次跟她通电话是二月八号，电话里她没有提关于大姐的事，只是叫我照顾好自己，等她回去。”她停下来喝了一口水，然后继续说，“我干等了一个月后，觉得不对劲，就把餐厅服务员的工作辞了，也跟着出来了。我先去了大姐和二姐曾经住过的旅馆，也是我现在住的旅馆，叫福兰旅馆，在……”说到这，她停下了，看神色是在回忆路名，吴忌觉得没必要把时间耗费在这种细枝末节上，于是替她回答了。

“在安定路上，对吧？”

“对，叫安定路，哦，你也知道啊，那么小的旅馆你都知道，果然是侦探啊，知道的真多。”她似乎很开心吴忌知道这个旅馆，仿佛她对什么事都很容易满足。

“之后呢？”吴忌得时不时拽她一把，不然她会天马行空地跟你闲聊到十万八千里。

“之后，我就去找二姐，但我根本不知道怎么找，于是学着她一样去了一趟派出所，先报了个案。果然跟二姐说的一样，警察也让我回家等消息。我听到这句话就失望了，于是我就在路上闲逛，最后逛进了凯利琼斯酒吧，遇到了林霄，再后来……”

“你就出现在这了。”吴忌摸摸鼻子，“能大致描绘一下你大姐和二姐的长相、身高、年龄吗？如果有什么标志性的特征就更好了。”

“不用描绘，你就按我这张脸找好了。”她说完，朝吴忌吐了一下舌头，“我们是三胞胎。”

三胞胎？真是罕见……吴忌曾经幻想过如果自己有一个双胞胎哥哥或弟弟会是怎么样的一种生活，他才幻想了五秒钟就断定那将会是一个大灾难，因为跟这个双胞胎兄弟对话就会像在照镜子自言自语一般，吴忌不喜欢这种感觉。按照这个逻辑，三胞胎的生活在吴忌眼里简直就是人间炼狱般的生活了。

“我还是头一回遇到三胞胎……”吴忌挪了挪椅子，换个角度看这个姑娘。

“不过我们三个人性格完全不同，大姐做事比较果断，她很有主见，好胜心强，但有点……小自私……”她说到这调皮地伸了伸手指头，轻轻按了按泰山的头，“二姐就偏文静，不喜欢出风头，但很有担当，很有奉献精神；我的话……就比较懒，做事虎头蛇尾，没有恒心，不过我很有爱心，我喜欢各种小动物，还喜欢摇滚乐……”

吴忌抬手制止了林茹颂的发散性回答，“除了性格之外，你们三姐妹在外形上有什么细微差别吗？找人的时候需要用到。换一种问法，你妈妈是怎么区分你们姐妹三个的？凭感觉这种话就不要说了。”

“区分我们的细微差别啊……”她嘟起嘴巴思索了一番，“还真没有……我们是同卵三胞胎，所以外貌差别真的很小，就连痣的位置都长的出奇一致。如果非要说差别的话，我大姐的眼睛稍微大那么一丁点，可能是她平时对我们太凶了，经常瞪眼睛的缘故。”说到这，她自顾自笑了。吴忌隐约感觉到她对二姐更有好感。这也能理解，就连父母对待自己的子女也会有所偏爱，更何况是姐妹了。

“二姐的话，她的耳垂好像比我和大姐稍微长一点点，但是真的太难区分了。你可能不相信，我们三个就连体重都是差不多的。我们都是那种吃什么都不胖的体质。”

吴忌敷衍地点点头。“还有其他不一样的特征吗？再明显一点的。”

“再明显一点的……”她左顾右盼，一副漫不经心的样子，但吴忌知道她在思考，“哦，有了，我大姐来锡安的时候染了一头棕发，不过她很有可能在锡安又染了其他颜色。她喜欢红色的东西，所以她的大部分裙子和衣服都是红色或者至少有一点红色的元素。我二姐常年都是披肩发，她喜欢白色，凡是白色的衣服她都特别喜欢，当然她也会买一些其他颜色的衣服，但都是为了跟白色的搭配才买的。我的话就没有这么讲究了，我什么颜色都喜欢，我很博爱的。”

外面天色渐黑，吴忌不想陪她聊到饭点。

“再问一个问题。”

“什么？”她放在泰山背上的手终于停下来了，泰山因为抚摸突然暂停醒了过来。

“你二姐后来去找的那个私家侦探你知道吗？她跟你提起过吗？”

她回想了一下：“那个侦探好像叫……马昭。”

原来是他呀，她还真是会找人，挑了个行业内口碑不怎么好的马昭。

她看吴忌脸色有所变化，于是问道：“这个人你认识？”

“我想侦探界没人不认识，有传闻他专坑委托人的钱，还把委托人的隐私卖给别人，不过我没有去证实过。”

“他……这么坏？那为什么他还能做侦探？事务所还没倒闭呢？”

这个问题问得好，就像皇冠酒吧卖假酒，但它每晚还是门庭若市，客人络绎不绝。

“或许就是因为像你二姐这样天真善良的人太多了。”

她突然露出一副无辜委屈的表情：“吴忌，你不会骗我吧？你不是马昭那种人吧？”

我当然不是，我以前做过警察，吴忌想这么回答她，但一想到她或许对警察有些……误会，所以他改口说：“我有职业操守。”

她听到这么一句简简单单的回答，如释重负地呼出一口气：“那就好，那么……吴忌，你愿意帮我找我二姐吗？”

吴忌弯了弯嘴角。“我接受这个委托，从现在起，你就是我的委托人了。”

她开心地拍起了手，泰山一惊，从她腿上跳到了地板上，伸了一个懒腰，在房间里雄赳赳地窜来窜去，她又对着泰山说了一句：“好可爱！”

“不过我有一个疑问，你为什么不委托我一起找你大姐呢？”

“大姐啊，二姐出来找大姐这么长时间都没找到，我想我就更加找不到了吧，所以大姐的事就交给警察吧。”

吴忌还想问些什么，但打住了。他从抽屉里拿出一张价目表、一份格式合同和一支笔，一起递给她。

“三不接？”她跟所有委托人一样，在看到这张价目表的时候，先注意到的不是上面的报价，而是表上用粗体字标注的“三不接”。

“好可爱的三不接！”

“第四遍。一般别人会用‘有原则’形容。”

“什么？”

“你第四遍说‘好可爱’这三个字，看来你真的很喜欢用这三个字。”

她后知后觉地发现了自己的口头禅，然后哈哈笑起来。“因为真的很可爱嘛！你也很可爱，我喜欢可爱的东西。”

吴忌莫名脸红起来，这大概是他告别纸尿裤以后第一次被人用可爱来形容。“你看一下上面的价格，失踪案是——”

“一千元？这么便宜？”她惊讶地瞪大眼睛。

“每天。不含打点费。”

“每天？这么贵！”她眼睛瞪得更大了！

“对，每天。”吴忌回答得一点都不含糊。

“那如果你一直找不到，你不就可以一直问我一千一千的要？”

“会有期限，十五天，超过十五天，如果我没有完成你的委托，你可以停止付钱，但我还会继续帮你找，合同里这么写着。”

“十五天，每天一千元，那就是一万五，一万五找我二姐……好吧，那打点费是什么？”

吴忌发现她虽然说话爱打岔，但不管岔到哪里，她自己还会绕回来。

“就是买卖消息的小费，你向人套点消息，总得塞点钱。”

“哦，这个意思，我好像明白了。”

吴忌抿嘴一笑，指了指合同。“明白了就填一下委托合同吧。里面空白的地方都要填。”

她配合地拿起笔认真填写起来。

“还有一件事要说在前头。”吴忌补充道。

“什么事？”她没抬头，正奋笔疾书。

“不管最后有没有找到人，我都不会退钱。”

她手中的笔停下了，抬起头。“你这话是什么意思？”

“意思是我一定帮你找人，但我也一定不会退钱，就算我最后没有找到。”

“为什么？”她问这个问题的时候样子非常委屈。

吴忌莫名觉得心软，但在这个问题上吴忌不能妥协，这是一个原则问题。“因为我付出了劳动，付出劳动获得报酬，天经地义不是吗？”

“可你如果最后没有帮我找到，委托就没有完成啊。”

“但我还是付出了劳动，如果你不认同我这一点，那我想我们……”

吴忌没有往下说，她也没有继续抱怨，两个人一时之间都陷入了沉默。片刻后，她妥协了：“好吧，看在泰山的分上，我就答应你吧。但是吴忌，你一定要帮我找到我二姐啊！”

没想到有一天泰山也会帮忙拉客了，吴忌感激地向泰山眨巴了一下眼睛，然后回答她：“我一定会尽力的。”

合同填好后，她递给吴忌。

“至于钱，从明天……”吴忌看了一眼偌大的办公桌上仅有的一个简易电子闹钟，上面也显示日期，“三月十四号开始算第一天。”他把复印件递给她，“你按照合同上的账户在每天十二点前给我打款就行。至于打点费，我会在委托结束后一起向你要。”

“三月十四号，那是白色情人节。”

“嗯，白色情人节。”

“那我就在锡安待十五天。如果十五天之后还找不到二姐，我就回去了。”

吴忌点点头，拿起手机。“不介意我拍一下你的脸吧？找人的时候用。”

她对着吴忌的手机露出一个俏皮的表情。

“不要嘟嘴，自然一点。”

“哦。”她收敛了表情。吴忌对准聚焦后，拍了一张，保存下来。

此时外面的天已经全黑了，时间正好是晚上七点整。“不早了，那今天就先这样吧。”吴忌起身，林茹颂也跟着起身。吴忌送她到门口。“回去后等我消息，有任何进展我都会第一时间通知你。”

“嗯，专业的事交给专业的人解决。”她倒很想得开。她走到门口，再次瞅了瞅吴忌的事务所，“跟我想象的差好大，我还以为侦探事务所里放满了人的骷髅头，还有各种瓶瓶罐罐的化学药品，而侦探都是一副老学究的样子……”

“他还戴一顶贝雷帽，嘴上叼一个大烟斗，随手拿一个放大镜。”

“对对对！”

“那是福尔摩斯。”

她立刻哈哈大笑起来。“不好意思，我侦探小说只看过福尔摩斯。”

“其实我侦探小说也看得不多。”

“是吗？我以为你看过很多很多。那你是不是精通任何毒药，对五花八门的凶器也是如数家珍？”

“不，我既不精通毒药，也不研究各种凶器，其实侦探不需要精通各行各业，只要认识精通各行各业的人就可以了。”

她恍然大悟：“有道理。”

吴忌突然发现站在门口的这会儿工夫，她已经又跟自己聊上了，她真的太健谈了。

“我想时间不早了。”吴忌又提醒一句。

“对对，时间不早了。”她转身准备离去，却突然又杀了个回马枪，“对了，他赐了你什么话？”

“他？”

“就是那个算命先生王什么来着，你不是说他帮你算名字的时候赐了你一句话吗？大概是那个意思吧？”

“哦，这个啊，他赐了我八个字。”

“哪八个字？”

“一见如故，再见陌路。”这八个字吴忌从来没有对谁说过，就连自己的父亲也没有。他突然有种不好的预感，好像这八个字一旦说出口，就会应验。他希望自己的预感不会成真。

“一见如故，再见陌路……”她重复着这八个字，终于下楼去了。

垢

将合同归档后，吴忌把委托的失踪案按时间顺序对着手机录了一段简单的案情描述，然后他去卧室拿了一件黑色的夹克衫准备出门。春寒料峭，吴忌可不想着凉。在耐寒性方面，吴忌觉得男人天生比女人弱，女人可以穿着一条裙子、一条热裤走在寒风凛凛的大街上,但男人可不行。大概男人不需要展露一腿的腿毛，而女人需要炫耀她们曼妙的腿部线条。两性之间的差异真是永不枯竭的话题。

吴忌先在龙记面馆吃了一碗牛肉乌冬面，然后朝德寿路方向走去，这是他的一个习惯，每次接到委托以后，都去王泽易的易经占卜店算上一卦。王泽易自称是国学大师郭佩荣的弟子，吴忌没有去查证过，其实这很好查证，不过他不想，因为他还挺喜欢王泽易的，倒不是因为他每次算卦都准，而是他太能说了，卦爻辞就那么几个字，他可以给你倒腾出很多种解释。吴忌有一次事后找他，因为王泽易给的解释太离谱，跟实际情况差太远，结果王泽易又巧舌如簧地给圆了回来。自此以后，吴忌就喜欢上了这个王大师。

王泽易的店在德寿路六九〇号，离吴忌的事务所不远，他很快就到了。吴忌是他的老主顾,所以王泽易对他当然是差别待遇，每次吴忌前来算卦，他都以真面目示人，换作其他新客，他会开启一套华丽的全息投影装备，把自己“打扮”成遗世独立的银发长者模样。

“看来又有生意上门了。”王泽易刚见到吴忌就说道。

“我有生意，你才有生意。”吴忌在王泽易的算卦台前盘腿而坐。王泽易则拿出他的一套算卦装备，很简单，就三枚仿古铜钱，但在全息投影下，它的样子更酷炫，在算卦的时候，还会配有一些音效。

“要算什么？”

“老样子，运势。”说罢，吴忌已经闭目沉思起来，这是默念阶段，是摇卦前的必备阶段，把你自己想要向易经求助的问题在心里描述一遍。

一分钟后，吴忌睁开眼，王泽易将三枚铜钱轻轻一掷，铜钱落在茶几上，得到一爻，重复六次，得到六爻，排成卦象，即得到六十四卦之一。

“天风姤，第四十四卦，姤卦。”

“购物的购？”

“当然不是，是女字旁一个后。”

“哦，原来这个字读 gòu。”吴忌点点头，“怎么解？”

“姤：女壮，勿用取女。”王泽易说出卦爻辞并给出解释，“字面意思很简单，就是女子健壮，不要娶这样的女子。”

“等等，王大师，我没有问姻缘……”

“你别急嘛，我不是说了吗，这是字面意思。我还没说到此卦背后代表的运势，”王泽易摸着下巴娓娓道来，“风云际会之象，聚散随缘之意。风无孔不入，所吹到之处，暴露其间之物体，无一不与之相遇，此为邂逅之意。你最近是不是邂逅了什么人，她还是个女人。但阴长阳消，所以你要注意桃色纠纷。诸事阻滞，宜慎重行事。吴忌，看来你这笔生意可能会遇到一些阻力啊。”

吴忌点点头：“还有吗？”

“再往深了算，姤卦内卦为巽，为长女；外卦为乾，为刚健，你最近会跟一个这样的女人有交集。你要注意。”

吴忌思忖了一下，林茹颂既不是长女，也不刚健，但他没有告诉王泽易，而是又问一句：“还有吗？”

“差不多了，我已泄露太多天机，你自己好好把握吧。”王泽易向吴忌抛了一个神秘莫测的眼色，吴忌领会，回以一个眼神：“好吧，我会保密的。”

“账单月底会寄给你，不送。”

从王泽易那出来后，吴忌去了一趟马昭的侦探事务所，也是马昭的家，位于一个老式的无电梯公寓房的三楼。他敲了三次事务所的门，等了一会儿，没有人开，便转身走了。马昭的事务所楼下有一处夜宵街，吴忌找了一个可以看到马昭事务所有没有亮灯的夜宵摊位，点了一些烧烤——年糕、肉丸、羊肉串、烤鱼，再拿了一罐啤酒。夜宵吃完，马昭事务所依然没有动静，吴忌看了看时间，已经是晚上十二点半，他只好叫了辆出租车回家了。

未始即终

次日一早，吴忌又去了一趟马昭的事务所，还是没找到他，于是他打了一个电话给老 K。

老 K 是个无业游民，三十五岁，没人知道他真名叫什么，也不需要知道，他可能根本不是锡安本地人，虽然他自称是。他表面上靠政府低保金度日，但事实上他还有另一个收入来源——贩卖消息。五年前，吴忌在调查一宗凶杀案的时候，第一次遇到老 K，按着老 K 提供的线索，吴忌顺藤摸瓜抓到了凶犯，那之后吴忌就把老 K 当成自己的一个线人。吴忌调查过老 K 的背景，结果就跟他自己说的，他还真的挺清白，黄、赌、毒一样都没沾，仅有的嗜好就是喝酒，但吴忌从来没见老 K 喝醉过，这一点吴忌很佩服。

第一次没打通，吴忌知道老 K 经常换手机号码，所以他每次存的都是上一次老 K 打给他或者他接通过的电话号码，如果这样还联系不到老 K，他就会去老 K 常去的 Lab 酒吧，对那的酒保留个口信，很快老 K 就会自己找上他。

吴忌又打了一次，第二次对方接了电话："哪位？"

"我是吴忌，老 K。"

电话那头停顿了三秒，"哦，是大侦探啊。"说着他打了个哈欠，吴忌看了一眼时间，早上七点二十三分。

"大清早的找我干吗？"他问。

“有点事要找你帮忙。”吴忌开门见山。

“能十二点以后吗？”

“太迟了。”

老K又停顿了三秒，“找个酒吧，把地址发给我，我一个小时后跟你碰头。”

“这么早酒吧还没开门，换咖啡厅吧。”

“什么咖啡厅？咖啡厅是什么鬼？找到能喝酒的地方再联系我吧，大侦探，这对你来说小菜一碟。”说罢，老K单方面挂了电话。吴忌骂了一句“老酒鬼”，然后打电话给林霄。

“你搞什么啊！兄弟！这才几点！”林霄哈欠连天地接起电话。

“帮我一个忙。”

“什么忙？”

“你的酒吧现在能提前营业吗？”

“什么！我才刚关门，你就叫我去开门？”

“那你把酒吧大门密码给我，我自己去开门？”

林霄骂了一句“浑蛋”后，挂了电话。

几秒后，一串数字混合字母的密码发到了吴忌的手机上，落款处是一个竖中指的表情图。

吴忌回了“不客气”三个字，然后给老K发了凯利琼斯酒吧的地址。

四十五分钟后，吴忌到了凯利琼斯酒吧，他按照林霄给的密码开了门，启动机器人调酒师汉斯，让汉斯泡了一杯意式浓缩咖啡，然后开始等待。又过了十五分钟，老K摇摇晃晃地出现了，一件深蓝色直筒长大衣像刀鞘一样裹在他身上，远远望去，仿佛一根电线杆在移动。他黑眼珠周围布满血丝，下眼睑耷拉着，似乎连着几天几夜没睡了。老K一如既往地不修边幅，比路边的乞丐稍微干净了那么一点，今天倒是把脏辫都扎了起来，否则与他对视的时候，总觉得他的头部被打了条形马赛克。

“早上好，老K。”吴忌微笑着打了个招呼。

老K走到吴忌身旁，在吧台前坐下，有气无力地回了一句“早，大侦探”，然后向汉斯比了一个手语，意思是一杯啤酒，汉斯立刻去倒了一杯生啤，递给他。当啤酒下肚的那一刻，老K就仿佛是吃了什么灵丹妙药，精神顿时从死气沉沉变成容光焕发。“找我什么事？大侦探。”

吴忌见过许多嗜酒如命的人，但没见过这么夸张的。

“我在找一个人，一个女人。”吴忌把手机里林茹颂的照片翻出来给老K看。

老K盯着手机屏幕端详了一会儿。“好像见过，好像没见过……长得挺可爱的，但是很多人都长得挺可爱的……有名字吗？”

“林茹雅，或者也叫林茹风。”

“怎么会有两个名字？”

“是姐妹二人，长得一样的姐妹。”

“两个都失踪了？”

“是的。”

老K又喝了一大口啤酒。“这世道是怎么了……她们有被家暴吗？”

“据我所知没有。母亲死了，父亲扔下她们移民了。”

“那是谁让你找她们的？难道还有什么好心的阿姨在抚养她们？”

别看老K总是一副神游太虚的模样，他有的时候确实能抓住一些重点。“你问到点子上了，是她们的妹妹委托我的，这其实是她们的妹妹的照片，她们是三胞胎。”

老K像是听到什么不可思议的大新闻。“三胞胎啊！很少见。”

“确实少见。”

“你知道有的地方政府会给生三胞胎的家庭补贴家用吗？”

“这我倒不知道。”吴忌还佩服老K这一点，他总是知道许多奇奇怪怪的事。

老K眯起眼睛笑了起来，“嘿嘿嘿，大侦探也有不知道的时候。”

“做侦探不需要什么都知道，只要知道谁知道就好了。”吴忌已经不止一次声明自己不是十万个为什么，只是个侦探而已。

“好像也有道理。”老K又瞄了一眼那照片，“女孩子失踪，还是这么可爱的女孩子，你知道原因总是那么几个，我想你或许可以去鬼街找找。”吴忌不是没有这么想过，事实上那是他第一个想到的地方。

“如果连你这个江湖百晓生都没见过她，我可能真的得去那碰碰运气了……”

老 K 已经把啤酒都喝完了，他环顾了一圈酒吧。“还真没想到你能在这个点找到一家开门的酒吧，但是看样子酒吧老板不在。我记得这里的老板叫林霄，是你的好哥们。”

“哦，我跟林霄的关系你也知道？”

老 K 又嘿嘿笑了一声。“连这都不知道我还是江湖百晓生吗？”

“最后麻烦你一件事，百晓生。”吴忌喝完剩下的小半杯意式浓缩咖啡，“你帮我打听一下马昭的下落，侦探马昭，你认识吗？”

“马昭？我当然知道，但我听说他最近被追债公司追得很紧，他可能已经跑路了，不过我会帮你留意他的，放心。”

原来如此。

“嗯，先谢过了，这杯啤酒就算我请客了。”说着，吴忌塞了一张一百元纸币在酒杯下。

“大侦探，一如既往的慷慨，谢谢！那没事的话我就先走了。”老 K 含笑打了一个嗝，抽出钱塞进衣服口袋，抬起屁股，又摇摇晃晃地走出了酒吧。

吴忌在脑子里过滤了一下接下来要去的地方，按优先级筛选出第一个：林茹雅和林如颂报案的派出所。不过他刚准备起身就停住了，然后拨了一个电话。

电话响了很久才被接起。

“林小姐吗？我是吴忌。”

“你好啊，吴侦探。”对方笑着回道。

“叫我吴忌就好了。”

“哦，对对，我忘了，刚起床，脑子不好使。吴忌，早上好！”

“早！有个事昨天忘了问，你二姐去报案的派出所是哪……”

吴忌还没说完，对方已经打断了他的话：“不好意思，吴忌，我忘了告诉你我二姐已经找到了。就在……昨天晚上，我们在福兰旅馆的门口碰到了。她平安无事，所以你不用再找了。”

吴忌大吃一惊，“找到了？那……祝贺你了……”吴忌做侦探以来第一次遇到这种事——委托几乎还没开始就结束了。“果然是虎头蛇尾。”

“什么？”

“虎头蛇尾，你昨天用这个词形容你自己，你忘了吗？”

“是吗，呵呵。”

“她失踪一个月到底去哪了？为什么不联系你呢？”

“哦，她……她没有告诉我，她看上去有些萎靡，不过见到我之后，她变得开朗了。”

“好吧。”

“那我们之间的委托就算取消了，对吧？”

“确定找回来了，那我们之间的委托就算结束了。白色情人节快乐。”

“嗯，白色情人节……快乐。”说罢她挂断了电话。酒吧里突然一片寂静，吴忌莫名觉得有些失落，他看向汉斯，笑了笑：“谢谢你的咖啡。”语毕，按下汉斯身后的开关键，汉斯重新变回休眠状态。

吴忌关好酒吧的门，回到家，换了一身运动装，然后带上泰山去锡安江边上跑步，又在龙记面馆吃了一碗炸酱面。之后他去了一趟锡安仅存的几个实体书店，无所事事地逛了一圈，买了两本书，又花了一个下午的时间快速看完。到了晚上，他再度去了凯利琼斯酒吧。

白色情人节

吴忌抵达凯利琼斯酒吧的时候，看到了苏岚，她正坐在吧台前和林霄聊天。

除了去年吴忌回支队协助调查连环虐童案的时候和苏岚有过交集，之后他就再没有见过她。

“这么巧。”吴忌朝苏岚打了个招呼，然后俯身拍了拍站在吧台后林霄的后背，在他耳边轻声道了一句 :“早上谢谢啊。”

“我已经修改了密码,别想来偷酒喝。”林霄也轻声回了一句，然后直起身，“还是老样子？”

吴忌正要说是，却瞄到苏岚正在喝吉布森，于是他改口说 :“不，威士忌加冰。”

林霄朝汉斯打了个响指，汉斯俏皮地向林霄比了一个“OK”的手势，然后去拿威士忌。

“我们刚聊到林茹颂，你就来了。”林霄喝了一口自己的金汤力。

“你还没给我看照片呢。”苏岚道。

林霄掏出手机，翻出一张照片，是他和林茹颂昨晚在酒吧的合影，“喏，就是这个女孩，你见过吗？”

苏岚端详了一番照片，皱起眉头，“有点……眼熟，但是想不起来在哪里见过。”

“你们警察看谁都眼熟，看谁都像嫌疑犯，哈哈，但就是找人不行，要么是找到了也变成一具尸体了，对吧，吴忌？”林霄打趣道。

“除了这位，这位失踪的小姐活着回来了。”

吴忌话音刚落，林霄惊讶地张大了嘴巴：“这么快？找到了？哇，不愧是大侦探，一出马立竿见影啊！”

“跟我没关系，早上林茹颂告诉我，她自己回来了。”吴忌从汉斯手里接过酒杯。

“林霄，你嘴巴越来越毒了！”苏岚喝了一口吉布森回到上一个话题，“我们做警察的，每天要记太多人的长相，我脑子里还存着十几张通缉犯的人脸，这个女孩我一定在哪里瞥到过，但就是想不起来。”

“人的记忆就是这样，当你使劲回想某样东西的时候，它就是跟你玩捉迷藏，但当你不再去想的时候，指不定哪天它就自己跳出来了。”吴忌说道。

“嗯，这话我同意。”苏岚点点头。

“你们两个先聊，我去招呼一下客人。”林霄从汉斯手里接过两杯血腥玛丽，朝新进来的两位客人走去。

林霄一走，场面突然变得有点尴尬。一阵沉默之后，吴忌问：

“最近怎么样？忙吗？”

“还好，没有凶杀案，也没有绑架案，不过自杀的人多了，上个月就连着发生了两起。”

吴忌喝了一口威士忌。“都是怎么自杀死的？”

“一个跳楼，一个割脉，前者是重度抑郁症患者，企图自杀过很多回，后者失恋，情伤难愈。”

“你确定他们是自杀吗？”

“这话是什么意思？”

吴忌抿嘴笑道：“你知道最有效的逃避惩罚的杀人手法就是伪装成自杀或者意外死亡。”

“这个我当然知道。”苏岚不甘示弱。

“我不怀疑你的能力，我只是想说现在的凶手智商越来越高，他们逃避惩罚的方式也在不断升级，我书架上有一本书，叫《九十九种意外死法》，专门讲各种伪造成意外或自杀的他杀手法。”

“他写了九十九种？”

“那倒没有，才写了九种。”

“挂羊头卖狗肉。”

“不，他才出了上本，还有下本呢。”

“先不说他会不会真的写出没写完的九十种，就那已经出来的九种，依你看来，他写的方法管用吗？”

“他写的不是普适性的手法，都是针对特殊人群来设计的，如果用在对的人身上，倒是挺管用的。”

“你们在聊什么？我好像听到了自杀？凶手？”林霄招呼完客人，回来就座。

“我们在聊怎么杀了人还可以逍遥法外。”吴忌含笑道。

“哦，这个话题我感兴趣，快说说。”林霄精神为之一振。

“你当我们警察是吃素的吗？别听他瞎说。”苏岚瞥了吴忌一眼。

吴忌不以为然道：“那要看是哪个警察，你还记不记得六年前那个跳楼案？”

苏岚一听到吴忌提的案子就知道他想说什么了。“你不用拐弯抹角。”

“你们在说什么暗语？我怎么一句也听不懂？六年前的跳楼案怎么了？”林霄有种被排斥在外的感觉。

吴忌没有回应，自顾自地喝酒，于是苏岚解释道：“事情很简单，六年前，我们接到报案有人跳楼死了，勘查了案发现场之后没发现什么疑点，于是准备以跳楼自杀结案。但好巧不巧被他看到了案卷，”苏岚指了指身边正在喝酒的吴忌，“他指出一个疑点。结果案子被推翻重新调查，最后证明这确实不是自杀，而是他杀，凶手是死者生前的一个好友，因为死者抢了他的女朋友，所以他才伺机报复。”

听完苏岚的解释，林霄明白了吴忌说那番话的用意：“什么疑点这么厉害，可以把自杀变他杀？”

“你要自己说你的英雄往事还是我来帮你？”苏岚道。

“你也说了是往事，往事还提它干吗。”吴忌甩甩手，仿佛甩走了过往。

“假谦虚。”林霄一语道破，“苏岚，你说吧，看把他得意的。”

苏岚抿嘴一笑。“太干净了。他说。跳楼的栏杆上太干净了，没有发现任何指纹。”

说罢，三个人沉默了数秒。

“说完了？”林霄等待片刻后问，“什么意思？”

“在死者跳楼的阳台栏杆上，我们没有发现任何指纹。但通常一个人要跳楼，不是应该扶着栏杆翻出去吗？那至少应该有死者自己的指纹。当时我们专注在发现可疑的指纹上，唯独没有留意在应该出现死者指纹的地方却没有指纹。我们把这种思维漏洞称为盲点。一般人查案很容易会被盲点遮蔽，但他例外，”苏岚再次指了指身边的男人，“他好像总是能完美躲避这些盲点。”

听到苏岚的称赞，吴忌脸上依旧一副若无其事的模样，“运气好罢了。”

“又来了，过分谦虚就是骄傲。”林霄白了吴忌一眼。

“所以有这个先例在，后来但凡再出现跳楼自杀案，我们都会多花时间调查。上个月的跳楼自杀案我们查了至少半个月，结果证实还是自杀。”苏岚耸耸肩膀，“可能我们有些杯弓蛇影了，有的时候，就是人的心理在作祟，把这个世界想象得过于黑暗，其实没有那么糟糕。”

“说得对，我们还是要对这个世界充满希望。”林霄分别撞了一下苏岚和吴忌的酒杯，“来来，走一个，为了……”

“友谊长存。”苏岚已经举起杯子。

吴忌也举起酒杯，“友谊长存。”

吴忌忘了昨晚是怎么回到家的，上午十点半，他被一阵手机铃声吵醒。

“早，苏岚……”吴忌睡眼惺忪地抓起手机。

“吴忌，她死了。”

“谁？”

“林茹雅。”

自杀

“是自杀。”于晨对吴忌说。剪了一个两边铲的寸头发型之后，于晨看上去干练了许多。这半年来，他每天跑健身房，练就了一身的腱子肉，就形象上而言，如今的他跟过去已判若两人。

吴忌一边在林茹雅的死亡现场，即她租住的地下室里，东瞅瞅，西瞧瞧，一边听于晨述说案情，本案由他负责。

“我们早上七点左右接到房东汪太太报案，说发现她的租客林茹雅死了。我们赶到现场，发现她倒在书桌旁，地上到处都是血，手边掉了一把刀。汪太太说这把刀是地下室开放式厨房里的那把，我们看了，刀柄上确实有一个汪字刻字。”

吴忌蹲下身，仔细看了看血液的凝固状态。“死了多久？”

“初步估计死亡时间在十三号晚上到十四号凌晨这段时间内，主要死因是颈动脉大出血，也就是自刎。尸体已经带回去让崔勇做尸检了，报告最早今天下午出来。”回答的是苏岚。

“为什么不是割脉？”吴忌嘀咕道。

“什么？”于晨和苏岚一齐发问。

“为什么她不用割脉而用自刎？”吴忌用手比画着自刎的动作和割脉的动作，“自刎和割脉的自杀成功率，哪个高一点，苏岚？”

“这个……我得回去查一查，可能数据库里有，可以做个统计分析。但是你问这个干什么？”

“过会儿告诉你。于晨，你继续说。”

于晨点点头，“然后我们在床头发现了林茹雅的遗书，经技术部的同事鉴定后，”于晨望了一眼苏岚，苏岚朝他点头确认，他继续说，“证明字迹同她和汪太太签的租房合同上的字迹相符，所以不是造假。”

“遗书上写了什么？”吴忌问。

于晨在手机里翻出拍下的遗书照片。“她说她很高兴能在死之前见到小妹小颂，但是她没脸跟小妹回嘉昌，因为她一直忘不了K粉带来的快感，虽然身体戒了，但是精神上对K粉一直念念不忘，她很痛苦，太痛苦了，最后她选择自我了断。”

“K粉，她吸氯胺酮？”吴忌凑到于晨的手机边上瞄了一眼遗书。

“我们在这张书桌上找到一本书，《圣经》，在《圣经》的封面上检测到了微量的氯胺酮。”苏岚回答。

“她还读《圣经》？”

于晨解释道：“房东说这本书是上个房客留下的，她听人说这种书不能乱扔，所以就留在那了。”

“还有吗？”吴忌问。

“什么还有？”于晨反问。

“他的意思是还有什么证据可以证明这是自杀。”苏岚翻译了一下吴忌的问题。

于晨立刻点头：“哦，有，还有一个，她之前也试图自杀过。”

“说说看。”

“据房东讲，这个地下室是……二月九号租给她的，租期是三十天，结果房东把日子算错了，原本三月十二号那天租期到期，她给算成了三月十三号。当房东意识到的时候，她立刻跑来看租客是不是还在，但怎么敲门都没有人应，门还是反锁的，于是她就直接用钥匙开门进去了，结果你猜怎么着？她看到林茹雅疲惫不堪地倒在床上，一副奄奄一息的样子。地下室里到处是吃剩下的零食袋和生活垃圾。房东立刻带她去看医生，医生说她这其实是饿的。林茹雅吃了一顿饭后，果然恢复了精神。房东问她当时到底在干什么，她说她原本有自杀的念头，所以把屋子反锁，钥匙也给弄坏了，但为了表示歉意，她会把房间打扫干净。她还续租了三天，十三号算一天，所以今天是最后一天。房东吸取上次的教训，准备早早来提醒她搬走，结果就遇到了这种事。”

“我看她那一个月可能是把自己关在这里戒毒吧。”杨杰姗姗来迟，在门口听完了于晨和孔翔森的汇报后，得出这个结论。杨杰不管到哪都很注意警容警貌，今天也不例外，精心打理过的油头不沾一丝灰尘，一身黑色西装烫得笔挺，外罩了一件宽松的黑色风衣，皮鞋锃光发亮。这样的着装要是放在五十年前，他是要被上面的领导训斥的，但现在的警队却鼓励警察如此穿着，只要抓贼的时候不懈怠就可以。

“哦，杨队，你也来了。”于晨往墙边退了几步，在拥挤的屋子里腾出空间让给杨杰。

杨杰套上蓝色的塑料鞋套，走进屋子。“怎么你也在？”他看向吴忌，不自觉皱起眉头，“难道你也要协助办这起……自杀案？”

“是我通知他的。”苏岚解释道，“因为之前吴忌在寻找这个女孩，所以我就顺道跟他说了一声。”

“昨天……不，应该是前天了，我接到委托寻找她，结果过了一个晚上，我的委托人又取消了委托，因为她说人已经找到了，可没想到又过了一个晚上，这个人就死了。”吴忌微妙一笑，“是不是有点不太寻常？”

“我猜你的委托人应该是她遗书里的小妹吧。”杨杰半询问半猜测。

吴忌没有回答。

“假设就是她的小妹，那就很好理解了。正是她和小妹的重聚，迫使了她加速自杀。因为人最不能忍受的就是最亲的人知道自己干了卑劣的事。”杨杰说到这，转头问于晨，“通知她的家属了吗？

特别是这个小妹……”

“老常已经去找了。”

“不用找了，”吴忌说道，“她母亲死了，父亲移民了，姐姐失踪了，唯独还有的一个亲人就是这个小妹，她如果还没有回老家，那就应该住在福兰旅馆，北港区安定路上的福兰旅馆。”

杨杰向于晨使了一个眼色，于晨立刻拿起手机，吴忌知道他在通知老常。

“所以房间里没有打斗的痕迹，凶器并非外来，还有遗书作证，又曾经有过自杀念头，跟上个月的那起抑郁症患者自杀案很雷同。嗯……自杀的可能性……很高。”杨杰环顾一圈狭小拥挤的地下室后把视线落在了地上用白线标记出的尸体轮廓上，“你觉得呢，吴忌？”杨杰抬起眼皮，看向沉思中的吴忌。

吴忌猛然回过神。“哦，或许吧，我又不管这个案子，也没有人委托我来调查，我的意见不重要。”

“怎么突然这么客气呢？”杨杰眉毛一挑，“我们向来都非常重视群众的意见，吴忌，说说看，为什么是‘或许’？”

“你真的要我说？”

杨杰伸出右手，手掌朝上，比画了一个“请”的手势。

“我有两个疑问。第一，为什么是自刎？”吴忌配合着做了一个自刎的动作，“这不是拍电视剧，轻轻割一下，镜头带过就好。这是玩真的，自刎要割断颈动脉，如果没有割到位，不仅死不了，还会很痛苦。如果换作是我，我应该会选择买几片安眠药再割脉。”

“好像……有点道理。”于晨呢喃一声，杨杰朝他瞪了一眼，他立刻别开视线。

“那第二个疑问呢？”杨杰问。

“第二，为什么遗书会放在床头？”

“遗书放床头怎么了？”于晨问道。

“我把这个自杀的顺序理一理，假设我今天想不开，心血来潮要自杀，我拿来菜刀，放在书桌上，坐到书桌前，整理一下情绪后开始写遗书，写完遗书签名落款，然后抱着赴死的心态拿起菜刀，自刎，我运气真好，一刀就割到了颈动脉，血喷涌而出，我大喊着真疼倒地死亡。”

吴忌说完，望向于晨，再望向苏岚，再望向杨杰。“我的叙述有问题吗？”

“没问题啊。”于晨摇摇头。

“对，我也觉得没问题，”吴忌接着说，“但现实不是这样，现实是我今天想不开，心血来潮要自杀，我拿来菜刀，放在书桌上，坐到书桌前，整理一下情绪后开始写遗书，写完遗书签名落款，然后抱着赴死的心态……不对，我先站起身，把遗书从书桌上拿起放到了床头，然后再走回书桌，坐下，再拿起菜刀自刎。你不觉得这个步骤是多余的吗？为什么要特意把遗书放到床头呢？”

三个听众在脑子里盘算着步骤，对比吴忌说的两个自杀版本。

苏岚第一个对比完：“好像……确实有点多余。”

于晨第二个对比完：“我也觉得有点多余……但会不会是她怕遗书会被弄脏？你看放床头就不会弄脏了。”

杨杰鼻孔一哼：“你没听出来吗？他的意思是，就是因为遗书没弄脏，所以很可能是他杀之后，有人伪造遗书再放到床头。”

“但是吴忌，”苏岚上前一小步道，“你说的这两点其实都是非常微小的疑点。首先，一个人想要自杀，她选择什么自杀方式，完全是随机的，她很有可能是因为看到了什么相关字眼，才联想到了那种自杀方式，她可能事先一点准备都没有；其次，那个步骤看起来是挺多余，但也存在另外的一种可能性，比如，死者写完遗书后，突然又犹豫了，于是她站起来，拿着遗书随便走，走到了床边上，就随手把遗书放在了床头。这时，她又看到了那把菜刀，她突然又想自杀了，就坐回书桌，然后挥刀自刎，这些都有可能。每个人的思考方式截然不同，或许在你眼里它是一个多余的步骤，但这可能是一个符合她行为模式的随机的步骤。”

话音刚落，杨杰就说：“分析得好！完全同意！吴忌，这样的解释你接受吗？”

吴忌耸了耸肩。“谈不上接受，我只是提意见，至于采不采纳就是你们的事了。另外还有一个问题。”

“什么问题？”杨杰问。

“她的身份你们怎么确定的？你们应该已经知道她和她的姐妹是三胞胎了吧？”

三人面面相觑：“三胞胎！”

“长得一模一样的同卵三胞胎，所以从 DNA 和外形上根本区分不出。”

苏岚皱了皱眉头：“这样的话，仅从房东的辨认、遗书字迹鉴定这两点上似乎不足以证明死者身份。”

“指纹呢？”吴忌又问。

“我们发现了许多组不属于死者的指纹，但在这样的租用房里很正常，我们会一一分析。”

“氯胺酮呢？在她血液里检测到氯胺酮的成分了吗？”

“她已经戒断一个月，血液里已检测不到氯胺酮。我让崔勇重点察看一下她的内脏。但如果她的吸毒史不长，内脏器官就不会被毒害。”

“所以你的意思是从解剖学上很难确定这个死者生前是否有过吸毒史？如果她吸毒的时间不长又已经戒毒一个月的情况下。”

“可以这么说。”

吴忌浅笑道：“连死者的身份都没确认，谈自杀有点太早了吧？”

这时于晨看了一眼手机说：“老常已经去福兰旅馆了。那我们接下来怎么做，杨队？”

杨杰微蹙双眉。“你去查一查她们的父亲，虽然移民了但还活着，对吧，吴忌？”

“移民加拿大了，但是不是还活着就不知道了，他和三姐妹失联很久了。”

“啊，那怎么查啊？”于晨为难地挠挠头，“我飞一趟加拿大吗？”

“你自费飞一趟可以，公费就别想了。我给你一天时间，你去查一查。”杨杰狡黠一笑，“收队。”

“那我去巴西的时间要不要也往后延延？”苏岚跟着杨杰往

外走。

杨杰摇头道："不用，就一个简单的自杀案而已，你放心去巴西吧。"

"巴西？"跟在后面的吴忌诧异地问道，"苏岚，你去巴西？度假？"

"我奶奶八十大寿，我们全家都要去巴西给她贺寿。"

吴忌知道苏岚的爷爷是巴西人，因为这个缘故，苏岚有四分之一的南美血统，因而她的肤色带点小麦色。就是这个肤色，使得吴忌在入警队的第一天就记住了苏岚。

"那什么时候回来？"

"四月一号，我就去半个月。"

"愚人节？"吴忌回想起以前苏岚在愚人节戏弄他的情景，满心狐疑地望着苏岚道，"苏岚，你该不会提前在为愚人节设计什么陷阱吧？"

苏岚扑哧一声笑了，"我？设陷阱？那你敢不敢愚人节那天来机场接我？"

吴忌抬了抬帽檐，笃定地回答："我不会上你当，我敢打赌你那天不会回来。"说着他双手交叉放于脑后，看向前方，仿佛看到了遥远的巴西在向他招手，"巴西啊……"

"对啊，巴西啊！"于晨接过话头，"阳光、沙滩、足球，还有美女。"当于晨说出最后两个字时，吴忌瞅了瞅于晨的腱子肉："你小子，该不会是为了吸引关医生的注意，所以练出这么一身肌肉的吧？"

“吴忌，看你说的……”于晨的脸立刻红了。自从于晨开始追求关瑶，他就强迫自己改口叫吴忌的本名，而不是开口一个吴队，闭口一个吴队，因为于晨不想让关瑶觉得自己低吴忌一等。

“现在到什么阶段了？”

“说到这个，我真的是头疼啊……”

“是吗？说出来让我高兴高兴。”两人像是久别的兄弟自顾自地勾肩搭背先走了，留下杨杰和苏岚在后头。

“苏岚，刚才谢谢你。”

“谢我？为什么要谢我？”

“要不是你的解释，估计他还会咬住那几个疑点不放刁难我。”

“我只是实话实说。”苏岚看着吴忌渐行渐远，“我想他不是有意针对你，查案的时候他就是这么个脾气。”真是一点都没变。

“我们别说他了。”杨杰嘴角弯起。“在你去度假之前，我们一起吃个饭吧？”

“不了，我还没有收拾行李，明天一早的飞机。”这时苏岚的手机响了，她接起后小跑着离开了，独留杨杰一人在昏暗的地下室走廊。他看着消失在视线尽头的苏岚，叹了一口气，掏出风衣口袋里的一个淡绿色盒子，在手里掂了掂，又放了回去。

又一个一见如故

回到家的吴忌倒头就睡着了，下午六点的时候，他被于晨的电话叫醒。

“准备结案了。”于晨说。

“这么快？”吴忌揉了揉眼睛，他知道杨杰会很快结案，但没想到这么快。

“老常带林茹颂来认尸，确认那是她二姐林茹雅，现场收集到的指纹经过比对，没有发现可疑，都是死者本人和她妹妹林茹颂的。到目前为止没有什么他杀的疑点，所以就准备结案了。杨杰让我能结了就别拖着。”

“这还没到年底做汇报，再多查个两天不会影响破案率，也不会影响杨杰的仕途吧？”

“可再多查两天，也查不出什么啊。如果是他杀，那遗书怎么解释？难道是凶手逼着她写的？但她身上没有任何挣扎的痕迹。这还是你跟我说的，如果被害者被逼写遗书，她绝不会乖乖就范，因为她知道一旦写完遗书自己的死期就到了。所以她一定会抗拒，一抗拒就会出现痕迹，凶手总得使些手段才能逼被害者就范，但现场完全看不出有打斗的痕迹。另外她的毒已经戒了，所以也不需要用毒品来引诱她。就算按她遗书上说的，她心里还想着毒品，但生死关头，她也不会为了毒品而就范的。如果她吸海洛因，我倒会相信，但氯胺酮，我想她不会。”

“她的朋友关系呢？你查过吗？她有没有男朋友？还有她妹妹，那个林茹颂，有没有可疑？这些你都查过吗？”吴忌从沙发上起身，给泰山倒了一盆狗粮。

“她的人际关系据她妹妹讲很简单，没有男朋友，也没有其他朋友。她平时比较内向，所以最亲的人就是她的两个姐妹了，至于她妹妹有没有可疑……我的天，林茹颂看到尸体后哭得地动山摇，差点没哭晕过去，我们好不容易把她安抚稳定才录了口供。她说那天和她姐姐相认后，她姐姐就坦白了吸毒的事，她一开始很生气，她们在餐厅里因为这个事起了一点争执，但后来她慢慢接受了这个事实，就陪着姐姐回家了。她说她是哄着她姐姐睡下了之后才走的，我听着不像撒谎。你怀疑她，她还怀疑别人呢！她跟你一样硬说她姐姐不会自杀，一定有其他什么原因，但问她有什么，也说不出来，然后又是一阵大哭，我们只好又一阵开导，最后她才勉强接受了她姐姐自杀的现实。她刚走，孤孤单单，挺可怜的。”

“哦，所以在你们好心开导之前，她也认为是他杀？”

“我觉得她不是认为是他杀，而是不愿接受遗书上说的她姐姐心里还惦记着毒品，因为毒品而自杀。”

“既然她说她姐姐的人际关系很简单，怎么还会染上毒品呢？”

“她说她姐姐告诉她，在锡安漫长的等待中，因为孤独焦虑，她就去了酒吧，结果喝了一杯就头晕，旁边一个好心的女人给她递了‘解酒药’，她相信了，吃了几颗，结果就染上了毒瘾。事后想来，那杯酒十有八九是假酒。”

吴忌听到假酒，第一个想到的就是皇冠酒吧。“那你们去找这个女人了吗？”

“去哪找？”

吴忌心想，如果是以前，作为上级的吴忌早就骂过去了，但今时不同往日。“那她们的父亲你查到了吗？联系上了吗？”

“没有。”于晨回答得倒很干脆。

“于晨，你该不会是因为不想继续调查她们父亲的下落所以也跟着认为是自杀吧？”

“吴忌，你、你把我当什么人了。我已经联系过了林茹颂老家仅有的几个亲戚，没人知道她们父亲的下落。”

于晨停顿片刻，缓和了一下情绪。“早上杨杰提到上个月的一起自杀案，我们秉持着怀疑态度调查了半个月，结果，最后的论断和一开始一样，这确实是一起自杀案。后来我们开会检讨了一番，大概是干这行久了，不抓出一个罪犯，总觉得对不起死者，所以对任何自杀案都持怀疑态度。吴忌，其实有时候真相挺简单的，都是人的心理在作祟。”

人的心理在作祟，这话说得不错，这个世道到底有多少是由事实建立的？就拿这座城市锡安来说吧，每个人眼中的锡安都不一样。在于晨眼里，锡安是他土生土长的故乡，是他以警察的名义要好好守护的、使他为之骄傲的城市，但在林茹颂眼里，锡安吞噬了她两个姐姐，没有比锡安更让她痛恨和失望的城市了。

“好吧，我们暂且不说她的身份问题，也不说疑点，就当死者确实是林茹雅，就当这所有疑点都解释得通，也就是没有疑点。”

“那不就结了。那你还在怀疑什么？”

“没有疑点。”吴忌重复了上一句的最后四个字。

“什么？”

“你不觉得自杀太完美了吗？”

“这不是很好吗？没有疑点，所以可以立即结案啊？”

“问题就在于这儿，所有的一切都好像在说，没有疑点，你赶快结案吧。”

“吴忌，我越来越搞不懂你了，有疑点，你不满意；没有疑点，你也不满意。你到底是要什么？”

“让你受累了，兄弟。”吴忌打完电话，坐回沙发，泰山狼吞虎咽吃完了狗粮后，咬着一个玩具球，踏着小碎步来到吴忌脚边，摇着尾巴希望吴忌跟它一起玩球。吴忌弯下腰，想从泰山嘴里拿球，但泰山却紧紧咬住不放，吴忌蹙了一下眉头。

这时，手机又响了，是一个陌生号码。

“哪位？”吴忌再次弯下腰试图捡起球，但泰山敏捷地上前迈了一步，头一低，球顺利滚进了它的嘴巴。

“我，老K。”

“哦，是老K啊，晚上好啊。”吴忌一边说一边将这个新号码存了起来。

“马昭出现了，有人在西锦区那一带的酒吧看见过他，你可以去那碰碰运气。不过你得快点，我收到风声，除了你以外，至少还有两波人在找他，你去晚了，可能就见不到了。”

吴忌本想说这个事已经结束了，但他迟疑了，因为他发现泰山又咬着球死死不放了。狗就是这样，如果你不在乎它的玩具球，它会把球放到你脚下，但如果你想抢走，它会死死咬住不放。

他改口道："收到，我现在就去。等我忙完，再请你喝酒。"

西锦区的酒吧大大小小至少有一百家，所以要在这么多酒吧里找一个会走会动的活人，纯粹靠运气。不过吴忌做事不靠运气，他靠人脉，可靠的人脉。在问了三个酒吧主管有没有见过马昭之后，到了第四个酒吧，便有人主动跑来告诉他马昭在黑杰克酒吧，现在赶过去或许能碰到。于是，吴忌又匆匆赶到黑杰克酒吧所在的华古路。

华古路是西锦区出了名的酒吧一条街，每当夜幕降临，这里灯红酒绿，人声鼎沸，尤以法国人开的几家酒吧最为出名。吴忌年轻的时候，可以和朋友从华古路最南边的长滩酒吧一直喝到最北边的爵士酒吧，他们称之为打高尔夫，一洞接一洞。但现在吴忌已经很少晚上出来"打高尔夫"了，据说这是男人变老的特征之一。

快走到黑杰克酒吧时，吴忌突然停下脚步，他看到一个男人的背影晃进了黑杰克旁边的巴黎猫酒吧。几乎同时，巴黎猫店招牌上的全息投影中一个妩媚的女郎化身为一只窈窕的黑色猫咪，它慵懒地向路上的行人眨了眨眼睛，舔了舔毛茸茸的前爪，然后发出酥软的一声"喵"，紧接着一串艺术字体的法语 Le Chat De Paris（巴黎的猫）出现。吴忌走了进去。

轻柔舒缓的爵士乐夹杂着女人的低语呢喃声滑过吴忌的耳畔，咖啡色的昏暗柔光下，女人们的脸仿佛被打上了一层滤镜，变得分外美丽，不过吴忌没有在这些瓷娃娃一般的浓妆女人身上浪费时间，他在人群中寻找着刚才那个背影，只见他正和一群法国人在聊天。于是吴忌走上前，说了他仅会的几句法语中的一句"Excusez-moi"（抱歉，打扰一下），然后把此人拉了过来，此人正是马昭。

"别拉拉扯扯的！"马昭甩掉吴忌的手，"你谁啊？"

"吴忌，你的同行。"吴忌抬了抬帽檐。

马昭打量了一番帽子下的脸，"哦！原来你就是吴忌，怪不得有点眼熟。"吴忌和马昭从来没近距离接触过，过去顶多是在路上打过几次照面。

"没看出来你交友圈很广啊，跟法国人也这么熟？"吴忌朝那群法国人努了努嘴。

"他们不是法国人，是一群法语比英语说得溜的加拿大人，蒙特利尔来的。"

吴忌知道马昭爱玩极限运动，经常去世界各地玩跑酷、攀岩、雪板等，跑的地方多了，会几句当地的语言很正常。他看着马昭一副要走掉的样子，于是道："我找你问点事，问完我就走，不耽误你多少时间。"

"什么事？"

"你还记得林茹雅吗？"

马昭眼神闪烁了一下，答："不知道。"

吴忌弯起嘴角：“马昭，我们都是侦探，你撒谎也稍微专业一点。”

马昭立刻眯起眼睛，呵呵笑起来，“喝了点酒，演技都下降了。”

“她死了。”

马昭的笑容顿时僵住了。“什么？林茹雅？死了？”

“差不多就在……昨天凌晨，今天早上尸体才被发现。”

“怎么死的？”

“据说是自杀。”

“自杀？她为什么要自杀？”

“按照遗书上说的是因为她吸了K粉上瘾，身体戒了，但精神上戒不了，所以就自杀了。”

“什么？她跑去吸K粉？”马昭一副惊讶万分的样子，吴忌看得出这不是撒谎。

“所以你不知道？”

“我当然不知道，我跟她又不熟，顶多帮她找过她姐姐。”

“找到了吗？”

“找到了啊，我可是侦探，找个人多大点事，我马昭出马，分分钟的事。”吴忌觉得他这话是发自肺腑的。吴忌发觉马昭这个人不能用业务能力差来形容，而是他根本没有区分业务能力好和差的能力，就好像一个唱歌跑调的人其实根本听不出一首歌的曲调，也就不知道自己唱歌跑调了。

“她在哪？”

“哪个她？”

“她姐姐林茹风。”

“在……”马昭突然打住了，然后露出一抹狡黠的诡笑，“你怎么这么关心这个事？”

“受人之托。”

“受人之托？谁？”

吴忌无声地笑了笑，“同行之间，我不便透露。”

马昭也回以无声的微笑。“放心，我不会去抢你的客户，不过你不说我也猜得出……是她们的小妹林茹颂吧？”

吴忌没有回应。

“没想到她也来锡安了……”马昭似乎陷入了沉思。

“所以你能告诉我她在哪吗？”吴忌打断道，他怕自己再不说话，马昭就要沉思到昏睡过去了。

“我为什么要告诉你？”

吴忌摸了摸下巴，再次露出一个无声的微笑：“为什么？这个问题我倒没想过，不过你既然问了，我可以现在想一想。我们一不是亲属，二不是朋友，所以要你帮忙告诉我，你或许不会答应。如果我说看在同行的分上施以援手，你也未必理睬。但是马昭，我们做侦探的，大部分时候就是靠各种人脉关系获取消息，今天你拉我一把，改日我扶你一下。这是个长线投资，你这么聪明，应该明白我在说什么。”

吴忌说了这么多，真正打动马昭的是那句“你这么聪明”，这一点吴忌自己也明白，他这套语言艺术可以说是从王泽易那学来的，人大部分时候是凭着感觉走的感性动物，要打动一个感性动物，靠一堆逻辑是不行的。

“有点道理。啊，吴忌，你看起来没有传闻中那么难搞啊，我觉得我跟你挺投缘的，有种……一见如故的感觉。”

这是吴忌第二次听到有人用“一见如故”来形容他们的关系，之前说这话的是林茹颂。

“你知道一见如故的下一句是什么吗？”

“是什么？”

话到嘴边吴忌停住了。“算了，也没什么好说的。我们说回林茹风吧，她现在在哪？不，是你找到她的时候她在哪？”

“你问的其实是一个问题，不出意外的话，她应该没有挪窝。”

“连这你都知道。”

“干那一行的，挪不了窝。”

有个答案在吴忌脑子里呼之欲出，最后与马昭的话完美重合。

“她在鬼街，我是说那条鬼街。”

钥匙

“岚岚，我和你爸已经到巴西了，你什么时候出发啊？”

“我明天一早的飞机。”苏岚拿着手机和母亲通电话，人却站在卧室的衣柜前犹豫不决，“妈，那边天气怎么样？”

“天气很好呀，把裙子都带过来，穿得漂漂亮亮的。”

苏岚笑了："知道了，妈。"

"或者你什么都别带，到这再买吧，行李太多挺麻烦的。"

苏岚瞄了一眼全息影像中忽然低垂眼眸的母亲，道："妈，你是不是在那买了太多的东西，行李超重，所以要我帮你带回来？"

母亲顿时哈哈大笑起来。"这点小心思都被你看穿了，我怎么把你生得这么冰雪聪明啊，岚岚。"

正说着，画面中突然冒出一个棕色皮肤卷发大眼睛小男孩，连珠炮似的说出一串口齿不清的葡萄牙语，那是苏岚的堂弟，才刚会牙牙学语，因为从小在巴西长大，所以不太会说中文。苏岚可喜欢他了，然后也用葡萄牙语跟她可爱的小堂弟对话，同时不忘从衣柜里取出两条裙子，一条红色，一条白色。

正当她和小堂弟聊得不亦乐乎时，门铃响了，于是苏岚结束了通话前去开门，她趴在猫眼里看了一会儿，然后打开门。"杨杰？"

杨杰朝屋内瞄了一眼，看到一个敞开的银色大行李箱放在客厅正中央。"在整理行李啊？"

"嗯，进来坐吧。"

杨杰跟着苏岚走进客厅。"要我帮忙吗？"

苏岚给杨杰倒了一杯水。"你不帮倒忙就好了。"

杨杰立马脸红了，"不好意思啊，这么晚来打扰。"他接过水喝了两口。

"有什么事吗？"苏岚看了看手机上的时间，已经晚上十一点半了。

“本来……”杨杰坐到沙发上，说话支支吾吾，“本来想着今天如果能跟你吃晚饭，我可以把它送给你，结果你没有给我机会。”其实杨杰平时的口才不错，特别是在跟上级打交道的时候，但是在苏岚面前，他总是发挥失常。

“你已经送了我很多东西。”苏岚十指交叉，上下掰弄着，有些不知所措。

“但你每次都退回来了。”杨杰又喝了一口水。

“既然知道……你还送？”苏岚走到行李箱前，假装整理东西。杨杰看着苏岚的背影，他不知想象过多少次，如果未来能和这个女人一起生活该多好。

“我也希望我能放弃……”

苏岚的手突然抖了一下，然后站起身。“你干吗突然说这种话……”她手足无措地挠了挠头发，转过身，却发现杨杰已经站在身后，手上还托着一个淡绿色的小盒子，盒面上印着许多女孩梦寐以求的一个珠宝品牌名字“Tiffany&Co.（蒂芙尼）”。

苏岚愣住了，“这，这是……”

杨杰已经打开盒盖，一条钥匙模样的钻石吊坠铂金项链在苏岚眼前熠熠生辉。杨杰看得出苏岚很喜欢它，他从来没见过苏岚的那双猫眼可以睁得这么大，这么美。“我……我原打算二月十四号情人节那天送给你，结果……没机会送出去，于是拖到三月十四号的白色情人节，后来我听人说白色情人节是女孩送给男孩礼物的情人节，于是我又没有机会送，一直拖到今天，我想你明天要去巴西了，再见到你就是四月份了……所以我逼自己今天一定要送给你……”

“我不能收。”苏岚一口回绝。

“但你很喜欢它不是吗？”杨杰目光灼灼地盯着苏岚。

“我是很喜欢，但是我不能收。”

杨杰一会儿低下头，一会儿抬起头，他的眼眸中透着一丝失落，一些惆怅，一点不甘。“苏岚，你知道吗？我真的很想亲手帮你戴上它，我想它在你脖子上一定很漂亮，但是我知道你……对我还有所保留，我不指望送你一串项链就得到你的……信任，我只是想让你知道，我对你是真心的。从我进支队，第一次见到你，我就对你……你明白吗？那种感觉？

“我其实是一个很自私的人，或许是因为我出身一般的缘故吧，我拥有的东西不多，所以我不愿意与人分享我仅有的。有些人生来就要什么有什么，可我不是这样的人，我总是要比别人付出更多的努力才能得到一些东西，所以一旦得到，我就会牢牢抓住不放手。我又不够聪明，比起那些有破案天赋的人，我得靠两条腿去找线索，别人动动脑子就能想到的事，我得跑十条街，跑一个区才能找到一丁点线索。

“有很长一段时间，我觉得老天太不公平，为什么给我一个平凡的出身，又给我一个平凡的头脑，我真的很不甘心，你知道吗？我努力过了，我很努力地去试过了，可是这才是让我最痛苦的！我已经这么努力了，可还是追不上那些天赋好出身好的人。其实这个世道一直都是这样，人与人之间的鸿沟不是靠努力可以缩小的，我永远也进不了他们的世界。

“直到三年前吴局告诉我我就是下一任刑侦支队的队长时，我有种拨开云雾的感觉，原来努力真的可以成功……

“所以苏岚，我不会放弃的，你今天不收下，我明天……不，等你从巴西回来，我会再来送的，你觉得我烦也好，讨厌也罢，我才不会放弃的，因为我知道总有一天，你会接受的……”

苏岚想说什么，但又忍住了。

杨杰看了一眼时间，已经过了午夜，于是他收起项链盒。“不好意思，让你听我说了这么多话……那我就不打扰你收拾行李了，我先走了。”

说罢，杨杰朝门口走去，就在他开门的一刹那，苏岚对他说：“杨杰，如果我现在说我想要 Tiffany Keys [1]，你愿意把它给我吗？”

杨杰走后，苏岚拿出那条项链端详起来，在灯光的照耀下，钻石璀璨夺目，铂金流光溢彩。这时，细心的苏岚在钥匙尾部凸起的部位处发现了一个与众不同之处，它的反面竟然刻了一个汉字——岚。

苏岚再次感受到了杨杰的满满心意，她莫名有些感动。于是她走到落地镜前，对着镜子戴上了项链。据说女人一照镜子，就会开始各种幻想，镜子可以让女人释放天性，不管这个女人平时多么冷酷。苏岚也没有例外，她在镜子前左瞧瞧，右瞅瞅，又是

1　Tiffany Keys：蒂芙尼钥匙。

走猫步，又是转圈，俨然把自己当成了世界小姐，她爱上了这串项链。

突然，镜子前的微笑凝固了，一个女孩的身影代替了镜子前的苏岚，苏岚看到这个女孩的脖子上也有这么一个钥匙吊坠的项链，女孩模糊的脸庞渐渐清晰，最后和早上的死者，和昨天晚上林霄手机照片上的女孩完美重合了。

她终于想起来在哪见过这张脸了！就在去年九月十八号的晚上，确切地说是九月十九号凌晨，她听到敲门声，开门后看到一个女孩站在门口。

“请问徐老师在吗？”

“徐老师？小姑娘，这里是八号楼二三〇五室，你确定没敲错门？”

“对不起，对不起，我走错地方了，我以为这是六号楼。对不起，对不起！”

说完，这个女孩跑了，而她正是林霄手机照片中的女孩。苏岚记得根据当时林霄的转述，去年九月十八号会出现在锡安的就只有老大林茹风，所以这个敲门走错地方的人应该是林茹风，之后，她就失踪了……徐老师？到底谁是徐老师？

苏岚隐约觉得事有蹊跷，再联想吴忌早上说的那两个被自己排除的疑点，苏岚有种不祥的预感。会不会是她错了，吴忌才是对的？林茹风无端失踪，林茹雅失踪又出现后却突然死亡，这里面或许有不为人知的秘密。林茹雅或许真的不是自杀。

这时，林茹风的那句“我以为这是六号楼”莫名在苏岚耳畔萦绕不去，再三忖度之下，她拿起一件外套跑了出去。走过一段石子路，她来到六号楼。小等了一会儿之后，她跟着一个晚归的六号楼住户走进了楼下大厅，然后乘坐电梯到达二十三层。

苏岚走到二三〇五室门口的时候，心跳突然加快，她刚抬起按门铃的手又放下了，是不是应该先通知一下杨杰比较好？但她转念一想，杨杰刚走，再叫他回来他会不会多想……苏岚忽然觉得自己很可笑很愚蠢，还有点瞧不起自己，平时胆子这么大，怎么关键时刻变得畏畏缩缩呢？我可是一个警察，我在怕什么？

“苏岚，你应该知道害怕。”

“我？害怕？我可是一个警察。”

“所以呢？”

“所以我不应该害怕，如果连我都害怕，谁来保护这个城市，谁来惩治罪恶？”

“我，这个部分交给我。我不仅会保护这个城市，还会保护你。”

在这个节骨眼上，苏岚脑中突然冒出这么一段对话。而那个信誓旦旦说“这个部分交给我”的人则早就离开了警队。

吴忌，你这个骗子！你说我要知道害怕，你说你会保护这个城市，会保护我，结果呢？最后不还是让我独自面对一切？苏岚泛红的双眼注视着脖子下方的钥匙吊坠，她伸手摸了摸吊坠的尾部，用手指心去感受那个凸起的“岚”字。这吊坠本是一个死物，没有任何生命，但苏岚却感到一股暖意从吊坠徐徐蔓延至自己的手心。

是时候跟过去道别了。苏岚将吊坠紧紧捏在手心。那个在我身边让我保持害怕、说会保护我的人已经走了，他走了，头也不回地走了。而现在，在我身边给予我温暖和力量的是他。苏岚长呼一口气，仿佛将过去几年的所有悲伤都排除到了体外，如同重生一般，她抑制住了自己内心的害怕，然后鼓足勇气抬起手，按响了门铃。

鬼街

从华古路回来后，吴忌先给泰山倒了一盆狗粮，再给自己倒了一小杯大摩，一饮而尽。他坐到书桌前，拉出一个指纹识别解锁的抽屉，在一个收纳夹中翻出一张信用卡，信用卡上是一个外文名字——Max Knight，他把这张信用卡的号码用黑笔抄在手心上。然后，他开启书桌的嵌入式电脑，一个虚拟键盘和一块全息投影屏出现在桌面上，他点开搜索引擎，输入一个 IP 地址。屏幕立刻变黑，一团火焰在中央渐渐燃烧起来，吴忌戴上 VR 眼镜。

一切准备就绪后，吴忌将手伸入那团火焰，火焰瞬间化作一只火手，将吴忌拉入了它的虚拟网络空间——鬼街。

鬼街并不是一条实际存在的街，相传是一个三十几年前代号为 Ghost 3（简称 G3 或鬼三）的人工智能设计的虚拟街道，后来这个鬼三不知道怎么把这条街扔在那不管了，于是这条街就成了废街。直到有一天，街上突然来了许多虚拟妓女，于是人们又开始关注这条街，来这里找乐子。又过了几天，街道旁边突然多出了几个情色俱乐部。又过了一阵子，整条街都变得灯火通明，各种情色酒吧、情色俱乐部、情色旅馆从街头一直“盖”到了街尾，各家生意都好得不得了。

原本这属于虚拟网络世界的东西，只要不触及实体世界卖淫，各国警察也就睁一只眼闭一只眼。它好比很久以前人们在网上贩卖一些画质粗糙的小黄片，不管怎么严查禁止，它都会像杂草一样春风吹又生。

但自从人类有网络开始，线上和线下的色情交易就从来没有割断过。像鬼街这样的虚拟网络就成了绝好的交易地点。当人们对虚拟性爱对象腻烦了之后，总希望来点真实的，于是通过虚拟性爱对象给的实体地址，你可以立刻前去享乐，又或者你可以让现实中的她 / 他立刻上门服务。

事实上像鬼街这样的虚拟网络性爱世界非常多，每年各国警察花在封锁这类网域的精力和时间也是不计其数。但是建一个这样的网域实在太容易了，所以你端掉三个，它立刻又新建了三个。总之，道高一尺魔高一丈，就好像那部世纪动画长片《猫和老鼠》，猫永远没有真正抓住过老鼠。

后来警察也想通了，虚拟网络只不过是一个媒介，真正的罪犯还是这些虚拟网络背后的主体——人，于是罪犯通过虚拟网络卖淫卖毒品卖军火，警方就通过虚拟网络顺藤摸瓜抓人。久而久之，这些虚拟网络就这么留存了下来，就像每个城市都有那么一些犯罪高发的区域。

在这众多的犯罪网域中，鬼街是最出名的，它是唯一一个世界警察想端却端不掉的虚拟网域，因为没有人知道它的主机在哪儿。于是乎，鬼街成了犯罪的温床，而它的设计者鬼三成了所有黑客心目中至高无上的神。如果哪个黑客能够把鬼街给破了，找到它的主机，那这个黑客将取代鬼三，成为新一代的黑客之神，但是目前还没有出现这样的人或者人工智能。

所以在鬼街上做生意，你不用担心哪天整条街没了，你唯独要担心的是其他黑客会时不时来攻击你所在的地盘，因为它是一条面向全世界开放的虚拟街。正因为鬼街的名声响,所以“鬼街”成了这类以卖淫为主的虚拟网域的别称。

经过日积月累的各国黑客火拼，鬼街无形中有了一套自己的秩序。大致来说，它分为三段，分别被欧洲人、美洲人，以及亚洲人占据，每个地段又分更细的帮派。

进入鬼街是随机的，即吴忌出现在鬼街的哪个地段是不可控的，他不太喜欢出现在美洲人地段，因为最近几年他们和亚洲人地段的人一直有些摩擦，所以他这个亚洲人出现在那儿，总会被好几双愤怒的眼睛注视，吴忌不喜欢被凝视的感觉，那会让他后脑勺发痒。又因为鬼街还是一条莫比乌斯环状的街，所以如果你进入的是欧洲人地段，就可以直接去往亚洲人地段。

吴忌今天的运气还不错，他进入的是欧洲人地段。他分别向三个站街的流莺问了一下哪边是亚洲人地段，因为问一个他不放心，指不定有人会捉弄他。果然，其中一个鼻子上穿了鼻环的流莺撒了谎，吴忌向她比画了一个我记住你了的手势，那流莺朝吴忌抛了一个媚眼，抖了抖硕大的胸部。虽然现在看来她的胸部有足球那么大，但现实世界中，她很可能是个飞机场，甚至可能根本不是个女人。

走了大约一个小时后，他终于来到了亚洲人地段，熟悉的中文招牌映入眼帘，不管开店的是日本人、韩国人、泰国人或印度人，店名上总会有中文翻译。跟吴忌上次来——大概是两年前相比，这里已经发生了翻天覆地的变化。这也很正常，想在这里生存，你就得不断升级，不断更新，以躲避时不时冒出来的警方突击和其他黑客的攻击。

走着走着，旁边一家灯火通明的俱乐部会突然消失，那意味着它很有可能被其他黑客攻击了。吴忌从欧洲人地段过来的时候，就已经目睹了两起。

吴忌是以正常访客的身份进入鬼街，即直接被鬼火拉入鬼街，所以他在鬼街的虚拟形象与现实无异。他当然也可以选择其他方式进入，比如找个黑客为自己写一个虚拟代码，这样他在鬼街中的形象就不是现实中的样子。可如果以这样伪装的方式进入，鬼街里的人会立刻对他提高警惕，没有人会对他说真话，他不管走到哪里，都会有尾巴跟着。

根据马昭所说，他是在一家名叫“草莓派”的情色俱乐部玩的时候，遇到了一个叫阿珍的姑娘，在包房里玩了一场虚拟性爱游戏后，他没过瘾，于是问阿珍有没有在锡安的姐妹现在可以约出来，巧的是，阿珍本人就在锡安，于是她立刻约阿珍到锡安的某个酒店来场真的，结果发现这个阿珍就是林茹风。这是他接到林茹雅的委托后第三天发生的事，有点走狗屎运的意思，不过他觉得这是自己的本事。他跟林茹风说了她妹妹林茹雅在寻找她的事，她知道后掉头就走，马昭也没有阻拦。之后他把事情跟林茹雅说了，林茹雅哭着离开了。

不过这已经是半年前的事了，先不说这个阿珍会不会是林茹风特定的虚拟形象——她们会经常换自己的虚拟形象，“草莓派”还是不是叫“草莓派”都未可知。马昭还说他隔天再去“草莓派”找阿珍的时候，她已经不在了。但吴忌还是想来找找，碰碰运气。

按马昭提供的线索，“草莓派”原坐落在亚洲人地段的中国区华南带，旁边两家俱乐部一个叫“金枝欲孽”，一个叫“水性杨花”，光是听名字就知道档次不高，当然相应地，价格也就比较便宜。

吴忌在华南带转悠了一圈，没有找到“草莓派”，甚至没有一家的名字中带有“草莓”或者“派”的，但他找到了一家叫“水性杨花”的俱乐部，它旁边隔着一家的另一个俱乐部叫“欲火焚身”，吴忌在门口驻足许久，不禁觉得这名字跟“金枝欲孽”有点像，说不定它就是“金枝欲孽”的升级版。于是吴忌走进了夹在“水性杨花”和“欲火焚身”中间的一家俱乐部——兔子洞。

兔子洞

兔子洞内果然全是“兔女郎”，她们大都顶着一对毛茸茸半耷拉的兔耳朵，或穿着各色半透明的蕾丝比基尼，引人注目。而她们高高翘起的臀部上还有一颗圆溜溜的粉红色毛绒球，称之为兔尾巴，上面挂着一个价格牌。在昏暗迷离的灯光下，在DJ播放的靡靡之音下，每个兔女郎都在各自的圆形小舞台上搔首弄姿，摆臀扭腰，等待着出手阔绰的客人光顾。

在视觉及听觉的双重刺激下，男人很难抵抗他们的原始性冲动本能。即使意志力比一般男人要高出许多的吴忌，在如此香艳欲滴的场景诱惑下，心里虽还保持着自制，但身体已诚实地起了反应。吴忌低头看了一眼，嘀咕了几句。

而在他嘀嘀咕咕的当儿，离他最近的一个兔女郎已经消失了。三秒钟后，一个新的兔女郎立刻补位，吴忌看了一眼她屁股上的价格吊牌，这是他在这个俱乐部里看到的最便宜的价格，于是他立刻按下了舞台边缘的红色按钮，这个兔女郎随即识别出了下单的客人。她朝吴忌抛了一个媚眼，俯身在吴忌耳边呢喃了一句：“楼上七号房间，我等着你。”之后便消失了。

吴忌刚要转身朝二楼楼梯口走去，却发现旁边有两个男人正怒气冲冲地瞪着他，于是吴忌朝他们抛了一个眼色，示意下次出手要快一点。

“名字。”楼梯口一个负责收纳结账的男人问道，他梳着一个油头，戴着一副溥仪牌的黑框复古眼镜，身穿阿玛尼剪裁的黑色西装，系着黑色领结，戴着一块金闪闪的劳力士手表，手上拿着一个虚拟刷卡器。

“Max Knight。”吴忌回答。其实这一招掩人耳目的把戏到最后还是会被识破，但可以为吴忌争取到许多时间。

“你不是中国人？”男人再次打量了一番吴忌。

“我是华侨。”

“支付方式？”

“信用卡。”

“卡号。”

吴忌照着手心上提前抄的信用卡号码念了一遍。

“有密码吗？”

“有。”

男人把刷卡器面向吴忌，“输一下。”

吴忌照做。

当刷卡器上的灯闪了一下后，吴忌知道钱已经打到他们账户了，男人朝吴忌笑了笑，露出满意的神色。“Max……玩得开心。”

吴忌敷衍地回了一个微笑。

二楼的布局像酒店，中间一条过道，两旁是密密麻麻的房间，每个房间门框的左上角都设置了隐藏摄像头。吴忌找到门口写着数字七的房间，敲了敲门，门自动开了。

门内是一个不大不小的空间，十平方米左右，放了一张双人床，以及一个放衣服和道具的柜子，柜子上有一个虚拟的老式电话机和一个电子闹钟，周围的墙壁上播放着淫秽的画面，时不时传来女子的呻吟声。

“Max。”兔女郎娇滴滴地喊道。

吴忌猜想他在楼下付钱的时候，这些基本信息已经传到了楼上房间里。

“来，到我身边来。”兔女郎朝吴忌招手。

吴忌没有动，他站在门口，和兔女郎保持着距离。“不急。”吴忌语气随和，完全不像一个嫖客，“我们先互相认识一下吧。”

“看来你有点害羞啊。”兔女郎娇嗔一笑。

“你一天要工作多长时间？”

“我啊，看心情啰。”

“这么随意？”

“呵呵，当然不可能啦，工作日一般从下午四点开始到凌晨四点，像今天周六，就多干一点啰，会一直做到早上十点吧，如果客人多，就再多做一点时间，然后去吃早饭，打个瞌睡再接着干。”兔女郎停顿了一下，“我们什么时候可以开始？我的时间可宝贵着呢。”

“我知道。”吴忌却很悠闲，“你跟一个客人睡一觉要多久？我是说平均时间。”

“半个小时左右。”

“好，那你就陪我聊半个小时。”

兔女郎听到这个回答，不仅没有开心，反而变得警觉起来。“你……该不会是警察吧……”

她有这种疑虑也是正常，哪个嫖客没事会花钱找妓女聊天？除非是便衣警察。

吴忌摇摇头。“如果我是警察，在下面刷卡的时候，你老板早就根据我的信用卡信息查到我的身份了。”吴忌这话说得没错，兔子洞的老板已经在派人查 Max Knight 的信息了，不过因为不是中国人，且信用卡不是国内银行发行的，所以查询上需要一点时间，这点时间对于吴忌来说已经够了。

“小姐……”

“小美，叫我小美。”

“小美，我是谁不是你该担心的，你现在要做的是把我……服务好，而我只需要你陪我聊天，这是个轻松的活儿。小美，”吴忌皱起眉头盯着墙壁上的香艳画面，“你能把它们关了吗？”

小美耸了一下肩，然后在柜子里拿出一个遥控器，对着天花板上的播放器按了一个按钮，画面立刻消失，周围安静了下来，吴忌感觉谈话环境舒服多了。

“已经过了七八分钟了，你要聊什么？”小美懒洋洋地靠坐在床上。

“你本人在哪？我是说实体。”

“锡安。”

“你来这里工作多久了？”

“一两年吧，我记不大清楚了。”

“这家俱乐部一直叫‘兔子洞’吗？”

小美摇摇头，她一动，胸前的流苏就跟着晃动。吴忌立刻把视线从小美身上转移到其他地方。小美见状，扑哧一笑。

“你不是嫖客，到底是谁？”

“我是谁不重要，那这家俱乐部以前叫什么？”

“以前是多久以前？”

吴忌知道小美开始跟他兜圈子，有的时候，对待这些妓女，你得使用一些非常手段，否则她们会把你要得团团转。

吴忌朝小美招招手。“小美，你过来。”

小美慵懒地朝吴忌挪过去，吴忌突然抓住小美的胳膊，反手压制，将小美摁在床上，如果此时吴忌手上有一副手铐，正好可以完成逮捕罪犯的整套动作。小美动弹不得，大喊疼。

“小美，如果你能老老实实回答我的问题，我想接下来的二十分钟你可以像刚才那样舒舒服服地坐着；如果你跟我要花样，我会让你比现在更难受。知道吗？”

小美连连喊“知道”。

吴忌放开小美的手。“告诉我，这家俱乐部之前叫什么？”

小美扭了扭身体，活动了一下关节，确定自己没有受伤，松了一口气。其实这完全是大脑的幻觉，在现实世界中，小美的身体是不会有痛感的，但在虚拟网络世界，大脑会让人产生身临其境之感，甚至欺骗身体产生痛感。“之前叫过很多名字。”

“把你知道的都说出来。”

“失乐园、伊甸园、梦幻岛、草莓派、水……”

“草莓派？”吴忌打断了小美的话，“叫草莓派是什么时候？”

“大概半年前吧。”

“那你认不认识一个叫阿珍的人？”

当吴忌提起“阿珍”这个名字的时候，小美的眼神发生了变化，

但是她却撒起谎 :“阿珍？哪个阿珍？叫阿珍的姑娘多了去了。”

不，你知道。

“小美，告诉我，阿珍现在在哪儿？”吴忌追问道。

“我不是说了，我不认识。”

吴忌走近一步，小美立刻往后挪了挪。“我真的不认识什么阿珍。”

“不，你认识她。”

“你打听阿珍干什么？你和阿珍什么关系？”小美继续往后挪。

“这个你不需要知道。”

“你太奇怪了……”说罢，小美突然翻身，按了一下床头下面的一个红色按钮，房间里立刻开始红灯闪烁。

吴忌骂了一句，转身推门逃开。此时，走道尽头黑压压的一群黑衣人朝他狂奔而来，吴忌立马朝楼梯跑去，却迎面撞上了从楼下跑上来的黑衣保镖。吴忌知道这些保镖都是虚拟的，但在虚拟世界有虚拟世界的规则，如果死在这里，意识将永远困在虚拟世界里。

吴忌可不想做植物人，他挥手朝来者来了一记左勾拳，跟黑衣保镖近身搏斗起来。这种拳拳到肉的感觉跟在现实世界中一模一样，吴忌在打人和被打的时候都能感到刺骨的疼痛。甚至从虚拟世界离开后，神经还会留存这种痛苦的记忆好一段时间。这当然也是大脑的幻觉。

往下跑是不可能了，唯一的逃生出口在天台，于是吴忌一边打一边朝天台跑去。

像吴忌这种在警校接受过训练的人，对付这些由 0 和 1 构成的虚拟保镖易如反掌，但如果遇到和吴忌一样虚拟形象就是本人的虚拟人物，就不是简单的出拳或踢腿能搞定的。比如此时站在吴忌对面的这个戴着溥仪眼镜脸部轮廓极为硬朗的男人，吴忌不确定这是否是他真实的形象，他或许通过代码改写过样貌，但吴忌知道这个男人是个打架的好手。

他是吴忌好不容易跑到天台准备跳楼时遇到的一大阻碍，也是最后一个障碍，吴忌不禁觉得自己是在玩虚拟网络里的闯关游戏，收拾完了一群小喽啰之后，终于遇到了最大的 boss。

DARK SABBATH

“一杯吉布森。”吴忌朝汉斯打了个手势，在吧台上找了个空位置坐下。他的身上没有一点伤，但他的神经不住地向大脑发送着疼痛的指令，令他颇为苦恼，即使他明白这些都是幻觉。

林霄招呼完客人回到吧台，看到吴忌像萎蔫的白菜半瘫在那，不禁觉得好奇。“哟，你这是怎么了？”

吴忌摇摇头。“没事，幻觉，幻觉搞的鬼。”这时，汉斯已经调好了吉布森，吴忌接过鸡尾酒，喝了两大口。

林霄在一旁坐下，像闻到了新鲜美味骨头的狗，好奇得不得了。“幻觉？什么幻觉？好像很有趣的样子，说来听听。”

于是吴忌把自己去鬼街的事大致说了一遍。

听罢，林霄瞪大双眼。“哥们，你一个人跑去鬼街？都不叫上我？”

“喂，我不是去找乐子的，你不要自动屏蔽关键信息。”

“跟你开玩笑的嘛。”林霄摆摆手，给自己又续了一扎啤酒，“那最后你怎么跑出来的？跟那个大 boss 大战了三百回合以后呢？”

“我跳楼了。”

“靠，你跳楼！”

“才三层楼高，不会死。”

“是吗？我没跳过楼，不知道几层楼才会死，然后呢？”林霄嘲了一口啤酒上的泡沫。

“搞得好像你没去过鬼街似的。”吴忌乜斜了一眼林霄，“半跑半爬地跳进最近的一个窨井里，还能怎样？”这是从鬼街这个虚拟世界中登出的方式——在每隔十米的街道中央设置了一个窨井，只要跳进窨井，就等于登出鬼街了。

“哦，我以为你还有什么奇遇嘛。”

“奇遇倒没有，但我在和那个大 boss 过招的时候发现了他的一个文身，就在他左手臂上，我把他衬衫袖子扯下来的时候发现的。”

“是什么？”

“两个英文单词 Dark Sabbath，黑色安息日。”

“黑色安息日……”林霄摸摸额头，一副思虑状，“我知道

Black Sabbath，翻译过来也是黑色安息日。”

“Black Sabbath 是什么？”吴忌好奇地问。

“连 Black Sabbath 都不知道，吴忌，你的摇滚乐品位有待提高啊！”林霄得意地喝了一口啤酒。

吴忌没有回应，林霄唯一能鄙视吴忌的地方就是音乐，在这个问题上吴忌从来不和林霄较真。

“Black Sabbath 是一支英国的重金属摇滚乐队，”林霄继续道，“与另外两支乐队飞艇和深紫并称重金属音乐的三大鼻祖，不过我个人更喜欢黑安（黑色安息日简称），当然我是指黑安的早期，主唱是 Ozzy Osbourne [1] 的时候，那是最经典的时候……”

“你说 Ozzy Osbourne 我就知道了。”吴忌及时打断了林霄的音乐讲座，虽然他对 Ozzy Osbourne 其实也不算太了解，大概知道这个人常年黑眼圈外加一头黑色长发，一副生人勿近的样子，不过绝对是个传奇人物。

“Ozzy Osbourne 比 Black Sabbath 更有名倒也不奇怪。”林霄摸摸下巴，莫名有种学究气质。

“为什么叫 Black Sabbath？”

“这个啊，没有官方解释，但是我听到过一个传言，据说 Black Sabbath 乐队希望人们在听他们歌的时候能像在安息日一般获得片刻解脱，只不过这种解脱不是在光天化日之下的，而是一

1　奥兹·奥斯本，是一位英国的摇滚／重金属歌手、词曲作家、电视演员。他以担任重金属始祖之一的黑色安息日乐团主唱而成名。

种另类的解脱，在黑暗中解脱。”

吴忌若有所思，“有点意思。”

“话说回来，所以你怀疑林茹颂的大姐在鬼街做那个？”

“不是怀疑，是确定。”

林霄惋惜地摇摇头，“怎么会落到那个地步……真可怜。”

“还有一个人比她大姐还可怜。”

“谁？”

“她二姐，林茹雅，她死了。”

“什么？”林霄吃惊极了，“什么时候的事？怎么死的？”

“昨天发现的，但大前天就死了，死因嘛……据说是自杀。”

“自杀？好端端的为什么要自杀？”林霄更加吃惊了。

“你别一惊一乍的，小声点。”吴忌提醒一句。

林霄稍微收敛了一点：“但真的很让人惊讶啊！这三姐妹也太可怜了吧，一个在鬼街，一个自杀，剩下一个孤零零的……你还没说她为什么自杀，真的是自杀吗？”

“这个问题问得好。”

林霄转了转脑子：“所以你怀疑她不是自杀？”

吴忌点点头。

“为什么？是自杀动机有问题？疑点太多，不像自杀？”

“恰恰相反，是坐实自杀的证据太多，简直是教科书版自杀。”

“哈？吴忌，你能说得通俗一点吗？”

“死亡现场、凶器、遗书三管齐下，全都指向自杀的结论。”

“还有遗书？”

“对，遗书上说她不敢面对小妹，因为她到了锡安之后，就染上了毒瘾，虽然戒了，但还是想着毒品。”

“她还吸毒？一个好好的姑娘，跑去吸毒……等会儿，这么说起来，她的大姐来到锡安，结果成了妓女，她的二姐来到锡安，结果成了个瘾君子……我们锡安什么时候变得这么恐怖了？”

“你又问到点子上了。”

“是吗？哪个点？”

吴忌有种对牛弹琴的无奈，低头喝了一口吉布森。“我们不讨论这三姐妹了，说点别的吧。”

“‘美女之死无疑是世上最具诗意的话题’，但你是客人，客人想说点别的，我还能拦着吗？”

“不错嘛！林霄，你都会引用名人名言了。”这回换吴忌吃惊了。

林霄白了一眼吴忌。“又不是只有你会看推理小说，我也会看，也读过一些爱伦·坡。”

吴忌耸了耸肩，这时一群年轻人走到吧台收银处，林霄笑容可掬地走过去，非常罕见地，其中一个年纪稍长的人竟掏出纸币结账。吴忌特别留意了一下这个人，此人半长头发，眼睛非常小，鼻子发红，因为有些龅牙，加之身高中等，身形偏瘦，所以给人一种猿人的感觉。他似乎发觉有人在盯着他看，于是向吴忌这边瞄来，吴忌立刻扭头，背向“猿人”，躲过了和他打照面。

待到这伙人走了之后，吴忌问林霄要那个“猿人”用过的纸币，林霄把其中一张一百元纸币递给吴忌，说："这钱都长一个样，有什么好看的？"

吴忌把钱移到光源处，仔细端详了一番。

"该不会是假币吧？我靠，这年头没有人用纸币结账，我就把验钞机给撤了，早知道我就……"

"放心吧，是真的。"

"哦，是真的就好，那你在看什么？"

"看有没有白粉的痕迹。"

"啊？这都能看出来？"林霄听得莫名其妙但又莫名兴奋，"这是什么黑技术？快说来听听！"

"你真的很好骗。"吴忌不禁笑起来，"我跟你开玩笑的，要是这都能看出来，还要警察干什么。"

林霄有些生气地收走了吴忌见底的杯子。"枉我这么相信你……耍我。"

再见陌路

从凯利琼斯酒吧出来的时候已经凌晨两点了，吴忌总共喝了三杯吉布森和三杯威士忌，这个量刚好让他有种微醉的感觉，也刚好能平衡他脑中疼痛的幻觉。但幻觉虽然消退了，现实中的噪声却并没有减少，没走几步，不远处皇冠酒吧的喧闹声便飘进了吴忌的耳朵。吴忌烦躁地皱了皱眉，压低帽檐，脑子里忽然冒出一个奇怪的画面，他“看”到林茹雅在皇冠酒吧独自喝闷酒，才一杯下肚就头晕了，这时旁边一个“好心”的女人给她递了一颗黄色的药丸，说：“姑娘，吃一颗解酒药吧，头很快就会舒服了。”

吴忌马上意识到这是他大脑的潜意识反应，源自于晨告诉他林茹雅是如何染上毒瘾的——不过这还有待考证。既然如此，为何不现在就去考证一下？虽然不能确认林茹雅就是在皇冠酒吧染上的毒瘾，但反正都到门口了。

跟去年来的时候一样，皇冠酒吧的灯光永远是昏暗的玫红色，音乐永远是从劣质音响发出的狂躁舞曲。里面的人好像也从来没有换过，总有那么几个一年四季都穿夹克衫外加破洞牛仔裤、骨瘦如柴的小子，和一年四季都穿着低胸领无袖衫外加超短皮裙、化浓妆的女人。这里虽然有室内禁烟标志，但过了午夜两点，那个标志基本成了装饰，所以此刻的皇冠酒吧内烟雾缭绕，熏得吴忌眼睛红肿。他快速穿越过人潮拥挤的舞池，来到吧台。

酒保叫小鬼，常年顶着一个爆炸头，吴忌怀疑那或许是个假发，他个子不高，油嘴滑舌，人精中的人精，一眼便认出了吴忌：“哦，是吴大侦探，什么风把您吹来了？”他知道吴忌通常不来这个酒吧，如果现身一定不会是什么好事。

吴忌朝小鬼钩钩手指，示意他靠近，小鬼嬉皮笑脸地凑过来。“向你打听个人。”吴忌从口袋里掏出手机，翻出林茹颂的照片，“见过这个女人吗？”

小鬼盯着照片看了足足五秒钟，然后摇摇头。“没见过，不认识，她什么来头？”

吴忌盯着小鬼也足足看了五秒钟，然后微眯眼睛道：“小鬼，你撒谎，你见过她是不是？”

小鬼眨了眨眼睛，嘴咧得更大了。“吴忌，我真的不清楚，我就一个小酒保而已，我之所以能在这一直做酒保就是因为眼神不好使，记忆不好使。但凡我要是聪明点，也就不会在这混了，对吧？”

吴忌点点头，又摇摇头，然后拍了拍小鬼的背，起身走了。

林茹雅来过这个酒吧，这一点错不了。但她来过皇冠酒吧不代表是在这里染上了毒瘾，里面有千万种可能性。

吴忌思索着从烟雾缭绕的皇冠酒吧走了出来。初春的夜风料峭，吴忌只罩了一件薄薄的皮夹克，不禁打起哆嗦，寒冷又往往与饥饿相伴，于是在冷风和空肚的双重压力下，吴忌想到了马昭事务所楼下那条夜宵街，想到了那里温暖美味的烧烤。他拦了一辆出租车，往夜宵街而去。

吴忌选择了上次吃过的摊位，点了跟上次一样的烧烤。在吃的空当，他时不时朝马昭的事务所看去，上面一直亮着灯。于是吴忌决定吃完夜宵后去拜访一下马昭。

吴忌敲了三次门，没有人应。难道马昭不在？但他的事务所却亮着灯，或者他出门的时候忘了关灯？吴忌又敲了三次，依然没有人应。吴忌突然觉得自己很愚蠢，大半夜地跑来敲别人家门，也没什么特别原因，于是他摇摇头准备下楼。但就在他迈步下楼的时候，他忽然回想起马昭对他说的一句话。

“……我觉得我跟你挺投缘的，有种……一见如故的感觉。”

不知为什么，吴忌特别不喜欢初次见面的人对他说这句话，因为这句话的下半句是……

吴忌从裤袋里掏出一串开锁工具，准备不请自入。这串开锁工具连同一副新的塑胶手套和塑料鞋套常年放在吴忌的裤袋里，随他出门。

马昭用的是一个老式的密码锁，这是吴忌没有想到的，一个堂堂的侦探竟然只安装了这样一个密码锁护家。这么疏于防范，看来他实在不怎么适合当侦探。但转念一想，或许马昭觉得家里没什么值得偷的东西，所以也懒得换一把安全系数更高的指纹密码锁；又或者马昭觉得如果真的有人要撬门进他家，他不管装什么都拦不住，所以索性安了一个简单的密码锁。

吴忌小心翼翼旋开一个胶囊，里面装着一些白色的粉末，他把这些粉末撒在一把小刷子上，再拿小刷子在密码锁上轻轻刷了三下，带有油脂的数字上就沾上了白色粉末，这四个数字分别是一、二、六、九。吴忌突然觉得这几个数字很眼熟，它不正和马昭所在的这个老式公寓楼的街号一六二九号对应吗？

挺好，省去了试错的时间。

吴忌从裤袋里拿出一副白色橡胶手套套在手上，输入密码，不出所料，门“咔嗒”一声开了。他轻轻推开门，结果被眼前的景象镇住了：只见马昭被一根皮绳反绑在椅子上，双脚叉开与两条椅腿分别绑缚，胸口的血迹染红了黄色的丝绸睡衣，远远望去，像一朵绽放的深红色玫瑰花；他的面容扭曲，惊惧的双眼像廉价的玻璃弹珠镶在如石膏板一般的脸上。屋子内一片狼藉，鞋柜斜躺在地上，散落一地的皮鞋和运动鞋；桌子上的电子闹钟、笔筒、收纳盒东倒西歪；靠近文档柜的地方，白纸洒落一地，文档柜下面的保险箱已被打开，里面空空如也……

这迹象明显是有人翻箱倒柜过。吴忌把塑料鞋套套在脚上，走进屋内。

吴忌在马昭的事务所内来回走了一圈，他的事务所不大。除了卧室也有被洗劫的迹象，其他地方都保留了原来的模样。吴忌仔细观察了一番马昭的尸体，推测死亡时间大约在五个小时前，也即吴忌从鬼街刚逃出的那会儿。

吴忌没有发现任何值钱的东西，由此可以推测出两种可能，一种是马昭本来就没有什么值钱的藏品，第二种是这些藏品都被拿走了。吴忌首先排除了入室盗窃的可能。因为通常入室盗窃只为财，但凡遇上主人回家，盗贼首先是选择逃跑，而不是杀人。只有很少一部分盗贼极度凶残，会直接杀害主人，但如果是这样的人，他们通常会选择更加利落的杀人手法，比如一刀直接把人砍死，而不是先把人五花大绑再杀之。

所以这不是入室盗窃，那会是黑帮仇杀吗？吴忌从老 K 那知道，有两帮人都在找马昭，会不会是马昭被黑帮的人找到了，然后被杀害了呢？于是吴忌拿出手机打电话给老 K，铃声响了三下之后，通了。

“大侦探，我以为全天下只有我不要睡觉，没想到你也是。”老K在那头兴奋地说道，背景声很嘈杂，吴忌分辨不出老K在哪个酒吧或俱乐部混。

“老K，问你一个事，你知道找马昭的那两波人是为了什么吗？钱还是别的？”

“好像是钱，是两个放高利贷的黑帮在找他，他好像赌球输了，背了一身债。”

“消息可靠吗？”

“什么？吴忌！你竟然怀疑我！”

听到老K这么生气地回应，吴忌知道这个消息的可信度非常高。“好的，了解了，你继续玩。”说罢，吴忌挂了电话。

根据老K的消息，吴忌也排除了黑帮仇杀的可能，因为如果是为了钱，黑帮是不会选择杀人的。把人都杀了，找谁要债？

所以，吴忌认为这十有八九是私人恩怨结下的仇杀，这个范围就广了，吴忌不认为自己应该蹚这趟浑水，于是他准备离去，却又被脚下的一堆纸吸引住了。吴忌蹲下身，定睛一看，是委托合同，他摸摸下巴，然后翻起了这些凌乱的合同纸张。吴忌把所有地上的和文档柜上的委托合同都翻了一遍，最后皱起眉头，并没有找到他想要的。

临走吴忌把密码锁上的白色粉末擦干净。出了公寓楼，他给于晨打了一个电话，铃声响了很久才接通，那边传来睡意蒙眬的声音：“吴忌，你……醒得也太早了吧。”

“哦，我还没睡呢。”吴忌回道，“不过你该醒了。”

“才五点多，我醒来干什么？去公园打太极吗？”

“有人死了，北港区万航路一六二九号三楼三〇一室。”说罢吴忌挂了电话，这时手机显示电量过低，于是他顺手将手机关机了。于是，于晨再次拨打吴忌的手机，就被告知对方已关机，他大叫着从床上跳下，开始他忙碌的一天，当然不是从打太极开始。

碎片

吴忌回到家的时候已经是清晨六点半，离上一次泰山吃饭已经过了十二个小时，吴忌赶忙给泰山倒了一盆狗粮，以安抚它躁动的肚子与心灵。待狼吞虎咽之后，泰山踏着满足的步子奔向主人，却发现主人的脸色不大好，只见他怒气冲冲地将桌上的一张纸条揉成团扔进了纸篓，然后迅速打开电脑，调出装在门外的隐形摄像头的摄像记录。记录显示几个小时前，有三个身着黑色夹克衫，头戴棒球帽，脸上架了一副黑色大墨镜和大口罩的男人曾撬开门进来过，因为他们全副伪装，所以看不清模样。吴忌盯着这三个男人，泰山盯着吴忌，如此三分钟后，泰山见主人泄气地走进了卧室内的卫生间，再然后就听到了哗哗的水声，它知道主人在洗澡了。

泰山在屋子里转起圈，然后跑到纸篓旁嗅了嗅，那揉成团的纸张因为弹性变形，又慢慢展开了一些，只见上面写着：

别再找阿珍。

PS：你家的狗很漂亮。

从浴室出来后，吴忌裹着浴巾坐在床上发了一会儿呆，泰山走到吴忌脚边，用身子磨蹭了一番。于是吴忌将泰山抱起放到腿上，温柔地抚摸它的背。泰山服帖地蜷缩在吴忌的腿上十分享受，不知不觉睡着了，然后开始做梦。它梦到吴忌带它去兜风，它蹲坐在副驾驶座，头趴在车窗上，开心地张大嘴巴，任清风吹拂过自己湿漉漉的舌头，那感觉真是棒极了。

吴忌脑中不断交织闪现一些碎片图像，身着红裙染着棕发的林茹风孤独地站在锡安繁华的十字路口、身着白裙留着披肩发的林茹雅绝望地坐在地下室的书桌前、身着绿裙扎着丸子头的林茹颂无助地躺在福兰旅馆的单人床上……吴忌在脑海中试图将这些碎片拼到一起，却发现几个碎片之间无法完美咬合，仿佛它们不属于同一个系列，但它们之间明明是有联系的。

这时，他的耳边响起一句话，但声音来自两个人："……有种……一见如故的感觉。"它分别来自林茹颂和马昭，而马昭再见的时候已是陌路……想至此，吴忌突然停下了穿衣的动作，他想起了王泽易的姤卦卦爻辞：女壮，勿用取女。回想着王泽易的解说，吴忌脑中的所有拼图被重新打乱，三姐妹形象的碎片也被打碎。最后，当王泽易的解说结束的时候，吴忌脑中的碎片被重新放到了拼图板上，这一次它们完美地结合在了一起。

只差一个碎片，这幅拼图就完整了。

而找到这个碎片唯一的办法就是再去一趟鬼街。

“当然，就算不是为了这个碎片，我也会再去一趟。”吴忌俯身摸了摸泰山的背，朝它微微一笑，然后罩了一件厚实的墨绿色夹克衫便离开了卧室。

鬼三的影子

“林小姐，早上好。”

“早上好，吴忌。”

“昨天睡得好吗？这么早没把你吵醒吧？”

“没，没怎么睡，有什么事吗，吴忌？”

“没什么，你毕竟曾是我的客户，就是想打电话关心你一下。”

“哦，谢谢你，吴忌。”

“警察已经结案了，你应该收到通知了吧？”

“对，我昨天收到通知了。”

“你不是怀疑你姐姐不是自杀吗……”

“哦，我当时太激动了，有点胡说八道，既然警察也说是自杀，我还能说什么呢？我想警察是不会错的，我相信他们。”

“你真是一个好市民啊，对了，林小姐，你还记得上次你来找我的时候，我的好朋友泰山吗？”

电话那头迟疑了一下，然后回应：“当然记得。”

“你上次跟它很聊得来，你说刚到锡安，不知道哪里好玩，它说它可以带你逛逛，后来你们联系了吗？”

电话那头再次迟疑了一下，然后传来爽朗的笑声。“吴忌，你在开玩笑吧？泰山……泰山明明是条狗，还是我带它出去散步比较好吧。”

吴忌也笑了：“呵呵，说的也是，林小姐，你记性不错，那你还记得你离开我的事务所时说的最后一句话吗？”

“这……吴忌，我刚刚被你吵醒，昨晚睡得也不是很好，脑子还转不过来，我记不大清楚了，等我睡醒后再想可以吗？”

“当然可以，那我就不打扰你睡觉了，再见，林小姐。”说罢，吴忌挂了电话，这时他的车已经开进了一条小巷，小巷两边都是些卖各种杂牌电子产品和修手机的小店面。吴忌把车停在小巷尽头，走进其中一家。

他是一个黑客，因为崇拜人工智能鬼三，所以自称鬼三的影子，简称鬼影。因为常年不出店门，年纪轻轻就患了老年人中常见的骨质疏松症。他双腿不残疾，却喜欢坐轮椅，因为这样不用走路，省时省力。他十九岁就白了头，佝偻着背，肩膀支棱着，看起来瘦骨嶙峋，惨白的皮肤毫无血色，除了他不爱睡棺材以外，整个人跟个吸血鬼差不多。吴忌第一次见到他的时候，还以为他是个小老头，但他实际才二十三岁。

“鬼影，”吴忌拎着外包装上写着龙记面馆的外卖走到鬼影跟前，“看我给你带了什么。”吴忌将外卖在鬼影前晃了晃，鬼影的注意力从电脑屏幕移到了外卖塑料袋上。

“哈，是龙记面馆！”鬼影非常喜欢吃这家店的番茄牛肉面，吴忌投其所好，临出发前买了一份。感谢龙记面馆的店主人，从早上六点开始到晚上十二点，一天营业十八个小时，才能让吴忌和鬼影这种作息时间不定的人能吃到热乎乎的面条。

鬼影嘣了一口面条，喝了一口汤，乐呵呵地说：“你无事不登三宝殿，说吧，要我帮你干什么？”

吴忌拖了一把椅子坐下。“我要去一趟鬼街，那条鬼街，我需要你帮我写个伪装代码，不被识破的那种，在锡安我想只有你能写出。”

“那倒是。”鬼影毫不谦虚地点点头。

吴忌在手机里翻出一张照片。“你就按照这个样子写。”只见照片上的男人烫了一头时髦的卷发，笑眼迷人，鼻梁高挺，红唇微启，模样帅气阳光。

“他是谁？”鬼影问。

“哦，我的一个好哥们，林霄。”

鬼影呵呵笑起来：“不知道的还以为是仇人呢，你就是这么出卖哥们的啊。”

“他不会介意的。”吴忌说这句话的时候已经预见到林霄事后会怎么样对他大吼大叫，不过他知道林霄最终还是会原谅他的。他在手心上照着手机上的数字信用卡抄下了一张林霄名下的信用卡的卡号，这是他的一张附属信用卡，是吴忌开始做侦探后向林霄讨要的。他对林霄说这是一个侦探的必要装备，林霄看在吴忌和他从小发展起来的坚韧不拔的友谊的分上，应了他的要求。

“你去鬼街干什么？”鬼影一边吃面条，一边已经开始敲键盘。

“查点事。”

“在鬼街上做买卖的都不好惹，你已经不是警察了，这样单枪匹马去会有生命危险呢，硬汉。”

“我已经被威胁了。”

“什么？那你还去？”

“确切地说他们是用泰山威胁我。”

“什么？他们敢打泰山的主意？一群不要脸的王八蛋，那你一定要去。”

“我也是这么想的。”

接下来鬼影没有再说话，吴忌知道他正沉浸在代码的世界中，所以也不再打扰，静静地在一旁等待。

这时，吴忌的手机振动了，来电人是于晨，他立刻走到外面接电话。这个点小巷里零零星星只有几家店还开着门做生意，大部分是关着的，显得很孤独。

“吴忌，我在马昭的事务所了。死者叫马昭，是……”

“不用介绍，我的同行。”

“那我就直接问你了，你怎么知道他死了？”

“我进去过他家，在他死了之后。”

“吴忌你胆子也……但是你好端端地潜入他家干什么？”

“潜入这个词太难听了。大概凌晨四点半左右，我在他家楼下的夜宵街吃夜宵，看到他家一直亮着灯，因为好奇就上去敲门，结果没有人应。”

“没人给你开门，你就自己闯进去啊？你这是什么逻辑？”

吴忌回以呵呵一笑。

“好吧，我跟上面说我是接到一个网络虚拟电话报案，你可别穿帮了。”

“哦，我没想到你帮我撒谎了。其实也没必要撒谎，你照实说也没事，只不过现在这样更省事。那你们有什么发现吗？”

“马昭家值钱的东西和现金都被拿走了。他的致命伤是胸口那一刀。死亡时间在今天凌晨十二点左右。”

“除了这些呢？”

“目前还没有，现在技术队还在搜集指纹等物证，等到化验结果出来估计要一些时间。”

“于晨，你不能太依赖技术队的证物报告，你应该多学会观察和推理，证物是用来给罪犯定罪的。”吴忌停止说教，问道，“根据你现在观察到的，你怎么看这个案子？”

“我猜这会不会是入室抢劫杀人？”

“再给你一次机会。”

“黑帮上门仇杀？”

吴忌叹了一口气。“要我说这一来不是入室抢劫杀人，二来不是黑帮上门仇杀，这很有可能是熟人作案，且罪犯是个女人。”

“什么！”于晨几乎是大叫起来，“你从哪里看出来的？”

“我不解释前两种被我排除可能性的原因，你自己慢慢去体会，我只说最后一种我认为的可能性。我认为马昭很有可能是被一个女人忽悠玩 SM 性虐待游戏，所以才会心甘情愿被绑成那副德行的。如果对方是个男的，就不需要把马昭绑起来再下手，他可以直接一刀杀了马昭，但女人力气小，她怕到时候杀不了马昭，反被他杀了，所以她才忽悠马昭玩这个，把他绑起来再下手，最后顺手拿走了马昭的一些钱财和手机。她或许有想要伪装成入室抢劫杀人的想法，但显然手法不太高明，所以整个杀人事件并非事先精心策划，很有可能是冲动杀人。”

“这年头千万不能得罪女人。”

“你这话说的，应该是什么年头都不能得罪女人。”吴忌说到这，听到店里面有了些动静，于是他挂了于晨的电话，并再次关机。

吴忌走回鬼影身边，鬼影正在伸懒腰。“好了，你现在就要进去吗？”

吴忌点点头。于是鬼影递给吴忌一个 VR 眼镜，让吴忌戴上，然后输入一串 IP，这与吴忌自己进入鬼街时的入网 IP 不一样。

“走。”鬼影按下回车键，吴忌顿时觉得自己仿若坠入深海，待到再次喘过气来时，已经出现在鬼街上。

很好，这次直接出现在了亚洲人地带，吴忌没入人海。

饵

同样昏暗的灯光，同样迷离的背景乐，大概是今天周末的缘故，这个点——早上九点——来逛鬼街的人的数量跟之前半夜的时候竟差不多，不过吴忌隐隐觉得黑衣保镖似乎增多了不少。

吴忌游走在各个小型圆舞台周围寻找小美，他知道小美的价格比较低，所以在一些手头比较紧的嫖客中间很有市场。这时吴忌看到了一个眼熟的嫖客，那正是九个小时前因吴忌眼疾手快抢下小美而错失良机的两个嫖客中的一个。吴忌听说过很多色欲熏心的男人会三天三夜泡在鬼街不肯离去，他之前还觉得三天三夜未免有些夸张，但现在看来，那并非不可能。此时，这个嫖客正紧紧盯着一个兔女郎出神，他肥嘟嘟的手停在半空中蓄势待发，吴忌瞄了一眼那舞台上的兔女郎，她不是小美，但是会不会……

吴忌挤到那位嫖客身旁，轻轻推搡了一下他，他立刻蹙眉瞪视吴忌："喂，没看到我站在这吗？"吴忌弯嘴一笑："不好意思，我也被别人推了一下。"说话间，舞台上的兔女郎消失了，"哦，哦，下一个应该是……"嫖客立刻兴奋起来，可兴奋不过三秒，他就失望了，转而是愤怒，"喂，你是故意的吧！"他肥嘟嘟的手一把揪住吴忌，吴忌按下按钮的手移到嫖客的手上，"你真的要和我打架吗？"说着吴忌将嫖客的手指一根一根掰开，手劲之大使得嫖客的脸因疼痛而扭曲了，然后他重重一甩，离开了。

“名字。”

“林霄。”吴忌在楼梯口刷卡，再次遇到那个文身男，这次他换了一套不同颜色的西装，领结改成了领带，不过那副眼镜和手表没变。

“支付方式？”

“信用卡。”

“卡号。”

吴忌照着手心上抄的卡号念了一遍。

“有密码吗？”

“有。”

文身男把刷卡器递给吴忌，吴忌输入密码，两秒后，刷卡器上的灯闪了一下后，转账成功，文身男朝吴忌笑了笑，露出满意的神色。“林霄……玩得开心。”

吴忌根据刚才小美在耳边低语的房间号码走到了指定房间门口，这回是四号。

跟九个小时以前的着装一样，小美依然穿着带流苏的皮质比基尼。如果小美工作了九个小时以上没有休息，吴忌可以想象现实世界中的她有多么疲惫，但在虚拟世界中，小美的脸上看不出任何倦容，皮肤依然吹弹可破，胸部和臀部也翘得可以顶住一根铅笔。

“林霄小哥哥。”小美娇滴滴地唤了一声。

吴忌不禁想要窃笑，如果小美改唤“吴忌小哥哥”，估计吴忌的反应会是一阵电流涌过全身，但小美却喊了林霄的名字，这让吴忌顿觉出戏，还有种莫名的滑稽感。

吴忌忍住嬉笑的冲动，发挥演技，明知故问："你叫什么名字？"

"小美。"小美说话间抖了抖酥胸，带动流苏跟着摇晃。

吴忌没有别开视线，露出微笑。"小美，我在鬼街逛了一晚上了，对这种有点视觉疲劳了，其实……我想要来点真的。"

"说起来我也饿了，我还没吃早饭呢，今天特别忙，连休息一会儿的时间都没有。"小美轻轻打了一个哈欠。

"那正好，我打听过你本人在锡安，我正好也在锡安。我可以请你早饭，然后你再帮我降降火。"

"哈哈，"小美又笑了，"我以为你想先降火再吃早饭。"

"如果你能扛得住饿的话，我倒是希望按你说的这个顺序来。"

"你说话可真逗。"

"我一向都特别尊重女性。"

"可我是女性里最下等最低级的，我是妓女。"

"让你变成妓女的是像我这样的嫖客，是你背后的老板，是你落魄的生活，我有什么理由看不起你？"

小美没有再说话了，片刻之后，她再次露出微笑，这回她说话的声音不再娇嗔，吴忌觉得这或许是她原来的说话方式。"好吧，你稍等我一下。"

说罢，小美下床，走到柜子旁，拿起老式电话机的话筒，拨了一个号码，她对着号码说明了一下情况，然后拿着话筒等了一会儿，十几秒之后，她点了点头，挂了电话。

“我老板说你的身份没有问题，我可以跟你出去，上门服务的价格是我现在睡一晚的五倍，租车费另付，这些你都知道的吧？”

“当然。”其实吴忌根本不知道，但小美在虚拟世界中的价格是一百五十元一次，所以五倍也就是七百五十元，这点钱吴忌还是出得起的。

“给我一个地址吧。”

“你喜欢吃面吗？”

“什么？”

“面，面条。”

“还行吧。”

“那我们就在龙记面馆见面吧，北港区新元路五五〇号，我先请你吃碗面，然后我们再干正经事。”

小美娇媚地斜眼瞄了一眼吴忌。“你花头真多，龙记面馆是吧，可以。”

“我大概四十五分钟后可以到，你呢？”

“我也差不多。”

吴忌看了一眼柜子上的电子闹钟。“那我们就约定十点钟吧，我怎么找你？”

“你把手机给我，我会打给你的。”

于是吴忌报了一个手机号码，一个他在鬼影那儿买的号主根本不存在的手机号码。

“那待会儿见。”小美凑到吴忌嘴边，冷不丁亲了他一口，软软的嘴唇在吴忌嘴上留下红印，这种感觉是那么真实，真实到吴忌不禁全身一阵酥麻，这种感觉又是那么虚假，因为距离他上一次与女人亲吻已经过去将近四年了。吴忌立刻制止大脑开启回忆模式，强行将那个女人从自己的脑中剔除出去。回忆不能打开，一旦打开，另一个幽灵一般的女孩——宋茵就会再度徘徊在吴忌脑海，他会再度回想起因为自己的错误导致宋茵在自己面前爆炸身亡的画面，这种折磨令他生不如死……

虎穴

当手机上的时间跳到十点整的时候，站在龙记面馆斜对面的一家便利店里头的吴忌看到一个女孩走进了龙记面馆。她穿着一条淡蓝色的连衣裙，外罩了一件深蓝色的风衣，半长头发蓬松齐耳，如果去除掉黑眼圈，皮肤再保养得好一点，她其实长得挺水灵。她年纪应该不大，大概在二十二岁左右，正是女孩从校园走向社会的时候。

这时吴忌的一个老式平板手机震动了，一个陌生的号码，吴忌透过玻璃窗往外瞧，那个女孩正在打电话，看来就是她了。吴忌没有接电话，反而关了机，然后静静地观察小美接下来的反应。

小美显然很不开心，头一个电话过去没人接，再打过去就关机了。她在面馆里面转悠了一圈，这个点在面馆吃面的人不多，一个店长，一对老夫妻，一个妈妈带着孩子，不算门口会根据感应随时出现的虚拟服务员，那就只有五个人。小美不相信那对老夫妻中的老头会是嫖客林霄，所以她又走到外头东张西望了一番，干等了几分钟，最后她再次走进面馆，点了一碗牛肉面。五分钟后，面到了，十五分钟后，她吃完面，店里除了她以外还是那五个人，没有增减。于是在十点半左右她离开了龙记面馆。在确认她后面没有其他“尾巴”之后，吴忌尾随而去。

跟踪是一门技术活，通常它需要两个或两个以上的人配合完成，但如果被跟踪之人警觉性不高，没有受过什么反跟踪训练，那么一个老练的跟踪者也可以单独完成。小美属于那种警觉性不高的被跟踪者，而吴忌刚好就是一个老练的跟踪者，比如他事先已经在龙记面馆附近安排了一辆出租车，并让司机跟他保持通话，同时他把自己的车停在了便利店门口。在外表上，吴忌比平时多戴了一副黑框眼镜，不能再多戴口罩或其他掩饰物了，否则会弄巧成拙。

小美从龙记面馆出来的时候，想都没想就向那辆事先安排好的空出租车招手。而当她说出目的地的时候，吴忌也同步听到了，然后他发动引擎，小心翼翼地驱车跟了上去。

目的地让吴忌有些吃惊，水榭花都小区——如果不是重名的话，就是苏岚所在的那个小区。吴忌不禁在脑中想象如果苏岚知道她住的附近窝藏了一个犯罪老巢会做何反应。

大约开了半个小时，两辆车先后抵达了水榭花都小区。吴忌把车停好后跟着小美走进了小区，他看着小美走向六号楼，而他知道苏岚住在旁边的八号楼。有那么一刹那，吴忌想打电话给苏岚，让她下来帮个手，但他马上意识到此时苏岚正在巴西。

小美走到六号楼门口的时候，按了一个号码然后等待楼上的人开门，因为有些距离，吴忌看不清她按了哪个房间，等待的空当，吴忌给于晨发了一条消息，同时向小美靠近：

水榭花都小区六号楼有情况，可能是个淫窝，快带人来。我正在跟踪，不方便接电话。

门开了，小美推门进去的时候，吴忌也立刻跟着走了进去，他装作同一楼的房客站在小美身后。

电梯迟迟不来，但吴忌不着急，他悠闲地玩着手机，小美一点都没有察觉身边的人就是十几个小时前和她在鬼街同处一室的男人。电梯到了，走出两个人，小美走进去，吴忌也跟了进去。小美按了二十三楼，吴忌按了九楼，但其实他不想按九楼，因为王泽易曾跟他说数字九对他不吉利，可他已经随手按下了，再改，又错过了恰当的时机，于是吴忌只好将就了。

九楼一下子就到了，吴忌走出电梯，电梯关门后，吴忌转身立刻按了上行键，等电梯的时候，他给于晨再发了一条消息：

确认六号楼二十三楼。

没一会儿工夫，电梯到了，电梯门徐徐打开。

就在开门的刹那，吴忌认出了电梯里的四个穿着黑色皮夹克的男人，他非常后悔自己按了九楼，同时又对王泽易的算命占卜能力佩服得五体投地。他即将迈进电梯的脚迟疑了一下，接着往后退了一步，继续低头佯装玩手机。

电梯门开了一会儿后，开始自动关闭，它关门的速度属于正常速度，但在吴忌看来它是那么慢，慢到时间仿佛静止了。他提醒自己不要慌了手脚，它总会关上的。

三秒后，它终于关闭了，吴忌松了一口气。可这口气才呼出，电梯门再次缓缓打开，吴忌愣了一下，然后他看到为首的那个男人猛地踹了他一脚，紧接着后面的两个男人从左右两边夹击，分别拽住吴忌的两只胳膊，拽得死死的，而第四个男人又挥起榔头一般的拳头捶在了吴忌胸口，这一拳力道着实猛，吴忌顺势咳出一口血。就在吴忌准备反击之时，他的后脑与某种金属物质撞击在一起，帽子和黑框眼镜掉落，眼前一片白光闪过，然后就像电脑死机般黑屏了。

在他的大脑失去意识前，吴忌看到为首的这个龅牙小眼“猿人”正在撸起袖子，而他的左手臂上文了一个显眼的文身——Dark Sabbath。

于晨和老常带搜查队到达水榭花都的时候已经是下午四点半。从于晨上午十一点半接到吴忌信息的这五个小时里，于晨花了三个多小时说服杨杰让他亲自带人去现场察看，剩下的一个多小时则耗在了拥挤的交通上。

老常从物业那得知二十三楼都租出去了，他拿到六个业主的信息，然后一一联系，得到六个租客的信息。根据租客的信息再一一核实后，于晨得到几乎一样的回答。原来这六个租客只管租房，本人并不使用这些房间。他们都是被一个叫徐老师的人雇用去租了这六个房间，但这六个人之间又相互不认识。

由此于晨更加确信吴忌的消息十分可靠，只是五六个小时过去了，吴忌再也没有向他发来任何消息，而他发过去的消息也没有得到吴忌的任何回应，这让于晨有些担忧起来。

搜查队来到二十三楼，破门进入一个房间，于晨大吃一惊。这间客厅被改造得像个小型摄影棚，但明显是那种拍摄黄片的摄影棚，因为正中央放着一张双人铁床，上面放了许多手铐、鞭子、皮带等道具，书房有五台计算机还开着机，但里面的资料已经全部被拷走清除。两间卧室中一间放置了如学生宿舍一般的上下铺木床，可以容纳至少八个人；另一间则放置了两张单人床，还配有衣柜，床头柜上放了一个烟灰缸，里面的烟屁股快从烟灰缸里溢出来了。

不出所料，六个房间的构造完全一样。于晨猜测这六个房间里很有可能各关了八个妓女，每间房至少有两个人日夜看守着。但这里顶多是个淫窝，绝对不是罪犯的老巢，因为组织的头是绝对不可能和妓女睡同一个地方的。

缠斗

吴忌醒来的时候，发现自己被五花大绑地塞在一个逼仄的空间内，嘴巴被胶带紧紧封住，周围一片漆黑，偶尔能感觉到一阵阵的上下颠簸。意识逐渐清醒的同时，他感到后脑被一种灼烧感断断续续地侵袭。吴忌回想起他从公寓楼的电梯出来的时候，模模糊糊记得电梯口放着一个小型的金属制垃圾桶，在后脑上留下疼痛的烙印的应该就是它了。

这时，他听到类似轮胎碾压过石子路发出的摩擦声，又过了几秒钟，他的嗅觉渐渐恢复，他闻到了一股熟悉的气味，混杂着汽油、皮革、橡胶、塑料的气味，那是车的气味，还是新车特有的气味。由于嘴巴被胶带封住，他身上唯一的换气口就是那两个鼻孔，而由于他长时间侧躺，血液和鼻涕在重力作用下将朝下的鼻孔给堵住了，两个出气口变成了一个。在这样严苛的呼吸条件下，刺鼻味道被不断放大，熏得吴忌胸口阵阵恶心，大脑嗡嗡鸣响。

当吴忌感到摩擦声将会无休止持续下去的时候，声音突然静止了，连同车的颠簸也停止了，然后一道微弱的光线随着车的后备厢打开而洒了进来，洒在吴忌的脸上。

两个体格健壮的男人把吴忌抬了出来，鼻孔跟外界空气接触的刹那，吴忌猛地吸了一口气，那被堵住的下鼻孔倏然通了，新鲜的气体在吴忌体内循环一周，所到之处，细胞无不欢呼雀跃。吴忌有种重生之感，但重生还不过一秒，他发现这空气虽然新鲜，却夹杂着一股腐臭味。吴忌还来不及分辨这股臭味来自哪里，其中一个男人用刀割开了吴忌脚下的绳子，然后推着吴忌往前走。这两个男人吴忌认得，就是在电梯口一左一右架住他胳膊的那两个人。

此时天色已黑，借着其中一个男人手上手电筒的灯光和前车灯灯光，吴忌瞥了瞥四周，目之所及杂草丛生，路面仅铺了一层石子，并未浇水泥，不远处有几幢零散分布的低矮楼房，没有任何高楼，看来已经出了锡安市区，加之这空气中弥漫着的酸腐臭气，莫非这里是锡安郊外的某个垃圾场附近？

这时，一个身影走到车灯下，吴忌一眼就认出了他，龅牙小眼“猿人”，那个在吴忌肚子上踹了一脚的家伙，他刚才到暗处撒尿的时候有黑暗为他掩护，吴忌没有察觉。

“猿人”朝吴忌努了努嘴，拿手电筒的手下立刻为吴忌撕去嘴上的胶带，吴忌没有说话。

“吴侦探对吧。”“猿人”的声音倒出奇地好听，跟他丑陋的外表不相称。

“叫我吴忌就好了。”

“呵呵，我已经很少去鬼街亲自监工了，但这周我就去了两次，结果被我撞到你，我们还挺有缘的不是吗？”“猿人”走近了几步，“你没看到我在你家留的纸条吗？”

“原来是你。”

“我不喜欢警察，但我更讨厌侦探，他们往往比警察还烦，无序、不受制约、自以为是，跟苍蝇差不多。”

吴忌耸了一下肩膀，露出一个无奈的表情。

“他们大部分都很愚蠢，我以为你会稍微聪明一点，但你还是和他们一样，我给过你一次机会，让你不要再查下去，但你显然没有重视我的话。一个不懂礼貌的人，比愚蠢还要致命。”

此人的谈吐给吴忌一种知识分子型罪犯的感觉，吴忌遇到过一些知识分子型的罪犯，他们总有一套自己的诡辩逻辑和理论，但这些理论存在的价值仅仅是让他们心理上好过一点。

“我知道我不是特别聪明，但还不至于到愚蠢的程度，不过我们能不能别再讨论智商的问题？我想今天我是非死不可了吧？但是死之前你是不是还有什么问题要问我，不然我应该直接被宰了扔进垃圾场，而不是站在这里跟你聊天。”

“猿人”听完，嘴角动了动，他似乎想笑，但忍住了。“有点意思，死到临头还这么轻松，我确实想把你直接宰了扔进垃圾场，但就在刚才，我下车去撒尿的时候，我突然很想知道，你到底是接了谁的委托来查阿珍？如果不搞清楚你背后的那个人，我杀了你一个，还会有他妈的第二个侦探冒出来胡搅蛮缠。但是，”“猿人”又立刻提醒道，“你如果不告诉我，我也不会强求，我能揪出你一个，就能揪出第二个，这个问题不是你的护身符，别想拿它当你的谈判筹码拖延时间。”

“我还以为你想知道我是怎么找到你那儿的，没想到……”

“那确实也是我的另一个疑问。”“猿人”打断道。

“顺藤摸瓜啰，跟着小美不就找到了。”

“猿人”顿了一下，似乎在回想什么。“原来那个嫖客不是林霄，而是你。妈的，没想到你还是个高级黑客。”

猿人说到这，没拿手电筒的手下应了一句:“老大，我就说了，那个酒吧老板看着不像是会叫鸡的。他那长相，找个女人还不容易？如果真的叫了，也不会突然爽约的。”

“猿人”没有理会这个多嘴的手下。“我看你也爽快，一会儿我让他们对你也爽快一点。所以回到第一个问题，你的委托人是谁？”

“如果我告诉你我后面没有委托人，你信不信？”

“猿人”盯着吴忌看了几秒,露出满嘴的龅牙。“刚夸你几句，你就开始蹬鼻子上脸了，经不起夸奖可不好啊……吴忌。”

“你的反应告诉我你不相信。”吴忌气馁地耸了一下肩膀,“那你让我想想，我给你凭空编一个出……”

“来”字还没从嘴巴里出来，他的胸口就被没拿手电筒的男人捶了一拳:“别给脸不要脸，死到临头还贫嘴，当我们吃素的！”

“我说真话你不相信，我想说假话又不给我机会，真难伺候。”吴忌朝石子路旁啐了一口血水。

“猿人”又露出龅牙笑了起来。“我其实对你小子还挺喜欢的，上次在兔子洞和你第一次见面的时候，你的名字让我想起了我的表弟。”

“猿人”的这番话证实了吴忌的一个推测，他就是那个在兔子洞楼梯口戴着溥仪眼镜和劳力士手表的西装男。

“很巧，我表弟也叫Max,”“猿人”继续说，“所以我对你有种……有种……”他似乎在寻找合适的词汇来表达，“一见如故的感觉，因此我对你也算手下留情，只是在你家留了一张纸条，我甚至没有一刀宰了你的那条狗，认识我的人都知道我很喜欢吃狗肉，”他的话得到了旁边两个手下的点头确认，“但你太不识趣，没有领会我的好意。所以很遗憾，我们再见时只能……陌路了，动手吧。”“猿人”说罢朝手下使了一个眼色。

“等等。”吴忌往后退了一步，他还需要些时间，用来解开反绑住自己的绳子，“在我临死前，我能不能问你一个问题？就一个问题。”

“老大，别跟他废话了。”拿手电筒的男人粗声粗气地喊道。

但“猿人”很有耐心。“可以，你问吧。”

“为什么叫 Dark Sabbath？ 你的组织不是叫 Dark Sabbath 吗？”

猿人抿了抿嘴。“你一定是看到我手臂上的文身猜到的。”

“如你所言。”

“很简单啊，跟着我的人都可以不用再像普通人一样工作，在我这里，他们每一天都活得像在安息日一般，只不过这个安息日不是在光天化日之下的，它是在暗处的，在你们看不到的黑暗的地方。”

吴忌想起林霄解释 Black Sabbath 的乐队名时的那段话，跟此时“猿人”说的竟有异曲同工之妙。“那叫 Black Sabbath 不就好了？”

“我可不想 Ozzy Osbourne 从棺材里跳出来跟我打官司。”说完，他自顾自地笑了，再次裸露出一口龅牙，而此时吴忌的手已经自由了。这时他听到“猿人”下了第二次命令：“动手吧。”

话音刚落，没拿手电筒的男人不知从哪拔出了一把明晃晃的刀，抡起家伙就向吴忌砍去。说时迟那时快，吴忌突然张开双臂托住了男人的手，然后用力一掰，扭折了男人的手。大刀落地，发出清脆的哐当声，吴忌再顺势一个过肩摔，将男人制服在地。与此同时，一个不明飞行物伴随着一束光线朝吴忌砸来，吴忌敏捷地躲过并捡起了地上的大刀。那不明飞行物落地的时候，发出噼啪的碎玻璃声，吴忌瞥了一眼，原来是个手电筒。而当他意识到那是手电筒的时候，那原本拿着手电筒的男人已经连人带刀杀了过来……

回溯

“你说他们把刀藏哪了呢？怎么能突然就变出来呢？”林霄好奇地问。

“我猜应该是别在腰际。”吴忌拍了拍自己的腰，“用衣服这样挡着。大白天应该很容易发觉，但如果在晚上，就不太容易发现。”

“别在腰际？”林霄在吧台底下找出一根筷子，往自己腰带上一插，来回走了几步，“不舒服啊，不怕掉吗？”

“你又不是干那一行的，你当然会不舒服。道上有很多奇人异士，我知道有个家伙最擅长在嘴巴里含刀片，还是那种两面都是刀锋的锋利刀片，且又能照常说话抽烟喝酒吃东西。”吴忌喝了一口吉布森。

林霄摸了摸自己的腮帮子，然后惶恐地摇了摇头。“我做不到，我果然不是干那一行的料。那之后呢？你把那两个打手干趴下了之后呢？”

“我差点吃了一颗子弹。”昨晚惊心动魄的画面在吴忌脑海浮现，清晰可见，“我其实猜到了几分，那‘猿人’手上说不准会有枪。仅凭几把刀在道上走，没人会听你的。有枪才有威慑力。”

林霄微微颔首：“你们道上真是乱。”

“我就一个侦探，我哪儿也不混，顶多混你这个凯利琼斯酒吧。”吴忌辩驳说。

林霄狡黠一笑：“所以他朝你开枪，你躲过了，然后呢？”

“然后我就朝杂草堆里跑，当时太黑了，他根本看不到我往哪里跑，后来我听到车子的引擎发动声，我想他应该是掉头回去坐上车跑了。而我走了很久很久，终于走到了能叫到出租车的地方，然后我回到家洗了个澡，吃了碗龙记外卖的面，睡了一觉。”

“你还敢回家？你不怕他在你家等你？”

“哦，我回的是老家，我爸妈的家。泰山我早寄养在楼下房东太太家了。”

“难怪，吴局的家他们是怎么都不敢闯的。”林霄点点头，“那……他就这么把你放了？”

“他当然不甘心，我猜他当时的想法正如你说的，回老巢，再拉几个人去我事务所等我自动上门，但没想到他的老巢被于晨给端了，他自顾不暇，估计早跑了。就是苦了泰山，他不喜欢住在别人家。”吴忌说起泰山的时候，露出懊悔愧疚的神情。

“终于又绕回来了，所以于晨到底是怎么找到他的老巢的？”林霄迫不及待地问道，这是吴忌今天一到酒吧抛出的第一个话题，然后就开始讲述自己昨晚差点命丧郊区，智斗匪徒九死一生的故事。

“说出来连我都不信。”吴忌喝了一口酒润润喉继续道，“于晨赶到水榭花都扑了个空，因为‘猿人’在逮到我之后看到了我手机上发给于晨的消息，于是立刻把人都移走了。至于怎么移走这么多妓女，其实简单得不得了，他叫了一辆外面刷了搬家公司字样的卡车，然后假装搬家，大模大样地拉着一卡车女人出了小区。”

林霄不耐烦地打岔道：“这些事你不用给我解释，说重点。”

“你真不是一个好听众，我有我自己的讲解思路。”吴忌瞥了一眼林霄，“说到哪儿了？”

“‘猿人’拉着一卡车妓女挪窝了。”

“对，啊，林霄，你的总结能力提升了。”吴忌呵呵一笑，打了一个饱嗝，“所以于晨扑了一个空，但我的车不是停在小区里面吗？于晨一眼就认出了我的车，他上车后，在我车里发现了我的一个老式平板手机，开机后看到了来自同一个号码的七个未接来电和几条留言短信，短信内容不外乎是‘你还来吗？’‘我等你等了很久，你怎么还不来？’之类的。于晨毕竟是有一点警察的直觉的，结合我之前给他发的消息，他意识到我或许就是用这部手机和被跟踪人联系的，于是他立刻拿回队里，拉上技术队的人。”

说到这儿，吴忌喝完了吉布森，朝汉斯挥了挥手，示意再来一杯，然后接着说：“你知道吗？在‘猿人’的老巢里，于晨查获了许多毒品，你还记得我上次跟你怎么说的来着？看纸币上有没有白粉的痕迹。哈，竟然被我说中了！纸币可卡因重现江湖。”吴忌说罢，朝林霄眨巴了一下左眼，然后接过汉斯的酒，喝了起来。

“吴忌，于晨回队里拉上技术队的人之后呢？你能先结束上一个话题，再聊纸币可卡因的事吗？”

“上一个话题不是已经结束了吗？”

“哪里结束了？”林霄睁大双眼瞅着吴忌。

“哦，接下来就很简单了啊。只要往那个号码打一通电话，对方一接，技术队就跟踪到了那部手机的所在地，然后于晨就带队去剿匪了啊。话题结束。”

“话说老巢到底在哪儿？”

“其实知道答案再反推回去，会发现这个地方合情合理。”

“别绕弯子了！在哪儿？”

“一个小型影视城，到处是群众演员，突然从车上下来四十几个女人都不会有人起疑的地方。”

林霄恍然大悟似的拍了拍吧台桌子。“我们锡安原来还有这种地方？”

“有，我知道的至少有四个，都比较偏远，对于你这种从来不出市区的公子哥来说，不知道很正常。”

林霄摆摆手，眼神得意。“我哪里算是什么公子哥，瞧你说的，也就是有几套房，有几辆车，不愁吃穿而已。”

吴忌听到林霄对他自己的这番“中肯”评价以后，决定不告诉他自己曾用他的形象去鬼街召妓的事。

半个小时后，吴忌出现在锡安市刑侦支队的审讯室门口。

“小美就在里面。”于晨说道，“这次多亏了你，我才能破了这个大案，按你说的，我把小美给单独拎出来了。但是在那些女人里，我没有找到叫阿珍的，我听其他女人说阿珍已经死了，自杀死的。”

“你知道阿珍就是林茹风吗？”

于晨惊讶地睁大眼睛。

吴忌点点头：“你可以去通知林茹颂了。不，我看还是派老常去把林茹颂请过来一趟吧，我还有些事要跟她谈谈。她应该还没回老家吧？”

“她今天早上刚领走她二姐的尸体，拉去火化了，今天应该还在锡安。”

“很好，那‘猿人’找到了吗？”

“通缉令已经发出去了。”

“他叫什么名字？”

“他不是中国人，是墨西哥籍华裔，叫圣地亚哥·马尔什么来着，名字太长了，我记不住，但他们说他总是以徐老师自称。

呵呵，徐老师，不知道他怎么想的，怎么会取这种名字。”

“他的本名不是已经有个‘哥’字了吗？他跟其他罪犯不太一样，他还算有些教养，虽然长得难看了点。我猜名字带个‘老师’，容易跟女孩子套近乎。”

“这么说也有道理，他用徐老师这个名头骗了不少女孩入行。另外我们还剿了其他四个类似水榭花都小区里的淫窝，他们管这个组织叫 Dark Sabbath，黑色安息日，虽然组织规模不大，但很隐蔽，经营得也很好，他的小弟们户头上的钱都是上百万的。另外我们还在他的老巢缴获了一些毒品，量不大，他的小弟说他们不贩毒，只是吸毒，并唆使那些姑娘吸毒，以便更好地控制她们。所以在经营管理方面，他确实有一手，我总觉得 Dark Sabbath 这个名字很耳熟。”

“Black Sabbath，一个重金属摇滚乐队的名字。”

“哦，对对，我就说我哪里听过这个名字。”于晨恍然大悟，“吴忌，原来你也听重金属摇滚乐。”

吴忌没有回应这一点。

于晨继续说：“这个徐老师该不会是 Black Sabbath 的歌迷，所以跟着取了一个类似的组织名吧？”

“是不是他们的歌迷我不知道，但他说他希望所有跟着他的人都能活得像在安息日一般，活得像模像样。”

“这叫像模像样？亏他说的出口！”

“我想他说的是他的小弟，至于那些女人，只是他的赚钱工具而已。”

“我一定会抓到他的！这个混蛋！”

“那我进去跟小美聊几句。”

对不起

小美看到吴忌的第一句话就是“你果然是个警察。”

吴忌摇摇头：“我是一个侦探。”

“差不多。”小美拨弄着她的手指，心不在焉地回答。

“阿珍就是林茹风吧？”

“你知道还问。”

“我总得确认一下。”吴忌知道小美看似漫不经心的回答其实经过了她的深思熟虑，“她是怎么死的？”

“我的姐妹们不是告诉那个警察了吗？她自杀了。”

“为什么自杀？”

“这个……我就不知道了，她也没留遗书。但她自杀前有点疯疯癫癫的。”

“怎么个疯癫法？”

“她说她不是林茹风，还说是林茹风的三胞胎妹妹林茹雅，但是谁会相信呢？三胞胎，”小美咯咯一笑，“呵呵，如果我说我不是小美，是小美的双胞胎妹妹小丑，你会信吗？”

“你说小丑我不信，你说小丽，我倒会相信。”

小美再次咯咯笑了："你真逗。"

"所以你不相信她说的？"

"没人相信。"

"但她不是一进你们组织就这么声称的吧？她是突然像那样发疯的？"

小美点点头："很奇怪，之前她跟我们一样也干得好好的，但突然之间她就疯了。她开始排斥接客，还把我们都骂了一遍，有些姐妹就赏了她几个耳光。然后突然，她就发疯似的冲到卫生间，撞碎了镜子，然后抓起一块碎片，就把自己的脖子给抹了。"小美说到这，不禁打了一个哆嗦，"太恶心了，全是血，因为这个，我们好几天都不敢进那个卫生间。之后，我们就像是达成默契了一般，没人再提阿珍这个名字。"

原来人急了真的会割颈动脉自杀……

"你不觉得奇怪吗？"

"奇怪什么？"

"她突然发疯的事。"

"这种事需要奇怪吗？每年都会有几个姐妹这样莫名其妙地发疯，我听说在我来之前，也有一个突然发疯不想干了，说是想起了自己年迈的妈妈，觉得对不起她。"小美又自顾自咯咯笑了，"一天做过鸡，这辈子都洗不掉了。"

"但如果是被迫的……"

还没等吴忌说完，小美就接过了话茬："没有人管我们是不是被迫的，反正做过鸡就都是最低级的人了。你以为哪个男人还会愿意娶我们吗？你以为哪个父母还会原谅这样的女儿？没有，他们只会嘴上说同情我们，嘴上说不管我们做了什么还是会爱我们，但心底里不知道有多嫌弃多厌恶我们，我给我的父母丢脸了，给亲戚朋友丢脸了。你就别说那些冠冕堂皇的话了，我听着恶心。”

听着恶心，确实，在这个充满罪孽与虚伪的世界，这些冠冕堂皇的话尤其恶心，它看似光明，实则掩盖了黑暗，甚至做了黑暗的帮凶。但在这样的世道面前，人太脆弱了，除了说些冠冕堂皇的话还能做什么呢？

“对不起。”

小美愣了一下：“你为什么要对我说对不起？”

“不知道，就是突然想说。”也因为无话可说。

小美没有再说话，她缓缓低下头，然后无声地埋头哭了起来。

“然后呢？”于晨嘣了一口面。

“然后我等到她哭完就出来了。”吴忌喝了一口汤，结束晚餐。

“你没安慰她？”

“你知道我不擅长哄女人。”

“这方面我也不是很擅长。”于晨吃完面推开碗，擦了擦嘴。“但是你为什么要问她阿珍的死因？我甚至不明白你怎么就鬼使神差地把 Dark Sabbath 这个卖淫组织给捣毁了。”

“事情要从我怀疑林茹雅不是自杀开始。”

“吴忌，你到现在还认为林茹雅不是自杀？”

“于晨，你到现在还认为林茹雅是自杀？不，林茹雅确实是自杀，但林茹颂不是自杀。”

“吴忌，你在说什么？我被你绕晕了，林茹颂不是好好地活着吗？老常这会儿应该在带她来队里的路上了。”话音刚落，于晨就接到了老常的电话。

“过一会儿你就知道我在说什么了。”

“那走吧，人已经到了。”

“对了，怎么没看到杨杰？”

“他去向吴局汇报这次卖淫案的调查结果了。”于晨说这番话的时候一脸轻蔑，“估计这会儿跟你爸正一起吃晚饭呢。”

“所以说你的功劳被他抢了？”

“是你的功劳被他抢了。”于晨说着勾住了吴忌的脖子，“不过作为对你的补偿，我向他申请了一笔数额不小的线人费，他很爽快就批了。”于晨说到“数额不小”这四个字时，朝吴忌眨了眨眼。

吴忌心领神会：“谢谢老板。”

黑暗的立方

吴忌和于晨回到支队的时候，林茹颂正和搜查队的老常、孔翔森二人坐在会议室里。她今天穿了一件红色的长裙，披肩发，看上去温文尔雅。

"林小姐，你好。"于晨伸出手和林茹颂握手打招呼，"我们上次见过面，于晨。"

"你好，于警官，我记得你。"林茹颂眯起眼睛露出微笑。

"这一位是……"于晨说到这停了一下，"你看我，多此一举，你曾经委托他帮你找姐姐，你们当然认识。"

吴忌上前一步。"这不是多此一举，你帮我介绍一下吧。"

林茹颂笑了。"吴忌，你看你，我当然记得你。"

吴忌也笑了。"我本人跟侦探执照上的照片一样吧？我没有P图。"

林茹颂的笑容变尴尬了。"吴忌，你真爱说笑。"

"我没有说笑，林茹风小姐。"当吴忌说出"林茹风"三个字的时候，林茹颂脸上的笑容极具戏剧化地定格了，而在场的其他人的表情也僵住了。

片刻之后，于晨打破沉默："吴忌，你喊她什么？"

"林茹风。"吴忌紧盯着眼前的女人，"她根本不是林茹颂。而死在地下室的那个女人也不是林茹雅，自杀身亡的卖淫女阿珍更不是林茹风，她们都被我们眼前的这位林小姐掉了包。结果一个自杀，一个被杀。"

女人脸上的笑容已经荡然无存。"三位警察同志，我不知道他在说什么，我想如果没什么事，我该回酒店了。"说着，她拿起椅子上的手包，准备离去。

但是于晨已经将会议室门锁住了。"林小姐，不着急，我们可以慢慢把事情说清楚，还是说你希望换一个环境，去审讯室说？"

女人再度缓缓坐下。

“吴忌，你到底想说什么？我都被你搞糊涂了。”老常挠挠头发，拖了把椅子，靠近吴忌。

“就从去年她来锡安开始说起吧。”吴忌熟门熟路地走到饮水机旁，拿了个纸杯给自己倒了一杯水。

“你们或许不知道，坐在这里的这位林小姐以前是学表演的，她最大的梦想是做演员。做演员，这真的是个大梦想，中国不知道有多少女孩想做演员，但真正走红的少之又少。不过她依然很有勇气，她想尝试一下，于是只身一人来到锡安，奔走在各个影视城，运气好的时候可以做一个群众演员，运气不好的时候，可能一天都没有工可开，直到有一天她遇到了一个自称为徐老师的人，这位徐老师说自己人脉广泛，手上正好有部戏缺一个女演员，问她有没有兴趣，她可能想都没想就答应了。之后她就跟着徐老师进了剧组，也就是类似水榭花都小区八楼的那种淫窝。她很有可能一开始就被迫拍了一部黄片，徐老师就用黄片要挟让她在鬼街虚拟接客，之后再用毒品胁迫她。她可能反抗过，但发现凭一己之力根本无法改变什么，所以最终她随波逐流，变成了众多卖淫女中的一个。”

吴忌说到这儿，喝了一口水，此时女人低下了头，看不清表情。

“她当然不会把自己的事告诉老家的妹妹们，她甚至断绝了和妹妹们的来往，于是她的第一个妹妹林茹雅来锡安找她。林茹雅第一次来锡安是去年九月份，也就是和林茹风失联之后的几天，她在派出所报了失踪案，等了几天，没等出什么结果，于是就回老家了。但过了几个月以后，她又出来第二次寻找姐姐，时间是今年的二月份，但这一次她不再依靠警察，而是找了一个侦探。”吴忌说到这，扫视了一遍在场的三个警察，他们脸色显然不怎么好。“我没有别的意思，我只是如实阐述。”

“没事，吴忌，你继续说。”老常憨厚地回应了一句。

“不过她很不走运，找的侦探口碑不怎么好，他就是马昭。”

“马昭？”于晨听到名字不禁打岔，然后若有所思地摸起下巴。

吴忌点点头。“对，就是前不久死在家中的马昭。马昭的业务能力差，业界有名，但初来乍到的林茹雅不知道。而更有趣的是，马昭向来失手，这次却撞了狗屎运，竟然在一次猎艳中跟林茹风遇到了，这时的林茹风已经变成了卖淫女阿珍。马昭立刻把这件事告诉了委托人林茹雅，得知真相后的林茹雅伤心欲绝。”吴忌调整了一下坐姿，“接下来这个部分，跟我之前说的林茹风落入徐老师之手的故事一样是虚构的。”

“什么？刚刚那段是你瞎编的？”小孔大惊。

“但结果是正确的，至于过程是我个人的推测。”吴忌再次看了看女人，她没有做任何回应，吴忌不禁猜测自己的推测或许是对的。“那我掐掉我推测的部分，直接说结论，但这样听起来可能会枯燥一点。”

“掐掉掐掉。”小孔摆摆手，“说事实部分。”

吴忌比了一个知道了的手势，继续说：“之后林茹雅被林茹风使了什么诡计给下了套，替代了自己。林茹风逃出了魔窟，租了一个地下室，她把自己反锁在里面，逼自己戒毒。她很聪明，知道如果不戒毒，一切都白搭。而她也很有决心做这件事，所以最终成功戒了毒。与此同时，顶替她成为阿珍的林茹雅却自杀了。”

“她自杀了！”这是女人第一次对吴忌的叙述做出反应，反应之大把离她最近的小孔吓了一跳，然后她再度猛地低下头一声不吭。

吴忌叹了一口气。“这就是我们今晚请你来队里想要告诉你的事。但其实这样的结果你也早料到了吧？你们三姐妹太了解彼此了……在你把她推向那个淫窝顶替你的时候你就应该有这个心理准备。”

女人的肩膀开始颤抖，继而全身抖动起来，细如蚊蝇的抽泣声在会议室弥漫开。

“她这等于是变相承认了吧？”于晨凑到吴忌耳边小声说。但吴忌没有回答他，他的眼睛紧紧盯着女人：“现在忏悔不觉得有点晚了吗？你手上背负着三条人命，可不是哭就能解决的。”

小孔倒吸一口凉气。“三条人命？除了林茹雅被她变相害死，还有哪两个人？”

“林茹颂，她的小妹。”吴忌闭上眼，按了按太阳穴，林茹颂的可爱模样在眼前浮现，她抱着泰山坐在吴忌对面，嘴上不住地嘀咕着“好可爱”……

“她见到你的时候一定很开心，跟着你回你租的地下室也没有任何戒心，就连她坐在那张书桌前，被你一刀割断脖子的时候都毫无防备，她可能连死都不知道你为什么要杀她。之后你为了伪造成她是自杀的假象，还写了一封遗书，遗书上的字迹和房东合同上的字迹一样也就不足为奇了。又因为你们是同卵三胞胎，所以 DNA 根本区分不开谁是谁，而你们两个都在那个地下室出现过，所以在那里发现你们两个人的指纹也理所当然。就算警察去你老家采集指纹也很难区分，因为你们三姐妹住在同一个屋檐下，而三姐妹中只有你还活着，指纹出现在哪里的解释权都在你手里，所以用指纹来区分你们也很困难。最后能区分你们的就是你们的亲生父母，但你母亲早逝，父亲又移民去了加拿大，短时间内也找不到人来戳穿你。不过我想就算你的父亲回来，以你的演技蒙混过关也不是难事。”

吴忌顿了顿：“但我上面说的，在座的三位警官连想都没有想过，因为先入为主，他们立刻就把死在地下室的女人当成了地下室的租客林茹雅，而把闻讯赶来哭喊着姐姐的这位当成了林茹颂。”

吴忌说完这番话，于晨、老常和小孔都不约而同地低下了头。

“最后我来说说第三个死在你手里的人，马昭。”吴忌喝了一口水，润了润嗓子，“马昭的死，我可能要负部分责任。因为是我找他打听了林茹风的下落，我告诉了他林茹雅自杀死在了地下室里的消息，然后他就去找你了，他或许是想去告诉你林茹风的下落，顺便从你那要点钱；或许是想去你那了解林茹雅为什么会吸毒，因为他似乎对林茹雅遗书上说的话有所怀疑。但我还有一个更大胆的推测，那就是他可能早知道你当初和林茹雅掉调包的事，所以他以此为要挟曾勒索过你，当我告诉他林茹雅死了，他还以为是你死了，于是他就少了一门财路。所以他想去找林茹颂，看看能不能从她身上找到新的勒索点。

“结果他死在了你的手上，因为他在看到你的第一眼起就认出了你是林茹风。你知道假装不认识一个人很难，你看到马昭的时候，还没来得及反应过来就已经暴露了你认识他的事实，也就是暴露了你的真实身份，所以你必须杀了他。杀他对你来说可能更容易，因为你不需要背负太大的心理负担，跟杀自己的亲妹妹不一样，你下手一点都不犹豫，一刀致命就说明了这一点。我不知道技术队是否在现场找到了你可能掉落的头发或者其他可以验明你身份的东西，如果有就最好了，如果没有，那就跟林茹颂自杀案一样没有治你罪的证据了。”吴忌说到这看了看于晨，于晨朝他摇了摇头。

“吴忌，”这时老常说话了，“你说的好像都挺符合逻辑，但是你为什么会认为这一切都是她干的呢？你也说了没有证据可以证明是她干的，你就光凭这套说法吗？”

“老常，林茹颂自杀案我一开始就有所怀疑，这一点于晨知道。而马昭的死，之所以我会认为也是她干的，是因为他的死和林茹颂的自杀案有一个相似之处。”

“什么相似之处？”老常迫不及待地问。

“多此一举。”

话音刚落，林茹风终于抬头了，她的脸涨成猪肝色，眼里噙满泪水。

多此一举

“林茹颂死亡现场的那封遗书，以及马昭事务所缺失的一份委托合同。”吴忌手指有规律地敲着桌面，“遗书的问题，我之前跟于晨提过，但是被苏岚驳回，可我没有信服，因为林茹颂自刎是一刀切过脖子，十分干净利落，这样的自杀方式是视死如归的表现，那么她就不会像苏岚说的犹豫不决，也不会多此一举，起身放好遗书再坐回原来的座位上自刎。退一万步讲，她真的像苏岚说的举棋不定，那么更加符合正常人的行为模式的动作应该是，她写好遗书，站起身，拿着刀在屋子里踱来踱去，最后什么时候想通了，就给自己来一个自我了断。如此一来，遗书就留在了她动笔写完的书桌上，因为一个满脑子想着怎么死的人，根本没有心思去想遗书应该放在哪儿、遗书怎么放才不会沾到血等，这个关注点不对。所以我说这是多此一举。”

吴忌站起身，给自己续了一杯水，然后喝了一口：“再说马昭事务所消失的委托合同。”

于晨连忙插嘴问了一句：“什么合同？我怎么不知道？”

“它消失了你当然不知道。”

“那你怎么会知道？”

“是林茹颂告诉我的。”

“林茹颂？”

“对，她告诉我她二姐林茹雅曾经去找过马昭，委托他寻找林茹风。如果林茹颂没有撒谎，我也想不出任何她要撒谎的理由，那么马昭事务所应该存在一份委托合同，乙方署名为林茹雅的委托寻人合同，可是我在马昭事务所找过，没有找到。”

“等等，”说这话的是老常，“吴忌，马昭死后，我一直在那，我好像没见你出现在马昭事务所，你是什么时候在那找的？”

老常的话刚一出口，吴忌就望着于晨笑了，于晨也尴尬地捋了捋头发：“那个，老常……其实……当时给我报案马昭出事的人……就是吴忌，而在我们到达马昭家之前，吴忌已经进去看过一轮了。”

“嘿！你们两个联合起来……”老常的火气来得快去得也快，才刚要开训就憋了回去，“这次就算了，下次可不能这样了……这是妨碍公务，万一第一案发现场被破坏了，你嫌疑就大了。”

吴忌朝老常点点头：“明白明白。”

“所以你真的没有找到那份委托合同？”于晨急急忙忙把话题转换回来。

“没有找到，所以我认为拿走这份合同的人就是凶手本人。但凶手为什么要拿走这份合同呢？”

“为了……”于晨才开了个头，老常就接过了话头，“不让我们知道林茹雅跟马昭有任何联系，否则‘林茹雅’刚在地下室自杀，他这个曾经的被委托人又被杀死在自己的事务所内就显得很可疑了。”

吴忌朝老常微妙一笑，似乎对这个解释有所保留。“关于这一点之后再说。其实她这么做原本也并非多此一举，因为她不清楚我知道林茹雅曾找过马昭的事，如果她知道，那她恐怕就不会那么做了。但就是那么巧，偏偏我知道，偏偏还是我第一个发现了马昭的尸体，偏偏我又从一开始就不相信地下室的那个女人是自杀的，所以我就多了一个心眼。”

“哈哈，哈哈，哈哈哈……”女人突然仰头大笑了起来，“吴忌，你说了这么多，证据呢？”

女人话音刚落，三个男人齐刷刷地把脸转向吴忌，吴忌没有急着回答，而是走近于晨耳语了几句，于晨点头立刻跑了出去，三分钟后他又回来了，回来的时候还拿了一份文件，原来是之前这个女人领尸体的时候填的尸体认领表。

吴忌把文件翻到最后一页，放在会议桌上，然后又从自己的夹克内袋里掏出一份卷成筒状的文件——委托合同，摊开，也放在会议桌上。于晨凑上前去看，老常和小孔也凑过来看。突然于晨顿悟：“哦，不一样！这两个签名不一样！”

“对对对！不一样！”老常和小孔连声附和。

只见尸体认领表最后一页的签名栏上，林茹颂三个签字龙飞凤舞，笔迹狷狂；而吴忌的委托合同上，甲方一栏上的签字，林茹颂三个字端庄秀气，笔迹收敛。都不需要笔迹鉴定专家出场，常人就能发现两者完全不一样。

于晨将两份文件挪到女人眼前。“你还有什么话说？你根本不是林茹颂！如果你不是林茹颂，那你为什么要假冒她？”

女人瞪大双眼盯着两个版本的签名，一时无语凝噎。

吴忌喝了一口水。“我想提醒你，笔迹经过司法鉴定后即具有法律效力，可以作为证据。所以从这一证据出发，你的一套说辞全部变成了谎言，漏洞百出。现在我很想听听你会怎么自圆其说。”

接下来的三分钟，会议室里寂静无声，吴忌看着女人脸上的青春韶华慢慢褪去，仿佛水分蒸发了一般，一下子显得老了许多，又过了约莫一分钟，她摇摇头，泪水如决堤般再次涌出。“不需要了……不需要了，我太累了……我只是想做个演员，我只是想做个演员而已。我根本不想杀人！”

“吴忌你说的没错，我当时在影视城做群演，有工开就开，没工开就等，直到有一天一个自称徐老师的人来找我，他说他手头上有一部戏，问我想不想演女主角，我想都没多想就答应了，因为我看他和影视城里的人都很熟的样子，所以我就放松了警惕。但是没想到，试镜的时候，我被要求脱光衣服演那种戏，我马上明白了他所谓的女主角其实是A片女主角，我一口拒绝了，但他不让我走，他还……还……还……和他的手下一起强奸了我！”

女人的哭声充斥着整个会议室，四个男人则一齐沉默了，最后还是吴忌让于晨给她递了纸巾。

“那……你和林茹雅是怎么互换身份的？”吴忌小声询问。

女人擦了擦眼泪，声音依然哽咽。“其实我不是有意要跟她换身份的，那是一个……意外。”

女人擤了一把鼻涕。“马昭认出我之后，告诉我林茹雅在找我，我当时就慌了，所以转头就跑，因为我不敢面对我的妹妹。我原本告诉她们我出来是做女演员的，还说一定会大红大紫，结果我却沦落到做了妓女，我还有什么脸面对她们？但是几天之后，我在一次外出的时候，突然想见一面妹妹，那真的只是我一时冲动，因为……因为我实在太孤单了，我太累了，我在这个世上唯一的亲人就是她们了，所以我就尝试着打了一个电话给她。结果她说她还在锡安，还说她很想我，我一时心软，就跟她见面了。我们随便挑了一家酒吧走进去，聊了很多，她没有问我在锡安干什么，但我知道马昭一定告诉她了。她没有看不起我，她还把我当她的大姐……可是……可是……”

女人说到这儿又啜泣到失语了，好一会儿之后她才再度开口，“这是天意，是意外，我只不过是去上了个厕所，回来的时候就发现她不见了，我问酒吧的人，结果竟然没有一个人知道。我不知道他们是装傻还是真没发觉，一个人凭空消失了，竟然没有人察觉！后来我才知道原来我们出去接客徐老师都会随机让一些小弟跟着，我以为录了我们的黄片、让我们染上毒瘾和对徐老师的恐惧已经足够让他们相信我们不会逃跑，但他们做得比我想象的还绝。那天跟踪我的小弟在酒吧门口大概是等得太久了，所以他不耐烦地走了进来，他一看到小雅，就把她当成了我，然后硬是带走了小雅。”

“这些你是怎么知道的？”小孔问。

“因为当时马昭就在现场，他看着小雅被带走却没出来制止，他说他斗不过那些歹徒，小雅只是说了一句你认错人了，就被那个男人掐晕，然后被带出了酒吧，上了车。马昭说那个男人全程的速度很快，当时酒吧里人虽然很多，但都自顾自地在聊天喝酒，没人去注意身旁发生了什么，偶有几个看到的人，还以为是男朋友扶着喝醉的女朋友离开。”女人说到这，冷冷地笑了笑。

“马昭为什么会在那？”于晨问。

吴忌回道：“可能是林茹雅告诉马昭的。”

“对，是小雅告诉马昭的，她原本是希望马昭能帮她出主意，把我救出去，但马昭胆子小，一口就拒绝了。可好笑的是，他竟然也偷偷摸摸跟踪小雅去了那个酒吧，结果他目睹了一切。”

“不好意思，”吴忌打断道，“你和林茹雅见面的酒吧是不是叫皇冠？”

林茹风摇摇头。“我记不得了，但那里好像有很多酒吧，我们随便挑了一家进去，没有留意它叫什么。”

“那你记得那个酒吧的酒保吗？他是不是一个顶着爆炸头的矮瘦男人？”

林茹风立刻点头。“对，我对那个酒保的爆炸头印象特别深。”

到此吴忌明白了那天小鬼为什么说没见过照片中的女人，其实小鬼也目睹了林茹雅被人带走的经过，但他没有吭声，他怕惹祸上身，于是就睁一只眼闭一只眼。精明的小鬼，可恶的小鬼！

“那你就没想过报警把妹妹救出来？”小孔没有理会吴忌询问酒吧的意图，自顾自问道。

“我想过，但马昭告诉我这种犯罪团伙根很深，警方就算抓到了，抓到的可能只是几个小喽啰、替罪羊。如果我去报警，我就会上他们的黑名单，小雅是救出来了，但我就危险了。”说到这，林茹风自嘲地笑了笑，“呵呵，我的胆小懦弱和自私胜过了我对小雅的爱，所以……我没有报警。更何况小雅被他们带走后，就算救出来了，也已经……”林茹风长叹一口气，“小雅是不可能出来了。既然如此，索性用小雅的身份替小雅活着吧，马昭当时这么对我说。结果我就被这句话给迷惑了。”

林茹风的眼睛突然闪过一丝明亮的光，但这道光稍纵即逝。“我当时觉得我的人生或许能重新回到正轨，我觉得这是上天可怜我，给我的第二次做人的机会。于是我就按马昭教我的租了一个地下室，把自己反锁在里面，先把毒戒了。但作为帮忙费，其实是封口费，马昭问我要了点钱。是他带着我去了小雅住的福兰旅馆拿行李，也是他带着我去银行重新设置了小雅的银行密码，然后我把小雅卡里的钱全部取出来，留下一点作为租房费和生活费，其余的都被马昭拿走了。马昭就是个趁火打劫的吸血鬼！

“后来他又来找我，不知道为什么，他竟然知道小颂也住在福兰旅馆，还在旅馆门口遇到了伪装成小颂的我，我吓了一跳，就是这么一个动作，他就知道我不是小颂，我是林茹风！从那时起我就知道马昭必须死，于是我就将计就计，我说我很感激他之前的帮忙，但我没有可以回报他的东西了，只能以身相许。他可能一直对我有那种念头，所以当我这么说的时候他没有察觉我的杀意，反而很开心，于是我就跟他一起回了他的事务所，路上我还让他买了一些道具，他兴奋得不得了，完全没想到那些道具其实是我准备用来杀他的。之后的事你们都知道了。最后多此一举地拿走了那份委托合同，因为我怕你们会在那里看到有关小雅的委托，但我拿走它不是像那位警察刚刚说的，”她指了指老常，“怕你们会把小雅的死和马昭的死联连起来调查，而是……”

“那份委托合同上有林茹雅的字迹。”吴忌接过话茬，“正牌林茹雅的字迹出现，那封遗书就会被鉴定为假冒，你关心的是这个。”

“又被你说中了，吴忌。”林茹风回应。老常听罢，自愧不如地点点头。

“你应该拿走林茹雅签字的委托合同，再当场写一份跟遗书字迹一样的。”吴忌话音刚落，老常就咳嗽了一声，蹙眉提醒道：“吴忌，请谨慎言行，你现在有教唆犯罪的嫌疑。”

吴忌朝老常抿嘴一笑，“当我没说，你继续。”他转向林茹风。

“请继续。”老常面向林茹风重复道。

林茹风叹了一口气，仿佛有些后悔又有些无奈。“所以杀马昭是我有意的，但杀小颂却……却不是我愿意的，我是被逼的……”

“被逼？你那一刀抹脖子的手法干净利落，可不像是被逼的。”吴忌嘀咕了一声，女人立刻目光灼灼地盯住吴忌：“对，我下手的时候没有留情，但那是因为我不想她死的时候太痛苦！她必须死……否则小雅就白白替我进了魔窟，我的第二次做人机会也没有了……”

“为什么？”于晨问道。

“恐怕林茹颂在看到她的第一眼就认出她是林茹风，而不是林茹雅。”吴忌回答道。

“他说的没错，我们三胞胎彼此之间只要看一眼就知道谁是谁。所以小颂一看到我就叫我大姐，而那正是我刚戒毒结束，从地下室出来的第一天。我才刚开始觉得一切可以重新开始，就遇到了小颂，就是那么巧，在福兰旅馆门口，在我去找马昭的路上，我遇到了小颂，小颂立刻拉着我去吃晚饭。”

吴忌听到这儿，回想起林茹颂从他的事务所离去之后的景象，她在龙记面馆驻足了片刻，她那时如果走进面馆吃了晚餐或许就遇不到林茹风了，或许就不会死了……可是她却离开了，然后在半个小时之后遇到了林茹风……

“吃晚饭的时候，她告诉我小雅也出来找我的事，但小雅失踪了，她还告诉我她找了一个叫吴忌的侦探在帮她找小雅，那个侦探很厉害，说一定会找到小雅。我听得心惊肉跳，那顿饭我吃得一点都不安心。而就在晚饭结束的时候，我就知道小颂必须死，否则她会找到小雅，那就意味着徐老师会知道我跑了，我会上他的黑名单，我会被追杀，然后我刚获得的新生将转瞬即逝！所以我带她回了我的地下室，其实在回家的路上我的内心还在挣扎，但是再一次地，我的私心，我对徐老师的恐惧，我对新生活的向往盖过了一切姐妹情谊，于是我下定决心杀了她。

“但是伪造她自杀很难，她没有自杀动机，突然我和小雅身份互换的事蹿到我脑子里，我想为什么我不把我现在的身份‘林茹雅’跟她也调换一下呢？这么一来，遗书的字迹问题也解决了。于是我就策划了小颂的‘自杀’。在杀她之前，我先让她说了她来锡安遇到过的人和事，便于我之后再遇到这些人不会穿帮。”林茹风说到这看了一眼吴忌，“所以我知道吴忌你的存在，还知道泰山其实是一条狗。正如我们刚刚见面的时候你说的，我在网上查了你的侦探执照，看了上面的照片，以防再次遇到你时露出马脚。”

吴忌点点头：“但事实上你还是露出了马脚。”

“你是指我上次跟你通话时我记不住和你道别时说的最后一句话？难道你跟我打完那个电话你就怀疑了？”

“不，不是那次通话电话，是从你在第一通电话里说已经找到你二姐开始。因为你叫错了我的名字，你叫我吴侦探。”

“但那只不过是一个口误。”

“不不，如果是林茹颂就不会有那个口误，因为她对我说过，她对我有种一见如故的感觉，或许是我自作多情，但我认为对我有这种感觉的人不会记错怎么叫我。而今天……”吴忌再度打量了一番林茹风的着装，“你穿了红色的裙子，林茹颂说过她大姐最喜欢红色的衣服。我想一个优秀的演员应该面面俱到，而你穿了不符合角色设定的服装，这可不是一个优秀的演员会犯的错误。”

林茹风听罢，苦笑一声。“你说的对，我不是一个优秀的演员，我还是从角色中跳脱了。但在杀小颂的时候，我注意到了服装的部分，为了让她在自杀前穿上小雅的衣服，我让她去洗了澡。她洗完澡出来，我把小雅喜欢的白色裙子给了她，她丝毫没有起疑就穿上了。至于她坐到书桌前这不是我事先安排的，是她自己被书桌上的那本《圣经》吸引了，就坐过去翻了起来，我趁势走到她身后，然后一刀杀了她，再洗干净身上沾到的血液，换上了小颂的墨绿色裙子。

“最后，正如吴忌所说，我‘多此一举’地把写好的遗书放在了床头，因为我不想血染到它，我需要它的字迹来帮我证明死的人是小雅。可没想到最后出卖我的还是字迹……其实当时在签尸体认领单的时候，我想过留下字迹或许会留下证据，但那时你们都已经结案了，我就想着没有关系，所以稍稍放下了戒备，我用左手签了小颂的名字，以区别我用右手写的字，也就是遗书上的字。可我万万没想到你会冒出来，我明明已经叫你不要再查了，可是你……”

“可是我就是像饿狗咬到骨头一样，死死不放手。”吴忌回应道，“如果你不介意，我还想再问一个问题。”

“你说。”

“你知道现代法医学有多么先进吗？如果尸检报告上说这具尸体过去没有吸毒史，你不就穿帮了？你跟林茹雅的调包计划就会立刻破产。”

“其实我也担心过，我怕法医会鉴定出那不是一具有过吸毒史的尸体。但我还是孤注一掷试了试，最后不是证明我成功了吗？虽然是短暂的成功。但如果没有你的出现，这成功将会是永久。”

永久……这世界上没有什么东西是永久的。

“吴忌，”林茹风湿润幽怨的双眼再次望向他，吴忌突然发现这双如释重负后的眼睛一下子清澈了许多，其实每一双被黑暗蒙蔽过的双眼曾经都是那么明亮，“如果我妹妹小雅当初找的侦探是你，你是不是也会像帮小颂找小雅一样执着地寻找我，最后把我从魔窟中救出来？”

吴忌凝视林茹风的明眸，点了点头。“会，就像饿狗咬到骨头一样。”

言毕，林茹风再次低下了头，吴忌看到她全身再次微微颤抖起来，就像柔弱的小草被风拂过一般……

未完待续

从支队离开后，吴忌回了一趟事务所，然后带上泰山散步到林霄那坐下喝了一会儿酒，顺便把林家三姐妹的故事跟林霄讲了一遍。林霄听完后也是沉默良久，半晌，他突然抬起头。“所以根本不存在之前说的在酒吧喝到假酒，然后一个‘好心’的女人递了一颗解酒药，最终染上了毒瘾的事，对吧？”

吴忌点点头。“这虽然是林茹风瞎编的，但这种事不是没有发生过，有很多涉世未深的少女被这么下过药。”

林霄耸了一下肩。“说的好像少男就不会似的，应该是所有涉世未深的年轻人都有可能被下药。不过话说回来，吴忌，你跟林茹颂见了一面之后，她就死了，你跟马昭见了一面之后，他也死了，现在你跟林茹风见了一面之后，她就被抓进去了。吴忌，你什么时候变得这么不吉利了啊。”

“被你这么一说好像真的是，看来我要找王大师给我驱驱邪了。”吴忌若有所思道。

“不过我还有个事没想明白。”林霄蹙眉道。

“什么事？”

“马昭怎么就能这么快找到林茹风呢？你跟他见面到他死才不过十几个小时吧？你把林茹雅，其实是林茹颂，自杀的事告诉马昭，他就立刻出发去找林茹颂，其实是林茹风，然后就立刻找到了，你不是说他业务能力很差吗？但看起来他找人很有一套嘛。”

“运气罢了，跟他第一次找到林茹风是在召妓的时候阴差阳错招了阿珍一样，他的事务所跟福兰旅馆差了一个路口，他从黑杰克酒吧出来之后，往家走，结果就遇到了一样回旅馆的林茹风。”吴忌说到这，顿了顿，喝了一口吉布森，“不过，他们两个也真是有缘……可能这一切冥冥之中自有安排吧……”

“可能是上帝的安排，要不然林茹颂也不会来我的酒吧，我也不会把你介绍给她，她如果没有找到你，你就不会卷进去，林茹风现在或许就逍遥法外了，是你解开了她们三姐妹互换身份的谜团。”

对，如果。如果白色情人节那天苏岚没有来凯莉琼斯酒吧，如果那天我也没有来，那么苏岚就不会知道我在调查林茹雅的事，她也就不会在看到林茹雅的案发现场后通知我，我也就不会插手自杀案。

“风无孔不入，所吹到之处，暴露其间之物体，无一不与之相遇，此为邂逅之意。”

看来这一次，王泽易算得很准，改天得去谢谢他。吴忌想着耸了耸肩。

两天后，日上三竿，吴忌被一阵坚持不懈的电话铃声吵醒，来电人显示居然是苏岚的母亲，吴忌疑惑地接起电话，电话那头立刻传来气喘吁吁的声音。

“吴忌，你见过岚岚吗？”

一个小时后，吴忌开车抵达了水榭花都小区，匆匆赶到了苏岚的家。他站在苏岚家门口，看着密码锁，正待他准备用他的那套开锁小工具开锁时，却突然停住了，他犹豫不决地按了四个数字一二三一，那是吴忌的生日，然后再把自己的左手食指放到指纹验证器上——

门开了，吴忌立刻穿上鞋套，推门进去，只见客厅中央放着一个凌乱的行李箱，沙发上放着几套衣服，其他跟吴忌四年前来时一模一样，最后吴忌注意到茶几上有一个 Tiffany 牌子的绿色首饰盒，但里面空空如也。

吴忌站在偌大的空房子里，他和苏岚在这个空间一起度过的那些日子在脑中一一浮现，带着甜蜜的苦涩。吴忌觉得胸口隐隐作痛，然后他再次拨打了苏岚的号码，但手机那头再次响起：

“您所拨打的电话已关机。”

第三部
黑暗的N次方

-

PART 3
DS

引子

男人怔怔地坐在地板上，看着鲜红的血从女人口鼻中汩汩涌出，顺着嘴角、鼻翼淌到地上，与女人后脑流出的血渐渐汇成一洼赤红的积水。血水越积越多，好似一头不断壮大的红色猛兽……就在它快要咬到男人膝盖的时候，男人条件反射般从地上一跃而起，往后退了一大步，躲开了它的侵犯。

这一站立，让他恢复了些神智，也令他后知后觉地发现手上的玻璃烟灰缸还在滴血，一滴、两滴、三滴……第四滴逐渐形成之际，他的眼前出现了幻影，那第四滴血正在幻化成一只小型的尖牙红色异兽。突然，尖牙异兽朝他猛地张开黏稠恶心的大嘴，吓得他一个踉跄，差点跌坐在地上。男人惊恐地大叫了一声，然后用另一只手狠狠抽了自己一个大嘴巴，他的脸上留下了一个红通通的手掌印。胃一阵痉挛，呕吐的欲望盖过了恐惧和愤怒，他立刻走到卫生间，趴在马桶上一通狂吐。胃被掏空的瞬间，他觉得自己的身体正在疾速下坠，穿透坚硬的地表，进入黑暗的地心……他想哭，但干涩的眼睛挤不出半滴眼泪；他想叫，但干渴的喉咙发不出半点声音。就在他陷入绝境之时，玻璃烟灰缸里出现了一个幻影，一个女孩的背影，若隐若现，渐渐收拢，淡化，消失。幻影的出现令男人的心瞬时平静了下来，下坠停止，一切恢复正常。

男人站起身，冲干净马桶，打开水龙头，把烟灰缸放进水流中冲洗干净，再拿一旁挂着的毛巾擦拭了一遍，一遍，又一遍，小心翼翼，避开手指的碰触。然后他用毛巾捂着烟灰缸回到客厅，将它放回茶几，又用手上的毛巾仔细擦拭整个屋子里可能留下他指纹的地方，他一边擦拭一边思考接下来要做的事。

杀人的恐惧感很快被复仇的快感代替。当他在屋子里来回巡视完第三遍的时候，他的脑子里已经盘算完整个复仇计划。他到厨房用毛巾裹着刀柄拿了一把水果刀，走回尸体旁边，蹲下身子，在死者的脸上划了几刀。刀锋所经之处，立即染上了红色的线条，线条迅速增粗，最后在地心引力作用下，血液顺着脸颊淌下。男人走回厨房，将刀用洗洁精冲洗干净，放回原处。

待到一切完成后，男人盯着尸体的脸露出满意的微笑……

中介人

"'当你与怪兽搏斗的时候，要谨防自己也变成怪兽。当你凝视深渊的时候，深渊也在凝视你。'切记莫要模仿作案，本书仅供读者茶余饭后无聊消遣之用。"

吴忌随手一翻，合上书，书名《九十九种意外死法（下）》跃入眼球，吴忌瞥了一眼作者的名字——冬石，抿嘴一笑。没想到时隔两年，竟然真的有下部，作者没有食言，补齐了余下的九十种意外死法，虽然其中的八十一种是直接在开篇的议论文中分类列举而出，而最后剩余的九种则和吴忌事务所书架上的上部一样，通过九则中短篇小说展现出。“冬石，这个作者有点意思。”吴忌咕哝了一句，心满意足地揣上书向收银台走去。

走出书店，迎面吹来一阵刺骨的寒风，夹杂着几片雪花。吴忌隐约想起早上看到的新闻，有一条说今年冬天锡安市格外寒冷，今天最低气温将达到零下十度，创锡安十年来最低。吴忌不禁哆嗦了一下，将脖子一缩，穿过湿滑的马路，往事务所方向走去。

吴忌从电梯里走出来的时候看到事务所门口站着一个女人，个子不高，约莫一米五，穿了一件深红色羽绒衣，斜背着一个黑色的小皮包，烫了一个俗称“大妈头”的蓬松卷发，白头发若隐若现。吴忌猜想她或许是个上了年纪的阿姨。果不其然，当她转身和吴忌面对面的时候，脸上的皱纹显示了她的年龄在五十岁到六十岁。她应该还有一定度数的老花眼，但她或许不爱戴眼镜，所以长时间眯着眼睛看东西。如此一来，眼皮在被反复拉扯之下耷拉了下来。此刻她又眯起眼睛观察吴忌，带着一丝面对陌生事物天然的焦虑。她的嘴巴翘起，半张开，鼻子也不自然地钩了起来，五官像被揉在了一起。吴忌有些看不下去了，说：“阿姨，你站在我的事务所门口干什么？”

“哦，这是你的事务所啊？”女人说话时带着一丝外地口音。

“嗯，是。”

“哦，那你就是那个吴忌侦探了吧？”女人向屋内指了指，“那个窗上写着‘吴忌侦探事务所’，所以我就上来看看。”

吴忌进门的第一件事是把早已在门边上等待主人回家的泰山抱起来玩耍一番，然后再把新买的书放到书架上合适的位置，最后才坐到他的专用真皮座椅上，并对客人说了句“你也坐吧”。女人左顾右盼，挪着步子坐到了吴忌的对面。“你这里挺好啊，还有一只小狗做伴。”

吴忌瞥了一眼在女人周围打转的泰山，微笑道：“你也养狗？”

女人将包包放在大腿上。“我在老家有养过，但在这里没有。”

“阿姨怎么称呼？”

“薛晓梅。”

“哪里人？”

“我老家周潭的。”

“哦，周潭啊，景色很美呢。”

“你去过？”

吴忌摇摇头。“没去过，听说过。”这时泰山已经回到沙发上，蜷缩起来，盯着陌生女人发起呆。

“有空你可以去那里玩玩，我们周潭人都很好客。”

简短的一段对话后，吴忌看到她那揉在一起的五官渐渐化开了。于是吴忌开始言归正传：“不知你今天来找我是为了什么？”

女人听到这一句，眉头又皱了起来，微微垂下头。

“薛阿姨，通常来找我的人都有烦心事，烦心事这种东西你一定要说出来，说出来就好了。”吴忌稍稍引导了一番。

“你说的对。”女人缓缓抬起头，“只是我不知道从哪里开始说，吴侦探。”

“叫我吴忌就可以了。”吴忌看了一眼时间，四点四十七分，距离饭点还有两个多小时，他有的是时间听完一个冗长的故事。于是他拿出两瓶水，一瓶递给女人，一瓶打开自己喝，“不知道从哪里开始，就从事情的最初开始说吧。”

女人接过水，抿了抿嘴巴。“那要从半年前开始说起。”

“行。”

“我儿子叫孟寅，去年大学毕业之后就一直找不到工作。现在工作难找，他又不是什么名牌大学的高才生，好工作没他的份，所以就自暴自弃躲在家里，每天只知道玩游戏。说起来孩子也可怜，读高中那会儿我老公出车祸死了，这个事对他影响很大，结果高考没考好，还迷上了网络游戏。其实他小时候很爱读书，成绩也很好……”说到这，女人的眼角已经湿润了。

“其实阿寅除了爱玩游戏，没有其他毛病。就算他不工作，我也无所谓，我愿意养他，让他每天吃饱穿好这点能力我还是有的。我在别人家做保姆，那家人对我也不错，一个月赚的钱够我们母子用了，我也不用担心房子，房子是我老公生前买下的。但是网络游戏太害人了，阿寅又太沉迷了，我听说如果不花钱，游戏很难玩过去，所以阿寅开始在游戏上面花钱。那钱是我给他用来买衣服买零食用的，以前他花得少，我不知道，后来他问我要钱要得多了，我才意识到原来他把钱都花在了游戏上。于是我就骂了他一顿，那是我自他爸爸死后第一次骂他，之后他两三个礼拜没有跟我说话。但那次之后，他也不再向我要钱了，我以为他知错悔改了，没想到……”

女人哽咽了。吴忌没有安慰她，他见过太多这样的母亲，过度宠溺孩子最终导致孩子完全失控。慈母多败儿的道理几乎每个母亲都懂，但懂是一回事，实际行动又是另一回事，加之这位母亲对孩子还有一份年少丧父的愧疚之情，让她不宠溺孩子就更难了。

女人从包里拿出一包纸巾，抽出一张，抹了抹眼泪继续说："因为我不给他钱玩游戏，他就背着我偷偷去找兼职工作赚钱玩。其实这本来是好事，他想工作了、想赚钱了，但问题是他又不喜欢辛苦的工作，他就想走一些捷径，一些不需要承担法律责任的捷径。最后不知道从哪里认识了什么人，他们介绍他去做试药员。我以前都不知道试药员是干什么的，后来我才知道是给药厂、制药公司研发的新药做测试用的，那不是用生命来冒险吗？阿寅真的是想钱想疯了，跑去做什么试药员，结果两个月后……”

女人顿了顿，泪水再次涌上眼眶。“他死了……”

吴忌叹了一口气。

过了许久，女人终于从丧子之痛中缓了过来。“我要是早知道会有这种结果，我当初就不骂他了，他要多少钱我就给他多少，都怪我……”

吴忌没有再听下去，因为在吴忌看来，这个问题的症结根本不在薛晓梅不给儿子钱玩游戏，而是薛晓梅从一开始就应该劝导儿子脱离游戏，回到正轨。从女人的这番自责中可以看出，就算她不断给她儿子送钱，但他儿子最终还是会因为钱不够花而走上试药员的道路或者选择其他诸如卖血卖器官这种赚钱的捷径，也是走向死亡的捷径。

待到女人自责完毕后，吴忌适时推进话题："那之后呢？"

"之后我就立刻报警了，一开始警察说我儿子是打游戏过度猝死的。结果一个月后，有人上门来说，因为联系不到他，所以直接上门来了。一问才知道原来我儿子报名参加了他们公司的新药临床研究，他是定期来做回访的。之后陆续又有其他两个医药公司的人来找我儿子问试药情况。我立刻把情况告诉警察，他们重新开始调查我儿子的事情，差不多一个月后，终于把事情搞清楚了，原来我儿子同时在三个医药公司做试药员。"

"然后呢？最后调查结果是这三家医药公司的药有问题？"

"不，警察最后说不能从药性上推论出阿寅是死于哪种药物，但三种药物之间可能有……他们叫什么来着，那种专业术语我记不太清楚，反正最后说……"女人从包里拿出一张纸条，照着念起来，"'无法得出试验药物造成死者死亡的结论。'就这么一句话，三个医药公司都没有直接责任，甚至还把责任推到阿寅身上。他们说在试药前明确说明了试药期间要多注意休息，但阿寅却熬夜玩游戏。他们还说试药期间如果生病需要服用其他药物都要经过他们机构人员的确认，但阿寅却背着他们跑去其他医药公司试药。凭这两点，三个医药公司把所有责任都甩给了阿寅，甚至还说是阿寅熬夜玩游戏过度疲劳导致的死亡！"

女人的音量明显比之前高了许多，趁她还未发更多愤怒的牢骚前，吴忌立刻打断："那警方怎么说？"

"什么怎么说？"

"警方这边给出的死因是什么？"

"猝死。"

吴忌点点头。"那最后三家医药公司赔钱了吗？"

"赔了，每家赔了十万。"

"哦，才十万……"

"对，才十万，合起来就是三十万，我把儿子养这么大，结果莫名其妙死了，就赔了我三十万了事！"女人怒不可遏。

"那你来找我是想我帮你什么忙？"吴忌问完这句话，身子往椅背上靠了靠，他心里已经有点数了。他想这个阿姨或许想找他重新调查，帮他儿子翻案，但吴忌会明确回绝，因为他不想插手警方已结案多时的案子，特别是这种死因还不明确的，如果以警方目前的刑事鉴证技术还查不清死因，那他就更加束手无策了；他还猜测这个阿姨或许想找他想办法从三个医药公司多索要赔偿金，但吴忌还是会拒绝，因为这是律师的工作，不是他的职责所在。

然而吴忌猜错了。女人似乎早已尝试过这些，都失望而归。

在吴忌等待了几分钟之后，女人终于开口了："找中介人。"

震

薛晓梅离开的时候是六点左右，吴忌先去龙记面馆吃了一碗牛肉面，然后朝王泽易的占卜店走去，天已黑，小雪变成了中雪。当吴忌抵达王泽易的占卜店时，中雪已变成了大雪。

吴忌在门口抖了抖身上的雪花，将帽子摘下甩了甩再戴上，然后径直往里屋而去。因为冬天的缘故，珠帘被厚实的棉布门帘代替了，吴忌掀开一块棉布门帘，暖气立刻扑面而来，他冰冷的脸颊顿感舒适，他微笑地打了声招呼："王大师，您好啊。"

脱掉大衣的吴忌盘腿坐到茶几前，王泽易抬头盯了吴忌一会儿。"我看你帽子被雪沾湿了，要不要摘下来？"

"不用。"

"你真是对你这顶帽子情有独钟啊，三百六十五天，不管刮风下雨，都对它不离不弃。"

吴忌抿嘴一笑。"可不是嘛。我是痴情种你没算出来？"

王泽易呵呵笑起来。"你小子，滑头。来吧，算一卦。"

说罢吴忌便收起笑容，正襟危坐。

不一会儿工夫，王泽易已掷完六次铜钱，得到六爻，排成卦象。

"啊呀！不得了啊！"王泽易一脸惊慌。

吴忌倒是看惯了王泽易的一惊一乍，他淡定地眯起眼睛："怎么个不得了？"

"震为雷，震上震下，这是第五十一卦的震卦啊！"王泽易摸着下巴，"震：亨。震来虩虩，笑言哑哑；震惊百里，不丧匕鬯。"

"什么意思？"

"字面意思是，震卦，通顺，霹雳使人恐惧，片刻之后才能恢复谈笑。雷声震惊百里，这个人却镇定得连手中的酒都没有一滴洒出来。”

“这个人这么厉害？”

“你是在找人？”

吴忌点点头。“接了个找人的委托。”

“那你要找的人可不是等闲之辈啊！”王泽易神情严肃。

“但你不是说这是个顺卦吗？所以应该能顺利找到吧？”

王泽易摇摇头。“那只是表面，此卦的运势表面昌盛风光，内里却处于动荡不安之境。加之你要找的人是‘震惊百里，不丧匕鬯’之人，不顺不顺。”

“那王大师的意思，我该拒绝这个委托？”

“那倒不至于，重雷发向，千里传声，有惊无险，找总归是能找到的。”

“那就好。”

“但切忌掉以轻心。”王泽易再三叮嘱。

吴忌点点头，拿起身旁的大衣站起身。“放心吧，有王大师你罩着呢。再过一个月就春节了，到时候我再来给你拜年，走了。”

“吴忌，”王泽易起身道，“天冷了，多穿些衣服。”

“知道了。”吴忌说着已经消失在门帘之外。

从占卜店出来之后吴忌漫无目的地在街上闲逛，临近春节的锡安市张灯结彩，虽然天寒地冻，但路上行人一个个都是喜上眉梢的样子。雪势越来越大，人们纷纷撑起雨伞，但吴忌丝毫没有察觉，他沉浸在自己的思绪中，回到了几个小时前。

“中介人？什么中介人？”

“介绍我儿子做试药员的那个中介人。吴忌，我想请你帮我找到他。”

“等一下，你为什么肯定有中介人？可能这个人根本不存在，可能你儿子是在网上看到的什么试药员招聘信息，也可能是他在路上走的时候被人发了试药员的小传单。”

“不，我觉得有。”薛晓梅笃定地说，“因为后来我回想阿寅做试药员的那段日子，我听到他在频繁地跟谁打电话，说一些介绍什么的事，但我耳朵不太好使，没有听得很清楚。我让警察帮我查我儿子的通话记录，但他们很敷衍，还说就算有这样的一个中介人也不奇怪，查到了又能怎样？”

“对，这也是我的疑问，就算真的有，你找到了他又能怎样？”

“我……”薛晓梅说着说着眼睛又红了，“我也不知道……我也不知道……可能，可能……”薛晓梅的手紧紧攥着纸巾，“可能我就是不甘心我儿子就这么白白死了，我想或许他会可怜我，帮我搜集证据告那三个医药公司呢？吴忌，我是一个信佛的人，我相信这个世界上还是好人多，所以你说这种可能性会不会有呢？”

吴忌绕过这个问题询问起了关于孟寅的死和中介人的事，最后他问道：“孟寅是哪天走的你还记得吗？”

“当然记得，是六月二十三号，我永远不会忘记这一天的。”

六月二十三号啊……刚好是苏岚失踪第一百天的日子，吴忌微微蹙了一下眉头，然后接下了这个单身母亲的委托。

吴忌在一家便利店门口躲雪的时候给关瑶打了个电话，约了明天上午见面。看这雪一时半会儿是停不了了，吴忌转头进便利店买了一把折叠伞。

失踪第三百天

吴忌走进凯利琼斯酒吧，第一眼就瞥到了坐在吧台边的杨杰。吴忌从于晨那听说了杨杰的事，自从杨杰“休假”后，他就天天泡在酒吧里，借酒浇愁。吴忌没有料到杨杰竟是百年难得一见的情种。自从苏岚失踪后，杨杰就发了疯似的去寻找，一开始他利用职务之便把整个锡安刑侦支队的人都派出去搜查，如此耗费人力物力，过了两三个月后，终于被上面的人知道了。于是在苏岚失踪的第一百天，也就是六月二十三号，杨杰被告知去“休长假”，支队长暂由搜查队的常明磊来做。杨杰当然不服气，跑去吴局那闹，不过他闹的不是自己被迫休假，而是苏岚的案子被暂时搁置了，结果被吴局骂了个狗血淋头，还被指明不得再碰苏岚的案子。在事业和情感的双重打击下，杨杰一蹶不振。

“哟，吴大侦探来了。”杨杰看到吴忌，朝他挥挥手，休假状态的杨杰完全变了一个样，往日飒爽的风姿早已不在，身材发福走样，胡子拉碴，头发乱糟糟，衣服皱巴巴，锃亮的皮鞋沾满了灰尘和泥土，一身邋里邋遢的酒鬼模样。

虽然吴忌对杨杰曾经趾高气扬的派头也不怎么喜欢，但比起现在这副鬼样，他宁可杨杰回到之前的状态。

吴忌走到杨杰旁边，拉了高脚凳坐下，问汉斯要了一杯吉布森，然后转头问杨杰："怎么今天跑这来喝酒？"

"我也不知道，走着走着就走到这了。"杨杰打了一个嗝，呼出的酒气可以点燃一个油桶。

"你这是喝了多少酒了？"吴忌朝杨杰的威士忌酒杯中瞄了瞄。

"第三杯。"回答吴忌的是林霄，"不过他来我这之前就已经是现在这个样子了，所以……"林霄耸了耸肩。

"没事，我天天这么喝，喝不死。"杨杰一摆手，差点从高脚凳上滑下去。

吴忌从汉斯手中接过酒杯，杨杰见状，立刻也拿起自己的酒杯，朝吴忌的酒杯撞去。"来，吴忌，我们来干一杯。"

稀罕事，杨杰竟然会主动跟我碰杯。于是吴忌问："为了什么？"

"为了……"杨杰的眼睛紧紧盯着手中的酒，"纪念苏岚失踪第三百天。"说罢，杨杰一饮而尽，吴忌拦都来不及。林霄在一旁看着，无奈地摇摇头。

"老板，再给我来一杯威士忌。"杨杰晃了晃酒杯，冰块在空酒杯里发出清脆的碰撞声。

林霄接过酒杯，背对杨杰偷偷朝里面又添了一个巨大的冰块，然后才往里倒酒。吴忌知道林霄不是趁杨杰醉醺醺的想偷工减料，而是不想杨杰再多喝。

“吴忌，你还记得你那个天方夜谭的猜想吗？”杨杰笑呵呵地看着吴忌。

“天方夜谭的猜想？”吴忌不知道杨杰想说什么。

“就是那个叫 Dark Sabbath 的卖淫组织和苏岚失踪有关的猜想。”杨杰解释道，“苏岚失踪一个月后，我们到处找人，都没有一点收获，结果你突然跑来跟我说了这个天方夜谭的推理，还记得吗？”

“哦，你是说这个……”吴忌当然记得，那是吴忌寻人未果的第三十天，他陷入绝望境地的时候，恍惚之间，把电子闹钟上的数字八看成了数字六，在这一刹那，他突然想到，苏岚会不会也看错了数字，走错了楼，走到了六号楼，并去了二三〇五室。而非常巧合的，六号楼的二三〇五室正是 Dark Sabbath 在水榭花都小区的一个淫窝点，结果苏岚就被他们的人给抓了。

而当吴忌把这个猜想告诉杨杰的时候，杨杰嗤之以鼻地回道：“先不说苏岚在那里住了二十几年，就算摸黑回家也不会走错楼，就算她真的走错了楼，她怎么上楼？两幢楼的门卡不一样，她根本没法上去。好，我们也不提这显而易见的一点，假设她上楼的时候正好有人开了门，她上去了，那么当她走到家门口要输入密码的时候，她就会发现自家门的样子变了，颜色从暗红色变成了咖啡色，还会发现密码锁的样子也不一样。我想苏岚不至于会眼神差到分辨不出这两样明显的区别。”

事实上杨杰说的这几个问题，吴忌也想过一遍，吴忌也知道这个猜想漏洞百出，所以最后也就不了了之。如今杨杰再次提起，吴忌以为杨杰是想拿他说笑。现在这个情况，吴忌懒得跟他抬杠，于是以退为进："我当然记得，一个活生生的人，就这么平白无故地消失了，所有线索都断了，你就当我是……黔驴技穷吧。"

杨杰哈哈笑了起来。"黔驴技穷，我第一次听到你用这个词形容你自己。哈哈，吴忌，我喜欢你现在这样，比你以前不可一世的样子好太多了。"

吴忌愣了一下，他知道自己有时候有些自负，但还不至于到不可一世的地步吧？他微转头看向林霄："我以前很不可一世吗？"

林霄翻了一个白眼到天花板。"你才知道啊，吴大侦探。"

"是吗……"吴忌舔了舔嘴唇，微微一笑，喝起了吉布森。

"不说以前了，吴忌。"杨杰挥挥手，好像真的把以前给挥走了，"说回刚刚的那个猜想，我上个礼拜跑去监狱问了那两个常驻在二三〇五室的小喽啰。我是分开问的，时间上也是一前一后紧挨着，所以他们没有串供的机会。我问他们三月十五号深夜或者三月十六号凌晨，有没有人敲过门，结果这两个小喽啰回答我的话是一样的。那个时间段他们正好出去跟踪外出的妓女了，那天是徐老师，也就是那个墨西哥人圣地亚哥，和他的三个小弟刚好巡逻到二三〇五室，帮他们看着里面的女人，所以那段时间发生了什么他们也不知道。于是我又去问了在二三〇五室的几个女人，结果她们的话更加没用，她们说她们都在'工作'，工作期间外面就算杀人放火她们都觉察不到。所以啊，吴忌，你说的那个猜想得在抓到那个墨西哥人或者他的三个小弟中的一个之后才能被证实。”说罢，杨杰端起酒杯，咕咚喝了一大口。

“听你这话，现在这个猜想不再是天方夜谭了？”

“至少比被幽灵附体、被鬼抓走强。”杨杰充血的眼睛望向吴忌，“你知道吗？其实三月十五号那天晚上我去找过苏岚，我送了一条 Tiffany 的项链给她。”

吴忌回想起他在苏岚家看到的那个空的首饰盒，没想到是杨杰送的。“但项链不见了，盒子是空的。”

“对，项链不见了。”

“但钱包里的钱还在，所以不是被入室劫匪顺手牵羊拿走的，那是苏岚自己带走的。”

“对，是苏岚拿走的。”

“她可能还戴上了。”

杨杰听到这愣了一下。“吴忌，你说什么？苏岚戴上我送的项链了？”

不知为何，吴忌喉咙突然觉得干涩，他喝了一口酒，压着嗓子道：“拿走项链，留下首饰盒，不戴上难道还揣兜里？”

杨杰恍然大悟。“对，你说的对！啊，对呀，不戴上难道还揣兜里不成？”杨杰两眼放光，黑黢黢的眼珠子快从眼眶里蹦出来了，“你说得太对了！吴忌，我突然觉得你真是太聪明了！我以前怎么没发现呢？”说罢，杨杰像哥们似的拍了拍吴忌的背，然后继续自言自语，“太好了，她戴上了我送的项链，她终于接受我了！她终于接受我了！”

“喂喂喂，杨杰，注意你的言辞，是接受你的项链。”吴忌蹙眉厉声道。

“吴忌，一个从来不随便收男人礼物的女人在什么情况下会接受一个男人的礼物？那只有是在有爱的前提下啊！对不对，老板？”杨杰兴奋的目光移到了林霄身上。

林霄看了一眼有些微怒的吴忌，再看了一眼开心到手舞足蹈的杨杰。“客观来说，确实如此。”

“你看，连你兄弟都这么说了，哈哈，苏岚终于接受我了！苏岚终于……接受我了……她终于接受我了……”说到这杨杰再次举起酒杯，撞了一下吴忌的酒杯。“来，吴忌，我们再来干一杯，为了……为了……我告别单身，哈哈！”说罢杨杰自顾自地喝完了酒杯里的酒。

吴忌的脸涨成了猪肝色，他将帽檐压了压，以掩盖自己的难堪。

“吴忌，你怎么不喝？”杨杰兴高采烈地问道。

“没看到酒都见底了吗？”吴忌没好气地应了一句。

林霄快速拿了一杯新的递上，同时在吴忌耳边嘀咕了一声：“自作自受”。吴忌拿起酒杯，二话不说，一饮而尽。

杨杰笑着望向吴忌，继续说着项链的事。“吴忌，你知道我送岚岚的项链有什么特别的地方吗？”吴忌没有吭声。“那条项链可贵了！非常贵！但值得！只要岚岚喜欢，再贵也要买！你说对吗？但是贵还不够，要特别！所以我让 Tiffany 的人稍稍做了一点改动，那是一个钥匙模样的项链吊坠，在钥匙尾部凸起的开锁部位处，我让他们在它的反面刻了一个汉字。你猜猜，那是什么字？”

“岚？苏岚的岚？”吴忌懒得猜，林霄却很有兴致猜。

“对！就是苏岚的岚！”杨杰赞赏地回答道。林霄得意地朝吴忌挤了挤眉毛。

“幼稚，三岁小孩都猜得出来。”吴忌瞟了一眼林霄。

林霄朝他冷哼一声：“我再幼稚也比某人拱手把心爱的女人让给别人自作自受来得好。”

话音刚落，吴忌就站起身，“走了。”

“别，吴忌，再陪我喝一杯。”杨杰渴求地说道，“在这个世界上，除了岚岚的亲人以外，恐怕只有你还和我一样在寻找她了。”

吴忌脱下帽子，捋了一把头发，再戴回，然后重新坐到座位上，喊道：“再来一杯。”

吴忌搀着杨杰离开酒吧的时候已是凌晨，外面的雪已经停了，路面虽没有积雪，但有些滑，自称七分醉的杨杰摇摇摆摆走在路上，在即将滑倒之时，吴忌总能快他一步稳住他。

“吴忌，你先走吧，我再去皇冠喝两杯。”杨杰含含糊糊说道。

“皇冠卖假酒你又不是不知道，你现在摇着进去，到时候爬着出来。”

“对，我就是想喝点假酒，假酒醉得快，喝两杯就能睡过去。”杨杰打了一个响嗝。

吴忌还想说些什么，杨杰已经挣脱了吴忌的搀扶，摇摇晃晃走到皇冠的门口。此时吴忌听到杨杰大喝一声："阿彪！你小子在这里干什么？"

话音刚落，吴忌就看到三五个小青年拔腿逃跑，杨杰拖着沉重的脚步追上去，却因为脚上一滑，摔了个狗吃屎，吴忌立刻跑上前扶起他。"阿彪是刘彪？"

杨杰呻吟着点点头。

"他最近犯什么事了？"

"我怎么会知道，我休假好久了。"

"那你追什么追？"

"警察的本能。"

吴忌不禁笑了。"看来酒精还没有麻痹你的本能。"

"所以得来点假酒。"

吴忌摇摇头，懒得再劝。"随便你，那我先走了。"

"等等，吴忌，我……有个事想要你帮忙。"

"什么事？"

"我想委托你帮我做个事……"杨杰挠了挠头，抹了一把脸。

吴忌立刻回道："如果你是想委托我找苏岚，你不用多此一举了，在三百天前，她的母亲就已经委托过我了，不过我到现在还没完成她的委托。"

"不，我要委托你找的是另一个人。"

"谁？"

杨杰抿了抿干裂的嘴唇。"圣地亚哥·马尔多纳多·安达·安东尼奥。"

潜规则

“吴忌，你这个骗子！”

吴忌又一次被梦中的叫骂声唤醒。已经连着好久了，他总是梦到一个女人走进一间屋子。但屋门打开，从里面倾泻而出的耀眼白光瞬间吞没了这个女人，她消失了，仅留下一句：“吴忌，你这个骗子！”

知道苏岚失踪后的七天里，吴忌彻底失眠。他到处寻找苏岚。直到第八天，他敌不过倦意倒在沙发上沉沉睡去，结果就做了那个梦。吴忌本能地觉得那是苏岚的声音，是苏岚在责骂他。他确实骗了她，因为他曾答应要娶她，结果那枚求婚戒指一直躺在床头柜里，戒盒上已积了一层灰。之后的日子里，吴忌继续寻找着苏岚，反复推敲可疑的细节，走遍每个可能的地方，不断提出新的假设，再不断否定，循环往复。春去冬来，电脑里苏岚失踪案的文档内，数不清的照片，数不清的笔记，还在逐日递增，那张时间流程和主要人物图标组成的电子图纸已经庞大到一打开便充满整个客厅，将吴忌淹没在全息投影下的信息海洋中。然而所有的精力和信心一点一点流失，真相石沉大海，越沉越深，到最后，吴忌筋疲力尽地跌坐在浅滩，再也动弹不得。再到后来，苏岚失踪案的文档变成了神龛一般的存在，吴忌每隔一两天就打开看一次，仿佛这样就能证明苏岚还活着。

洗漱完毕，吴忌打开文档，添加了一笔备注：钥匙项链是杨杰赠送，钥匙凸起部位有刻字“岚”。

六点左右，吴忌敲响了薛晓梅的家。薛晓梅倒也起得早，迎吴忌进门的时候，她正好在吃早饭，一碗阳春面。

“吴忌，你来得真早。”薛晓梅给吴忌倒了杯热水。

“早上好，薛阿姨。”吴忌喝了一口水热喉咙。

“吃过早饭了吗？我给你煮碗面？”

“不用。”吴忌摆摆手，环顾起四周。屋子不大，但打扫得十分整洁；虽然是老房子，但保养得还不错；墙面干净，墙脚也没有裂痕；家具虽有点老派，但都很好用的样子。而让吴忌最感欣慰的是，屋子里空气也很清新。

“这是孟寅的卧室？”吴忌朝一个房间探去。

“是的。”薛晓梅推开半掩的房门，打开顶灯。一墙的篮球明星海报映入眼帘。

“他喜欢打篮球？”有些惊讶。

“他读高中的时候很喜欢，后来就不怎么玩了。”

房间被薛晓梅收拾得很整洁，吴忌在房间里来回踱了几步，翻了床头柜和书桌的抽屉，没找到什么可用的线索，于是他问薛晓梅要了开机密码，打开电脑，在电脑里倒腾了一番，也没发现什么有价值的信息。

“我做的这些警察也做过吧？”

薛晓梅点点头。“他们也是这么翻箱倒柜地找了一遍，还拿了电脑去给什么技术人员检查，最后也没发现跟我儿子打交道的那个中介人的信息。”

吴忌点点头。“看来只剩下手机了。薛阿姨，把孟寅的手机给我，你知道开机密码吧？”

话音刚落，薛晓梅的脸上仿佛笼罩了一层阴霾。“阿寅的手机在他出事那晚坏了，他当晚还在网上订了一个新手机，但没等新手机到货就……警察也问我要了阿寅的手机，我就把坏手机给他们了，他们拿去队里修，但据说里面的芯片都坏掉了，修不好。”

“这样啊……”那恐怕连鬼影都没辙。

薛晓梅说着已经去卧室把坏手机拿来了，她递给吴忌。“但是就算没有手机，也可以去电信公司查通话记录不是吗？”

吴忌看了看手机，从外观上看就知道报废严重，他又还给薛晓梅。“如果是案发后的两三天里，我倒是可以搞到通话记录，只不过案子已经过了这么久，电信公司不一定还有记录了。”

至此，吴忌明白了警察为什么没有帮忙找出这个中介人，或许他们不是不愿意找，而是找不到，因为线索太有限了，加之孟寅的案子已结，所以最后就不了了之了。

吴忌在房间里踱起步，突然他看到了书架上的一本书——《九十九种意外死法（上）》。

“他平时也看书？”

“看，虽然看得没以前多了。他爸爸还在世的时候，阿寅读书很努力的。”薛晓梅不自觉地露出骄傲的神情。

吴忌把那本书抽出来，随手翻了翻，一张名片倏地掉了出来，吴忌捡起来一看，上面写着：

李展邦，大客户代表，杜氏医药公司。

书中自有黄金屋，上天真是眷顾爱读书的人。

吴忌隐约感到峰回路转。“孟寅试药的三家医药机构都叫什么名字来着？”

“你等一下，我都记下名字了，我去拿。”薛晓梅回来时手上拿着一个小小的记事本，她戴上一副老花眼镜，读了起来：“智森药业，临江制药，辉瑞研发机构。”

“麻烦抄一份给我可以吗？顺便把孟寅的手机号码也写上。”

“可以可以。”说着，薛晓梅从记事本里撕下一张纸，写下了三个机构的名字和自己儿子的手机号码。她把纸条递给吴忌的时候说道：“吴忌，你知道这个辉瑞研发机构吗？”

吴忌摇摇头。

“它是潘氏药业集团下面的一个研发机构。”薛晓梅眉毛不自觉地竖起，“我以前还跟着一些朋友买了不少潘氏药业的保健品，没想到竟然是这么一个不负责任的公司！”

提起潘氏药业，吴忌两年前到潘家拜访潘太太的情形立刻浮现在眼前，同时他的脑海闪过一个念头：如果告诉这位母亲，那位潘氏药业的董事长潘和明先生也和她一样没了儿子，不知她是否会稍微消消气呢？但这个念头转瞬即逝。

吴忌接过纸条，看了一眼时间，快八点了，想着八点半还跟关瑶有约，于是他快速问了几个关于孟寅的问题之后就离开了薛晓梅家。

吴忌匆匆赶到关瑶所在的心理咨询公司，刚好八点半。许久不见，关瑶的中短发已经变成了长发，过去干练的形象顿时被典雅温柔取代。

“早上好啊，关医生。”吴忌朝关瑶抬了抬帽檐，眨巴了一下眼睛，“哇，真是越来越美了啊！”

关瑶抿嘴一笑。“嘴巴倒是比以前甜了。”

“谁叫我有求于人呢。”吴忌拉开关医生桌前的椅子坐下。

“说吧，求我什么。”关瑶递给吴忌一瓶水，坐到办公椅上。

“我记得你除了是心理咨询师以外，还是个药剂师，如果我没记错的话。”吴忌打开水，咕咚咕咚喝了起来。

“是，我曾经做过一年的药剂师。”

“那你知道……药物正式流入市场前试药阶段的一些内幕吗？”

“试药阶段的内幕啊……你想知道什么内幕？”

“就是……制药公司、中介机构、试药员之间的内幕。”吴忌说着正准备打开手机录音，却被关瑶按住了：“吴忌，如果你希望我说出来的话，那你就不能录音。”

吴忌思虑片刻，准备收起手机，但关瑶却顺势拿走，当着吴忌的面关机了。吴忌见状，假装委屈地低垂眼眸。“好严格啊。”

“在你面前，我可不敢掉以轻心。”

“好吧，趁我记忆力还在。”吴忌抬起眼皮，“就我所知，制药公司在研发新药的时候，为了测试药物的性能需要找一些……‘小白鼠’,在这些‘小白鼠’身上做药物测试。而制药公司和‘小白鼠’之间可能还有一群人，也就是中介在帮助牵线搭桥，是这样吧？”

关瑶微微点头。“可以这么说，私底下，你口中的‘小白鼠’会把这些中介称为‘药头’。在我说其中的一些潜规则之前，我先声明几点：首先，可以开发新药并进行测试的临床试验的机构，在国内并不多。据我所知，到去年为止，大概不超过四百家。我想这不难理解，因为并不是所有制药公司和医院都具备这样的临床研究能力。其次，正规的具备临床研究能力的这类机构在与试药员沟通新药临床测试的时候，都会详细告知试药员药物的构成成分、可能带来的危害或副作用等，双方会签订一份《知情同意书》。最后，所有试药员在参与药物临床研究之前，都会先做一次详细的体检，根据要求筛选合格的或者特定的试药员。但是……”

“能做到这三点的制药机构很少。”吴忌接过话头。

关瑶微妙一笑。“如果按照这样的标准操作，就找不到人来试药了。你知道现在的试药市场上都是哪些人在做‘小白鼠’吗？”

“我猜……”吴忌思索片刻，“单纯的大学生？廉价的体力劳动者？急需钱的无业游民？”

“侦探果然是侦探，一猜就准，就是这三类人群。”

吴忌微微一笑。“我来之前也是做过一些功课的。”

“原来如此。”关瑶继续往下说，“因为钱来得快，有些试药员在做了一次之后，就上瘾了，最终变成了职业试药人。”

“这是真正的拿命换钱。”

“可以这么说。如果碰到好的‘药头’，你参与的临床研究或许危害会小一点，但有些药物的副作用非常大，这意味着报酬也相对较高。而‘药头’就通常喜欢给人介绍这样的临床研究工作，因为他们从中抽佣也更高。”

“那‘药头’在中间扮演什么样的角色？绝不仅仅是中介这么简单吧？”

“十个‘药头’九个半是鬼。因为一般身体健康的人是不会做‘小白鼠’的，往往是身体欠佳，把钱看得比命重的人才会参与到试药研究中。那么这样的人怎么在最初的体检阶段蒙混过关呢？‘药头’就在这里发挥作用了，他们会拿正常人的血液或尿液代替应征者，帮助制造一份假的体检报告来通过体检，最后让这些不符合标准的人进入制药机构的试药员名单。”

“制药机构不管吗？”

“如果他们管的话，就找不到人来试药了，那新药的研究怎么办？”

“说的也是，他们上面的压力也不小啊，工资就那么一点，时间紧，任务重，别人的命跟他有什么关系，对吧？”

关瑶当然听得出吴忌话中带的刺。“这不仅仅是在国内，国外也是如此。但因为国内这一块的成本低，所以许多国外的药业公司会在国内选取试药员。曾经某国一家药业公司在测试新药‘胸腺核蛋白制剂’的时候，就把部分临床研究放在了我国，结果引发了艾滋病病毒感染者集体死亡事件。当然现在的相关法律都比以前要完善，但里面的潜规则依然存在，只是操作手法更为隐秘罢了。”

“那么当试药员的数据造假被发现，试药机构不承认他们的体检检测人员有问题，而把责任推卸给试药员本身，这种可能性存在吗？”

“当然存在。”

“嗯，我的问题都问完了。”吴忌看向自己关机的手机，“关医生，我能开机看时间了吗？”

关瑶把手机推向吴忌。吴忌开启手机，时间显示为九点零五分，这时，门外传来了敲门声。

关瑶起身道：“我的客户到了，吴忌，如果你还有问题，可以打我电话。”

吴忌也起身朝门口走去。“好，那我就不多打扰了。”

“吴忌，”吴忌正要开门，关瑶叫住了他，“你，还好吧？”

吴忌愣了一下。

“苏岚失踪的事我听于晨说了，如果你……睡不好觉，可以常来我这坐坐，不要一个人憋在心里。”

吴忌一笑：“那先谢过了。”说罢，他打开了门。

门一开，一位身材高大，西装革履，外罩了一件黑色斜纹的迪奥男士长款毛呢大衣，脚穿一双黑棕色尖头约翰·罗布皮鞋，梳着一个大油头的英俊男士出现在吴忌眼前。

“Hi，Aaron。”关瑶向男士打招呼，男士微笑回道：“Morning，

Emma。”

吴忌向男士礼貌性点头，然后走出去。

走出这家心理咨询公司的大门，吴忌才想起这位男士的来头，他不就是经常上财经专栏、被各大财经媒体捧上天的锡安首富方亿恒的大公子方宸春吗？这样一位成功人士怎么会做心理咨询？又或者他是专程来看望关瑶的？

如果换作其他侦探，估计会顺藤摸瓜查一些八卦出来，再卖给媒体赚点儿外快，但吴忌不是这类好事之徒，他将今天这一面之缘的碎片储存在脑子里，或许哪一天这块碎片能帮助他解答一些疑问。

试探

“请问李展邦经理在吗？”未戴帽子却戴了一副黑框眼镜的吴忌站在杜氏医药公司的前台，询问虚拟前台小姐。跟所有办公大楼里的虚拟前台小姐一样，这位前台小姐穿着女士西装，脸上挂着标准的微笑。

“请稍等。”她播了一通虚拟电话，收到指令后抬头问吴忌，“请问您是哪位？”

“哦，我是辉瑞研发机构的医药代表，我叫吴林。”

虚拟前台一字不落地复述了一遍，三秒后，她点了点头，挂了电话，对吴忌微笑道："请跟我来。"

这家医药公司规模不大，标准的办公室隔间隔了十几个座位，十余位员工正在座位上忙碌地工作。隔间的右手边有两个会议室，一大一小，大会议室里似乎有人在开会。

"请在会议室稍等片刻。"虚拟前台把吴忌带进了小的那一间。

在虚拟前台消失后，吴忌立刻将一个纽扣窃听器放置在会议室桌面下，然后悠闲地坐着等待。一分钟不到，门口出现了一个穿着深蓝色圆领毛衣的男人，他个头不高，大约一米七五，剪了一个时下流行的偏分男士发型，丹凤眼，高鼻子，尖下巴，吴忌把这种面相称为"狐狸脸"，他认为拥有这种面相的人，通常城府较深，不太好打交道。

男人微露笑意，朝吴忌走来，伸出右手。"这位是吴经理吧？"

吴忌立刻起身，笑脸相迎与之握手。"是，是，是我，想必您就是李经理吧？"

李展邦递上了自己的名片，吴忌接过名片，略显尴尬地说道："您看我，今天来得太匆忙，也没带名片。"

"没事没事，下次再补上也不晚。不过……吴经理这突然来访是有什么事吗？还未请教您是辉瑞哪个部门的？"

吴忌含笑道："我是跟王伟经理混的，以前都是王经理亲自跟你们接洽的吧。"

吴忌一提到王伟，李展邦原本警惕的笑容立刻轻松了不少。"原来是王经理下面的人。哎呀，怎么都没人给你倒杯茶？"李展邦皱了皱眉头，走出会议室，对门外说了几句话后，再度回到会议室，“对不住啊，都忙晕了。”

“没关系，没关系。”

“那吴经理今天来是为了……”

“我们一周之后有一批新药要进行临床测试，所以需要至少五十个试药的。”

生意上门，李展邦兴奋得眉毛扬起。“五十个，一周之后，没问题，完全没问题，包在我身上。”

说话间，门口传来敲门声，紧接着一个女员工端着一杯茶走进来。

待到女员工走出去，会议室的门再度关闭，李展邦继续问道：“不知道这次的新药是用在哪方面的？”

“哦，主要用来治疗心脏病的。”

“那需要特殊试药员吗？患有心脏病的还是？”

“一半一半吧，普通的和特殊的都来二十五个。”

“嗯，好，没问题。”

“你们杜氏果然厉害，一周之内就能帮我们筹到二十五个特殊试药员。”吴忌感叹了一句。

李展邦笑得合不拢嘴。“都合作这么久了，我们的能力你们还不了解吗？哈哈。那这次的价格方面……”

“这方面到时候王经理会再跟你具体谈。”

李展邦立刻点头。“明白明白，哈哈……”

“还有个事，王经理上头最近来了个新的领导，要他写份报告，关于试药员的，他让我来问你要一下这两年从你这来的试药员的资料，不用很详细，只要名字、性别、年龄和他们参与的临床试药项目有就行了。”

李展邦有些迟疑。“怎么没听王经理提起过……这还是头一次被要求这么做……”

“是吗？新官上任事情多，你看王经理都不能亲自来跟你说这次的合作，派我过来，可见他最近有多忙了。看在这么多年的合作上，就帮他这个小忙吧？我想你们公司这么正规，这种统计资料应该很全面，不然王经理还得自己一个个翻查以前的记录整理，会把他搞得更焦头烂额的。”

李展邦听吴忌这么一分析，觉得挺有道理，这些资料王伟又不是没有，只是他懒得自己整理。于是他答应了吴忌的要求，叫了一个员工进来。“小朱，你整理一下这两年我们给辉瑞提供的试药员的名单，包括名字、性别、年龄和他们参与的临床试药项目。我马上就要。”

没过一会儿，小朱就整理好名单，送过来了。

李展邦自己先看了一遍，确认没有问题再交给吴忌。吴忌拿到手后，快速浏览了一遍，上面没有孟寅的名字。吴忌欠身准备离去，突然在门口停下，转身询问道：“对了，李经理，你认识一个叫孟寅的人吗？”

李展邦愣了一下，然后笑道：“孟寅……是谁啊？”

“我以为你会知道。”吴忌继续说，“前不久这个人在试药阶段死了，他的家属来告我们辉瑞，但最后证明是这个人本身有问题，我以为王经理跟你私下提过这个事。”

“哦，被你这么一说，我有点儿印象了，好像是有这么一个事。”李展邦像是恍然大悟一般。

“现在试药的人为了钱什么都做得出来，李经理，你一定严格把关啊，别再让孟寅这种人混进来。”

“那是当然！从我们这出去的试药员都是合格的，符合标准的，这一点你绝对放心！”李展邦信誓旦旦地说。

吴忌离开后，李展邦立刻把小朱叫回会议室。“把孟寅的资料全部销毁。”

“李经理，孟寅体检不合格，我们已经把他从合格名单中删除，就算有人来查，我们也不用掩饰，照直说就好了，销毁了反而让人起疑啊。”

“你想得太简单了，多一事不如少一事，把他的资料销毁，比起到时候解释容易。”

“那好吧。”

小朱离开后，李展邦在会议室里继续坐了一会儿，他对于这个吴林的突然出现依然有些怀疑，于是他打了一通电话向王伟求证。

“王哥，听说你最近很忙啊。”

“年底了当然忙。”

“谢谢你又送了一笔生意给我啊。”

“生意？什么生意？”

“你不是派人来要了五十个治疗心脏病新药研究的试药员吗？”

“没有啊！”王伟的这一回答，惊得李展邦从座位上跳起。

“什么？你没有派人来找我？但今天下午有个叫吴林的人跑来找我，说是你下面的人啊！他刚走啊！”

“怎么可能，我从来都是自己找你要人，我什么时候让别人来找过你？等一下，你说的那个人叫什么名字？”

“吴林。”

“妈的！我知道怎么一回事了！今天中午有个自称是记者的人跑来我们辉瑞做采访，你知道我们辉瑞是大公司，不好赶记者走，范教授就接受了他的采访，最后范教授还把我介绍给他，他向我提了一些无关紧要的问题。现在回想起来，这个记者好像也姓吴，该不会跟你说的是同一个人吧？”

“他都问了你什么问题？”

“我们一般怎么找试药员，跟哪些信誉良好的医药公司合作找试药员，最近有没有什么新的药物要投入临床测试之类的。”

“所以你提到了我们杜氏？”

“对呀，你们杜氏信誉良好，我想可以帮忙推广一下，前不久不是出了孟寅的事吗？很多记者乱写，把我们和你们药头写得不堪入目，所以要正视听啊。”

听到这里，李展邦已经可以百分之百确定这个吴林就是那个吴记者。他突然感到十分不安，这个吴林到底是什么来头？大费周章地演这一出戏到底有什么目的？焦虑不安的他立刻又拨了一个电话，但对方却一直没有接，“阿国搞什么鬼，怎么不接电话。”李展邦嘟囔着摔门离开了会议室。

而此时的吴忌正坐在杜氏医药公司旁边，一间公共厕所的马桶上，监听着会议室内发生的一切。听到关门声的他打了一个大大的哈欠，按了一下冲水按钮，将两面可穿的外衣脱下，翻了一个面——黑色皮衣变成了蓝色风衣，再穿上，然后从黑色双肩包里拿出那顶常戴的帽子，戴上，最后对着镜子压了压帽檐，悠然离开了。

嫌疑人

凌晨四点，锡安市还笼罩在黑暗中，宾阳路上，昏暗的街灯下，一个拿着啤酒瓶的醉汉正摇摇摆摆地走着，酒精帮他驱走了部分寒意，但同时也夺走了他的平衡感。就在他转身进到一条阴冷的小巷时，一个没走稳，摔了个四脚朝天。手中的酒瓶落到结冰的路面上，砸出一个小窟窿，然后朝小巷深处滚去。醉汉慢悠悠地从地上爬起来，踉踉跄跄地寻找起了啤酒瓶。

就在他好不容易找到啤酒瓶的时候，他发现旁边还有个奇怪的物体，于是他掏出手机一照，竟然是一个人！醉汉大惊，继而大笑："看来还有喝得比我还要醉的家伙！喂，哥们儿，醒醒！"醉汉用脚轻轻踢了踢倒在路上的另一个"醉汉"，但这个人显然醉得很死，身体纹丝不动。醉汉蹲下身，用手拍了拍地上这人的背。"喂，哥们儿，再睡下去可要冷死了！"但这哥们儿还是没有动。

于是醉汉又推了推了他的身子，然而这第三下碰触让醉汉顿生寒意，因为他的手机光线正照在这人身下的某处，从而看到了他身下那让人头皮发麻的红色，又因为天气寒冷的缘故，这块红色已经结冰。

酒精似乎因为这大块红冰而顿时从醉汉体内挥发了，他使出浑身解数，将地上的人翻了个身，只见这人胸口被捅成一片模糊，他吓得瘫坐在地上。过了好久，他猛地从地上爬起，往小巷外跑去，跑的时候大喊道："死人啦！"而地上的这具尸体，此时正双眼圆睁地仇视着黑暗的天空，同这眼神一样可怕的还有他左脸上的两道红色刀疤。

· · · · · · ·

吴忌盯着电脑全息屏幕上有关"智森药业"的简介看得入了迷，原来这是一家专门制造各种麻醉剂、合成类固醇、肽激素等兴奋药物的制药公司，两年前曾多次被曝出药物剂量与说明书不符、私下为运动员定制不合标准的兴奋剂等内幕，但这家公司最后总能化险为夷并存活至今，最近两年这种负面新闻倒是少了许多。

正当吴忌准备深入了解这家制药公司时，他的手机振动了，于是他心不在焉地接起电话，连来电人是谁都没有细看。

"喂，哪位？"吴忌的眼睛还紧紧盯着屏幕，手机那头却传来大喘气，然后他听到"吴林，你就是吴林吧？"

吴林，是吴忌因工作需要，给自己取的众多化名中的一个。

最近使用是昨天假扮记者去辉瑞和假扮辉瑞职员去杜氏的时候，所以知道这个名字的人从时间上来看很有可能是这两家公司中的人，但是吴忌已经听出了手机那头是谁，他看了一眼来电显示，证实了这一点。

“于晨，你想问什么？”

此时的于晨正站在杜氏医药公司的前台，看着虚拟前台小姐调出来的来访记录，他眼前的这张脸明明跟吴忌一模一样，但名字却标注为吴林。“吴忌，你什么时候改名字的？还是说你有个双胞胎哥哥或弟弟？”

吴忌还没弄明白于晨到底知道了什么，又为什么会知道自己用了吴林的化名，于是他开始打太极。“于晨，这大周六早上的，你一个副队长被调去值班了？好像火气很大嘛，什么改名字、双胞胎的，都不知道你在说什么。”

“吴忌，正经事，你昨天是不是跑来杜氏医药公司找了一个叫李展邦的人？”

吴忌打算继续死撑。“什么杜氏，什么李展邦？”

“他死了，今天凌晨被发现死在一条小巷里，我们现在就在他公司杜氏医药，有员工反映昨天李展邦接待了一个客人，这个客人他们之前没见过，而这个客人走了之后不久，李展邦就大发雷霆。所以我们才让他们调出昨天的访客名单，结果就看到了你那英俊的脸庞，但署名却不是你的大名。”

吴忌没有想到，昨天还好好的李展邦，今天就横尸巷头了。吴忌的脑子里冒出许多问题：他怎么死的，死在哪条小巷，死了多久，怎么被发现的……但是他一个都没问，因为与其在电话里问，还不如——

“老常派人来找我去‘协助调查’了吗？”

“常队没‘派’人，他亲自出发去‘请’你了。”

“你怎么不跟来？”

“我跟过去，怎么给你打电话？”

吴忌抿嘴一笑。“那你跟老常说一下，我现在就自己去队里，不用他专门跑一趟了。”吴忌说完，挂了电话。

一个小时后，于晨站在了审讯室单面镜前，常明磊则在里面和吴忌录口供。

“吴忌，跟我说说吧，你去找李展邦的事。你一定知道李展邦已经死了。”常明磊曾经就职于吴忌手下，又在两年前因为儿子被吴忌解救一事而非常感激吴忌，所以态度很谦和。

“李展邦怎么死的？”吴忌没有回答老常的问题，反而问起了案情。

老常犹豫了一会儿，但还是照实回答了。“初步鉴定是被刀捅死的。”

“你们这么快就确认了身份，是凶手没有拿走他身上可辨认身份的财物还是有人来认尸？”吴忌继续提问。

老常又犹豫了，他在思虑是不是应该回答吴忌的问题。

见老常没有回应，吴忌继续说：“如果是前者，那至少排除了谋财；如果是后者，来认尸的人是谁？他是怎么知道死讯的？”

老常摆了摆手，示意吴忌别再往下说。“是前者，凶手没有拿走他的手机。我们根据手机上的信息，叫来了死者的父母认尸，确定死者为李展邦，也是手机的主人。”老常舔了舔嘴唇继续，“我们认为仇杀的可能性很大，因为凶手连捅了李展邦五刀，每一刀都在心脏位置，所以杀人意图非常明显。不过我们现在就断言是仇杀为时过早，也有可能是一些反社会人格症患者或精神病人实施的随机杀人。”

“在国外已有的案例中，反社会人格症患者杀人一般会选择有一定社会地位的人，他们并不会真的随机杀人，而是精心挑选杀人对象，比如明星、富商之类的成功人士。而如果是精神病人，他们一般会选择比他们更加弱小的女人、老人或者小孩下手，很少有选择这种年轻力壮的男人下手的。并且他们杀人可不会那么精确，他们会在被害者身上乱捅，而不是刀刀致命地捅心脏，且只捅了五刀。我倒觉得这个凶手很理智，不像有精神病。”

“嗯，经你这么一分析，仇杀的可能性更高了。目前，我们确实是先按仇杀的方向调查的。”

“凶器是哪种刀？”

“刀刃长在八英寸左右，宽一点八英寸左右的普通刀具，随便哪个超市都可以买到。”

吴忌点点头。“嗯，我事务所厨房就有这么一把。”

话音刚落，老常蹙了蹙眉头。“吴忌，这种话不要随便乱说，特别是在这种非常时期。”

吴忌弯了弯嘴角。“明白，老常。那死亡时间呢？”

“今天凌晨一点左右。”老常舔了舔嘴唇，“这个时间点你在干什么呢，吴忌？”

吴忌回想了一下，道：“我从昨天晚上九点到今天早上七点都在事务所里，泰山可以为我作证。”说罢，吴忌再度笑了笑，“开玩笑，证人的话，确实没有，不过还不至于要把我当作嫌疑人对待吧。”

老常干咳一声。“我当然相信你，不过你在死者死前一天跑去找他，还用化名，据死者公司同事说，死者在你离去后还大发雷霆，这就有点儿奇怪了。所以如果你不解释清楚这个事，我就有点难交代了。”

吴忌也做过警察，他当然理解老常的难处。吴忌调整了一下坐姿，说：“一天前，我接到一个委托，我的委托人拜托我找一个人，为了完成委托，我就用了化名去杜氏调查，这个人很有可能和李展邦有关系，所以我才找了李展邦，问了他一些事。我去找他的时候，谎称自己是辉瑞研发公司的人，辉瑞是他们杜氏的大客户，所以他盛情接待了我。不过等我走后，我猜他发现了我根本不是辉瑞的人，觉得被骗了，所以就大发雷霆。”吴忌略过了偷偷安装窃听器的事。

“委托人是谁？”

“非要说吗？”

“我们需要向你的委托人取证来证实你的话。”

吴忌无奈地点点头。“好吧，委托人叫薛晓梅。”

“委托任务是？”

吴忌快速复述了一遍委托事宜，因为老常没有接手孟寅的案子，所以对孟寅没有什么印象。“照你这么说，这个杜氏医药公司其实是个中介公司，而李展邦很有可能是个大药头？”

“我想你们可以往他药头这个身份着手调查，我觉得杜氏这家公司不简单。”

“这倒是一个很好的调查方向。”老常忽然想起什么，拿起笔在纸上写了写，然后挪到吴忌面前，“吴忌，你看这个像什么？”

7或L

吴忌将纸转了一圈，说道：“从这个角度看像数字 7，从另外一个角度看像字母 L。怎么你突然对符号学感兴趣了？”

老常摇摇头。“这是刻在李展邦左脸上的两道伤疤组成的一个符号，像你说的，它看上去又像 7 又像 L。”

“是死后刻上去的还是之前就有？”

“根据崔勇的鉴定，他说这两道伤疤很新，根据伤口愈合速度，他推测这两道伤疤跟李展邦胸口上的刀伤时间差不多。所以我们推测这很有可能是凶手所为，他似乎想传递什么讯息。”

吴忌突然对这个案子来了兴趣，锡安市已经很久没有出现过这种带有凶手明显个人特色的杀人案了，但同时，他又忧心起来……“老常，如果我没猜错的话，凶手很有可能还将继续犯案，直到他把所有想要传达的讯息全部传达出来。”

老常大惊。“吴忌，这话，这话可不能乱说啊！”

“那就当我是危言耸听吧，不过老常，这个案子你要多费点心，越快破案越好。”

老常回味了一番吴忌的话，不禁焦虑起来。按照吴忌现在的说法，这个案子很有可能演变成一起连环凶杀案，上面会高度重视，虽说在自己做代队长期间出现一些大案可以立功，说不定还能凭此正式成为队长，但前提是自己要有破大案的能力，否则，大案不仅不会帮他立大功，还会让他仕途受阻，所以大案对于他来说是一把双刃剑。再三权衡之下，老常决定邀请吴忌帮忙协助调查。

吴忌摸摸下巴，思忖了一小会儿，最后答应了。老常仿佛吃了一颗定心丸，松了一口气。站在单面镜前的于晨也兴奋地敲了敲镜子，这是他以前跟着吴忌的时候学的。吴忌听到这个熟悉的敲镜子声，冲他笑了笑。

“老常，当顾问，至少可以包午餐吧？”吴忌摸了摸自己的肚子。

老常这才意识到现在已经快一点了。“哎哟，都这么晚了，确实饿了。包，当然包，另外我还会再去申请一笔顾问费，不会让你白干。”

“那就先谢过了。”吴忌抿嘴一笑。

“所以它是 7 还是 L？”于晨开着车，问副驾驶座上的吴忌。

吴忌正在翻看平板电脑上李展邦死亡现场的照片，翻到李展邦的脸部特写，只见其左脸上的符号，如果站在头部的左侧，面向尸体看，那么就像数字 7；但如果站在头部的右侧，面向尸体看，那么就像大写字母 L。

“信息太少了。不过……”吴忌将平板电脑挪到左侧，这相当于吴忌站在了尸体的右侧，面朝尸体，“如果我站在这个角度，手上拿着一把刀，要给他刻个符号，我会选择在右脸上刻，因为右脸离我最近，也最方便，不管我是惯用左手还是右手。所以，”吴忌将平板电脑挪到右侧，也即站到了尸体的左侧，面朝尸体，“如果我是站在左侧，在左脸上刻就比较方便。既然这个符号出现在了左侧，那么凶手很有可能就是站在我现在这个位置刻的，也就是说这个符号更应该被解读为数字 7。”

“有道理。”

“不过现在下结论还为时过早。”

“对了，吴忌，你让老常把技术队的黑客带上是要干吗？”

“马上你就知道了。”

下午两点，老常等人马不停蹄地再次来到杜氏医药公司，准备给所有员工录口供。

“人都在这里了？”老常问小孔。

小孔点点头，回道：“除了他们的老板，也就是这家公司的总经理杜晟不在。”

“他去哪了？”

“他的助理说他早在元旦前就去美国度假了，要到一月十三号，也就是后天才回国。”小孔照实回答。

“元旦前就出国了？去出入境那证实一下，如果真的出国了，那这个案子基本跟他没什么关系了。”

“技术部的人到了吗？”待到老常布置完任务，吴忌问道。

“小冯呢？小冯在哪？”老常喊道。

“来了来了。”一个戴着近视眼镜的年轻小伙子从外面匆匆跑进来，“常队，不好意思，刚刚去了一趟洗手间。”

“吴忌，给你介绍一下，这位是电脑高手冯旭尧，去年新调过来支援技术队的；小冯，这位是我们新请的顾问吴忌。你今天就跟着他，他让你干什么你就干什么，知道了吗？”

小冯连连点头。“明白，常队。”

“另外，老常，给这一位录口供的时候，也让我参与吧。”吴忌走到一个杜氏的女员工旁边如是说道，而这个女员工正是昨天给吴忌打印名单的小朱。“小朱，还记得我吧？我昨天来过。”

小朱看到吴忌，唯唯诺诺地点了点头。

于晨见状，立刻举荐自己道：“常队，小孔，那小朱就让我来问吧。”

老常当然无异议。“行，那兄弟们都动起来吧。”

吴忌对着小冯耳语了一番后，就立刻拉着于晨和小朱先去小会议室录口供了。

另一个鬼

于晨在给小朱录口供的时候，吴忌没有插嘴，只是在一旁静静地听着，顺便在于晨不注意的时候，把粘在会议室桌下面的纽扣窃听器取了下来。

十分钟后，于晨将提问权交给吴忌。“我问得差不多了，该轮到你了，吴忌。”

“知我者莫若于晨也。”吴忌朝于晨使了一个眼色，然后面向小朱，“跟我说说孟寅的事吧，昨天你给我的试药员名单里没有孟寅，但据我所知他确实来你们这应聘过试药员吧？”

在回答于晨的提问时，小朱不觉得有压力，因为她知道自己跟李展邦的死没有关系。但当吴忌提到孟寅的时候，她迟疑了起来，原本在她看来很平常的事，因为李展邦昨日坚决要求销毁孟寅的资料而让她觉得有点蹊跷。

吴忌似乎看穿了小朱的压力。“小朱，现在李展邦已经死了，你不用怕他问责，你只要把事情说清楚就好，如果你们公司真的没有暗箱操作，你说出来也不会对公司有什么影响。你这样遮遮掩掩，反而可疑。”

经吴忌这么一说，小朱松了一口气，她撩了撩垂落到眼前的头发。“他确实来过，在李总新带来的一批试药员里头。”

于晨插嘴道：“你们李总好歹也是一个经理，怎么还要亲自去找试药员？”

“我们公司人不多，三个财务，一个行政，一个杜总的秘书。我和张哥一个管数据，一个管IT，剩下的六个全是销售代表，其中三个主要是负责联系医院和试药员的，相当于联络员的角色；剩下三个才会跟着李总出去跑业务，既要找试药员，还要找医院的新药研发项目。我们杜总不喜欢大规模，他说人多了，钱分得也多。我们公司总共就十五个人，但利润高，所以大家的工资都还不错。不仅仅是李总，杜总也经常自己出去找试药员、找试药项目，所以我们公司上下都很佩服他们两位的敬业精神。”

吴忌看得出小朱说这番话是发自肺腑。“那为什么孟寅的名字不在试药员名单里？”

“因为他体检不合格，他的肝脏功能很不好，身体素质不适合做试药员。”

“原来如此，但这样的人不能做普通试药员，却可以做特殊试药员吧？比如一些重点治疗肝功能的新药？”

“你说的没错，所以我们原本留着这个人的记录，以备后用。但是昨天……”小朱看了一眼吴忌，“你走了之后，李总就把我叫进这里，让我立刻销毁孟寅的所有资料。”

“这是为什么？”于晨又插嘴问了一句，吴忌差点儿说出“她也不知道”，但马上噎了回去。

小朱摇摇头。“我也不知道，李总没有说具体原因，他只是说不想把事情搞复杂。”

这时，门口传来了敲门声，进来的人是冯旭尧，手上还拿着一块平板电脑，他冲吴忌摇了摇了手中的电脑。于是吴忌让小朱先出去。

冯旭尧把电脑放在会议桌上，然后在屏幕上划了一个手势，屏幕立刻以全息投影的形式出现在三人面前，小冯指着全息屏幕说："吴忌，按你说的，我恢复了小朱昨天销毁的档案，就是这个。"

全息屏上出现了孟寅的名字、年龄、照片、身高、体重、血型等基础信息。确实如小朱所说，孟寅的体检报告总结栏上写着"肝脏功能异常"这几个字，而意见栏上写着：

不适合做普通试药员，可留用肝功能类特殊试药员

"看来小朱没有撒谎。"于晨说道。

"小冯，试药员名单拉出来了吗？"吴忌问。

小冯又分出一个屏幕，上面显示的全是杜氏医药公司拥有的试药员名单，其中普通试药员总共有32593位，特殊试药员有11237位，合计人数多达43830个。

"如果有些数据被销毁了，就像孟寅这样的情况，时间久了，是不是找不回来？"吴忌又问。

"我可以试着恢复一个月之内销毁的数据，但超过一个月的基本上是追不回来了。"

吴忌在会议室里来回踱起步。"太正规了。"

"什么太正规了？"于晨问。

"不觉得这家药头公司整个运营操作太正规了吗？"

"这有什么不好的吗？公司不就应该正规运营吗？"

“你说的对，公司就应该正规运营，但有人告诉我，十个药头九个半是‘鬼’。所以我对于这半个没有变成‘鬼’的药头公司感到非常惊讶。这家公司真的不是‘鬼’吗？如果不是，那为什么孟寅明明体检不合格，但最后还是去做了试药员？且进行的还不是针对肝功能异常的药物的临床试验。这说明什么？”

“数据泄露了。”小冯轻声回答。

“对，这是一种可能，数据泄露了；另一种可能是孟寅自己跑去找了其他药头。但如果是第二种可能，那么李展邦不会这么紧张孟寅的事。所以我猜测第一种可能性更高，而泄露这个数据的就是李展邦本人。他很有可能暗中把不符合要求的试药员卖给其他药头，从中抽佣，这种事原本不会有人知道，但我却找上门来调查，他怕事情败露，于是就让小朱把孟寅的资料销毁。其实他完全是多此一举，如果不销毁孟寅的资料，他大可以咬死说孟寅自己找了其他‘药头’，跟他无关。但现在这样，反而坐实了他的做贼心虚。”

吴忌停下脚步。“如果按照这个逻辑，李展邦是这家公司的‘鬼’，那么他背后一定有更多的‘鬼’。而像孟寅这样的人，或许在这四万多名单里，或许早就被销毁无法恢复了。从凶手在杀害李展邦之后刻意留下符号一事上可以推测，凶手是蓄谋所为，他很有可能跟踪李展邦一段时间了，然后在李展邦回家的必经之路上伺机而动。那么除非凶手跟李展邦之间有深仇大恨，不然他不会这么大费周章。所以因亲人死于临床试药研究，而引起的仇杀，就说得通了。”

于晨听罢，连连点头。“吴忌，我看你一直在孟寅的委托上打转，一开始还以为你只关心自己的那个委托，把我们的这桩杀人案给忘了，原来绕这么一大圈是为了寻找凶手的杀人动机。”

吴忌摸摸鼻子，避开于晨崇拜的眼神。“哦，其实你说的没错，解决杀人案的同时，我想顺便把委托也完成了，毕竟都是客户嘛。”

正说着，又传来敲门声，这回进来的是孔翔森。“我们这边口供都录完了，准备收队了，你们能走了吗？”

于晨猛然想起了什么。“啊呀，我还没开始调查李展邦通讯录上的人呢！小孔，来来，快帮我一把。”

小孔没好气地白了于晨一眼。“回队里再说吧。”

老常与杨杰的管理风格完全是南辕北辙。杨杰做事一板一眼，重视秩序规则，凡事喜欢按照流程走；老常就比较随意，在不违反原则的情况下凡事都好商量，只要大家和和气气、同心协力办案就好。而吴忌曾经的管理风格则刚好在两者之间。

这是吴忌第一次一边吃着饭盒，一边坐在会议室讨论案情。吴忌快速扒了几口饭后，基本不再吃了，他静静地坐在一边，开始听其他人的调查进度汇报。

孔翔森说：“我们给杜氏的十三个员工一一录了口供，交叉取证，基本排除了员工因工作问题与上级结怨而实施报复的可能性。李展邦在杜氏的人缘很不错，几乎没有人在背后说他坏话，不过他下面的几个销售代表反映他平时有泡吧的习惯，喜欢下班后去酒吧喝几杯，还经常会喝醉。至于他的情感问题，据这几个销售说，他似乎没有固定的女朋友，也没有结婚的打算，所以经常游戏人间。至于杜晟，出入境方面证实他确实在十二月二十八号出国了，并且到目前为止都没有回国记录。”

小孔说完坐回座位继续吃起了晚饭。这时于晨突发奇想地说道：“有没有可能是现代版‘东方快车谋杀案’啊？十三个人其实长期受到李展邦的压迫，最后联合起来趁他晚上泡吧喝醉酒，在回家路上把他杀了？”

于晨话音刚落，就有人拍手叫好，也有人哈哈大笑，老常见状，用手指关节敲了敲桌面。“大家严肃点，尊重死者，别乱开玩笑。”

“如果是现代版‘东方快车谋杀案’，那么尸体上应该至少有十三处刀伤，而不是只有五处。”吴忌接过于晨和老常的对话说道，“通常这种合谋杀人，参与谋杀的每个人都要亲自动手，中途退场是大忌，会遭到已经沾染鲜血的人的报复。另外，合谋杀人的风险比单人作案高出许多，合谋人数越多，风险越大，三人以上已经属于集团作案，需要一个主谋来做整体策划，这样的谋杀性质又与合谋有所不同。所以类似‘东方快车谋杀案’这种杀人手法终归只能出现在小说里，在现实世界很难实现。”

于晨羞愧地望了吴忌一眼。“我只是随便说说，没想那么多……”

“吴忌只是排除了你说的这种可能性，你不需要太放在心上。”老常和事佬的性格马上显现，“说说你这边的情况吧？通讯录查得怎么样了？”

于晨抽了一张纸巾，抹了抹嘴角，立刻站起来汇报：“李展邦的通讯录里总共有四千七百九十八个联系人，包括电话簿和各种手机应用即时聊天工具上的联系人。一一排查是不现实的，所以我按照最新的联系人顺序，反向去联系。我已经查了他最近半年里联系过的人，总共是一百二十九个人。排除里面三十一个无关紧要的推销电话，其中六十九个是医院的人和试药员。而在这六十九个人中有十八个是医院的人，都在他们公司档案里核实过，没有问题；剩下的五十一个人，和下午小冯拉出来的那份试药员名单可以对号入座。另外十四个是他们公司的十三名员工以及他们的老板杜晟。最后剩下的十五个联系人中，有十个是女人，根据即时聊天工具上的对话，这十个女人都和李展邦有情感纠葛。”

“那剩下的五个呢？”有人插嘴问道。

“剩下的五个，有四人是李展邦平时的酒友，他经常约他们出来喝酒泡吧。不过在电话通讯上，李展邦死前一个小时，他在不停地拨打一个署名为‘阿国’的人的电话，拨了二十三次，但对方都没有接。我也拨过这个叫阿国的人的电话，但对方已关机。而在李展邦和他的聊天记录上，除了约定时间地点碰头，就没有更多的互动了。所以我认为这个叫阿国的人很可疑，李展邦死前似乎找他找得很急。”

“阿国？”吴忌清楚地记得李展邦在送走他之后拨打的第一个电话就是打给阿国，“有点意思……”吴忌轻轻评论了一句，耳聪的于晨立刻回问：“怎么个有意思法？”

吴忌摸了摸下巴。“如果我没有猜错的话，这个阿国就是李展邦的影子，是另一个‘鬼’。”

. . . .

男人醒过来时发现自己躺在冰冷的地面上，周围黑乎乎的，窗外洒进来几缕清冷的月光，但视线依然昏暗，辨认不清身在何处。

男人试图坐起来，但只是轻轻一动，便顿感全身刺痛，特别是小腹，更是疼痛难忍。和痛感一起侵袭大脑的还有不久之前的一段有点耻辱的记忆，男人越想越气愤，不禁开口骂起来："疯狗刘彪！你给我等着，我明天就找人去收拾你！"

待到男人好不容易支起身体，正准备站起来，耳边幽幽传来一句话：

"醒了啊，韩森国。"

53

"应该是53，怎么看都像是53。"

"如果这是53的话，那么上一次的或许就是7。"

"嗯，可以肯定是7。"

吴忌和于晨两个人，一个用手捂着鼻子，一个用纸巾堵着鼻子，正凑在一具男尸的脸部旁观察，只见男尸的左脸上有两处刀疤，组合在一起，正好是数字 53。

“看够了吗？”孔翔森冷不防凑近俩人问了一句。

吴忌连忙起身。“小孔，你这么突然靠近说话，很恐怖哦。”“是啊是啊。”于晨附和着也直起身。

“老常，怎么发现尸体的？”吴忌在破旧的拆迁房内观察起了尸体周围的环境。这是一个约九十平方米的毛坯房，四四方方，墙上红色的“拆”字醒目耀眼，散发着唯我独尊的气质，墙角处的蛛网在微风中摇摇欲坠，蛛网的主人早已不知去向。

“今天早上六点左右，石泉路派出所的片警小张接到一个流浪汉报案，说在这个拆迁房里发现了一具男尸，尸体已经开始发臭，于是小张和两个同事立刻赶到这。这个拆迁房因为一些资金关系，住户搬走后，迟迟没有动工，就这么荒废着，都有两三年了，最后成了一些流浪汉的落脚地。小张他们发现尸体脸上的这个符号，于是立刻给支队打了电话……”

“等等，”吴忌打断了老常的叙述，“为什么小张看到尸体脸上有符号，就想到给支队打电话？”

“是这样，自从你跟我说凶手很有可能继续作案之后，我就让小孔通知了锡安市所有的派出所和分局，但凡发现脸上有异常伤疤的尸体，立刻通知我们。不过我还是留了一个心眼，没有把伤疤是数字还是字母这些具体细节透露出去。”

吴忌会意。“你有心了。”

吴忌走回尸体边上，低头看着尸体身上的伤痕。“崔勇，致命伤应该是心脏部位的刀伤吧？”

扎着一根小辫子的法医崔勇蹲下身，一边用手示意一边解释道："心脏部位有五处刀伤，从伤口的大小看，和李展邦的伤口差不多，我估计用的刀应该差不多，宽一点八英寸，具体深度等我回去解剖之后才知道。除了这五处刀伤外，死者全身上下还有多处瘀伤，腹部最为严重。"

"该不会是死后鞭尸留下的吧？"于晨鼻子上的纸巾还没摘掉，说话的声音有点不正常。老常见状，蹙眉指了指于晨的鼻子。

"是生前留下的，不是死后。"崔勇纠正。

于晨往后退了几步，站得离尸体远了点，识相地拿掉了鼻子上的纸巾。"那还好，不然有点变态。"

"如果是同一凶手作案的话，凶手似乎更恨他，因为这些瘀伤很新，跟死亡时间很接近，所以很有可能也是凶手留下的。"崔勇继续道，"这些瘀伤的程度深浅不一，从最深的一处看，凶手的力道很大，直接打断了他的一根肋骨。"

"大概死了多久？"吴忌看到尸体右下腹已经出现尸绿。

"至少两天。我推测死亡时间应该是在一月十号的凌晨两三点左右。"

吴忌回想了一下一月十号凌晨两三点他自己在干什么，这样有助于他亲身体会时间感。他从凯利琼斯酒吧回到了家，那个时候已经睡下了，不过他清楚地记得在凌晨两三点之前的三个小时发生了什么：他和杨杰在凯利琼斯酒吧相遇并一起喝了酒，临别前杨杰还给了他一个委托任务——寻找圣地亚哥，结果吴忌鬼使神差地接下了。没想到接下委托之后的三个小时里，在这个破旧的拆迁房里发生了这么一起命案。

“这里会是第一案发现场吗？”吴忌沿着地上的拖拽痕迹从尸体位置走到破旧的门框处，蹲下身，“假设这里就是第一案发现场，那么凶手应该是在外面某处先把死者打晕，再拖到这里杀人灭口。但如果在外面某处可以把死者打晕，为什么不直接把死者就地杀了呢？就像杀害李展邦一样，在昏暗的巷弄里，不是更方便？”

“因为凶手不仅要杀了死者，还要在死者生前虐待他，崔勇刚不是说了。”孔翔森回答道。

吴忌摸摸下巴，没有反驳这个解释，但表情却是不以为然。“老常，尸体身份确认了吗？”老常刚想回答，搜查队的赵伟跑了进来，他个子中等，面相憨厚老实，又塌又大的鼻子占据了全脸的三分之一，手上拿着一个用塑料袋套起来的手机。

“手机电充好了。”赵伟当着大家的面打开了手机。

“这是？”吴忌指着手机问。

“是在死者身上搜出来的，应该是死者的手机，不过发现的时候开不了机，可能是没电了，所以我让赵伟拿去车里充电。”孔翔森粗声粗气地说，“有了这个，就可以确认死者的身份了。”

赵伟戴上橡胶手套，然后俯身抓起死者的手，尝试指纹解锁，在试到左手的食指时，手机界面打开了。然后赵伟找到死者的电话号码，发回技术队。一分钟后，技术队发来了死者的名字、年龄、身份证号码等信息，赵伟照着念起来：“死者名叫韩森国，三十二岁，温川人，身份证号码是……”

吴忌没等赵伟念完，一把夺过手机，翻到通话记录，只见第一栏显示有二十三个未接电话，来电人署名为“阿邦”。

“韩森国，阿国……如果我没猜错的话，他应该就是我昨天说的‘另一个鬼’，也就是李展邦临死前还在找的‘阿国’。”

于晨从吴忌手上拿过电话，记了一下号码，然后将号码发回队里看管证物的同事确认，不一会儿，于晨收到了回复。他晃了晃手中的手机。“吴忌猜得没错，韩森国就是‘阿国’。”

“好嘛，说阿国，阿国就出现了。”老常不知道应该高兴还是生气，他看着已变成冰冷尸体的阿国，烦躁地捋了捋头，“吴忌，现在可以确认李展邦脸上的符号是数字 7，再加上这个韩森国脸上的数字 53，你能找到凶手想要转达的讯息吗？”

“从 7 到 53……不，韩森国比李展邦早一天死亡，所以按凶手的思路，应该是 53 到 7。”吴忌盯着韩森国脸上的 53，思忖道，“53、7，除了这两个数字都是质数和奇数这两个共性以外，我想不到它们之间还有什么其他共性。要找寻数字之间的规律，至少需要知道三个数字。比如 1，2，3，你会自然而然想到后面是 4，5，6，如果是 1，3，5，后面就是 7，9，11，以此类推。”

“那你的意思是凶手还会杀第三个人？”孔翔森问。

“不一定哦。”

“什么叫不一定？”于晨紧接着问。

“为什么不能像韩森国一样，已经死了呢？有可能不是杀第三个人，而是凶手已经杀了三个，而我们还没有找到另一个。”

吴忌的话让老常面如土色。“吴忌，你这么说有什么根据吗？”

“根据啊……目前没有，但我刚刚说的可能性是存在的，不是吗？再回到数字问题。你们最好去Z大找位数学教授问问，或许他们能知道这两个数字之间有什么奥秘。”

老常转头对孔翔森说了一句“赶快去Z大”，孔翔森立刻领命离去。

“按目前的发展来看，常队，就像吴忌昨天说的，凶手很有可能是因为亲人在李展邦和韩森国联合牵线下做了非法试药员而丧命对他们进行仇杀。”于晨话音刚落，吴忌补充道：“或者这个非法试药员本身就是凶手，他不至于因为试药丧命，但落下了顽疾，比如患了癌症之类的绝症。因为这样的人行凶会更加决绝，反正自己也活不久了。”

“有道理，这也是一种可能，且可能性还挺高。”老常点头同意，“于晨，你马上和搜查队的兄弟一起逐一排查韩森国手机里的联系人，对比李展邦的联系人以及杜氏在册的试药员名单，如果出现同一个人，立刻重点调查。”

离开的时候，吴忌把于晨拉到一边叮嘱：“帮我留意一下孟寅的电话有没有出现在韩森国的联系人里。”说话间，吴忌已经把孟寅的电话号码发给了于晨。

“你放心吧，吴忌，孟寅在杜氏的试药员名单里，虽然被销毁过，但如果出现在韩森国联系人里，会第一时间通知你。看来我们也要上门去拜访一下他的父母了……”

“他的父亲早就过世了，只有一个年迈的母亲，你该不会怀疑他母亲为子报仇吧？他母亲一来没有杀害两个年轻男人的能力，你只要看到她的样子就知道了；二来她如果早就知道韩森国和李展邦是让孟寅变成试药员的药头，她也不用跑来找我调查了。”

“是吗？不过你没有调查过孟寅的亲戚朋友吧？说不定他的亲戚朋友想为他报仇呢？”

吴忌被于晨反将一军，他思虑片刻后说道：“那等你查到韩森国联系人里有孟寅后再说吧。”

毒瘤

于晨一回到支队，就让小冯调出了韩森国手机里所有联系人的电话、邮箱和各个即时聊天工具账号，将信息整合过滤之后，于晨第一个检索的便是孟寅的手机号码，结果署名为“阿寅”的联系人立刻跳了出来。

吴忌看到这一结果沉默良久，然后说道：“看来是有必要深入查一查孟寅的亲友关系了。”

这时，吴忌的手机响了，他说了一句“你继续查联系人”之后走到了室外。

来电人是老K，原来吴忌在知道韩森国是另一个“鬼”之后就给老K发了一条“有空回拨”的讯息，终于在三个小时后，老K回电了。

“吴大侦探，有何贵干啊？”老K在手机那头哈欠连天地打了声招呼。

“打听个人。韩森国，韩国的韩，森林的森……”

未等吴忌介绍完，老K已经接过话茬：“国家的国嘛。”

“百晓生不愧是百晓生，这个人你知道多少？”

“韩森国，道上的人都叫他阿国，没有正经工作，好像是个药头、药贩子。他平时比较低调，也不怎么惹事，但我听说他挺有钱的，给他外地的父母买了好几套房子。他怎么了？犯事了？”

“他死了。”

老K愣了一下。“啊？死了啊？怎么死的？”

“被人用刀捅死的，两天前。”

“两天前？九号？”

“确切地说是十号凌晨三点左右。”

“这个时间啊……”

“怎么？听你的口气好像这个时间有问题？”

“我听人说九号晚上阿彪到处在找他，还扬言要修理他。听说阿彪后来找到他了，还带了一帮兄弟把他打了个半死。”

“你说的阿彪是刘彪？疯狗刘彪？”

“对，就是疯狗刘彪。”

“他为什么要修理韩森国？”

“据说是阿国把什么乱七八糟的药卖给了阿彪的女人，害得她跟别的男人上了床。嘿嘿，阿彪被戴了绿帽子，当然要报复阿国啦。”

说来也巧，九号那天晚上吴忌还在皇冠酒吧门口见到过刘彪，难道就在那个晚上刘彪找人把韩森国毒打了一顿？如果是这样的话，那么韩森国尸体上的那些瘀伤很有可能是刘彪等人造成的，而并非凶手，这就意味着凶手并不一定要力气大，他大可以螳螂捕蝉，黄雀在后，等到刘彪等人走了，再把奄奄一息的韩森国带到拆迁屋去行凶。如此一来，就解释了吴忌此前的半个疑问，拆迁屋或许真的是第一案发现场，但凶手为什么没有立即杀了韩森国呢？这后半个疑问还有待查证。

"老K，你帮了我大忙了，改天请你喝酒，时间地点你定。"

老K听罢，哈哈笑起来。"我就喜欢你这爽快的性格，那就这么说定了。"

吴忌挂了电话后，立刻把刘彪的事告诉了老常，老常一听到惯犯刘彪的名字，火气立马就上来了。"这条疯狗，上个月蹲了几天才刚放出去，结果又在外面给我惹事！"

吴忌不禁笑了。

"吴忌，你笑什么？"

"我看你和杨杰的处事作风完全相反，但在刘彪的问题上你们的态度倒出奇的相似。他一看到刘彪也是这么咬牙切齿的。"

"哦，吴忌，你最近见过杨队？"老常诧异。

"嗯，见过。"

"他最近怎么样？我听说他整天借酒浇愁，挺可怜的。他本来前途无量，没想到……唉，英雄还是难过美人关啊。"老常惋惜地摇摇头，忽而又打住了，惊讶地望向吴忌，"哎，不对呀，吴忌，你们两个怎么会碰面的？你们不是……水火不容的吗？”

“也是碰巧，在酒吧遇上了。只是……我和他之间的关系在你看来这么差吗？”

老常呵呵笑起来。“不是，是比水火不容还差。”

吴忌突然发现老常也挺幽默。“没这么夸张吧。”

“既生亮何生瑜。如果没有你珠玉在前，或许杨队的性格会更平易近人一点，但他太想表现，太想让所有人都知道他不比你差，所以在某些方面显得过于霸道、过于苛刻了。”

老常的话令吴忌有种豁然开朗的感觉，同时又有些愧疚。

“大概是我老了，不知不觉变得爱唠叨了。”老常浅浅一笑，“对了，还有一个事，我想征询一下你的意见。现在已经死了两个人，但我还没有把它定性为连环谋杀案来通报，因为我不想上面给我们太大的压力；至于外联方面，你看我让美琪分开写这两起凶杀案，暂不做关联处理，会不会好一点？我不想到时候记者乱写，也不想公众乱猜。”

“暂时可以这么处理，甚至如果将来发生了第三起，也让美琪分开报道，别打草惊蛇。”

两人说话间孔翔森已经从 Z 大返回支队了。

“小孔，你回来得正好，找到数学教授了吗？”老常心急地询问。

“我去 Z 大问到了数学系系主任苏老教授的家庭地址。然后我就马不停蹄地跑去这位苏老教授的家，幸好今天是个阴雨天，这位苏老教授有老寒腿，所以没有出门。”

“运气还算不错，那问出什么了吗？”老常继续问。

孔翔森遗憾地摇摇头，“说出来你可能不相信，”他看了吴忌一眼，“苏老教授竟然说了和他一样的话。他说 53 和 7 这两个数字除了都是质数和奇数以外，就没有其他共性了，而根据这两个数字推测下一个可能出现的数字也是不切实际的，至少得知道三个数字以后才能推测出第四个有规律的数字。”

“那从数字符号下手这条线索目前又断了。”老常叹了一口气，“对了，小孔，你现在带几个弟兄去把刘彪给我带回队里。”

“刘彪？他不是上个月刚出去吗？怎么？又犯事了？”

“吴忌的线人提供了一条消息，在韩森国死前，很有可能遭受过刘彪的毒打报复，也就是说韩森国身上的几处瘀伤很有可能是刘彪造成的。”

“是吗？那韩森国会不会是刘彪错手杀的？”

吴忌摇摇头。“应该不会，刘彪这样的小混混顶多打打人，杀人他还干不出来，就算真的下了重手杀了人，也不会多此一举在尸体上留个数字符号。杀害韩森国的凶手应该和杀害李展邦的是同一个。”

“我们现在也不用多做猜测，把刘彪带回来一问便知。”

小孔匆匆离去后，老常提议和吴忌一起去吃个中饭，但被吴忌婉言拒绝，他已经迫不及待想去拜访一下薛晓梅了。

DS

“一杯吉布森。”吴忌屁股还没滑入座位，已经对着汉斯下了一单。

“几天不见，怎么又憔悴了？”林霄绕到吴忌身旁坐下。

“是吗？”

“眼睛肿，腮帮陷，这还不憔悴？”

吴忌摸摸自己瘦削的腮帮。“果然陷下去了，可能是最近饮食不规律吧。”

林霄嗤之以鼻。“说得好像你以前饮食有多规律似的。”

“最近杨杰又来了吗？”

“昨天还来过，不过喝得少了，但嘴更碎、话更多了。我宁可他多喝酒少说话。”

“喝得少了，是个好兆头，鞋子呢？”

“什么鞋子？”

“他的鞋子擦干净了吗？”

“这个我没有留意。你怎么问这个？”

“哪天你看到他又穿锃亮的皮鞋出来喝酒，说明他离官复原职不远了。”

“一杯吉布森。”两人正说着，一个样貌英俊的小伙子拉开了吴忌身旁的座位，吴忌注意到他的左耳戴了一枚镶有黑色宝石的耳钉，这种宝石吴忌曾经见过。

“黑曜石？”吴忌盯着年轻人的耳钉道。

“眼力不错。”年轻人回答，声音很干净。从着装上看，他的家境应该很不错。

“哦，这双鞋全球只卖五十双！”大概是吴忌刚刚提到了鞋，林霄一眼看到了年轻人的脚上。

年轻人抿嘴一笑。“运气好，买到了一双。”他又转头对吴忌说：“我们应该是第二次见面。”

“第二次？”吴忌反问。

“第一次应该是在一年前，七九年的九月份，秋天。”

“是吗？在哪？”吴忌没有印象。

“就在这儿。不过当时你坐在这个位置，我坐在后面的卡座。”年轻人转身指了指一旁的卡座位，“你确实可能不记得了，当时我们也没有像这样聊过天，光我一个人听你说话了。”

吴忌理了理年轻人的话。“光听我说话？这应该属于偷听吧？”

年轻人笑了。“公共场合下我凑巧听到你说的话还算不上偷听吧。”

“算了，我都忘了我说了什么。”吴忌摆摆手，这时，汉斯已将两杯吉布森端上来，分别递给两个客人。

“你也喜欢喝吉布森？”吴忌朝年轻人的酒杯努了努嘴。

“这还要拜你所赐，”年轻人朝吴忌做了一个敬酒的姿势，然后自己喝了一口，“当时我向这位老板要了一杯你喝过的鸡尾酒，结果我就喜欢上了这款。”

经他这么一提醒，林霄的记忆渐渐复苏了。“哦哦，你确实来过，我刚刚就觉得你的耳钉特别眼熟，但就是想不起来。说起来，我觉得你的脸也非常眼熟，我一定在哪里见过你。”

年轻人微微颔首。“可能在一些八卦媒体报道里。”

吴忌突然笑了。“竟然会是你，真是没想到。”

林霄急忙问 :“谁？是谁？”

“这位可是大人物。”吴忌放低声音，“我们锡安首富的四公子。”

经此一提，林霄恍然大悟。“方少爷，您能来我这个小店，荣幸之至。”林霄立刻上前握手。

“老板客气了，我喜欢你这酒吧的风格，所以每次回国，都会来坐坐，还能遇到这么有趣的人，我觉得是我的荣幸。”

“你说的有趣的人该不会是指他吧？”林霄指了指吴忌。

这是吴忌第一次被人用“有趣”来形容，通常这个词会被用在泰山身上。

方宸冬微笑着点点头。“我对你印象特别深的一点是，你提到了伊壁鸠鲁悖论。”

吴忌回想了一下，好像确实有那么一次。

“这个悖论我好像也有印象。”林霄微眯双眼努力回想。

“你想通了吗？这个悖论怎么解？”方宸冬又喝了一口吉布森。

这么一说，吴忌倒有些兴趣了。“这悖论还有解？”

“当然有。”

“说说看。”

“因为上帝死了。”

吴忌听罢，不禁笑了。“这倒不失为一种破解之法，因为上帝死了，所以这个世界充满了恶。”

“你相信吗？”

“相信什么？”

“上帝死了。”

吴忌没有回答，喝了一口酒。

“我相信。”方宸冬抿嘴一笑，“我曾经相信这个世界有上帝，但是后来，”方宸冬的笑容变得意味深长，“我再也不信仰上帝。吴忌，上帝死了，这是一个新世界，welcome to the new world。”说罢，方宸冬用酒杯碰了一下吴忌的酒杯，然后一饮而尽。

“看来你也是那个德国佬的崇拜者。”

方宸冬向汉斯又要了一杯吉布森。“你说尼采？你刚刚用了‘也’，难道你也是尼采的崇拜者？”

“我不是，我前不久看了一本推理小说，那本书的作者似乎是。”

“哦，什么书？”

“《九十九种意外死法》，作者叫冬石。”

吴忌觉察到方宸冬在听到这个书名的时候眼神发生了一丝变化。“你平时看推理小说？”

“哦，当然，还很喜欢看。”

“那你看过这本推理小说吗？”

方宸冬笑而不语。

“有人觉得推理小说都是些不切实际的空想。”吴忌说着捣鼓了一下手机。

“呵呵，不看推理小说的人没有童心，没有创造力，没有想象力，他们改变不了世界，不用去理会这种人的话。”方宸冬从汉斯手里接过第二杯吉布森。

“这是我第一次听到有人这么评价推理小说的。”林霄感叹一句。

“那是因为他就是这本推理小说的作者，冬石先生。”

“什么？真的吗？”林霄目瞪口呆。

方宸冬轻轻拍起手。“侦探果然是侦探。”

吴忌喝了一口酒。“你的名字中有一个‘冬’字，刚刚我用手机查了一下你的生母的名字，她刚好姓石。我想这就是笔名‘冬石’的来源吧？”

吴忌说完，原本以为方宸冬会因为提起他的生母而不高兴，但他似乎一点都不在意。“你是第一个看穿这一点的人，吴忌。不过冬石还有另一层含义，你有兴趣听吗？”

“说来听听。”

“DS，冬石的拼音首字母合起来就是DS，你知道DS在元素周期表中代表什么元素吗？鐽，它是第110号元素，所以也叫警察元素，它非常不稳定，是元素周期表中最不稳定的元素。我很喜欢这个元素代表的含义。一个极不稳定的警察元素，是不是跟你很像？我听说你曾经也做过警察，吴忌。”

吴忌很惊讶他会这么评价自己。“我看起来很不稳定吗？”

“在我眼里所有打着正义旗号的人都极不稳定。”

“为什么？”

“他们不知道黑暗的力量有多么强大。每个人都有黑暗面，没有绝对正义，只有相对正义，在你给一个罪犯定罪的时候，你都站在了他的道德的对立面，这反而证明了你内心也有黑暗面，否则你如何得知对方是黑暗的？一个不曾经历过黑暗，不知道什么是黑暗的人，怎么来评判黑暗？黑暗根本就是每个人内心都有的东西。所以创造出这样的人类的上帝本身就是邪恶的，好在他已经死了。”

吴忌听罢，不禁倒吸一口凉气，好一个诡辩家！林霄也听得心里阵阵发凉。

方宸冬喝了一口酒，带着挑衅的语气问了一句：“还要我继续吗？”

“继续。”吴忌应和道。

“黑暗的力量，The power of dark，很有意思，在英语中，power，也即力量，这个单词还有‘次方’的意思。所以 The power of dark 还有黑暗的次方的意思。如果我在次方前再加一个 n，就成了黑暗的 n 次方。这就是黑暗的力量，n 次方，它可以无限扩大直到将一个人整个吞噬。正义在黑暗面前，实在是小巫见大巫，甚至一个人正义感越大，反过来他被黑暗吞噬的时候，爆发的黑暗面也更大。所以我说所有打着正义旗号的人都极不稳定。‘当你与怪兽搏斗的时候，要谨防自己也变成怪兽。当你凝视深渊的时候，深渊也在凝视你。’吴忌，切记不要变成怪兽哦。”

“黑暗的 n 次方，第一次听到这种理论。”吴忌回味着方宸冬的话，还想说些什么，手机却响了，来电人是于晨。

“于晨，你查完了？”吴忌看了一眼时间，晚上十点十二分。

“不是，是第三个死者出现了。”

39

“死者名叫陈思岚，是住在这儿的租客，发现尸体的是房东王太太。”于晨说着将穿着时髦的王太太介绍给吴忌，“王太太，把你发现尸体的经过再说一遍。”

王太太的身子还有些发抖，嘴皮子还在打战。“太、太晦气啦！我这套房子去年才、才刚装修过，全部是新、新的，没想到竟然发生这种事！太晦气啦！太晦气啦！我以后还怎么、怎么租出去啊！太晦气啦！”

这段抱怨于晨似乎听得够多了，于是挥挥手，让李楠把她带走。“算了，还是我来复述一遍吧。陈思岚大概是去年十月份搬进这住的，每个月五号是交房租的日子，结果这个月房东一直没有收到房租。于是房东开始打电话给陈思岚催缴，但陈思岚迟迟没有接电话。房东就上门来找人，但每次来敲门人都不在。这么一来二去的，终于把这个王太太给惹急了，你刚刚也看到她的样子了，不怎么好惹。她找了一个开锁匠把门给撬开了，这一撬，把她吓傻了，屋子里臭气熏天，”于晨说到这，嫌弃地挥了挥手，“而这个陈思岚就这么躺在客厅的地板上,早就变成一具女尸了。”

吴忌捂住口鼻蹲下身。“死因是头部的撞击吗？”

崔勇指了指死者的后脑勺。“初步估计是后脑外伤诱发的脑血管破裂出血死亡。”

“死亡时间？”

“八天前左右，大概在一月四号晚上十二点左右遇害。”

“凶器？”

“可能是玻璃杯底座，”崔勇用戴橡胶手套的左手拿起茶几上的一个底座厚实的正方形玻璃杯，“也可能是这个烟灰缸，”崔勇放下玻璃杯，指了指一旁的正方形玻璃烟灰缸，“还有可能是凶手抓起死者头部往这个茶几一角猛烈撞击。”崔勇摸了摸长方形茶几的一角，“类似这种带有一定弧度的尖角的硬物都可能是凶器。”

“死者有被性侵犯的痕迹吗？”

“没有。”

“有其他外伤吗？”

“没有。”

“吴忌，你觉得她跟韩森国和李展邦的案子是同一个凶手做的吗？”老常问。

吴忌没有回答,盯着地上一摊凝固的血迹中的一个手机。“老常，现场都拍过照片了吧？”

“都拍过了。”

“那我可以拿这个手机了吧？”吴忌说着，已经从裤袋里掏出一副橡胶手套戴上，然后小心翼翼地拿起了手机。他尝试开机，但没有成功，于是他朝于晨招招手，“带回去让小冯试试。”

于晨立刻拿出一个证物袋，将手机放进去。“吴忌，常队刚问你话呢，你看他们是不是死于同一个凶手？”

“你觉得呢？”

“我？我觉得虽然他们脸上都留下了数字符号，但韩森国和李展邦都是死于刀伤，且都是五刀，可她却死于脑出血，凶手的杀人习惯似乎很多变啊？这是不是意味着凶手不一定是同一个人？”

吴忌摇摇头。“根据杀人的先后时间看，这可能是凶手杀的第一个人。你们看这个房间，没有什么打斗痕迹，可见死者是在毫无防备之下被凶手从后面偷袭，而死者在大晚上会让凶手进屋，显然凶手不是什么快递、外卖等陌生人，而是与死者相熟之人。凶手不傻，既然可以用一个玻璃杯或烟灰缸就轻而易举杀了她，那为什么还要冒着被发现的风险携带刀具？所以死于什么凶器不是凶手杀人的习惯，他只不过是挑选最方便最适合的凶器行凶。但在脸上留下数字符号却是凶手的一个杀人习惯或者特色。更何况，你们不觉得这个 3 和韩森国脸上的 3 很像吗？”吴忌最后又转回到了尸体旁，蹲下身，指了指她脸上刻有的数字 39。

经吴忌一提醒，大家都凑上来看这个数字，老常拿过平板电脑，点开韩森国一案的现场照片，两相一对比，他点起了头。“确实很像。于晨，快把陈思岚的脸部特写和韩森国、李展邦的脸部照片发回技术队，用电脑分析一下三组数字的笔迹。”

于晨接过平板电脑。“马上发。”

“吴忌，现在有了三组数字，你看凶手到底想传达什么？”老常皱着眉头道。

“39，53，7，都是奇数，全部加起来是99。99有什么意义吗？但可以组成99的三个数字多了去了，为什么偏偏是这三个？数字一会儿变大，一会儿变小，以我的数学知识，看不出后续的发展规律。老常，你快把这个数字也发给苏老教授，问问专家的意见。”

“好好。”

“对了，这个陈思岚是什么背景？有谁去调她的身份档案了吗？”吴忌对着众人问道。

“我这有。”于晨立刻举手，“陈思岚，金沙人，三十三岁，居住证上写的职业是人事总监，就职于一家医药公司，叫智森药业。”

“智森药业？”吴忌略感惊讶。

“你知道这个公司？”

“真巧，孟寅试药的三家医药公司里，就有这一家。”

于晨顿时兴奋了。“吴忌，你说过凶杀案里没有巧合，所有的巧合背后都有内在的联系。我们排查李展邦和韩森国两人的联系人，发现产生交集的共有337人，其中有312个人在杜氏的特殊试药员名单里，且都有跟踪记录，并且还可以继续做试药员。

我们暂且排除了这三百多个人，针对剩下的 25 人一一走访调查，花了七个小时，终于锁定了其中 5 个问题人物，孟寅就在这 5 个人里面。”

“你是想说很有可能有人想为孟寅报仇而行凶吗？”吴忌不紧不慢地反问。

“对，我就是这个意思。”

“我今天下午去过薛晓梅家了，问了她亲戚朋友的情况。很不幸，薛晓梅的丈夫死后，那些所谓的亲戚朋友就都像躲瘟疫一样躲着他们母子，生怕他们去借钱。而孟寅生性孤僻，常年宅在家打游戏，根本没有什么朋友上门找他。你可能会说他有网友，有一起打游戏的一帮人，但这样的人连游戏钱都不愿借给孟寅，以至于他要靠当试药员赚钱，会愿意为了帮他报仇而杀人吗？”

老常点点头。“吴忌说的有道理，于晨，你重点调查一下另外四个人，看看他们之中有谁也在这家智森药业参与过试药……”

老常的话还没说完，手机响了，而此时吴忌被尸体脖子上的一串银项链吸引了过去，他轻轻抓起项链，将它拽出脖子，垂落在凝固的血液中的吊坠被一并拽出。

老常讲完了电话。“吴忌，刘彪抓回来了，现在小孔在审他，我们要不要……吴忌，吴忌，你怎么了？”

只见吴忌脸色煞白，全身僵硬，双眼紧紧瞪视着眼前的项链吊坠，而这个钥匙形状的吊坠末端，有一个因凹槽留下了血迹而呈现出红色的汉字：岚。

“翔哥，我说的都是真的，我骗谁都不敢骗您啊！您是知道我的，我哪有那个胆子杀人啊！我只是找人打了他一顿，打完我们就跑了，跑之前我还特别检查过，他还活着，绝对没有死！”

“那你他妈的看到我就跑！”

“哎哟，翔哥，我这不是条件反射嘛！嘿嘿，我保证下次再见到您，立刻站住！决不再跑！我发誓！”

刘彪在审讯室里面对孔翔森的审问表现得非常配合。

吴忌听了一会儿就离开了，于晨跟着走出审讯室。“吴忌，你这是怎么了，从陈思岚家出来以后就一直失魂落魄的。”

“哦……对了，苏老教授那边有消息了吗？”

于晨指指手表。“你也不瞧瞧现在都凌晨几点了，我把数字发过去了，但怎么的也得等明天早上再打电话问吧。”

吴忌蓦地回过神。“都这么晚了。泰山恐怕是饿坏了。”

凌晨两点，吴忌到家。泰山在等了十九个小时之后，终于如愿以偿地吃到了晚餐，然后在主人的抚摸下沉沉睡去。

吴忌将泰山放到沙发上，调暗灯光，开启窗帘，站到窗前，静静地望向窗外的黑暗。屋内开着空调，但凛冽的寒风在黑暗的掩护下却能入侵任何阻挡物，它们透过厚玻璃偷偷渗入屋内，钻进人的肌肤，麻痹人的神经。有许多思绪在吴忌脑中即将宣泄而出，但它们似乎被寒风裹挟，不得而出。又或者是吴忌有意回避？一辆跑车从楼下驶过，打破了原本的寂静，吴忌麻木的听觉顿时复苏，跑车在视线尽头似乎又加了一次油门，轰鸣声再度传来，振动了吴忌的耳膜，令他有些耳鸣，他下意识掏了掏耳朵，耳鸣没有减弱，却听到了一个女人无声的尖叫。

无声的尖叫声？吴忌不知道为什么会有这种感觉，既然是无声，他如何听到尖叫声？但他确实感觉听到了这种无声的尖叫，犹如刹车时轮盘与地面产生的刺耳摩擦，犹如指甲划过铁板表面引发的尖锐撕摩，这种感觉令他想要呕吐，他宁可这种尖叫声喷涌而出，而不是这样无声无息却又从四面八方像病毒一样钻进大脑。

这时，一阵闷声闷气的嗡嗡声代替了这股无声的尖叫，耳鸣随之消失，原来是吴忌的手机振动了。他感激地拿出手机，来电人正是他方才脑中所想之人。犹豫了三秒后，他接起了电话。“杨杰。”

“你果然还没睡。”听声音，杨杰也非常清醒。

“嗯。”

“听说你最近在调查一起连环凶杀案？”

“是孔翔森跟你说的吧？”

杨杰笑了。“什么都瞒不过你的眼睛。小孔跟我说这次的凶手很神秘，有很强的目的性，每次作案后都会在死者脸上刻下数字。”

“是这样。”

“这不是你最擅长的吗？”

“什么意思？”

“越复杂的案子你越来劲，所以我想你一定每晚都兴奋得睡不着，就试着给你打个电话，果然被我猜中！”说罢，杨杰又哈哈笑了起来。

吴忌也跟着笑了一声。“其实我不这样很久了。今天之所以能接到你这个电话完全是因为我在想要不要给你打电话。”

杨杰停下笑声。“吴忌，你这话什么意思？”

“杨杰，作为你的……朋友，我不想这么快就告诉你，但作为你的受托人，我有义务及时向你汇报任何与委托有关的消息。”

一阵凝重的沉默后，杨杰以命令的口气说道：“怎么了，告诉我。”

这种口气多么熟悉，但此刻吴忌听着却不觉得厌恶。

“杨杰，我找到了一根 Tiffany 的钥匙吊坠项链，上面刻有一个‘岚’字。”

突然的寂静，方才那种令人作呕的耳鸣再度来袭。

“这根项链现在在哪？”杨杰再度打破沉默。

“在我告诉你它在哪之前，我要你先去查一下，锡安市是不是只有你一个人定制过刻有‘岚’字的 Tiffany 钥匙项链。可能不仅仅在锡安市，为了谨慎起见，你得查一下全国范围内的 Tiffany 定制销售情况。”

“好，我马上去查！你给我一天时间！”说罢，杨杰匆匆挂了电话。

耳鸣夹杂着尖叫声卷土重来，令吴忌感到天旋地转，像是喝醉了酒。

酒？

对，如果喝醉了，最好的解酒方式是继续喝。

于是吴忌晃晃悠悠地走到厨房，从酒柜里拿出一瓶大摩。他已经十分努力地在控制手部动作，但还是撒了许多酒出来，他俯下身子，将酒吸进嘴里。醇厚的大摩威士忌滑过喉咙的一刹那，耳鸣消除了，吴忌心情舒畅，压力瞬间释放了不少。

酒果然是个好东西。

吴忌咕咚咕咚喝完了一杯，然后又倒了一杯，这回没有酒再浪费，他满意地点点头，安心地拿起酒杯和酒瓶，走到书桌前坐下。吴忌盯着酒杯中纯净的棕色液体，突然想起了王大师给他算的震卦，原卦的卦爻辞怎么说他忘记了，但他记得其中一句卦爻辞的解释是“雷声震惊百里内，这个人却镇定得连手中的酒都没有洒出一滴”。

原本以为王大师又算错了，现在想来或许没有全错，因为在一月九号那天，吴忌其实一连接了两个委托。薛晓梅的委托目前看来已经快结案，只要明天跟于晨去一趟智森药业，借着调查连环凶杀案，找到孟寅参加试药的那个项目负责人就可以逼问出孟寅是不是韩森国介绍的。而关于杨杰的委托，虽然背离了白纸黑字上写的委托内容——寻找圣地亚哥，但这个委托的最终目的是找到苏岚。既然钥匙项链已经出现，沿着陈思岚这条线索一定能查到苏岚的下落。韩森国显然不是这个雷声下可以镇定自若得不撒一点酒出来的人，但绑架苏岚的或许就是这么个人物。

想至此，吴忌突然感到非常惊奇，这原本八竿子打不着的三个案子竟然缠绕在了一起，仿佛冥冥中一切自有安排……

吴忌长舒一口气，将第二杯酒一饮而尽，又倒了第三杯。透过酒杯，他的视线刚好落在了三天前新买的那本书上——《九十九种意外死法（下）》。这不禁令他回想起了几个小时前在凯利琼斯酒吧遇到的方宸冬。

一个富二代诡辩家，逻辑严密，善于推理，尼采的信徒，无神论者。

他说了许多和他的阳光外表相反的负面消极的言论，但吴忌最在意的是他最后的一句“忠告”：“吴忌，切记不要变成怪兽哦。”

不知道为什么，这句话就像咒语一样突然在吴忌的脑海冒出来，刺痛着他的神经。

有时候你越是讨厌一样东西、一个人，他就越会出现在你脑子里。结果冬石更多的话语跳脱门栏蹦出来。

“什么警察元素，极不稳定，我看他更像这个元素铋，他自己取个笔名DS，不就是自比这个110号元素吗？”不满在浓郁的酒气的裹挟下从吴忌口中不断涌出。但他突然住口了，一个微妙的提示，引出了几块清晰的碎片。他立刻放下酒杯，开启电脑，搜出一张元素周期表，在上面寻找了三个元素，他们分别是第39号元素钇（Y）、第53号元素碘（I）和第7号元素氮（N）。

所以三个元素符号合起来正是YIN。

音？银？隐？印？

难道真的是“寅”？

· · · · · · ·

台灯下，男人弓着背，小心翼翼地在天平上称取一定比例的硝酸钾、硫黄和木炭，然后将三种物质谨慎地装进事先准备好的方形塑料容器中，再用螺丝刀固定好。如此重复了五次后，大功告成。

男人长舒一口气，心满意足地仰靠在椅背上，闭上了眼睛……

迷局

小冯修理陈思岚手机的时候，时不时会瞄一眼身旁顶着红肿双眼的“监工”吴忌，吴忌头上仿佛自带一片低气压，害得小冯也压力倍增，大冬天的直冒冷汗，手指也比平常笨拙了许多。约莫半个小时后，手机终于修好了，小冯像是解脱一般把烫手的手机递给吴忌。

一夜未眠加上宿醉的吴忌在监工等待的那会儿感觉有些飘，但一拿到手机，精神立马恢复。他第一时间翻查起了陈思岚手机中的照片。通常女人天生都爱自拍，特别是漂亮的女人，这个陈思岚虽然长得漂亮，但似乎不怎么喜欢自拍。她不仅不喜欢自拍，还不喜欢拍其他人或物，照片不多，只有一些零星的风景照和衣服包包的照片，难得有人物出镜的，却拍得非常模糊，没有聚焦。

原本吴忌想着陈思岚或许会拍下买这条钥匙项链或者别人送她这条项链的瞬间留作纪念，从而查到一些项链的来源，但现在看来这个路子已经行不通了。

就在他准备退出照片应用的时候，他被一张风景照吸引了。这是一张在泰晤士河畔的掠影，远处的大本钟依稀可辨。

“小冯，把这张照片调出来，放大处理。”

小冯立刻照做。吴忌指着照片右下角人群中的一个人。“把他再放大。”

小冯继续照做，并对图像做了清晰化处理。

“还能再清晰一点吗？”

“这已经是最清晰的了，虽然看不清脸，但看得出是个男人。”

吴忌盯着这个脸部模糊的男人观察了好一会儿。“小冯，你觉不觉得他左脚踝这里太亮了？有点类似……金属的光泽？”

“确实很亮，我一开始也觉得奇怪，但我以为是照片哪里反光的缘故。”

“反光？偏偏反在这一点上？什么情况下这里会发生反光呢？如果这里刚好是……钛合金呢？一切不就解释得通了？”

“钛合金？腿上怎么会有钛合金呢？”

“怎么不会有？一条装了钛合金的假腿不就有了？”吴忌说着，大脑中一片片遥远的碎片朝他飞来，逐渐拼凑起一幅残缺的图案。

碎片一：一年前他在凯利琼斯酒吧遇到过一个装有德国定制的钛合金假腿的人，那是个戴着黑框眼镜的男人。林霄告诉他这个男人叫 Max。

碎片二：去年他在调查林氏三姐妹的案子时遇到了圣地亚哥，这个墨西哥人曾说过他有一个表弟叫 Max。

碎片三：圣地亚哥的一个淫窝点就在苏岚家小区内，在调查圣地亚哥的 Dark Sabbath 卖淫团伙的时候，苏岚失踪。苏岚失踪的时候，很有可能戴着杨杰送的刻有“岚”字的 Tiffany 钥匙项链。

碎片四：如今在陈思岚脖子上也发现了一条刻有“岚”字的 Tiffany 钥匙项链。

碎片五：现在陈思岚的照片中出现了一个疑似 Max 的男人。

五块碎片拼在一起，都指向了一个事实，即凯利琼斯酒吧出现的 Max、圣地亚哥的表弟 Max 和陈思岚照片中的可疑人物系同一个人。而这个事实为吴忌寻找圣地亚哥、寻找苏岚提供了一个突破口。不过这一切还都只是推理，有待进一步考证。

吴忌想至此，点开了陈思岚的通讯录，他尝试在上面寻找 Max 的联系方式，但很遗憾，通讯录和即时聊天工具上的联系人中都没有署名为 Max 的人。不过，意外地，吴忌在通讯列表里找到了署名为“杜晟”的电话，又在即时聊天工具的联系人上发现了一个署名为“晟”的联系人，且此人和陈思岚有长期的聊天往来，内容非常暧昧，似情侣关系。

吴忌让小冯从给杜氏的职员录的口供资料中找出了杜晟助理的电话。他立刻拨过去，询问了两个问题并让她发了杜晟的照片过来。他问的第一个问题是杜晟的英文名是不是Max，第二个问题是杜晟的腿是不是钛合金制的假腿。结果两个问题都得到了肯定的答复。

而当吴忌看到杜晟的照片时，记忆大门终于打开，照片上的人和一年多以前在凯利琼斯酒吧看到的男人完美重合了。

正当吴忌陷入回忆的时候，于晨不知从哪冒出来，打了一个响指将他拉回了现实。“哇，吴忌，你昨晚没睡觉吗？眼睛肿得跟红眼病人似的，嗯？”于晨凑近吴忌闻了闻，“你昨晚喝酒了，还喝得很大。”

“嗯，睡不着，又口渴。”吴忌左手拿着陈思岚的手机，右手拿着自己的手机。

“虽然你不再是警察，可以不用管戒律，但酗酒对身体不好，以后少喝点。”于晨一把抢过陈思岚的手机，“哟，这么快就修好了啊？”

吴忌立刻抢了回去。“偶尔多喝点没事。我看着小冯修好的。”

于晨见状，不知道吴忌在紧张什么。“那上面有韩森国和李展邦的联系方式吗？”

“还没查。不过我发现了一件事，你可能会感兴趣。”

“什么事？这么神秘？”

“我怀疑陈思岚有个男朋友，他就是杜氏药业的总经理杜晟。”吴忌将自己手机上杜晟的照片亮给于晨看，“这个戴黑框眼镜的男人就是杜晟。”

“什么？杜晟是陈思岚的男朋友？”

“马上核实一下。”吴忌将陈思岚通讯录里的杜晟的手机号码报给小冯，让他和之前在李展邦手机里杜晟的手机号码对比，结果完全一致。

“果然！”于晨看着这个结果十分惊讶，“杜晟是李展邦的老板，李展邦和韩森国背后这点事，会不会杜晟都知道？而杜晟如果真的是陈思岚的男朋友，那么这三个人都跟杜晟有关系！吴忌，你说会不会是这三个人背着杜晟干了什么勾当，比如串通起来用他公司里的试药员赚外快，杜晟一气之下买凶杀人啊？”

“如果杜晟是买凶杀人的话，那么数字之谜就没法解释了。”

“听你的口气数字之谜已经解开了？”于晨更加惊讶。

“解开了。”

“怎么解开的？难道你一早上来队里前先去了一趟苏老教授家？”

“没有。不需要苏老教授出马。”吴忌有些得意地弯了弯嘴角，“因为这根本不是数学问题，而是化学问题。”

当于晨听完吴忌的解释后，他突然灵光乍现。“我知道了！我知道了！”

“你又知道什么了？”

“YIN 指的就是孟寅的‘寅’字，所有的一切其实是杜晟买凶杀人再嫁祸给孟寅，不，是嫁祸给试图为孟寅报仇的那个人！”

“什么买凶杀人？什么嫁祸？”老常一边询问一边走进了小冯的办公室，因为只听到了后半句话，故而一头雾水。鼻子比于晨更加灵敏的他惊讶地望向吴忌。“哟，吴忌，你昨晚喝了多少酒？”

小冯立刻起身把自己的座位让给老常，默默地离开了办公室。

吴忌甩甩手。“不多不多，也就一瓶大摩。”

“一瓶？整整一瓶吗？”于晨惊叹。

“大惊小怪，我的酒量你又不是不知道。”吴忌懒懒的回应。

“如果你没有参与命案调查，我随便你，但毕竟现在有棘手的案子在身，以后注意一点。”老常拍了拍吴忌的肩膀，吴忌点点头。

于晨把刚刚发现的事和数字之谜给老常解释了一遍，在他解释的时候，吴忌也在思考于晨这个猜测的可能性。

如果真的是买凶杀人，按照之前推理的凶手是陈思岚的熟人，那么这个雇用的杀手与陈思岚相熟。这样的人倒不是不存在，如果杜晟就是那个 Max，那么 Max 刚好有个杀人不眨眼的表哥圣地亚哥，陈思岚既然是杜晟的女朋友，那么与圣地亚哥相熟也不是不可能。如此一来，买凶杀人的可能性还挺高。但问题是嫁祸给孟寅的这个案子的相关人员就有些牵强了，以圣地亚哥这种人的习性，杀人何须嫁祸他人？为了帮表弟脱罪，所以找个替罪羊？这倒不是不可能，因为孟寅的事也刚发生不久，所以就顺手把孟寅拿来做挡箭牌？但有必要设计得这么复杂吗？这个数字之谜要不是有化学背景的人提醒我，根本不会想到元素周期表去。

老常听完于晨的复述后，若有所思地转向吴忌。“你怎么看？”

“我只是觉得嫁祸给试图为孟寅报仇的人这一点太过牵强。”

老常点点头。“我也觉得，但牵强归牵强，也不是不可能发生。我记得杜晟是十三号回国，也就是今天。于晨，你赶快去问问杜晟的秘书，他坐哪个航班，几点落地，我要他一回国，就出现在审讯室里！”

于晨觉得自己这回立大功了，兴奋得不得了。“遵命！常队！”

看着于晨像打了鸡血似的冲出去，老常不禁笑了。“这个于晨，小孔要是能像他一样精神就好了。”

“小孔怎么了？”

“他早上请了半天病假，说是昨晚感冒了。平时看他身体挺好的，关键时刻掉链子。”

“那小赵身体还好吗？”

“小赵？你是说赵伟？他几乎从来不生病，这一点我很欣赏他！”

“很好，借我用一下。”

“你要干吗？”

吴忌欠身，笑道：“去一趟智森药业，找个刑警一起，方便做事。”

“特别是你现在宿醉酒气缠身的时候，更加需要。”老常又幽默了一把。

然而在距离刑侦支队几千米的某条街上，孔翔森穿着厚实的羽绒服，正精神抖擞地朝一幢写字楼走去，这状态可不像生病的样子。

无声的尖叫

吴忌与赵伟驱车两个半小时才到达位于西锦区生物科技园内的智森药业，途中吴忌嚼了许多有助于清新口气的口香糖。吴忌说明到访原因并让赵伟亮出证件后，又在会客厅内等了将近一个小时，终于等到了一个自称人事经理的人出现，他叫许昊勇，一个脸上抹了过多“蜜蜡”的人。

“真是对不住二位！让两位警官久等了。你看这快饭点了，要不我们先一起吃顿午饭，坐下慢慢聊？”许昊勇面具一般的脸上露出夸张的笑容。

“不用了，就在这聊吧。”赵伟一口拒绝。

“行行行，一切都听两位警官的。”许昊勇不住点头。

“我姓赵，这位是吴忌。”赵伟亮了一下自己的证件。

“好好，赵警官，吴警官，今天两位大驾光临是为了？”

“三个月前有个名叫孟寅的人在你们这做过试药员后死了，这个事你有印象吗？”吴忌看着许昊勇的笑容慢慢僵硬。

“这个事有点儿印象，但……不是已经查过了吗？跟我们没有关系，我们钱也赔了，相关人员也被解雇了，能做的都做了。我们是正经企业，要为社会负责，要为……”

吴忌打断了许昊勇的话。“解雇了谁？”

“招募孟寅参与的那个支链氨基酸新药项目的人事专员，另外该项目的负责人和参与人员也都做了降职减薪处理，你看这样的惩罚力度还可以吗？”

“那是你们公司的事，我们不参与。他叫什么名字，那个人事专员？”

“陈岩峰。”

“这个项目的负责人今天在公司吗？”

“老曹啊，他昨天出差了，要到后天才回来。”

“他电话你有吗？”

“有有，当然有。”

“写个纸条给我吧。另外，能不能把这个氨基酸新药项目的报告给我看看？”

“是支链氨基酸。”许昊勇笑眯眯地站起身，“当然可以，其实去年十月份的时候你们就来要过一次。我再去给你 Copy[1]一份。”

待到许昊勇离开会客厅的时候，赵伟问吴忌怎么不是问陈思岚的案子，吴忌告诉他陈思岚的死讯还没有对外公布，目前先不要打草惊蛇。赵伟没有多想就听从了吴忌。

一会儿工夫，许昊勇拿着一叠厚厚的资料进来了。“都给打印出来了。从项目立案到启动研发再到临床试验，所有详细的资料都在里面。还有什么需要的，尽管提，我们一定配合。”说着，他将这些厚重的资料装进了一个资料袋里，然后递给吴忌一张便条，“还有这个是老曹的电话。”

赵伟捧过资料袋，看了一眼吴忌。吴忌接过便条塞进口袋，

1 Copy: 复印。

欠身道："嗯，那我们就先告辞了。"

"好好，您二位慢走。"许昊勇殷勤地走在两人前面，为两人开门。

临别之时,吴忌停下脚步。"对了,你认识一个叫李展邦的人吗？"

许昊勇愣了一下。"李展邦？是杜氏药业的李总吗？认识啊，怎么了？"

看来李展邦的死讯还没有传开。

"那韩森国呢？"

许昊勇脸上的面具有些挂不住了。"韩……森国是谁啊？这个倒真不认识。"

"你不认识吗？我以为你会认识，至少你的老板陈思岚陈总就认识他。"

许昊勇僵笑两声。"呵呵，呵呵，陈总见多识广，我就一个打工的，我怎么会认识陈总认识的人？呵呵。"

"说起来你们陈总在吗？"

"陈总啊，她请假了，大概还在美国度假吧。"

"她请这么久的假？你们公司福利很好嘛。"

"是，是啊……"

"你们陈总会不会就这么一走了之了啊？"

"啊？你这话是什么意思？"

"你或许还不知道，李展邦和韩森国都已经死了，我们发现凶手杀的人都跟孟寅的这个案子有关，凶手为了给孟寅报仇，先把介绍孟寅去做试药员的两个药头给杀了，并留下了一些线索，指引我们找到孟寅案子背后的真凶。我想你们陈总收到消息就先跑去美国避风头了吧。但是你，许经理，你不一样，你就是一个打工的，无非也就是帮陈总和韩森国等人牵线搭桥，事后帮着隐瞒，你是无辜的，对吧？但凶手或许不这么想，凶手或许觉得你没有及时制止，事后还极力撇清关系，找了一个替罪羊陈岩峰开除了事。所以我们这次来，就是想重点调查孟寅这个案子背后的知情人到底有多少，因为我们怀疑凶手很有可能会继续行凶。”

许昊勇听完吴忌的话，脸上的面具已经掉得干干净净。“你，你们说的是真的吗？他们真的死了？不关我的事啊！我真的只是听从命令行事。韩森国介绍来的试药员以前都没有问题啊！偏偏这个孟寅这么弱，试了一次就死了，但我听说他同时还在其他制药公司试药，所以很有可能是其他公司的药物引起的猝死，跟我们没有关系啊！我们这个项目的其他试药员都活得好好的！”

“哦？可是他肝功能不行，不是一个合格的试药员哦？看来你们在试药员体检这关把控很不严格啊。”

“这个……这个……我就不太清楚了，是体检部门的事。”

“这样啊……那凶手应该不会找上你。”

吴忌走出了会客厅大门。

“什么叫凶手不会找上我？”许昊勇跟着跑出来，“两位警官，凶手这么……这么神通广大吗？”

“目前看来是这样，他似乎已经把事情都调查清楚了。”

“那你们是不是应该派些人来保护我啊？”许昊勇急了。

“为什么要派人保护你？你不是说跟你无关，你什么都不清楚吗？更何况目前我们没有这么多警力，不过我们会尽快抓到凶手的。那么就先告辞了。”吴忌说完，已经走出智森药业的大门，赵伟憋着笑紧跟其后。许昊勇一直追着他们两个上了车还在不断央求警方派人保护他，然而吴忌的脸就像当初许昊勇一般，保持礼貌的微笑却不断拒绝。

吴忌和赵伟回到支队的时候，老常正在召集人马开会。

“杜晟的航班是UA086，明天下午两点在东林机场落地。明天所有人都有，不准请假，务必把杜晟给我带回来！”老常说“不准请假”的时候，眼神凌厉地盯着下面的小孔，小孔见状，不住点头。“大家赶快去准备一下，确保万无一失，解散。”

“吴忌，你回来了，在智森药业查出什么了吗？”

赵伟将厚厚的资料袋放在桌子上。“都在这里，带回来一堆报告资料。”

“这是什么？”老常嘀咕着打开了资料袋，于晨好奇地凑上前来看。

“孟寅在智森药业参与的试药项目，什么支链氨基酸新药项目。”吴忌随手拿起一份立项书，只见封面上写着项目的名字以及负责人曹铭的大名，他快速翻阅起来，“我也不懂这些，听说负责孟寅那个案子的警察也有这么一叠。”

“那你还拿回来？”老常也随便翻了几页，全是一些看不懂的专业术语。

“顺手就拿回来了。”吴忌说着，已经翻到了立项书最后一页，他正要放下，突然神情大变。

“吴忌，吴忌，你又怎么了？”老常被吴忌吓了一跳，“吴忌，你说话呀。”

然而此时的吴忌仿佛坠入了黑暗的水底，他看到了记忆深处最不忍触及的画面，一个女孩在他面前忽然灰飞烟灭！

这是一种无声的尖叫。

回到最初

“如果再给你一次机会，你会怎么做？”

“我不会再轻举妄动，我会答应他提出的一切条件。”

“一切条件？”

“对，一切条件。让我当众吞枪也可以，只要他放过她。”

“以你的命换取她的命。”

“对，以我的命换她的命。”

“但是吴忌，现实情况很有可能是你吞枪了，他也不会放过她。”

吴忌没有回应。

“所以这不是你的错。吴忌，你把自己逼得太紧了，你不是上帝，也不是超人，你不可能救下所有人，你也没有这个义务。”

“不，我有这个义务，因为我是警察。”

“帮我转接一下许昊勇经理。”

“请问您是？”

“我叫吴忌，你报我的名字，他就知道了。”

三秒后，电话那头传来许昊勇殷勤的声音：“吴警官啊！您是不是想通了？是不是可以派几个人来二十四小时保护我啊？”

“我问你，宋家良在你们智森药业工作？”

“研发部的宋教授？是啊，您找宋教授有什么事吗？哦，你是在立项书上看到他的名字的吧？他只是批复了同意，倒没有具体参与这个项目，但如果……”

吴忌面如死灰，急切地打断了对方。“宋教授他现在在公司吗？”

“他这几天都请假了。”

吴忌的神情越发难看。“从什么时候开始的？”

“好像是一月六号，上周一。”

“他为什么请假你知道吗？”

“这个……我就不清楚了。”

“他家地址你有吗？”

“我找找……哦，找到了。”

“发到我手机，你那有来电显示吗？可以看到我的手机号码吗？”

“有有，我马上发、马上发……发好了。吴警官，那我的那个请求你看……”

“我没有这个权利，因为我不是警察。”说罢吴忌挂了电话，然后坐上了一辆出租车。“去这里。”吴忌给司机看了一下手机上的地址，然后从口袋里掏出写有老曹电话的便条纸，开始拨号。

宋家良搬家了，跟五年前的地方不一样。吴忌站在宋家良家门口，站了约莫十分钟，终于鼓足勇气敲了敲门。

“哪位？”门后传来一个男人的询问声。

“宋教授，我是智森药业的小吴，跟着曹教授的，曹教授让我来找你问点事。”

“老曹？”

“对，曹铭教授。”

男人没有再提问，三秒后，门开了。两人四目相对的刹那，都被回忆的浪潮打到了五年前初次相遇的时刻。

“我叫宋家良。”

“宋先生，你好，我叫吴忌。”

“吴忌，我女儿就拜托你了！”

“放心吧，宋先生，我一定会把她平安带回来。”

两双红肿的眼睛对视了数秒，突然，男人猛地合上门，吴忌反应迅速，立刻用肩膀抵住。“宋教授，我现在不是警察了，我这次是自己一个人来的，没有通知任何警察。”

“我不想看见你！我说过，请你永远从我眼前消失！”男人怒吼道。

“宋教授，对不起！我食言了，但我必须来确认一件事！确认了我马上就走！”吴忌半个身子卡在门缝里，颇为吃力。

两人相持数秒后，宋家良最终妥协了。

这是一个单身男人的家，听说那件事后他离婚了，五年过去了，他没有再娶。

“你想确认什么事？快点说。”宋家良没好气地说。

“那我就开门见山吧。陈思岚、韩森国、李展邦，”吴忌念出这三个人的名字的时候，宋家良的表情发生了微妙的变化，“都死了。”

“关我什么事。”

“他们死后均被凶手在左脸上刻下了一个数字。按照杀人的先后顺序，这三个数字分别是 39，53 和 7。宋教授，您是生物化学工程院院士，以您渊博的知识，能破解这其中的信息吗？”

宋家良嗤之以鼻。“这种问题你应该去问数学教授吧？”

“是吗？我以为这个问题数学教授解不了，因为这是一个化学问题。我想请教一下，在元素周期表中，第 39 号、第 53 号和第7号元素分别是哪几个？”

宋家良的眼神彻底变了，他斜视着吴忌，压低嗓音道：“吴忌，你到底想说什么！”

“他们分别是钇、碘和氮，而这三个元素的符号分别是Y、I、N。合起来就是YIN，您不觉得这三个字母很熟悉吗？你一定不会陌生，因为它的读音跟你女儿的名字一模一样，宋茵。”

沉默片刻后，宋家良哈哈大笑起来，接着鄙夷地说道：“吴忌，你真是一点都没变啊！自以为是！天底下叫茵的人多了去了！王茵、李茵、陈茵，为什么偏偏是宋茵？”

“所以它真的是茵的意思？”

“吴忌，不要跟我玩这种文字游戏。我已经上过你一次当了！”

这句话仿佛一把钝锈的刀在吴忌心脏狠狠剜了一刀，流血的同时，铁锈在侵蚀他的心脏。

“一月四号、一月十号、一月十一号你在哪？”

“我在哪为什么要告诉你？”

“这三个时间分别是陈思岚、韩森国、李展邦的遇害时间。之后，如果有警察找上门来问你不在场证明的时候，我希望你有确切证据，否则……”

“大晚上的我一个人在家哪有什么证据？”

“大晚上？你怎么知道他们死的时候都在‘大晚上’？”

宋家良整个人都僵住了。渐渐地，他松弛的面部肌肉开始微微抽搐起来，但那不是害怕，而是愤怒！

“吴忌！你！敢！诈！我！”

“抱歉，宋教授，我没有更好的办法，只能出此下策。”吴忌无奈地低垂眼角道，“宋教授，我在来找你的路上，给曹铭打了电话，他告诉我前段时间你问过他一个五年前的项目，他告诉了你那个项目的药头是李展邦和韩森国，真巧，这两个人刚好都死了。而陈思岚是你的同事，所以这三个死者与你都有了某种联系。”

“有这种联系的人多了去了！老曹就是其中之一！他也同时认识这三个死者！”宋家良近乎怒吼。

“对，你说的对，有这种联系的人很多。”吴忌平静地回答，“而我手上也没有证据，唯一有的仅仅是奇怪的直觉，侦探的直觉。你可能会觉得很荒谬，但我很看重这种直觉。它不是凭空在我脑子里蹦出来的，是在多种因素的混合下产生的。

“凶手留下的数字之谜表示凶手具有化学相关背景，而这个谜底与凶手有极大的关联性，这两点你异常符合；凶手需要有一定的力气才能用烟灰缸或者玻璃杯将一个人坚固的后脑勺砸到脑血管爆裂，也需要有一定的力气才能拖动被打后瘫在地上的韩森国，你刚刚把我卡在门外的力道可不小；凶手非常谨慎，陈思岚家作为案发现场没有留下任何指纹，你作为一个长期在实验室工作的研究人员，这点谨慎属于正常；我问过许昊勇，他说你从一月六号开始就请假了，一月六号是周一，也就是说从一月四号周五晚上开始你就有充分的作案时间。

“这些就是让我产生直觉的因素，但这一切仅仅说明你符合犯罪嫌疑人侧写，你有行凶的能力和作案时间，仅仅只能产生直觉，却不能当作证据。而我也找不到你的作案动机，虽然我猜测这个动机一定和你的女儿宋茵有关。”

“所以你来找我就是想确认你的直觉，确认我到底是不是凶手？”宋家良咬牙切齿。

“对。”话音刚落，吴忌脸上挨了一拳，他一个趔趄，差点儿倒在沙发上。他的帽子掉落在地，他弯腰去拾，却被宋家良一脚踢开。

“你的直觉没错，我就是凶手。”

吴忌半弯的身子僵住了，仿佛雕塑一般定格。往后的几秒犹如数年那么漫长，无数个黑夜与白昼在吴忌眼前交替滑过，时间倒流，一块块从四面八方飞来的碎片逐渐拼凑成一张面孔，那是宋茵的脸。就在最后一块碎片即将填补上时，拼图突然被打破了，取而代之的是一个披头散发的中年女人狂怒与悲伤的表情，她朝吴忌怒吼道："吴忌。你这个骗子！”她就是宋茵的母亲。

“怎么，你不是早就认定我是凶手了吗？你这是什么表情？很震惊吗？”

“为什么？”吴忌从定格中恢复，直起身子。

“什么为什么？”

“你为什么要在他们脸上刻数字？在古代，在人的脸上刻数字刻符号，那是一种侮辱，是将被刻之人当作奴隶当作畜生的意思。”

“因为我要他们死后成为我女儿的奴隶，茵茵从小就会背元素周期表，所以茵茵一定能明白我留下的讯息的意思，认出这三个害死她的凶手！”

“害死茵茵的凶手？害死茵茵的不是那个绑匪胡炎吗？”

“胡炎？胡炎只不过是他们的一个棋子，一个工具而已！”

“到底怎么一回事？”

“我以前以为上帝死了，没想到……上帝或许还活着……”宋家良的嗓音近乎沙哑，“今年六月份我批复的一个新药项目——支链氨基酸爆出了一件丑闻，一个在参与一期临床试验的试药员孟寅在家中猝死。这个事件引发了一连串问题，为了防止警察查到问题，陈思岚让曹铭销毁敏感数据，试药员的体检数据就包含在里面。但陈思岚是个谨小慎微的女人，她怕警察在这个项目上查不到什么，就在其他项目上调查一番……事后想来，她真的是多此一举，但这个多此一举却让我发现了一个秘密。”

宋家良疲惫地闭了一会儿眼睛。“去年国庆节放假前一天的下午，曹铭还在不停地删资料，删得满头大汗，我知道他那天原本订了晚上十点的飞机票带家人去日本玩。所以我就好心地去问他要不要帮忙。他一听我能帮他，开心得不得了。他说他已经把过去四年内的敏感资料删了，再多删一年就差不多了。五年，够警察看的了。于是我就帮了他这个忙。结果就发现了一个奇怪的研发项目。你应该还记得那个绑匪是怎么死的吧，吴忌？”

“当然记得，他是爆炸死的。”

“怎么爆炸死的？”

“他体内有一种人工合成酶，我不知道其中的复杂化学变化，但基本原理是它会在人体神经系统高度紧张的状况下急剧变化，当达到一定含量时，引发生化爆炸。”

“你说的没错，但你知道这种人工合成酶的来源吗？”

“它的来源……它几乎没有在国内出现过，我曾经听技术队的人说，在国外一些恐怖组织中有人在做这种研究。”

“那你不觉得很可疑吗？一种从来没有在国内出现过的东西竟然出现在了一个小小的绑匪身上？你不是人称‘破案王’吗，吴忌？你当时如果继续调查下去，或许就能查到背后的真相了，可是你没有！”

当时如果继续调查下去……当时的我在干什么呢？我在借酒浇愁，我在自暴自弃，我在逃避责任，我被父亲强行要求去看心理医生，再后来我休了一个长假，去了一趟尼斯，等我再回国，我辞去了警察的职务。

“你说的对，我当时应该继续调查下去，但我没有。”

“你他妈就是个孬种。”宋家良恨恨地骂了一句，“我后来找了代替你做支队长的家伙，他敷衍地答应了帮我调查胡炎身上的这种人工合成酶的来源，但后来这件事不了了之了。而我也疲于料理女儿的后事和解决家庭、工作的问题，最后也没再继续追问，反正每次得到的答案都是一样，没有结果。”宋家良长叹一口气，“我原本以为这件事就这么结束了，直到九月三十号那天，我在帮曹铭删资料的时候，发现了智森药业 2075 年的一个项目——Ds 酶新药研发。他们研发的这种酶竟然跟胡炎身上的非常相似！”

“Ds 酶？”

“对，就是 Ds 酶。你可能不知道，Ds 在元素周期表中代表……”

吴忌接过话茬儿：“鐽，它是第110号元素，所以也叫警察元素，它非常不稳定，是元素周期表中最不稳定的元素。”

“你竟然知道？这种新药之所取名叫Ds酶就是取自这个元素极不稳定的含义。因为Ds酶本身也是极不稳定，相当于一颗定时生化炸弹的开关。”

“发现了这个Ds酶之后呢？”

“我突然觉得一切都非常巧合。因为就在茵茵被绑架的前一个月，陈思岚曾多次邀请我加入她们智森药业，开的条件非常诱人，年薪一千两百万，她还说可以先预付八百万。但是我拒绝了，因为我知道智森药业不是什么好公司，它生产的兴奋剂和镇静剂经常被查出违规。而他们看中的就是我曾经在国家反兴奋剂中心顾问的经历，他们希望我加入之后，可以参与运动员的兴奋剂研发，规避反兴奋剂中心的调查。在我多次拒绝陈思岚之后，她终于消停了一个星期。然而就在这个星期后，我的女儿被绑架了，而绑匪要求的赎金正好是八百万！是不是很巧？也是八百万！我当时没有往深里想，我还以为就是那么巧合。也怪我太心高气傲，不肯向绑匪低头，硬是跟绑匪对着干，他们不让我报警，我就偏去报了警。如果那时我不是报警，而是按照他们给我铺的路，去找陈思岚，接下她给我的offer，拿预付的八百万去赎人，茵茵就不会有事了！”

说到这，宋家良笑了，带着无比的自嘲，“但我没有，我竟然相信了你们……”

“对不起！”

“又是对不起！你除了会说这句话，你还会干什么？”宋家良对着吴忌愤怒地咆哮，“你们警察真他妈没用！从那以后我再也不相信警察，不相信正义，不相信这个世界还有善良，上帝死了！

“之后的三年我开始自暴自弃，丢了工作，和老婆离了婚，从一个受人尊敬的教授变成了落魄的酒鬼。这个时候，陈思岚又来找我，她依然愿意出一千两百万请我去他们智森药业的研发部，当时的我对她感激涕零！我真是天底下最蠢的傻瓜！”说到这，宋家良红肿的双眼充满了悔恨的泪水。

“我勤勤恳恳地为智森药业工作，如果你有留意这家公司就会发现——”

吴忌插嘴道：“这两年智森药业的药品品质提升了不少，企业形象转好了。”

“我不敢说这都是我的功劳，但我确实在质量把控上非常严格。直到孟寅的事发生，我意外地发现了 Ds 酶的研发，这个项目虽然以失败告终，但它依然生产过一小批剂量，做过一次临床试验，在五个试药员身上尝试过。我循着这个线索查下去，最后被我查到了五个匿名的试药员中有一个人就叫胡炎！加上之前遇到的种种巧合之事，我知道茵茵的绑架案不简单！根本不是有精神病史的绑匪随便挑人质下手，而是他专门、特意挑了我的女儿下手！他是奔着我来的！

“于是我继续往下查，从老曹那我知道了 Ds 酶的试药员都是来自两个药头，韩森国和李展邦。哼，这两个人一个在明，一个在暗，配合得天衣无缝，而李展邦的老板杜晟又是陈思岚的男朋友，所以我觉得他们的关系不一般。在跟踪了几个晚上之后，我发现原来杜晟是韩森国和李展邦共同的老板，杜晟才是幕后的操盘手！于是我锁定了这四个人，然后在一月四号晚上去了陈思岚家，我想从她口中得知真相！”

· · · · · · ·

“哥，岚岚也出事了。我以为岚岚还跟我生气故意不接我电话，没想到她已经死了。”男人抬头看了看女友所在的那幢住宅楼，把身子隐没到阴暗处，“我还没有联系到阿国，会不会阿国也已经……”

“先别乱想，你去阿国家看看。”

“好好，我现在就去。但是哥，你看阿邦死了，岚岚死了，阿国很有可能已经……你不觉得很奇怪吗？死的人都跟我有关！”

“你觉得凶手可能是冲着你来的？”

“不知道，我只是有种很奇怪的感觉，觉得凶手还没杀完。”

“Max，你什么时候变得这么胆小了？有我在，谁敢动你？这样，我今天就买机票回国。”

“哥，有你这句话我就安心了，我……”

男人的话还没说完，突然眼前一黑晕了过去，他的手机掉落在地，被一只宽大锃亮的皮鞋猛力踩碎。

源头

“我知道陈思岚一月四号那天从美国回来，我提前问过她。那天她似乎心情不好，我看着她一个人在酒吧喝酒，再醉醺醺地回到家。我决定不管用什么办法都要逼她说出真相。结果比我想象得容易。原来她心情不好是因为她和杜晟在美国吵架了，所以一气之下一个人先回了国。

“她对我毫无防范，还因为我在她郁闷的时候出现而感到高兴，她对着我吐了许多苦水，说了很多杜晟的不好。于是我顺势提到韩森国和李展邦，再提到胡炎，最后直接质问她我女儿的绑架事件是怎么回事。我没见过这么无耻的女人，她竟然毫无愧疚地大方承认了。但她说主谋不是她,她只不过是向杜晟寻求帮助，帮助她把我拉拢到智森药业旗下。而杜晟这个人渣竟然想出找人绑架我的女儿逼我就范这种馊主意！韩森国和李展邦一个帮忙找绑匪，一个给绑匪制造绑架我女儿的机会，所以这三个人均参与了绑架案。但是这一切的源头都来自陈思岚！所以陈思岚也要为我女儿的死付出代价！就在她起身准备去厕所的时候，我一气之下拿起茶几上的烟灰缸狠狠砸向了她的后脑……”

“可是宋教授，这些都是陈思岚酒后说的话，难道你不怕她是酒后胡言乱语吗？”

宋家良似乎早已料到吴忌会这么说，他微微弯起嘴角，自鸣得意道：“事后我确实有过这个担忧，所以我在杀韩森国之前又特意也问他了一遍，结果证实了杜晟是整个绑架案的主谋，陈思岚没有发酒疯也没有撒谎。”

原来如此，这就是为什么他没有直接杀了韩森国，而是把韩森国拖到拆迁屋之后再行凶的原因。困扰吴忌的那半个疑问解开了。

宋家良的话还在继续，此刻他仿佛一匹嗜血的狼，闻到血腥味，陷入了癫狂。“在她后脑的同一个位置一连砸了三下！我听到头盖骨破裂的声音，看到她在我面前倒下，鲜血染红地面，哈哈，她死了！哈哈，这个卑鄙无耻的女人，害死我女儿的凶手终于死了！哈哈！她终于死了！哈哈！”

看着宋家良因为杀人而疯狂大笑，吴忌不禁感到一阵心寒。

“这就是黑暗的力量，n次方，它可以无限扩大直到将一个人整个吞噬……”

不知为何，方宸冬的话突然在吴忌脑中幽幽冒出。

“上帝果然死了……”吴忌遗憾地说道。

“不，他没死，如果他死了，怎么能指引我找到真正杀害我女儿的凶手？这一切都是源自上帝的指引！”宋家良立刻反驳。

“不，他死了，否则他不会让黑暗吞噬你。”

“呵呵，吴忌，你不会懂的，你没有失去过，你不会理解我的感受。这正是上帝让我觉醒的方式，他将我推向了黑暗，却让我明白了真正的黑暗。”

“‘当你与怪兽搏斗的时候，要谨防自己也变成怪兽。当你凝视深渊的时候，深渊也在凝视你。’宋教授，你现在已经变成了怪兽。”

“如果只有怪兽才能打败怪兽，我心甘情愿。”

吴忌差点儿说出“你可以找我，找警察”，但他打住了。宋家良继续说着：“吴忌，五年前，我问过你，你有孩子吗？你说没有，五年过去了，你结婚生子了吗？”

吴忌摇摇头。

“你知道我当时为什么这么问你吗？”

吴忌再次摇头。

“因为我希望一个有自己孩子的警察帮我去找我女儿，这很重要，如果你有孩子，你做任何事都会更加谨慎，你会更理解我的心情，行事会更加小心，因为在孩子的问题上，容不得犯一丁点儿错误，否则，后果就不堪设想。”

吴忌点点头。

“现在看来你还是无法体会我的丧女之痛，这种根本无法用语言形容的痛。所以你也不会明白我为什么要变成怪兽。或许有一天，你也有了孩子，到那时你或许会理解我。”

“甚至做出和你一样的举动。”

宋家良愣了一下。“吴忌，这是你今天说的这么多废话中最中听的一句。”

“我知道，”吴忌舔了一下干裂的嘴唇，“我知道这个世界有多么残酷、多么黑暗，每天都有孩子失踪，有孩子死去，过去是这样，现在还是，未来也不会有多大变化。这根本不是一个完美的社会，从来都不是。”

“对，从来都不是。”

“正因为如此，我希望你不要变成怪兽，因为这个世界上已经有太多的怪兽了！”

“那也不多我一个。”一滴泪水从宋家良的眼中滑落，他立刻抹去，“吴忌，我听说了你的事，如果你还有愧于我女儿，有愧于我，就此住手！你就当什么都不知道。”

有那么一瞬间，吴忌真的就想转身离去。然而就是这个一瞬间，让吴忌心生惶恐……从什么时候开始，他的内心也出现了裂缝，黑暗悄悄钻了进来……

这时，吴忌的手机振动了，宋家良警惕地望向吴忌。来电人是于晨，吴忌知道此时他和宋家良的心弦都紧绷着，任何一个微小动作、一个微妙眼神，甚至一个突然的咳嗽都可能引发宋家良的暴走。于是吴忌当着宋家良的面拒接了电话，然后把手机放在宋家良能看到的茶几上。

手机刚一放下，一条讯息进来了。宋家良瞄了一眼，看到了讯息开头的“杜晟已经回国”六个字，他大惊：“怎么回事？他不是明天才落地吗？”

“你要我点开看吗？”吴忌询问。

宋家良用下巴顶了顶，示意他点开看看。于是吴忌当着宋家良的面解锁手机，点开讯息。

杜晟已经回国，出入境那边刚刚证实，今天下午两点落地，老常让你赶快回队里。

“妈的！这个狗杂种竟然提前回国了！”宋家良愤懑地骂了一句，“但为什么警察在找他？”

“因为他们怀疑陈思岚、韩森国、李展邦的死是杜晟买凶杀人造成的。”

宋家良冷哼一声。“没用的警察，看来你确实没有告诉他们我的事。”

“我不会骗你。”

“你已经骗过我一次了。”

一个隐形的巴掌打在吴忌脸上，他觉得脸上火辣辣的。“宋教授，那……你接下来打算怎么做？”

“我啊……我打算……”说话间，宋家良突然从兜里掏出一个电击棒，朝吴忌胸口击去，吴忌被电得措手不及。“这个原本是用来对付杜晟的，没想到先用在了你身上……”

吴忌只迷迷糊糊听到了前半句便倒在了沙发上。

. . . .

“吴忌回电了吗？”老常焦急地询问于晨。

“还没有，一直打不通电话。”

“吴忌到底怎么回事？”

“我也不知道，他突然急匆匆地跑出去也不说原因。我可是把那份立项书从头到尾翻了五遍，没看出里面有什么惊天大秘密。”

“我也看不出来。你让其他人看过吗？”

“小孔、小赵都翻过，没发现什么问题。特别是那最后一页，我一个字一个字研究，上面除了一堆项目重大意义的文字说明和上级批复签字以外就没有其他的了。”

老常摇摇头。“不想了，等见到吴忌再问他吧。当务之急是把杜晟给找出来。”

“常队，你说杜晟会不会知道我们在查他所以躲起来了？”

“这样的话，他就不应该回国。”孔翔森说了一句大实话。

“那他提前回国完全是因为心情？”

“我有个猜测。”说这话的是赵伟，“会不会他一直联系不上女朋友陈思岚，但他还不知道她已经死了，所以提前回国？”

老常眼前一亮。“有可能，很有可能。你们三个，再叫上搜查队的几个兄弟，现在就跟我去陈思岚住的小区！”

“是，常队！”

老常赶到陈思岚住的小区后，一边让小孔带人部署埋伏，另一边他和于晨去了保安室调取从下午四点开始的监控，因为从东林机场到这个小区，至少需要两个小时的车程。

他们在监控里看到了杜晟徒步走进入小区的画面，时间在下午五点二十三分。但截止到当前，并没有看到杜晟离开小区的画面。

“难道他还在这个小区里？那待的时间是不是太长了一点？”

“是有点奇怪，于晨，你把五点二十三分到六点二十三分这一个小时里，监控录像中的出了小区的车辆号码都抄下来，然后让技术队去查查有没有哪辆车载过什么乘客出小区。”

时间一分一秒过去，守株待兔的几位除了肚子越来越饿，连兔子的影子都没见着。一直到晚上九点半，老常暂时先收队，和兄弟们在保安室吃起了夜宵。

于晨拿着技术队的调查结果来汇报。“常队，总共是46辆车，我们挨个问了这些车的车主，其中35个都是小区业主的私家车，出门载的都是自己家人或者没载人。另外10个外来车载的人也都没问题。”

“那第46个呢？”赵伟嚼着鸡块问。

于晨嘴馋地抓了一个鸡块放进嘴巴。“真是巧了，这第46辆车的车主是杨杰，不过他的电话一直打不通。”

“什么，杨队的车？”老常放下饭盒，喝了一口水，硬是把饭咽了下去，“他怎么会在这个小区？他又不住这。”

话音刚落，一只手默默举了起来。“常队，是我，是我通知的杨队。”

众人的目光齐刷刷落在了孔翔森身上。

“怎么回事，小孔，你通知杨队干什么？”

“常队，今天一大早杨队打我电话，让我早上抽个空帮他点忙，我不好拒绝，就谎称病假去了。”孔翔森说这话时故意避开了老常微怒的视线，“他让我帮他去一家珠宝公司，叫蒂芙尼，查个事。

说来也奇怪，他让我查的就是陈思岚脖子上那个钥匙吊坠的事，他想知道有多少人在蒂芙尼定制过吊坠上刻有‘岚’字的钥匙吊坠。结果他们说三年内只有一个，定制人叫杨先生。杨队得知后很惊讶，还说要参与调查。我看杨队终于能走出阴霾也为他高兴，所以下午的时候，在我们出发来这个小区时，我也通知了他。”

“小孔你隐藏得够深的啊！”于晨听完不禁感叹。

“小孔，你私自把案情和调查行动泄露出去，这个后果你知道多严重吗？”老常愤愤地说，“就算对方是杨队也不行，更何况他在‘休假’，还没有正式归队！”

“常队，我看杨队的精神状况比过去好多了，他归队只是时间问题。我想不通的是，你们找吴忌做顾问就可以，我拉杨队做顾问难道就不行？”

“强词夺理！你请杨队做顾问怎么不先问问我？你这样偷偷摸摸的算什么？”

“我哪里偷偷摸摸了？只是……只是我没来得及告诉你们。”

“小孔你！”

眼看两人快动手了，于晨和赵伟立刻把俩人拉远。

“常队，消消气。”于晨不住地顺着老常的后背，“我想这几天大家为了这个案子到处奔波，都有点累了，口无遮拦，你消消气，消消气。”

“小孔，赶快道歉。”赵伟也在小孔耳边不住吹气。

最终孔翔森先妥协了，低头道歉。

“算了算了。”老常挥挥手，“我看大家都累了，今天就早点回去休息吧，我看也等不出结果了。”

“那常队你呢？”

“我再待一会儿。”

冬夜里冷风刺骨，老常缩着脖子在小区周围转悠，方才因为情绪有些激动，没有认真听小孔的话，现在被寒风吹清醒了许多，老常重新咀嚼起了小孔的那番叙述，然后发现了三个问题：一，杨杰怎么知道陈思岚有钥匙吊坠？二，定制那个钥匙吊坠的人姓杨，这个杨跟杨杰难道有关系？三，杨杰为什么突然这么关心起这个案子？

这三个问题不停地敲击老常的大脑，他忽然想起，吴忌曾见过杨杰。是吴忌！是吴忌告诉了杨杰陈思岚的钥匙吊坠，所以杨杰才会去查，而那个吊坠根本不是陈思岚的，是杨杰定制的。但杨杰怎么会定制吊坠呢？

或许……岚，不是陈思岚的岚，而是苏岚的岚！那其实是杨杰为苏岚特意定制的钥匙吊坠。如果陈思岚的吊坠不是她自己的，那为什么苏岚的吊坠会跑到陈思岚那呢？难道……

老常恍然大悟的瞬间又惊惧万分。

杜晟进入这个小区之后再也没有出去，他不是凭空消失了，而是被绑架了！

追踪

黑夜笼罩下，废弃的建筑工地内，一朵幽暗的火花下，男人点燃了一支烟。

“我找她找了三百零四天，再过几分钟，就是第三百零五天。”男人说，“你试过找一个人找这么久吗？很痛苦，真的很痛苦，你会疯的。一开始你还有理智，你会想尽一切办法，动用一切资源去寻找。你相信你总能找到。但理智这个东西特别不持久，过不了几天，它就消耗殆尽了。于是你开始愤怒、暴躁、冲动，你完全变成一个情绪动物。你骂人，骂帮你找人的人没用，骂自己没用，骂所有人都是废物，直到你骂累了，骂到筋疲力尽，才能消停。然后你开始厌恶他们，厌恶自己，你故意跟人起冲突，好让他们打你一顿，好像这样就获得了一些惩罚，减少了因无能产生的罪恶感。你自暴自弃，酗酒闹事，像一头失控的恶狼，人见人恨，慢慢地，不知道从什么时候开始，你变成了一个无人问津的酒鬼。但酒精根本没有用，它只不过让你更加清醒地认识到你的无能。”

男人说到这，又猛抽了一口烟，然后扔在地上，踩灭。“岚岚不喜欢抽烟的男人，妈的，我真是个蠢货，我又让她失望了。”

“休息够了吗？我们继续吧……”

“呵呵，你打死我也没用，我不会告诉你的。”男人面前这个被布蒙住了眼睛的家伙，嘴角流着血，但嘴上挂着笑。

“你知道吗？你这么固执很像一个人，我以前很讨厌这个人，后来我明白了，原来自己也属于这种人。刚刚说了，我其实很讨厌我自己。对待讨厌的人，我从来没有手软过……”

. . . .

呜呜呜——

是一个女孩的哭声,吴忌循着哭声在黑暗的走道上匆匆跑着。

呜呜呜——

在哪儿？在哪儿？你是谁？你在哪儿？

渐渐地，黑暗的远方出现幽光，昏暗的光线下，一个女孩背对着他。

“你是……”吴忌朝女孩走去。哭声倏然停止，女孩转过身，吴忌吓得一动不动，只见女孩的脸仿佛破碎后重新拼凑而成的面具，黑色的裂痕一直延伸到脖子以下。

“救救我！”

嘭!

随着一阵震耳欲聋的爆破声，女孩被炸成肉屑，红色液体和内脏器官一股脑儿地朝吴忌飞涌而来。

猛然惊醒，吴忌吓出一身冷汗。

“你醒了。”

吴忌张了张眼睛，发现自己被紧紧捆在一把椅子上。客厅里没有人，却听到了宋家良的声音，吴忌朝茶几上望去，看到了一个疑似在远程监控的摄像头和扩音器。

“现在几点了？”吴忌看到窗外洒进了几缕阳光。

“早上七点零三分。”扩音器里传来宋家良的声音。

“你在哪？”

宋家良没有回答。

“该不会在杜晟家楼下吧？”

宋家良依然没有回答。

“看来我猜对了，你在他家楼下蹲了一个晚上但是没有等到他回家。你觉得他会回家？”

“他总会回家的。”

“如果等到他回家，你准备杀了他？”

“你知道了还问。”

“宋教授，你这样守株待兔地在他家蹲点不是办法。要不要我帮你？”

宋家良心存狐疑。“你帮我？你知道他在哪？”

“目前还不知道，但或许我可以帮你找到他。”

扩音器那头停顿了片刻，然后传来宋家良的笑声。“你以为我会再上一次你的当？我放了你，你第一时间就去报警。帮我找杜晟？哼，鬼才信。”

“宋教授，我刚刚做了一个梦。我梦到了你的女儿宋茵，她在我面前被炸死。这样的梦我在过去的五年里做过无数次。我曾经以为我之所以不断重复这个梦，是因为我欠茵茵，是我害她变成这样的，但当我知道真相之后，宋教授，我有了不同的想法。”

“什么想法？”

“茵茵之所以不愿从我的梦里离去是因为……她希望我为她报仇。”

等待数秒后，吴忌听到宋家良急促而又克制的喘息声，于是吴忌继续道：“其实你不去找杜晟，我也会去找他。因为他身上背负的案子不止茵茵一桩，我的一个……挚友，去年失踪，我推测很有可能是杜晟和他背后的人绑架了她！”

“背后的人？什么叫他背后的人？”

“他有一个表哥，外号徐老师，其实是一个墨西哥华裔，本名叫圣地亚哥，他曾经是一个卖淫团伙的头子，杀人不眨眼，是个狠角色，在逃通缉犯。杜晟迟迟没有回家，我猜测他或许收到了什么风声，去投靠他表哥了。如果真的是这样，宋教授，你一个人不是他们的对手。”

宋家良似乎在考虑吴忌的话有几分真，沉默许久。之后他说了一句“你等我回家再说”就结束了对话。

一个小时后，宋家良穿着厚实的羽绒大衣回到了家，还带回了几张葱油饼。吴忌看到热腾腾的葱油饼,肚子咕咕叫起来。“真的有点饿了。”

宋家良拿出一个葱油饼，塞进吴忌嘴巴，“咬紧了。”说罢他松了手。

吴忌吃得颇为费劲，但也很快。

“还要吗？”

吴忌点点头。“就是吃得费劲了。”

宋家良瞄了一眼吴忌身后，拿了一把美工刀，解开吴忌的左手。

“谢谢。”吴忌立刻抓起剩下的葱油饼，狼吞虎咽地吃起来。

“你倒说说怎么帮我找杜晟？”

“借助警察的力量。”

“什么！”

“宋教授，你先别生气，听我说完。因为现在警察认为杜晟是买凶杀人，所以他们比你还想抓到他。既然如此，你就借助警察的力量去找杜晟不是事半功倍吗？因为我是案子的顾问，可以全程参与到他们的调查中，我现在问问他们找的怎么样了，先套取一些消息，你看如何？”吴忌已经快速吃完早餐，抹了抹嘴巴，“如果你怕我跟他们打电话的时候暴露你，就改成发消息。你来发，用我的手机，怎么样？”

宋家良琢磨了一番吴忌的建议，没有发现什么问题，暂且答应了与他合作的提议。

宋家良从兜里拿出吴忌的手机，开机，吴忌用左手指纹解锁。手机界面一打开，一堆未接电话和讯息铺天盖地而来。

其中一条讯息同时引起了两人的注意。“那是老常的讯息，快点开看看。”吴忌焦急地说。宋家良已经点开：

吴忌，我有一个大胆的猜测，杜晟可能被杨杰绑架了，因为他很有可能是绑架苏岚的幕后黑手！看到讯息请立刻回电！

老常一早带人撬开了杨杰的家门，果不其然，屋里没人。

“常队，事情真的那么巧？杜晟就是绑架苏岚的人？”对于老常出发前的一番解释，于晨依然半信半疑。

“我从昨晚就一直打杨杰电话，但他的手机一直处于关机状态。要是在平时，就算他喝得烂醉如泥，也会接我电话，他从来不敢让手机关机，因为他怕错过任何与苏岚有关的电话。”说到手机，老常已经在沙发上发现了杨杰留在家中的手机。

“但是技术队联合车管局追踪杨队的车一直到他家，之后他的车就没有出过自家小区了。”小孔试图为杨杰辩护，“可能他出门买早餐去了，我们等等他吧。”

“与其等他，还不如让人去楼下车库查查他的车到底还在不在小区。”老常说罢，小孔就拉着赵伟出门了。

老常在杨杰公寓里转悠了一圈，没有发现任何线索，不过在他的书房看到了一张巨大的锡安市电子地图，以及许多与苏岚绑架案有关的照片。

老常在这张电子地图前驻足良久。“锡安市这么大，他会把人带到哪去呢？”

“偏僻人少，降低被快速发现的概率；周围有噪声，这样拷问起来可以无所顾忌；有遮蔽物，不至于被远处的人觉察还便于在被发现后及时撤退；满足这几个条件的无外乎郊区的一些建筑工地，如果是废弃或临时搁置的更好。”吴忌坐在副驾驶座上，双手被反绑着，分析道，“杨杰为了寻找苏岚，我相信他走遍了锡安市每一个地方，所以他很清楚哪里有这样的环境。”

“真是巧了，”宋家良突然掉转车头，“我为了找一个杀死杜晟的地方，也走遍了锡安市，有一个地方同时满足你说的三个条件。”

怪兽

这是南烟区的一块有待开发的新区，因为各种原因，有些建筑项目已经开始启动，有些则盖到一半被废弃搁置。周围施工环境嘈杂，这边挖掘机时不时发出如耕牛般的哼喘，那边打桩机又频率稳定地输出嗒嗒的撞击声，印有安全标语的横幅因日晒雨淋半瘫半挂地附着在裸露的横木上，宽阔的柏油路上空无一人。

宋家良放慢车速，在这一带转悠起来。“他开什么车？车牌号你记得吗？”

吴忌看着车外的环境。“虽说我跟他以前是同事，但是他的车牌号我真记不住，不过他好像开黑色的奥迪。”正说着，就见萧条的钢筋建筑下，一辆干净的黑色奥迪车停靠在一旁。

宋家良驱车停到它旁边。“这辆像吗？”

“能让我下车，趴车窗上看看吗？”

宋家良似乎有些犹豫。

于是吴忌又说："你看我双手被你绑着，跑不了。"

宋家良斟酌了一下，还是让他下了车，吴忌走到奥迪车窗外，朝车内瞅了瞅。

"是他的车吗？"宋家良跟着下车询问。

杨杰的车牌号码后三位是620，跟吴忌父亲的生日六月二十号重了，所以吴忌记得很清楚，但这辆车的后三位是182。"车牌号码不对，里面的装饰也不像是他的车，我们……"

吴忌突然警觉地往旁边一闪，试图从后面偷袭的宋家良扑了一个空。

"宋教授，你这是干什么？"吴忌看着宋家良手上的电击棒往后退。

"就到这吧，吴忌，你的使命完成了，这就是他的车！"宋家良步步紧逼。

"我的使命？我的使命是帮你找到杜晟，可杜晟的影不还没见到吗？"说罢，吴忌转身逃进了工地内。宋家良紧追而上。

吴忌奔跑在废弃的钢筋混凝土大楼里，从一楼跑到了二楼，又从二楼跑到了三楼，因为双手被反绑着，平衡感欠佳，身体不住地左右摇摆。就在他跑上第五楼的时候，杨杰的身影赫然映入眼帘，一并出现的还有被绑在钢筋上的一个被布蒙着眼睛的男人，这个男人早已遍体鳞伤，右腿几乎站立不住，全靠左边的机械腿支撑着。

"杨杰？"

听到自己名字的杨杰蓦地转身，当他看到吴忌的时候，惊讶万分。“吴忌？”

“啊，果然在这！”紧随吴忌出现的宋家良看到了被打得半死的杜晟，露出了愉悦的微笑，“你就是杨杰了吧？”

“他是谁？”杨杰问吴忌。

“一个……朋友。”

“朋友？”杨杰看着这个所谓的朋友手上的电击棒，以及吴忌被反绑的双手，冷笑一声，“朋友会绑着你的手，拿着那玩意满地追你？连你的宝贝帽子都掉了，八成是被他打掉的吧。”

“别误会，他没有恶意。”吴忌为宋家良开脱。

杨杰越发不明白了。“这不像你啊，吴忌。”

宋家良见杨杰这动用私刑的架势，相信了吴忌之前的话，原本他以为吴忌胡诌出一个朋友被绑架的事，为的是博取他的信任，没想到这是真的。“我听说你们的朋友被他绑架了？你问出来了吗？”

“你把苏岚的事都告诉他了？”杨杰皱眉问。

“说来话长。杨杰，外面的奥迪真是你的车？你什么时候换了车牌号？”吴忌刚问出去，自己已经想到答案了，外面的是套牌车。

“我怕老常他们追踪我的车追到这，我把手机也扔在家了。但没想到这样还是躲不开你，吴忌。”

吴忌惋惜地摇摇头。“杨杰，没想到你真的……绑架了他。你是一个警察，你这样对他动用私刑是犯法的，你不是不知道。”

吴忌话音刚落，杜晟幸灾乐祸地叫嚣起来。“哦，原来如此！怪不得你把我的眼睛蒙起来！原来你是警察！原来是个警察！真是没想到啊！妈的！臭警察！”

杨杰听罢，条件反射般抡起拳头朝杜晟的头打下去。吴忌制止道：“别打了，杨杰，再打下去他就死了。”

“对，别打了，他的命可是我的。”宋家良补充了一句。

“谁？你是谁？”杜晟闻声询问。

“我是谁？杜晟，你仔细回想一下你做过的好事，你和李展邦、韩森国、陈思岚，还有胡炎一起做过的好事！”

“胡炎”两个字瞬间打开了杜晟尘封已久的记忆。“你，你……难道是……”

“我已经杀了他们三个，现在就剩下你一个人了。很简单，血债血偿，你怎么害死我女儿的，我就让你怎么去死。”

杜晟在杨杰面前嘴硬得狠，因为他知道只要他一天不说出苏岚的下落，杨杰就不敢杀了他。但是眼前这个上门寻仇的人可不一样，他是要置自己于死地的人！根本没有任何谈判的余地。好不容易熬过了一个晚上，他原以为只要等圣地亚哥出现，自己就会得救，没想到半路杀出个程咬金。所以当务之急是拖延时间。

“臭警察！你听到了吗？他是杀人犯，他要杀我，你如果想知道你女朋友的下落，现在立刻带我走，否则我死在他手里，你就永远找不到你女朋友了！”

杜晟的话虽然可恨，但杨杰也知道这个道理。他准备解开绑住杜晟的手。“虽然我也很想他死，但不是现在。”

“杨杰！停手！”宋家良怒吼道，“我等这一天等很久了。你们谁也不能带他走！”说罢，宋家良解开了羽绒服，露出五个绑在毛衣上的疑似炸弹的装置。“你们谁敢带他走，我就立刻点火！”宋家良随即掏出一个打火机。

“点火？点什么火？臭警察，喂！你怎么停下了？”看不到炸弹的杜晟觉察到气氛的诡异。

“宋教授，你别冲动！这个畜生不值得你和他同归于尽。”吴忌劝说道，“把打火机给我，杀他有很多种方式，你不必选择这种方式，不值得。”

“这是最好的方式，吴忌，让他尝到爆炸而死的滋味，也让我自己尝到这种滋味。我不能让茵茵一个人受苦，我要陪她。吴忌，你走吧，带上这个警察一起离开。”

杜晟听罢，又急又怕。“臭警察，你听到了吗？他要跟我同归于尽，你快带我走啊！这个人是神经病！”

“我不知道你跟他有什么深仇大恨，但是……对不起了……”杨杰突然扬腿铲了一脚，一块碎石朝宋家良的手飞去，打落了他手中的打火机，打火机正好掉落在吴忌脚下，吴忌用力一踢，将它踢得不见了踪影。

宋家良大声叫骂起来，匆匆朝打火机的方向寻去。而待他在地下的裂缝中找回打火机时，杨杰已经将杜晟解绑，欲要离去，然而，宋家良离下楼的通道更近。“吴忌，杨杰，你们两个可以离开，但他不能！别再跟我耍花样了！否则我连你们一起炸死！”

杜晟揭掉蒙住眼睛的布，看到宋家良身上的炸弹，吓得直打哆嗦。“宋家良，果然是你，你这个疯子！你要死自己死，别想拉着我陪葬！”

“闭嘴！别再激怒他了！”杨杰给了杜晟一记拳头。然后对着吴忌小声嘀咕，“怎么办？硬上吗？”

吴忌摇摇头，“帮我把手解开。”杨杰照做。吴忌朝外面瞥了一眼，“这里是五楼，跳下去不至于摔死，我们搏一搏吧？”

杜晟显然不喜欢这个提议。“五楼？不摔死也残废了！我已经断了一条腿，你想我另一条腿也废了吗？”

宋家良步步紧逼。“吴忌，你别为了他做这种傻事，你只要从这里离开，就可以全身而退。但如果你从这跳下去，落个下半身残废就不值得了！”

然而吴忌并没有听从宋家良的劝告，只见他和杨杰一个对眼，一人一手拉起杜晟，突然冲向了楼层外。

宋家良大声制止，同时一狠心，点燃打火机，引爆了炸弹。

这个瞬间永远地烙印在了吴忌的脑海中，他冲着宋家良大喊“不要”，但他看到的却是宋家良心满意足的微笑，紧接着微笑四分五裂，鲜血和肉屑连同内脏器官朝吴忌飞涌而来，梦境与现实在这一刹那完美重合，轰鸣的爆炸声、强大的气流、高温的火焰裹挟着碎屑将他冲向了一片黑暗……

“吴忌，吴忌，快醒醒！快醒醒！”

一个女声忽远忽近地在耳畔响起，眼前的黑暗渐渐荡漾开去，扭曲的画面逐渐聚焦，太阳正当空照射着他，阳光洒向四面八方，洒向那个被炸出一个大窟窿的建筑工地，洒向周围的一片废墟，洒向两个熟悉的身影。

他看到那个瘸腿的男人拖着另一个只剩下一条银光闪闪的机械腿的男人上了一辆黑色奥迪。

他行尸走肉一般从地上挣扎着爬起来，机械地挪向宋家良的蓝色宝马，一拳打碎驾驶座旁的车窗，打开车门，滑进车内，启动引擎，跟随着奥迪车驶去。

一个怪兽死了，另一个怪兽活了……

黑暗的N次方

太阳渐渐被云层遮挡，枯黄的野草在寒风中瑟瑟摇曳，黑色奥迪和蓝色宝马一前一后行驶在结冰的道路上，离锡安市区越来越远……

不知开了多久，奥迪终于停下了，杨杰将奄奄一息的杜晟从车里拉出来，朝路旁的野草地一瘸一拐走去。

吴忌跟着停车，正要下车，听到了手机的振动声，那是之前留在宋家良车上的自己的手机。他拿起手机，瞄了一眼，然后毫不犹豫地扔出了车窗外，接着他下了车，往杨杰的方向走去。

. . . .

“又没有通！他怎么会出现在南烟的郊区呢？”老常盯着屏

幕上一个跟踪红点不禁纳闷。突然，红点消失了。

“怎么回事，小冯？”

“系统正常，应该是他手机的信号断了。”

“信号怎么会断？那一带虽然是郊区，但信号还是有的。”老常说着给于晨拨了一个电话。

“如果手机坏了呢？”

老常没有听小冯的猜测，对电话那头的于晨道：“我让小冯给你发一个定位，你赶快去那，他五分钟前移动位置了，一定要快！”

杨杰把杜晟拖到了野草丛深处，拍了拍杜晟的脸。“狗杂种，醒醒。”

杜晟缓缓睁开双眼，又无力地闭上了。

“妈的！”杨杰狠狠踢了一脚，杜晟发出一声呻吟，但没有睁开眼睛，于是杨杰又踢了一脚，杜晟依然没有反应。

一旁的吴忌没有说什么，只是低垂眼皮冷眼看着。

“他就是这样。”杨杰瞄了一眼吴忌，“怎么打都不肯说，吴忌，你有什么办法吗？我打累了。”

“如果我没猜错的话，他在等一个人。”

吴忌说罢，杜晟睁开眼睛瞥向了他。“你他妈到底是谁？”

“一个侦探，五年前做过警察，接手的最后一个案子你也有份参与。”吴忌朝杜晟露出一个邪魅的微笑，“宋茵的绑架案。”

杜晟下意识地往杨杰旁边挪了挪半瘫的上半身。“你跟宋家良是一伙的。”

吴忌收起笑容，冷冷地应道：“对。我跟他是一伙的。”

“臭警察，你听到了吗？他跟那个杀人犯是一伙的，快把他抓起来！”

听到这，方才一知半解的杨杰总算明白了一切。“吴忌，难道你参与了宋家良的复仇计划？”

宋家良爆炸身亡的画面再一次在吴忌脑海闪过。

“对。”吴忌干脆地回答。

吴忌的话语刚落，背后传来一阵阴冷的笑声。吴忌循声而转，看到一个样貌丑陋的强壮男人站在那，他的身后还跟了两个少年，一个剪了夸张的莫西干头，一个戴着金色的鼻环。

“表哥！你终于来了！”杜晟欣喜若狂地喊道。

“圣地亚哥。”吴忌没有半点惊讶。

“吴忌，料事如神的大侦探，没想到你竟然也跟我们一样，干起了绑架的勾当！”

“表哥，是这个人，他是警察，是他绑架我！”杜晟恶狠狠地瞪了一眼杨杰。

“一个警察一个侦探，有趣的组合。”圣地亚哥呵呵一笑，“Max，你应该感到高兴，你能让两个这么充满正义感的人为你以身试法。”

杜晟一听觉得有道理，也跟着笑起来。

黑暗一点一点侵蚀着心脏……

杨杰狠狠踩了一脚杜晟断腿的伤口，杜晟哇哇大叫。

“Max，忍一忍，到时候我再给你定制一条合金机械腿。”

“一条机械腿？如果你还死撑着不说出苏岚的下落，我让你残废到只剩下一个头！”杨杰说罢又对着杜晟一阵拳打脚踢。

“喂！警察对吧？你不是跟他一伙来为宋茵报仇的？”圣地亚哥听着不对劲。

“他是他，我是我。”杨杰停下手，喘了几口气。

“你是苏岚的什么人？”圣地亚哥问。

杨杰看了吴忌一眼，仿佛在征询吴忌的同意，然后回答：“男朋友。”

圣地亚哥恍然大悟，不禁又笑了。“我明白了，原来是这样。陈思岚死了，你一定是发现了她戴的那根项链，才查到 Max 头上的……呵呵，有趣，实在有趣。那确实是一根漂亮的项链，我本来打算扔了，但 Max 看到后说可以送给她女朋友陈思岚，于是我就把项链给了他。”

杨杰的脸色越发阴沉。圣地亚哥的话还在继续：“苏岚应该有南美血统吧？她的肤色是天然的，不是晒的，跟我小时候见过的墨西哥姑娘一样漂亮，我一看到她，下半身就硬了。那天，她突然来敲门，我们正好闲得无聊，吸了一点粉很兴奋，她一看到我们掉头就走，真是个机灵的姑娘……”

“闭嘴！”杨杰怒吼道。

“你不想听吗？我觉得你眼光很好，你女朋友的身材真的是绝了！那个胸部又大又软……”

杨杰如一头发疯的恶狼猛地扑向了圣地亚哥，两人扭打在一起，一旁的两个小弟当然没闲着，欲要帮大哥一把，却被突然冒出来的吴忌牵制住了。吴忌如今全凭一股意志力撑着，但对付两个鼠辈还是手到擒来。不过杨杰就不怎么幸运了，吴忌曾经跟圣地亚哥过过招，圣地亚哥身手不错，有点儿功夫底子，如果杨杰没有跳楼瘸腿没有被炸弹轰过，或许还能跟圣地亚哥来上数十个回合，但半残废的他根本不是圣地亚哥的对手。

就在圣地亚哥一手锁住杨杰的喉咙，一手按在杨杰瘸腿的伤口上，把杨杰折磨得嗷嗷叫时，吴忌一把抓起了杜晟的头发，掐住杜晟的脖子威胁道："圣地亚哥，放了杨杰，否则，我掐死他！"

圣地亚哥放开了按住杨杰腿伤的手，目光灼灼，紧盯着吴忌数秒，突然诡异地笑了。"吴忌，你不会。你顶多跟着他绑架，不，或许你根本没有参与这起绑架案，你是来劝他放手的。所以，你连绑架都干不出，怎么可能杀人？你是一个侦探，杀人这种事，你不会。"

说着圣地亚哥冷不防从裤袋里掏出一把瑞士军刀，轻轻一甩，甩出一段锋利的刀刃！吴忌顿时脑中一片空白，身子打了一个寒战。然后他看到杨杰的脖子上出现一条红线，鲜艳的赤色狂潮仿佛决堤一般汹涌喷发而出。

"看到了吗？这才叫杀人。真正的杀手杀人前可不会那么啰唆。"圣地亚哥的话飘在空中，吴忌听得不太清楚，他只听到了杨杰临死前说的话，细弱蚊蝇，他说：

"替苏岚报仇。"

无数鲜血横流的画面不停交替闪烁：宋茵大喊着“救救我”在他面前被炸得肉沫横飞，宋家良含着诡异的心满意足的微笑在他面前爆炸，苏岚无言地转身突然灰飞烟灭，杨杰愤怒地怒吼最后被一刀封喉……

黑暗以n次方扩展的速度席卷了全身，侵吞了最后一丝光明……

“吴忌，上帝死了，这是一个新世界，welcome to the new world。”

“你们还愣着干什么？把我表弟带走！”圣地亚哥命令一下，两个小弟从地上艰难地爬起来，从吴忌手上夺过了杜晟，然后拔腿就跑。

“吴忌，再告诉你一个秘密，想出绑架宋茵的主意的人其实是我。”这句话将吴忌的魂魄拉回到了躯体内，他眨了一下眼睛。

圣地亚哥摆出迎击的架势，“我可以再给你一次机会，一次证明你能杀人的机会。”圣地亚哥朝吴忌弯了弯手指，充满挑衅意味，“让我看看你到底有多大——”

“能耐”二字还未从口中出来，圣地亚哥已被突如其来的一记重拳打到踉跄，两道鼻血顺势流下，紧接着又一记重拳，下巴被打歪，而等他反应过来时，手上的瑞士军刀已经掉在了地上。他大喊一声“好”！往地上啐了一口血痰，然后徒手与吴忌混斗起来。

没有规则可言，没有原则可依，吴忌的脑中除了“打死他”

三个字，别无杂念。而置对方于死地的最有效方式就是放弃防守，忘记疼痛，不断攻击，越重越好，把他打倒在地；他一旦倒地，你就可以杀掉他。

然而这套徒手杀人理念也在圣地亚哥心中根深蒂固。于是，这场生死之战变成了吃拳耐力赛，谁的体力先耗尽，谁先抵挡不住对方的拳头，谁先倒下，谁的血先流干，谁就输了。

“输赢有那么重要吗？”

“当然……重要……”杨杰不服输地微微扬起头。

机械般地出拳，习惯性地受拳，吴忌的脑内开始交叠出现一些碎片影像，朦胧中他看到了杨杰在一旁对他指手画脚。

“妈的，我第一次这么想赢！”吴忌回应杨杰。

“想赢就打死他！”杨杰咧嘴大喊。

“我也想打死他！但他怎么打都不肯倒下，简直像个不倒翁！”

“打他肋骨，吴忌！打他太阳穴，吴忌！”

“你到底是要我打他肋骨还是太阳穴？”

“随便，呵呵，打死他就行，呵呵。”杨杰像看戏一样乐得合不拢嘴。

吴忌看着杨杰乐呵的模样，大骂道：“妈的，做死人真好！”

“你他妈想都别想！吴忌，如果你死了，岚岚又会回到你身边，所以你给我活着，替我活着，替岚岚活着……小心！”

然而杨杰的“小心”喊得还是迟了一点，吴忌的侧脸被一记猛拳击中，脸部某个神经一路发送疼痛讯号直达脑神经深处，吴忌突然觉得眼前一片黑暗，最后身体完全失去平衡，直挺挺倒在了地上。

接着他听到噼里啪啦的声音，仿佛牛排在油锅里煎炸时发出的响声……

黑暗，这就是黑暗的感觉。

“这是一个新世界，吴忌。”吴忌看不到说话人的样子，因为周围一片黝黑，但他认得这个声音的主人。

“我很高兴你能来到这个世界。”那声音继续说着，“领略到它的魅力了吗？你无所顾忌，无所畏惧，所向披靡，什么法律道德，都无法束缚你。你可以主宰你自己，还能主宰别人，能主宰他人的生死。你在法律之上，你在道德之外。世界在你脚下，你可以为所欲为，你可以把世界改造成你想要的样子。你讨厌罪恶？那就清除所有罪恶，将他们连根拔起。那些法律、道德无法约束的罪恶，就由你来执行。你是处刑人，你是审判者，你是怪兽，但同时也是超人，welcome to the new world，吴忌。”

“闭嘴！别听他的，吴忌！”一个女人高亢的怒吼打断了那个声音。

“苏岚？苏岚，你还活着？”吴忌迷迷糊糊地询问。

“吴忌，快醒醒，快醒醒！”女人高亢的声音持续不断地攻击着吴忌的耳膜，终于令吴忌睁开了双眼。

那噼里啪啦的牛排煎炸声还在继续，这意味着圣地亚哥雨点般的捶打还在继续。大概是他打得累了，出拳的速度开始放慢。

“吴忌！快撞他头！”杨杰又在一旁像教练一样指导，但这一次他说的没错，吴忌积蓄力量，奋力将自己的头撞向圣地亚哥。吴忌的大脑倏地陷入麻木，所有意识仿佛断线的风筝般飘向了不可知的世界。视觉出现了偏差，吴忌仿佛看到了无数个圣地亚哥在他周围转圈，直到他们统统倒下，合为一体。吴忌跌跌撞撞朝那个合体走去，几次差点儿跌倒，又几次走过了头，摸索了好一阵，才抓到了实体。

“太好了！吴忌，你终于把他打趴下了！现在可以往死里打了！”杨杰的话音刚落，宋家良不知从哪冒出来，他脸上依然挂着心满意足的诡异微笑，他说：“嗯，吴忌，你总算没让我失望，没让茵茵失望。”宋家良一提到宋茵，宋茵就出现在了宋家良的身边，只见她牵着父亲的手，看着吴忌，朝他微笑。她说：“谢谢你，吴叔叔。”

这是吴忌第一次看到宋茵微笑，这是他见过的世界上最天真无邪、“最妙不可言”、最幸福美丽的微笑。

“不用谢。”吴忌回以微笑，然后抬起手，握起拳头，打向身下之人……

终

“吴忌，吴忌，快醒醒，快醒醒！”

仿佛从黑暗的深渊中被人拉出来，吴忌猛然睁开眼睛，发现自己躺在沙发上，关瑶坐在旁边。

“我又打过头了吗？”吴忌虚弱地问道。

关瑶点点头。“他又死了一次，在你的潜意识里。”

“是吗……”吴忌眯了一会儿，睁开眼睛，“那他死了吗？”

“没死。于晨及时赶到，把你和他拉开了。那个时候他还没死，但在去医院的路上死了。所以你没有杀死他，你没有杀人。”

“我真的没有杀人？”吴忌将信将疑。

“没有。”关瑶坚定地回答。

“没有啊……没有就好……”吴忌蹙了蹙眉，“我一直没想明白，为什么……”

“圣地亚哥能这么快找到杜晟？”

“对，我就是想问这个。”

“于晨在杜晟的假腿上发现了一个追踪器，杜晟说那是圣地亚哥装的，为了随时随地可以找到他，保护他。”

“哼，杀人狂竟然这么……疼爱弟弟。”

“因为杜晟曾经帮圣地亚哥挡了一刀，他的左腿就是在那次挡刀中残废的，所以圣地亚哥对杜晟非常爱护。”

“啊，现在几点了？我得去告诉薛晓梅她要我找的人我已经找到了。”吴忌从沙发上吃力地坐了起来。

“吴忌，”关瑶制止道，“于晨帮你跟薛晓梅说过了。她已经知道了，而且杜晟已经认罪，说出了李展邦和韩森国联合做药头骗孟寅的事，所以孟寅的案子已经开始重新审理了。”

吴忌点点头，然后站了起来，准备离开咨询室。

“吴忌，你干什么去？”

吴忌没有回答。

“你要去找苏岚吗？”

吴忌停下了脚步。“关瑶，你怎么什么都知道？”

“苏岚已经死了。杜晟全招了。他们把她的尸体放在车的后备厢，连人带车扔进了垃圾场的处理机器。”

吴忌的瞳孔倏然急剧放大又慢慢回缩，他仿佛去鬼门关走了一遭。“她，怎么死的？”

“不是你想象的那种，没有那么糟糕……她是自杀的，在他们想要对她动粗的时候，她自杀了，用她戴的钥匙吊坠，她把它戳进了颈动脉。”

“真的吗？”吴忌欲笑不笑，“那真是……太好了……”一滴眼泪从眼角滑落，吴忌低下头，帽檐遮住了脸。“那我得去告诉杨杰。”

“杨杰死了，你亲眼看着他死的，宋家良也死了，在你面前爆炸而死。这些你都忘记了，在于晨把你从死亡边缘救回来之后，你就开始选择性地遗忘这些事。今天是你第九次在我这做恢复疗程。每次催眠，你进入那个南烟区的野草丛里，都会看到圣地亚哥，然后你就发疯似的跟他搏斗，直到把他打死了你才会罢休。”

“但实际上他没死，对吗？”吴忌再一次询问。

“没死。否则你现在就在监狱里了。”

“监狱？只不过是个形式罢了。”吴忌抬起头，朝关瑶微微一笑，机械式的，毫无生气，“那我先走了。”

“记得明天下午四点准时来这里。”关瑶叮嘱道。吴忌点点头，走出了咨询室。

吴忌走出大厦的时候，夜幕已降临，还飘着小雪。他抬头看了一眼黑夜，一阵寒风吹过，吴忌不禁打了一个寒战，还有头晕目眩之感。关瑶的话还在脑中打转。一切都结束了吗？孟寅死了、李展邦死了、韩森国死了、陈思岚死了、胡炎死了、宋茵死了、宋家良死了、苏岚死了、杨杰死了、圣地亚哥死了……该死的不该死的都死了。他抬起双手看了看自己的拳头，将圣地亚哥往死里捶打的感觉还留在手心上，被黑暗席卷全身的感觉近在咫尺，真的都结束了吗？还是说只是自己的幻觉？他们真的都死了？

这时，手机振动了一下，他点开一看，是来自父亲的讯息：儿子，快回来吃年夜饭了。

啊，原来今天是除夕了啊。

吴忌敲了敲晕乎乎的脑袋，压了压帽檐，缩起脖子没入了人群……

图书在版编目（CIP）数据

黑暗的次方 / 艾石著. —北京：中国工人出版社，2019.9
ISBN 978-7-5008-7256-6

Ⅰ.①黑… Ⅱ.①艾… Ⅲ.①长篇小说—中国—当代 Ⅳ.①I247.5

中国版本图书馆CIP数据核字（2019）第196447号

黑暗的次方

出 版 人	王娇萍
责任编辑	姚　宁
责任印制	黄　丽
出版发行	中国工人出版社
地　　址	北京市东城区鼓楼外大街45号　邮编：100120
网　　址	http://www.wp-china.com
电　　话	（010）62005043（总编室） （010）62005039（印制管理中心） （010）62379038（社科文艺分社）
发行热线	（010）62005049　（010）62005042（传真）
经　　销	各地书店
印　　刷	天津嘉恒印务有限公司
开　　本	880毫米×1230毫米　1/32
印　　张	13.25
字　　数	274千字
版　　次	2019年9月第1版　2019年9月第1次印刷
定　　价	48.00元

本书如有破损、缺页、装订错误，请与本社印制管理中心联系更换
版权所有 侵权必究